**OLIVER BECKER**

# Schmetterlingstod

**ELVIS LEBT** John Dietz hat den Sprung ins kalte Wasser gewagt und in Freiburg eine Privatdetektei eröffnet. In Freiburg, dieser herrlichen Stadt mit dem sauberen Image? Doch John Dietz ist überzeugt, dass unter der Oberfläche längst nicht alles astrein zugeht. Er hat eine Waffe, einen Computer, eine zusammengestückelte Ausbildung und jede Menge Enthusiasmus – nur leider keinen Fall. Bis eine frühere Bekannte sein Büro betritt: Laura Winter. Lauras Schwester Felicitas ist tot. Überfahren von einem Unbekannten.

Für den interessiert sich Laura aber gar nicht, sondern für das Leben von Felicitas. Die »brave Studentin« hat allen etwas vorgemacht und war seit zwei Jahren nicht mehr an der Uni.

John Dietz macht sich auf die Suche, und es zeigt sich: Auch in »schönen« Städten gibt es etwas zu tun für Privatdetektive.

*Oliver Becker, geboren 1969, wuchs in Blumberg/Schwarzwald auf und lebt heute in Frankfurt am Main, wo er für eine internationale Werbeagentur tätig ist. Nach zwei erfolgreichen historischen Romanen erscheint mit ›Schmetterlingstod‹ der erste Kriminalroman des Autors.*

Bisherige Veröffentlichungen im Gmeiner-Verlag:
Die Sehnsucht der Krähentochter (2012)
Das Geheimnis der Krähentochter (2010)

OLIVER BECKER

# Schmetterlingstod

*Kriminalroman*

GMEINER Original

Personen und Handlung sind frei erfunden.
Ähnlichkeiten mit lebenden oder toten Personen
sind rein zufällig und nicht beabsichtigt.

Besuchen Sie uns im Internet:
www.gmeiner-verlag.de


Im Ehnried 5, 88605 Meßkirch
Telefon 07575/2095-0
info@gmeiner-verlag.de

1. Auflage 2012

Lektorat: Katja Ernst
Herstellung: Christoph Neubert
Umschlaggestaltung: U.O.R.G. Lutz Eberle, Stuttgart
unter Verwendung der Bilder von: © bellaluna / photocase.com
Druck: GGP Media GmbH, Pößneck
Printed in Germany
ISBN 978-3-8392-1322-3

*Für Maria Becker, meine Mutter*

# PROLOG

*Niemals zuvor hatte sie sich so lebendig gefühlt. Niemals zuvor hatte sie auch nur annähernd so intensiv gesehen, gehört, gerochen. Ihr eigenes Lachen war unglaublich klar und deutlich und schien in ihrem Kopf widerzuhallen. Die Farben, die in grellen Blitzen den Himmel zerschnitten, hatten eine geradezu elektrisierende Leuchtkraft.*

*Sie riss die Augen auf, so weit, dass es fast schmerzte, und am liebsten hätte sie die ganze Welt umarmt.*

*»Ich will fliegen«, hörte sie ihre vibrierende, überschwappende Stimme.*

*»Dann flieg doch einfach, mein Mädchen«, sagte sofort der Mann, der neben ihr stand und den sie erst jetzt wieder wahrnahm. »Na los, flieg so hoch du kannst.«*

*Und plötzlich fühlte sie keine Erde mehr, nur noch ein Schweben, das um sie herum und tief in ihr war. Sie flog, flog, flog.*

*»Genieß es, mein Mädchen«, rief der Mann ihr hinterher, doch seine Stimme klang bereits weit entfernt.*

*Sie flog weiter, immer weiter, direkt auf die grellen Blitze zu, die wieder und wieder in das Nachtblau stachen, um sich in Sekundenschnelle aufzulösen. Ich fliege, dachte sie, und alles war perfekt, makellos.*

*Bis auf dieses Brummen, das auf einmal irgendwo vor ihr ertönte, erst leise, dann rasch lauter werdend. Was ist das?, fragte sie sich irritiert.*

*Das Brummen wurde kräftiger, einnehmender, kam noch näher, und plötzlich war es so nah, so unmittelbar.*

*Was ist das?*

*Und dann spürte sie, wie das Brummen sie erfasste, sie zerquetschte, sie auffraß. So schnell wie eben noch die bunten Blitze in der Nacht aufflammten, um für immer zu verschwinden.*

# 1
# DAS LEBEN EINER TOTEN

Er beobachtete sie von seinem Bürofenster aus. Zuerst war sie ihm aufgefallen, weil sie attraktiv war. Dann, weil er sie wiedererkannte.

Mehr als zehn Jahre war es her, seit er Laura Winter zuletzt gesehen hatte – bei ihrer gemeinsamen Abitur-Abschlussfeier. Er wusste nur, dass sie bald darauf aus Freiburg weggezogen war. In der gemeinsamen Zeit auf dem Gymnasium hatten sie nicht viele Worte miteinander gewechselt, auf jeden Fall keine freundlichen. Und jetzt stand sie dort unten auf dem noch regennassen Kopfsteinpflaster und schien über irgendetwas nachzugrübeln. Auch wenn er sich im dritten Stock befand und sie ziemlich weit weg auf der gegenüberliegenden Seite der Kaiser-Joseph-Straße war, nahm er die Anspannung in ihrem Gesicht wahr. Menschen hasteten an ihr vorüber, sie hingegen blieb, wo sie war, und trat dabei unablässig von einem Fuß auf den anderen. Gedankenschwer starrte sie ins Nichts.

Nein, er hatte sie nie leiden können. Und sie ihn erst recht nicht.

Er ließ sich auf den Schreibtischstuhl plumpsen. Sein Blick fiel auf den Stapel Visitenkarten, die er für viel zu viel Geld hatte drucken lassen. Bewusst schlicht die Worte der Vorderseite, in dezenter Schrift:

›John Dietz, Privatdetektiv
Ermittlungen jeder Art‹

Von den Karten sah er zu seinem Festnetztelefon, das seit Tagen ebenso stumm war wie das daneben liegende

Handy. »Tja«, sagte er, und das Wörtchen hing leer im Raum. Er stand auf und wollte in den direkt angeschlossenen Rückzugsraum gehen, als die Klingel ertönte.

Rasch drückte er den Knopf der Sprechanlage: »Ja, bitte?«

»Bin ich bei der Detektei?«

»Na sicher«, sagte John Dietz und betätigte mit dem zweiten Knopf den Türsummer. »Im dritten Stock. Der Aufzug ist gleich rechts.«

Als er kurz darauf die Tür öffnete, war er überrascht. Obwohl er sie eben noch betrachtet hatte, war sie seinen Gedanken schon wieder entschlüpft. Sichtlich unschlüssig betrat sie das Büro. Ein Händedruck und sie nahmen einander gegenüber Platz.

»Du hast dich kein bisschen verändert«, sagte er und kam sich irgendwie albern vor.

»Du auch nicht.«

John Dietz versuchte ein Lächeln und musterte sie. Aufrechte Haltung, blondes Haar, nicht mehr ganz so lang wie früher, und dieser leicht überhebliche Ausdruck in ihrem Gesicht, der ihm noch bestens vertraut war, wie er jetzt feststellte.

»Was kann ich für dich tun, Laura?«

Ihre gerunzelte Stirn zeigte die Anspannung, die ihm bereits vom Fenster aus an ihr aufgefallen war. Oder die Zweifel, die sie hatte. Zweifel an ihm.

»Es geht um meine Schwester.«

»Ich wusste nicht, dass du eine Schwester hast.«

»Ich hatte eine.« Laura Winter sah ihm geradewegs in die Augen. »Sie ist tot.«

»Das tut mir leid.«

»Felicitas war deutlich jünger als ich, volle neun Jahre«,

fuhr sie fort, als hätte er überhaupt nichts gesagt. »Vor zwei Monaten wurde sie überfahren. Der Täter beging Fahrerflucht.« Eine nüchterne Stimme, die nüchterne Worte sprach. Und die doch nicht verbergen konnte, wie sehr der Schmerz in Laura wütete.

John bemühte sich, mitfühlend zu klingen: »Wie gesagt, es tut mir sehr leid. Falls ich dir helfen kann …«

»Deshalb bin ich hier«, fiel sie ihm hart ins Wort.

Es hatte offensichtlich nicht geklappt mit dem Mitgefühl. Oder es war eher so, dass Laura Winter auf Mitgefühl pfiff.

»Okay«, sagte John nach einer kurzen Stille. »Du willst also, dass ich den Fahrer ausfindig mache.«

Äußerst prüfend sah sie ihn an. »Was hätte ich davon?«, fragte sie kalt. »Oder meine Schwester?«

Verdutzt sah er auf. »Na ja, ich denke, es ist doch nur normal, dass ein Angehöriger möchte, dass derjenige … Also, dass jemand, der so etwas begangen hat …«

»Es geht mir im Moment keineswegs um den Fahrer«, unterbrach sie ihn erneut. »Ich hoffe, dass ihn die Erinnerung an den Moment, als es passierte, jede Sekunde seines Lebens quält. Dass er keine einzige Nacht mehr friedlich schläft. Dass er sich selbst dafür unendlich hasst. Aber die Polizei hat seinen Wagen in den letzten zwei Monaten nicht ermitteln können und deshalb – entschuldige meine Offenheit – glaube ich nicht im Geringsten, dass du es schaffen würdest.«

»Um was geht es dir dann?«

Sie lehnte sich im Stuhl zurück. »Noch mal ganz offen: Ich weiß wirklich nicht, ob es eine so tolle Idee war, hierherzukommen.«

»Wenn du mir nicht erzählen möchtest …«

»Also schön, hör einfach zu«, schnitt Laura Winter ihm zum dritten Mal das Wort ab. »Es war kurz nach meinem Abitur: Unsere Familie zog nach Stuttgart. Alles war in Ordnung, Vater hatte eine neue Stelle in einem Stuttgarter Krankenhaus. Du weißt vielleicht noch, dass er Chirurg ist. Mutter stammt aus Stuttgart und freute sich sowieso auf den Umzug. Ich begann zu studieren, und Felicitas bereitete der Wechsel der Stadt und der Schule keine Probleme. Felicitas und ich hatten immer ein gutes Verhältnis. Als sie älter wurde, waren wir wie Freundinnen. Wir erzählten uns alles, wir machten Quatsch miteinander, der Altersunterschied spielte keine Rolle.«

John betrachtete sie, während sie sprach. Eine attraktive Erscheinung, zweifellos. Und eine Frau, die immer wusste, was sie wollte. Die es einem nicht leicht machte, sie sich trauernd vorzustellen. Konsequent, gefasst und souverän, so saß sie auf diesem Stuhl in seinem Büro.

»Nach ihrem Abitur«, fuhr Laura fort, »zog es Felicitas zurück nach Freiburg, sie mochte die Stadt schon immer. Das war vor drei Jahren. Das erste Semester, die ersten Klausuren, alles bestens. Wir sahen uns natürlich nicht mehr so häufig, aber wir haben oft telefoniert, SMS ausgetauscht. Wie das eben so ist.«

»Und dann?«

»Und dann die Nachricht von ihrem Tod.« Wieder bemühte sich Laura nach Kräften, hart und souverän zu klingen. John fand, sie übertrieb es damit.

»Bei dem Unfall«, sprach sie im gleichen Tonfall weiter, »wurde Felicitas von dem Fahrzeug komplett überrollt. Sie war so entstellt, dass man sie kaum wiedererkannte.«

»Wo ist das passiert?«

»In der Kartäuserstraße. Ziemlich weit oben.«

»Gibt es einen besonderen Bezug zu der Straße?«

»Außer dass meine Schwester dort starb?«, kam die prompte Gegenfrage, als wäre das hier ein Duell, das mit Worten geführt wurde.

»Gibt es«, startete John einen neuen Versuch, »eine ganz bestimmte Verbindung von Felicitas zu dieser Straße? Hat sie sie je erwähnt?«

»Nein.« Sie räusperte sich. »Jedenfalls nicht, dass ich wüsste.«

»Wo hat deine Schwester gewohnt?«

»In einem Studentenwohnheim. Zwei Wochen nach Felicitas' Beerdigung in Stuttgart fuhr ich mit unserem Vater nach Freiburg, um ihr Zimmer auszuräumen und ihre Sachen nach Hause zu bringen.« Sie holte Luft. »Was uns erwartete, war eine ziemliche Überraschung. Ihr Zimmer in dem Wohnheim: Da lebte eine andere Studentin. Schon seit einer ganzen Weile. Ihre Sachen: einfach nicht mehr da. Der Hausmeister erinnerte sich an Felicitas, jedoch nur vage. Bereits vor mindestens einem Jahr soll sie ausgezogen sein.«

»Hast du ihr nie Post geschickt? Oder deine Eltern?«

»Doch, das haben wir. Aber an ein Postfach. Felicitas hatte uns erklärt, dass in dem Wohnheim manchmal Post verloren ginge. Die Briefkästen wären oft kaputt, betrunkene Chaoten würden die Namensschilder verschwinden lassen. Und so weiter.«

»Hast du dir die Briefkästen angesehen, als du mit deinem Vater da warst?«

»Nein«, erwiderte sie nicht ohne Schärfe. »Wir hatten andere Dinge im Kopf. Nach dem Gespräch mit dem Hausmeister fuhren wir zur Universitätsverwaltung. Dort war Felicitas noch immer unter der Adresse in dem Wohnheim gemeldet. Wir gingen zum Deutschen und zum Historischen Seminar. Aber es stellte sich heraus, dass sie seit mindestens einem Jahr keine Veranstaltung besucht, keine Arbeiten abgeliefert, an keiner Arbeitsgruppe teilgenommen hatte. Wir sprachen mit mehreren Professoren und Dozenten. Was schätzt du: Wie viele davon konnten sich an sie erinnern?«

John hob die Schultern und verzichtete auf einen Tipp.

»Einer. Und der auch nicht gerade lebhaft.« Sie verzog den Mund. »Er wusste noch, dass sie ›überaus attraktiv‹ war, wie er sich ausdrückte.«

»Was ist mit den Studiengebühren? Wären sie nicht mehr gezahlt worden, hätte man Felicitas exmatrikuliert.«

»Mein Vater hat ihr monatlich einen Betrag auf ihr Girokonto überwiesen, von dem die Gebühren per Dauerauftrag abgingen. Und daran hat sich, soweit ich weiß, nichts geändert.«

»Merkwürdig. Nicht mehr in ihrer Wohnung, nicht mehr bei den Seminaren an der Universität. Und du hast davon nichts geahnt?«

»Nein.«

Er sah Laura an, wie schwer es ihr fiel, sich das eingestehen zu müssen. »Freundinnen? Ein Freund?«, hakte er weiter nach.

»Früher in Stuttgart wusste ich immer, für wen sie schwärmte, wen sie traf, welchen Freundinnen sie vertraute. Als sie dann nach Freiburg zurückging, änderte sich das automatisch. Sie nannte den einen oder anderen Vornamen von Studentinnen, mit denen sie sich angefreundet hatte. Aber eigentlich …« Ihre Stimme verlor sich.

»Also keinen Freund?«

»Ich habe sie oft danach gefragt, habe sie geneckt. Klar. Wie das so üblich ist unter Schwestern. Erfahren habe ich nur von einem gewissen Jan, mit dem sie ein paarmal ausging. Doch das ist lange her, und dieser Jan war bald Geschichte …« Wieder das Schweigen. Es schien ihr peinlich zu sein, nicht mehr über die eigene Schwester sagen zu können. Sie presste die Lippen aufeinander.

»Wann hast du sie zuletzt gesehen?«

»Am 60. Geburtstag unseres Vaters.« Nach einer kurzen Pause fügte sie hinzu: »Vor weit mehr als einem Jahr.«

»Ist dir da etwas an ihr aufgefallen? Etwas, das damals noch nicht, allerdings im Nachhinein irgendwie auffällig erscheint?«

»Nein, sie war, wie sie immer war. Blendend gelaunt, schlagfertig, interessiert. Sie freute sich, die Familie wiederzusehen.« Laura schien einen Moment lang nachzudenken. »Gut, sie wirkte ein wenig müde. Das käme vom Stress an der Uni, hat sie damals nur gesagt.«

Für einen Moment schien es, als würde Laura die Beherrschung verlieren, die sie sich offensichtlich aufgezwungen hatte. Als würde sie in Tränen ausbrechen. Schnell hatte sie sich jedoch wieder im Griff und starrte John mit festem Blick über den Schreibtisch hinweg an.

»Vor weit mehr als einem Jahr«, wiederholte er leise.

»Ja.« Sie räusperte sich. »Seitdem nur noch Telefonate. Und auf einmal die Nachricht von ihrem Tod.«

»Darf ich dich etwas fragen?«

»Bitte«, antwortete sie. Höflich, nicht freundlich.

»Warum hat deine Schwester in einem Studentenwohnheim gelebt? Ich kenne die meisten davon in Freiburg, und ich dachte …« Er wog seine Worte ab.

»Du meinst«, kam Laura ihm zuvor, »warum ein Wohnheim, obwohl meine Eltern genügend Geld haben, um ihr ein schickes kleines Loft zu mieten oder gleich zu kaufen? Das wolltest du fragen, oder?«

»So ähnlich.«

»Felicitas wünschte sich das so. Ich weiß noch, wie sie sagte: ›Ich bin eine Studentin. Also werde ich unter einem Dach mit anderen Studenten leben.‹« Laura Winter musterte ihn. »Weitere Fragen?«

Sie würde weitaus hübscher wirken, dachte John, wenn sie nicht ganz so schnippisch wäre. »Eine Frage habe ich tatsächlich noch.« Er verschränkte die Arme vor der Brust. »Was soll ich tun? Wie kann ich dir helfen?«

»Darf ich zuvor etwas wissen?« Es klang nicht wie eine Frage.

»Bitte«, sagte er in genau dem gleichen Ton wie zuvor sie.

»Wie lange bist du schon Privatdetektiv?«

»Lange genug, um einige Erfolge vorzuweisen«, erwiderte John so schnell, dass er sich selbst überraschte.

»Welche Fälle übernimmst du in der Regel?«

Jeden, den ich kriegen kann, dachte er. Laut sagte er: »Ach, ich bearbeite die unterschiedlichsten Angelegenheiten. In letzter Zeit ging es um Personenschutz, Betriebsspionage, um Wirtschaftskriminalität ganz allgemein. Nun ja, kleinere Sachen ebenfalls. Eifersüchtige Ehemänner, was auch immer.«

Laura sah ihn an, und er hatte das unangenehme Gefühl, dass sie ihn mühelos durchschaute. Es kam ihm vor, als könnte sie in seinem Gesicht lesen, dass er in den vergangenen Wochen und Monaten vor allem für ein Kaufhaus und eine Drogeriekette auf die Jagd nach Ladendieben gegangen war. Dass seine größten Fälle 15-jährige Mädchen betrafen, die Lippenstifte und Lidschatten stibitzt hatten.

»Also«, meinte John schließlich. »Was soll ich für dich tun?« Er dachte daran, wie sie zuvor auf der Straße mit sich gerungen hatte – offenbar, ob sie bei ihm klingeln sollte oder nicht.

»Du sollst das Leben einer Toten in Erfahrung bringen.« Beinahe unwirsch strich ihre Hand durch die Luft. »Ich will wissen, wie meine Schwester das letzte Jahr ihres Lebens verbracht hat.«

»Hast du ein Foto von ihr dabei?«

Wortlos legte Laura Winter eine Farbfotografie auf den Tisch. John nahm sie nicht an sich, sondern besah sich nur kurz das Gesicht, das ihm entgegenstarrte.

Aus dem kleinen Nebenzimmer drang auf einmal ein gekrächzter Gesang zu ihnen: »Love me tender …«

Lauras Augenbrauen schnellten in die Höhe. »Wer ist das? Ein … Mitarbeiter?« Skeptisch sah sie ihn an.

»Sozusagen meine rechte Hand: Das ist Elvis.«

»… love me sweet …«

»Elvis lebt also.« Ein trauriges Lachen Lauras. »Und das ausgerechnet bei John Dietz.«

Das Krächzen verklang.

»Elvis ist ein Papagei«, erklärte er überflüssigerweise.

Die Andeutung eines weiteren Lächelns. »Ich wusste immer, dass du einen Vogel hast.«

»Danke für dein Vertrauen«, erwiderte er ironisch.

»John, ich will wirklich ganz offen sein.« Zum ersten

Mal nannte sie seinen Namen. »Mit Vertrauen hat das nicht das Geringste zu tun. Es ist eher die reine Verzweiflung. Ich habe einfach keine Ahnung, was ich sonst tun oder mit wem ich sonst sprechen könnte. Diese Ungewissheit, dieses Loch, nicht zu wissen, was Felicitas ...« Sie stoppte sich. »Ich will mehr erfahren. Unbedingt.«

»Du warst bei der Polizei?«

»Sicher. Aber dort konnte man mir überhaupt nichts sagen. Die Polizei hat sogar angenommen, die Adresse in ihrem Studentenausweis wäre die korrekte.«

»Die Adresse des Wohnheims?«

»Richtig.«

»Wie viele Detekteien hast du bereits beauftragt?«, fragte er aus einem plötzlichen Impuls.

»Zwei«, entgegnete Laura, ohne überrascht zu sein. »Erst die Detektei Keller, dann Ulbricht & Heckler.«

Die beiden einzigen in Freiburg, die wirklich gut sind, dachte John. »Ohne Ergebnis, nehme ich an.«

Laura Winter erhob sich. »Gib dein Bestes, John.« Sie sah auf ihn herab. »Was immer dein Bestes sein mag.«

John Dietz war schon lange nicht mehr hier gewesen. Doch viel hatte sich offenbar nicht verändert. Er folgte einem jener langen Korridore, die immerzu leer wirkten. Nicht das Geringste war zu spüren von einer Atmosphäre, die auf Lebendigkeit und Aufbruch schließen ließ, wie man das womöglich erwartet hätte. Es war eher jene altbekannte staubige Trägheit wahrzunehmen, die sich in die Mauern gefressen hatte. Kollegiengebäude 1, also der altehrwürdige Teil der Albert-Ludwigs-Universität, der über diesen Gang direkt zum neueren Flügel führte, dem Kollegiengebäude 3.

Vor Jahren war John täglich über diesen Steinboden geschlichen, bereits damals mit dem Gefühl, nicht hierher zu gehören. Ein Gefühl, das sich auch an diesem frühen Nachmittag sofort wieder einstellte. Einfach abgebrochen hatte er sein Studium, von einem Tag auf den nächsten. Ohne Idee, was folgen würde. Vieles hatte er seitdem ausprobiert – und ebenfalls wieder aufgehört. Es wurde Zeit, wenigstens einmal im Leben eine Sache zu Ende zu bringen. Seine Detektei, er würde um sie kämpfen. Kämpfen wie nie zuvor um etwas. Er lauschte dem hohlen Klang seiner Schritte und atmete die muffige Luft ein. Es roch sogar noch genauso wie damals.

Neben der Mitfahrzentrale nahm er den Aufzug und fuhr in den dritten Stock. Er sah schon von Weitem den Mann, der mit auf dem Rücken gekreuzten Armen am Ende eines weiteren dieser leblosen Korridore dastand. Irgendwie hatte John damit gerechnet, mit einer Sekretärin sprechen zu müssen und dann in einem Büro geparkt zu werden, ehe ihm ein paar Minuten mit dem Herrn Professor gewährt würden. Doch dem war nicht so.

Professor Trebitsch trat ihm entgegen und hielt ihm die Hand hin. Ein kurzer Druck, der eine gewisse Gereiztheit nicht verbergen konnte. Jedenfalls kam es John so vor.

»Wir haben telefoniert, nehme ich an?«, fragte der schlanke, etwa 50-jährige Mann mit dem akkurat geschnittenen, grau melierten Haar.

»Ja, John Dietz. Schön, dass Sie etwas Zeit freimachen können.«

»Leider nicht sehr viel«, beeilte sich Trebitsch mit der Antwort.

Kein Büro, nicht einmal ein Stuhl, um Platz zu nehmen. Sie blieben einfach an einem Fenster dieses Gangs stehen und sahen bei ihrem leise geführten Gespräch nach draußen auf eine Wiese vor dem Gebäude, auf der sich Studenten in kleinen Gruppen hingesetzt hatten, um die Sonne dieses Spätsommertags zu genießen.

John reichte Professor Trebitsch das Foto von Felicitas Winter. Von dem hageren, glatt rasierten Gesicht war keinerlei Reaktion abzulesen.

»Flüchtig erinnere ich mich an die junge Dame«, sagte der Mann schließlich mit dieser zurückhaltenden Stimme, die seine Studenten gewiss oft genug dazu veranlasste, in seinen Vorlesungen wegzudämmern. »Sie nahm an einem oder zweien meiner Seminare teil.«

»Das Foto wurde Ihnen ja schon mal gezeigt, nicht wahr?« John nahm es wieder an sich.

»Ja. Von einer Frau, die ...« Ein Stirnrunzeln. »Von der älteren Schwester.«

»Richtig. Sie nannte mir Ihren Namen. Und die Polizei hat gewiss auch mit Ihnen gesprochen, oder?«

Wieder das Stirnrunzeln. »Nein, nur diese blonde Frau.«

»Und Sie erinnern sich an die Studentin? Felicitas Winter?«

»Erinnern ist zu viel gesagt. Eine attraktive junge Frau. Ob sie sich in den Seminaren zu Wort gemeldet hat, ob sie ein Referat gehalten hat, das weiß ich beim besten Willen nicht mehr. Über eine ihrer Arbeiten habe ich nie mit ihr gesprochen, folglich wird sie keine eingereicht haben.«

»Ist das möglich? Ich meine, nur teilzunehmen, ohne …«

»Ach, alles ist möglich. Manche Studenten kommen zwei- oder dreimal, um dann nie wieder aufzutauchen. Und geben trotzdem eine Seminararbeit ab. Andere sind jedes Mal da, beteiligen sich rege an den Diskussionen – und man bekommt keine einzige Zeile von ihnen zu lesen.« Trebitsch lächelte. Aber nicht belustigt oder freundlich, sondern ungeduldig.

»Und sonst können Sie mir wirklich nichts über die Studentin …?«

»Gar nichts«, fiel der Professor John ins Wort. »Wie ich schon der blonden Dame erklärte.«

»Und Sie wüssten auch nicht, an wen ich mich …?« Ein entschiedenes Kopfschütteln brachte John dazu, den Satz verklingen zu lassen.

»Sie können sich nicht vorstellen, mit wie vielen Gesichtern man es im Laufe auch nur eines einzigen Semesters zu tun bekommt, Herr …«

»Dietz.«

»Viel zu viele Gesichter.«

»Aber bestimmt wenige, die derart hübsch sind, oder?«

»Es tut mir wirklich sehr leid, dass diese Studentin tot ist. Und auch, dass ich Ihnen keine größere Hilfe sein kann.«

»Danke, dass Sie sich die Zeit genommen haben.«

Trebitsch nickte und hatte sich bereits umgedreht, um auf eine der Bürotüren zuzumarschieren. Ohne sich noch einmal umzusehen, verschwand er dahinter.

John Dietz starrte den Gang hinab. Er hatte mit nichts anderem gerechnet als mit einem solchen Gespräch. Erst ein paar kurze Unterhaltungen im Historischen, dann welche im Deutschen Seminar. Eine mühsame Befragung in der Universitätsverwaltung. Davor drei oder vier knappe Gespräche im Studentenwohnheim. Nicht einmal dort konnte sich jemand an Felicitas Winter erinnern. Abgesehen von dem Hausmeister, der allerdings bloß sagte, wie hübsch ›die Kleine‹ gewesen sei, und sich dann wieder mit dem Fahrrad einer Studentin beschäftigte, das er aus Gefälligkeit reparierte. »Auch 'ne Hübsche«, meinte er.

»Gab es jemals Probleme mit den Briefkästen?«, hatte John gefragt.

Was ihm einen verständnislosen Blick eintrug. »Probleme?«

»Na ja, wurden die mal von irgendwelchen Spinnern kaputtgemacht? Kam Post weg? Irgendetwas in der Art?«

»Nichts in der Art, junger Mann. Und auch nichts in einer anderen Art. Hier läuft alles sauber. Dafür sorge ich schon.«

Noch bevor John sich auf den Weg zum Wohnheim gemacht hatte, war er mit dem Rad in die Kartäuserstraße gefahren. Ein unbestimmtes Gefühl, vielleicht einfach bloß Neugier, hatte ihn zu der Stelle geführt, an der der Unfall geschehen war. Minutenlang hatte er einfach da gestanden, ohne speziellen Grund, ohne etwas Besonderes zu entdecken. Allerdings wollte er sich der Sache nicht annehmen, ohne wenigstens einmal den Ort besucht zu haben, an dem Felicitas Winter gestorben war.

Die Sonne blendete John, als er vor das Kollegiengebäude trat. Er trug Jeans, Kapuzenpullover und darüber die hüftlange Lederjacke, die ziemlich abgewetzt war, und angesichts dieses letzten heftigen Aufbäumens des Sommers wurde ihm sofort warm. Er ließ sich auf der Wiese nieder, auf der es sich mittlerweile noch mehr Studenten bequem gemacht hatten, und streckte die Beine aus. Ein kleines Déjà-vu-Erlebnis – wie bereits zuvor im Inneren der dicken Universitätsmauern. Er erinnerte sich an viele Stunden, die er hier zugebracht hatte, statt sich mit seinen Büchern zu beschäftigen. Ohne besondere Aufmerksamkeit lauschte er den Gesprächen um sich herum – sie hörten sich genau an wie die, an denen er sich früher schon nicht beteiligt hatte. Aus der Jackentasche holte er die Fotografie, die Laura Winter ihm überlassen hatte.

Eingehend betrachtete er das Frauengesicht, das ihm von dem Bild mit sympathischem und irgendwie vorwitzigem Lächeln entgegenstarrte. Im ersten Moment war keinerlei Ähnlichkeit zwischen den Schwestern auszumachen. Beide waren attraktiv, jedoch auf unterschiedliche Weise – Laura die kühlere, mit klarem Blick aus ebenso klaren blauen Augen. Und Felicitas?

»Was für ein Mädchen warst du?«, flüsterte John dem Foto kaum hörbar zu. Die Unterhaltungen rund um ihn vermischten sich zu einem monotonen Gebrumm.

Schwarzes Haar, dunkle Augen, weiche Lippen. Eine schöne junge Frau, keine Frage. Eine Frau voller Lebenslust. Je länger John das Bild betrachtete, desto anziehender wirkte Felicitas Winter auf ihn. Und erst nach und nach erkannte er doch Ähnlichkeiten zwischen den Schwestern: die Wangenknochen, die schmale Nase, das schön geformte Kinn. Man musste eben nur genauer hinsehen. Galt das nicht auch für diesen Fall? War das überhaupt so etwas wie ein Fall?

John steckte das Foto weg und rappelte sich auf. Nachdem er kurz den Blick hatte wandern lassen, ging er zurück zu seinem Fahrrad, einem altersschwachen, schweren Ungetüm, von dem die letzten Reste des Lacks abblätterten. Zwischen all den Sporträdern der Studenten wirkte es wie ein Dinosaurier. Er trat in die Pedale, lavierte um Passanten und ließ die Altstadt mit dem alles überragenden Münster hinter sich. Allmählich konnte er es sich erlauben, schneller zu fahren, der Asphalt flog unter ihm dahin, wirkte wie dunkles morastiges Wasser. Etwa dort, wo die Habsburger- in die Zähringer Straße überging, stoppte er das Rad und stellte es im Schatten des hässlichen Blocks ab, der ihm schon bei seinem ersten Besuch keinen Erfolg gebracht hatte. Eine Studentin verließ gerade das Wohnheim, und John nutze die Gelegenheit, ins Innere zu schlüpfen. Er schlich an der ersten Tür vorüber, hinter der sich, wie er wusste, der Hausmeister ein Refugium eingerichtet hatte. Diesmal nahm John nicht den Aufzug, sondern die Treppe. Ohne Grund. Er hätte ja nicht einmal sagen können, warum er überhaupt hierher zurückgekommen war.

Jedes Stockwerk verfügte über eine Küche und je einen Duschraum für weibliche und männliche Studierende. Reihen von Eingangstüren zu Apartments oder Zimmern, die kaum mehr als zwölf Quadratmeter Platz boten. Schemenhaft blitzten bei John Erinnerungen auf – an Studentenfeten, an flüchtige Begegnungen in den Küchen, an Abende in einer solchen Umgebung. Wie wenig ihm von dieser Zeit geblieben war, als hätte sie nicht mehrere Jahre, sondern nur ein paar Wochen gedauert.

Im vierten Stock angekommen, wandte er sich nun zum zweiten Mal jener Tür zu, hinter der sich einst Felicitas

Winter zurückgezogen hatte. Bei seinem ersten Besuch hatte er festgestellt, dass das Apartment mittlerweile von einer chinesischen Studentin bewohnt wurde. Eine junge Frau, die sehr gut Deutsch sprach, ihr Misstrauen gegenüber John Dietz jedoch keineswegs hatte verbergen können. Zu dem Bild von Felicitas wusste sie jedenfalls nichts zu sagen. John stand verloren auf dem kaum erhellten Gang und betrachtete die Tür, als könne allein deren Anblick ihm irgendeinen Hinweis geben.

Es war still im Gebäude. Kein Wunder, die Sonne schien, diejenigen Studenten, die nicht in ihren Seminaren waren, ließen es sich bestimmt in einem Biergarten gut gehen. Das einzige Geräusch bestand aus dem gedämpften Gewummer eines Hip-Hop-Songs, der sich von einem der unteren Stockwerke durch die Mauern quetschte. War das überhaupt ein Fall?, pochte es irgendwo in Johns Hinterkopf.

»Kann ich dir helfen?«

Überrascht fuhr John herum.

Eine junge Frau sah ihn an, mit gerunzelter Stirn und mindestens so skeptisch wie die Chinesin. »Suchst du jemanden?«

Etwas verlegen angesichts seines Erschreckens versuchte er ein Lächeln zustande zu bringen. »Ja, so ist es.« Er kramte in seiner Jacke und hielt der Fremden das Foto hin. »Allerdings jemanden, der schon seit einiger Zeit nicht mehr hier wohnt. Seit mehr als einem Jahr.«

Sie betrachtete Felicitas' Gesicht. Auch diese Studentin hier war hübsch, langes blondes Haar zum Pferdeschwanz gebunden, auf den Wangen ein paar versteckte Sommersprossen.

»Deine Exfreundin?« Es klang spöttisch.

»Nein«, erwiderte John rasch. »Ich habe den Auftrag, etwas über sie in Erfahrung zu bringen. Ich bin Privatdetektiv.«

In Erfahrung zu bringen, Privatdetektiv. Er genoss es, diese Worte zu betonen. Warum auch nicht, es bedeutete ihm schließlich einiges.

Die junge Frau allerdings schien nicht sonderlich beeindruckt. »Was du nicht sagst«, murmelte sie bloß, bevor sie den Kopf schüttelte. »Nie gesehen.« Ein Schulterzucken. »Ich wohne erst seit einem halben Jahr hier.«

»Da kann man nichts machen.« John hatte sowieso mit nichts anderem gerechnet. Nichts und wieder nichts. Nun war es an ihm, die Schultern zu heben.

Ein Rumpeln, nur einige Schritte von ihnen entfernt, und zischend öffnete sich die Aufzugtür. Etwas Quietschbuntes schlenderte auf sie zu, verschwitzt, aber vergnügt, ein Pfeifen auf den Lippen. Die Augen unter der schwarzen wilden, von einem Stirnband kaum gebändigten Lockenpracht blitzten auf, als sie die Studentin wahrnahmen. Ohrstöpsel wurden herausgezogen, ein lässiges Berühren des iPhones, zwei Reihen erschreckend makellos weißer Zähne.

»Hey, Baby«, kam die Stimme mit fremdländischem Akzent über die Lippen.

»Hallo, Santiago«, erwiderte die Studentin freudestrahlend.

Der junge Mann in den Sportklamotten beachtete John nicht im Geringsten, seine Augen tasteten weiter die Frau ab, während er sie dazu zu überreden versuchte, mit ihm unter die Dusche zu hüpfen. Sie lachte auf, mochte ihn offenbar so sehr, dass sie ihm sogar die ganz frechen Sprüche verzieh. Mit ein paar weiteren geflöteten Silben gelang es ihm, sich mit ihr für den Abend in einer Diskothek zu verabreden.

»Arriba, arriba«, rief er mit Begeisterung aus und zwinkerte ihr zu. Um dann noch, als er schon ein paar lässige Schritte weitergegangen war, mit abermals frechem Ton anzufügen: »Heute Abend lässt du aber Onkelchen zu Hause.« Ein abfälliger Seitenblick streifte John.

Und bevor der etwas erwidern konnte, war der Jogger bereits hinter einer der Türen verschwunden. Die junge Frau bedachte John mit einem Grinsen und ließ ihn ohne ein weiteres Wort einfach stehen.

Na toll, dachte er. Es blieb dabei. Nichts und wieder nichts.

Während er die Staubwüste dieses alten, bis unter die Decke vollgestellten Kellerbüros betrachtete, hallte in seinem Kopf noch das eine Wort nach: Onkelchen!

Dieser Rotzlöffel, dachte John Dietz. Er war kein ›Onkelchen‹, er war gerade einmal 31, bloß ein paar Jährchen älter als dieser großschnauzige Jogging-Aufreißer. Ich hätte ihm ordentlich die Meinung sagen müssen!, schimpfte John in Gedanken mit sich.

»Worüber grübelt unser Sherlock Holmes im Kleinformat denn nach?« Tante Jus Frage holte John zurück in dieses nach altem Papier und Zigarettenqualm muffelnde Büro, das bei der Renovierung der Geschäftsstelle der Badischen Zeitung wohl einfach übersehen worden war. So wie man auch Tante Ju übersah und sie einfach weiter ihren Job verrichten ließ, als wäre sie ein Maskottchen, von dem man sich allein aus Aberglauben unmöglich trennen konnte.

»Tu mir den Gefallen«, antwortete John langsam, »und erspar mir deine Bosheiten. Ich hatte eben schon das Vergnügen mit einem Frechdachs.«

Tante Ju lachte auf. Wie das legendäre Flugzeug Junkers Ju 52, mit dem sie den Spitznamen teilte, war sie nicht mehr die Jüngste, etwas zu breit und schwerfällig. Doch wenn sie einmal auf Touren kam, war auf sie Verlass – ebenfalls wie bei dem Flugzeug. Und selbst ihr Lachen erinnerte an das Rattern von Propellern.

»Nun guck nicht so griesgrämig drein, Philip Marlowe.« Sie tätschelte Johns Schulter und ließ sich auf den uralten Drehstuhl fallen, der unter ihrem Gewicht ächzte. Staubwölkchen wurden aufgewirbelt. Tante Ju bearbeitete das Archiv, so lautete offiziell ihre Tätigkeit bei der Zeitung, aber im Grunde war sie einfach die gute Seele, die sich um alles Mögliche kümmerte.

John Dietz saß auf einem dreibeinigen schiefen Hocker, zog das Foto aus der Jackentasche und hielt es in die Höhe. Irgendwie war ihm, als hätte er es schon mindestens tausendmal angesehen.

Tante Jus lustiges, von Runzeln übersätes Hexengesicht schob sich über den randvollen Aschenbecher, die unzähligen Zeitungen, die halb leeren Kaffeetassen und die bekritzelten Notizzettel, die den Schreibtisch zu einem einzigen Durcheinander machten. Sie blinzelte über ihren Brillenrand. »Ein entzückendes Mädchen.«

»Entzückend«, nickte John. »Und leider tot.«

»Sag bloß, du hast tatsächlich so etwas Ähnliches wie einen Fall.«

»So etwas Ähnliches.« Säuerlich sein Lächeln. »Kommt dir das Gesicht bekannt vor?«

»Nö.« Das Blinzeln wurde intensiver. »Oder doch?« Tante Ju, die eigentlich Juliane Butzenberg hieß, kratzte sich irgendwo in den Tiefen ihres grauen, auf urzeitlich altmodische Art hochgesteckten Haardschungels. »Hm.«

»Ja oder nein?«

Schließlich ein entschiedenes Kopfschütteln. »Nö, leider ein Nein. Zuerst dachte ich … Nö. Nie gesehen. Warum bist du so interessiert an ihr?«

»Interessiert ist eher ihre Schwester.«

Gepolter drang vom Erdgeschoss durch die Decke zu ihnen nach unten.

»Die Handwerker«, erklärte Tante Ju. »Hast ja gesehen, was oben los ist.«

»Da ist doch erst kürzlich renoviert worden.«

»Renoviert? Das hat doch damit nichts zu tun. Sondern mit dem Verrückten. Hab ich den gar nicht erwähnt?«

»Mit keinem Wort.«

»Meine Güte!« Tante Ju verlagerte ihr Gewicht, und der Stuhl protestierte knarrend. »Ein total Bekloppter. Groß wie ein Bär! Mit einem Walrossschnauzer. Steht da auf einmal oben vor einem unserer Kundentresen. Kann kaum Deutsch, faselt irgendwas vor sich hin. Angeblich auf Russisch. Jedenfalls klang es für einige unserer geschätzten Mitarbeiter danach. Und urplötzlich dreht der Kerl durch. Er schlägt einen Praktikanten nieder, schreit wie am Spieß, und dann fängt er an, mit einer Eisenstange die Schreibtische kurz und klein zu kloppen.«

»Jemand verletzt?«

»Nasenbeinbruch beim Prakti. Und ein mächtiger Schock für den Rest der Bande.«

»Wie ging's weiter?«

»So unerklärlich, wie es angefangen hat: Plötzlich hält der Bär inne, mitten im Schlag. Er blickt sich um, als wäre ihm erst bewusst geworden, was er angerichtet hat. Dann rennt er einfach los, raus auf die Straße.« Tante Ju lachte ratlos. »Tja. Und ward nicht mehr gesehen.«

»Komische Geschichte.«

»Mehr als komisch. Wir haben natürlich sofort die Polizei informiert. Unsere Freunde und Helfer waren auch gleich da, nahmen die Beschreibung auf, aber seitdem habe ich nichts mehr über diesen rauflustigen Besucher gehört.«

»Da lebt man in einer ruhigen, schönen Stadt – und trotzdem kann man nie sicher sein, ob man nicht plötzlich Jack the Ripper über den Weg läuft.«

»Ach, Johnny«, meinte Tante Ju in versöhnlichem Ton, »ganz so schwarz musst du es auch nicht sehen. Oder liegt das daran, dass du gerade mal keine Glückssträhne hast?«

»Gerade mal? Das hast du wirklich nett ausgedrückt.«

John kannte Tante Ju schon lange. Sie lebte in demselben schmucklosen Block wie er. Als er nach der Beerdigung seiner Mutter seine Wohnungstür aufschloss und das Gefühl hatte, das Ende der Welt wäre gekommen, stand sie plötzlich neben ihm. Sie starrte in seine verweinten Augen und lud ihn auf eine Tasse Kaffee in ihr Wohnzimmer ein. Das war der Beginn ihrer kuriosen Freundschaft. Das Unikum aus dem Keller der Zeitung und der junge Mann, der den eigenen Vater nie kennengelernt und seine

Mutter aufgrund einer Krebserkrankung verloren hatte. Sein Vater war ein kanadischer Soldat gewesen, stationiert in Lahr. Henry Wallace. Wenn John in den Spiegel sah, musste er zwangsläufig an diesen Fremden denken: Henry war Schwarzer, und Johns Hautfarbe war eine Mischung aus dem Teint seines Vaters und dem seiner deutschen Mutter. Kurz nach Johns Geburt wurde Henry in die Heimat versetzt – und hatte dafür gesorgt, dass der Kontakt nach Deutschland abbrach. Anna Dietz zog ihren John allein auf. Sie war sein Anker gewesen. Nun war sie bereits über drei Jahre tot. Drei Jahre, in denen er noch richtungsloser gewesen war als zu ihren Lebezeiten. Bis ihm die Idee mit der Detektei gekommen war.

»Also, Junge, nun sag schon. Was ist mit dieser Frau auf dem Foto?« Tante Jus Blick ruhte voller Zuneigung auf ihm.

In knappen Worten umriss John das, was Laura Winter ihm erzählt hatte.

Tante Ju hob die Augenbrauen. »Auch das klingt nach einer komischen Geschichte.«

»Vor allem ist es eine, bei der ich gar nicht vorankomme.« Er erhob sich von dem Hocker, auf dem er immer saß, wenn er ihr einen raschen Besuch abstattete.

»Johnny, zeig mir noch mal das Bild.« Wie zuvor blinzelte sie Felicitas' Gesicht eine Weile prüfend an. »Ich weiß nicht recht. Irgendwie kommt sie mir vielleicht doch bekannt vor.«

»Wirklich?« John zweifelte. Offenbar war es ihr bloß zuwider, ihn mit einer negativen Antwort gehen zu lassen.

»Wer weiß, womöglich fällt mir ja noch was ein. Mein Oberstübchen ist genauso verstaubt wie dieses Büro. Muss wohl mein Gedächtnis ein bisschen ölen.« Lächelnd nahm sie einen Schluck Kaffee, der bestimmt längst eiskalt war. Tante Ju trank immer aus mehreren Tassen parallel.

»Falls dir noch etwas einfällt«, antworte John ohne Hoffnung, »dann …«

»… dann sag ich dir Bescheid.« Lächelnd steckte sie sich eine Zigarette an. Im gesamten Gebäude herrschte Rauchverbot – nur Tante Ju in ihrem kleinen Reich setzte sich darüber hinweg. Und man ließ sie gewähren. Vielleicht einfach deshalb, weil außer ihr ohnehin niemand das enge Zimmerchen betrat.

»Danke, Tante Ju.«

»Für was denn, Junge?« Sie warf ihm einen Handkuss zu.

Als er das Gebäude verließ, stand John einen langen Moment unschlüssig auf dem Kopfsteinpflaster der Fußgängerzone. Die Geschäftsstelle der Zeitung lag nicht weit entfernt von seinem Büro, und er überlegte kurz, dorthin zurückzugehen. Aber Papagei Elvis hatte noch genügend Wasser und Futter, und John verspürte einfach kein Verlangen danach, die leeren Wände anzustarren und auf das Klingeln seines Festanschlusses zu warten. Sein Handy war wieder seit Stunden still geblieben. Eine florierende Privatdetektei sah wahrlich anders aus. Und heute würde er sich bei Laura melden müssen. Ohne zu wissen, was er ihr berichten sollte. Dem Augenblick, wenn er ihr eröffnen würde, nichts Neues zu haben, sah er mit einem dumpfen Grollen entgegen. Allein schon deshalb, weil Laura genau damit rechnete. Das war ihm leider nur allzu klar und machte die Sache ja erst recht so unerfreulich.

Etwas ziellos schlenderte John die Kaiser-Joseph-

Straße entlang. Die Sonne wölbte sich als glimmender Lichtschirm über die Altstadt. Er folgte einem der Bächle, die von der Dreisam gespeist wurden und die Innenstadtstraßen durchzogen, längst ein Wahrzeichen der Stadt, und wich Touristen, Studenten, Hausfrauen und Nachmittagsunterricht schwänzenden Schülern aus, dem üblichen Freiburger Leutegemisch. Ein schöner Tag war es, weiterhin warm, und bisweilen hatte der Herbst in dieser Region etwas wunderbar Frühlingshaftes. Jedenfalls wenn man nicht Neu-Privatdetektiv John Dietz war und keine Ahnung hatte, wie es weitergehen sollte.

Grübelnd nahm er Kurs auf das Krügle, eine Kneipe, die sich in einer der Gassen beim Schlossberg versteckte und einen Geheimtreff für ein ziemlich buntes Publikum darstellte. Vom Alt-68er-Kampftrinker über den scheuen, stets lesenden Philosophie-Studenten bis zum feuchtfröhlichen Damenkegelverein konnte man hier praktisch jeden antreffen. Als sich John an den um diese Zeit fast leeren Tresen auf einen Barhocker schob, war er immer noch in Grübeleien versunken. Die Universität, das Studentenwohnheim … Wo sollte er noch ansetzen? Was würde ein richtiger Detektiv machen? Nun ja. Das bedeutete wohl, dass er doch kein ›richtiger‹ Detektiv war. Tante Ju war ja schon so etwas wie seine letzte Chance gewesen, fast ein Akt der Verzweiflung. Ihr waren unzählige Menschen vertraut, aus jeder Schicht der Bevölkerung, und ihr Gedächtnis war, selbst wenn sie ziemlich zerstreut wirkte, keinesfalls zu unterschätzen. Aber dass ausgerechnet der Anblick von Felicitas Winter eine Erinnerung in ihr ausgelöst hätte, wäre John wie ein Sechser im Lotto vorgekommen. Und war es nicht mal wieder Zeit für einen Glückstreffer?

Ein wenig wurde Johns Laune dann doch aufgehellt. Der Grund dafür war Blanca, eine neue Bedienung im Krügle, die auf seine Sprüche mit überaus aufgeschlossenem Lachen reagierte. Später, als er sich zu Hause in einen etwas in die Jahre gekommenen Sessel drückte, hatte sich seine Stimmung bereits wieder getrübt. Er starrte auf das Handy, und pünktlicher als die Tagesschau kam der Anruf. Er nahm ihn entgegen und hörte zunächst Musik und Stimmengewirr. Laura Winter rief ihn also aus einem Restaurant, eher einer Bar an. Ob das vielleicht auf ihre durchaus frostige Art eine positive Auswirkung haben mochte?

Nein. Sie klang so sachlich und beherrscht wie bei ihrem Besuch im Büro. »John«, eröffnete sie die Unterhaltung ohne Gruß. »Ich habe zwar gesagt, ich melde mich bei dir, aber im Moment passt es mir nicht so richtig.«

»Aha«, sagte er nur. Keine Frage nach Felicitas?

»Oder gibt es etwas«, fuhr sie fort, »das sehr wichtig wäre? Hast du irgendetwas, das nicht bis morgen warten kann?«

»Nun ja, ähm«, murmelte er. »Eigentlich …«

»Nichts, oder?«, fiel sie ihm ins Wort, und er wusste endgültig, dass sie sowieso nichts von ihm erwartete. Bevor er etwas anfügen konnte, sprach sie weiter: »Also, ich habe mich mit alten Freundinnen aus der Schulzeit getroffen. Und morgen um elf noch eine Verabredung auf einen Cappuccino. Um zwölf werde ich in deinem Büro vorbeischauen. Vielleicht hast du dann ja mehr für mich. Und damit wir außerdem …« Sie überlegte kurz, das Gelächter um sie herum schien lauter zu werden. »Damit wir das mit deiner Bezahlung regeln können. Wir sehen uns. Um exakt 12 Uhr.«

Punkt, aus, das war's schon. Die Uhrzeit hatte sie ausgesprochen wie eine Richterin ihr Urteil. John sah aufs Display und schüttelte den Kopf. ›Deine Bezahlung.‹ Es hatte sich angehört, als ginge es um ein Trinkgeld. Und für Laura Winter war es wohl auch nicht mehr. Schon bei ihrem ersten Auftauchen hatte sie sich nicht einmal nach seinem Tarif erkundigt. Ach, diese Leute, die nie Geldsorgen hatten … John legte das Handy auf den Tisch und schaltete den Fernseher ein. Natürlich lief nichts. Genauso wie bei ihm.

Am nächsten Morgen war er recht früh im Büro – auch wenn es keinen Anlass dafür gab. In der anfänglichen Euphorie für seine Detektei hatte er oft auf der Liege im Nebenzimmer übernachtet. Deshalb hatte er Elvis hier untergebracht. Es wurde Zeit, den Vogel, der Johns Mutter gehört hatte, wieder zu Hause einzuquartieren. Er streichelte der Blaustirnamazone den Kopf, ein altes Ritual, das der ansonsten eher kapriziöse Papagei gern über sich ergehen ließ. Beim McDonald's am Martinstor hatte sich John mit einem Frühstück versorgt. Von dem Croissant hielt er ein Stück zwischen die Käfigstäbe, und Elvis' Schnabel schoss sofort hervor. Es gab so gut wie nichts, was dieser verrückte Kerl verschmähte.

Ein ereignisloser Vormittag. Wie so viele davor. John surfte planlos im Internet, während Elvis immer wieder eine besonders schaurige Version von ›Can't help falling in love‹ intonierte. Unter dem Fenster strömten die Leute vorbei. Jeder auf dieser Welt schien etwas zu tun zu haben, in Eile zu sein – nur John Dietz nicht. Endlich näherten sich die Zeiger der gitarrenförmigen Wanduhr der Zwölf. John konnte sich vorstellen, was ihn erwartete. Laura Winter würde gewiss die Pünktlichkeit in Person sein. Sie würde im Geschäftston sagen: »Danke, John, aber es ist genug, du findest sowieso nichts heraus.« Dann würde sie ihm einen Scheck geben oder eine Überweisung ankündigen oder ihn sogar bar auszahlen, als hätte sie in einer Bäckerei ein paar Brötchen gekauft. Anschließend würde sie aus seinem Büro rauschen, ohne eine Spur zu hinterlassen. Als hätte sie es nie betreten, als hätte es den Fall Felicitas Winter nie gegeben. Ein Fall? Wirklich? Diese Frage hasste John mittlerweile. Er legte eine Elvis-CD ein, obwohl ihm klar war, dass der gefiederte Elvis gleich einstimmen würde.

Die Stimme des King erfüllte Johns bescheidenes Refugium, ein Song nach dem anderen wurde abgespielt, begleitet vom Krächzen des Papageis. 12 Uhr, zehn nach Zwölf, zwanzig nach Zwölf.

Die Pünktlichkeit in Person hatte es offenbar überhaupt nicht eilig. Und es kümmerte sie wohl nicht im Geringsten, dass sie mit John Dietz eine Verabredung getroffen hatte. Wie unwichtig mochte er für sie sein? Ach, das Leben war nicht schön.

Als es endlich an der Tür klingelte, warf John einen weiteren wütenden Blick auf die Uhr. Fünf nach eins. Ohne sich davon zu überzeugen, wer es war, drückte er grummelnd den Knopf, um die Eingangstür im Erdgeschoss zu öffnen. Wenig später betrat Laura Winter das Büro der Detektei Dietz. John machte sich bereits auf ihre hochnäsige Stimme gefasst. Doch als er von seinem Schreibtischstuhl aufsah, war schon im ersten Moment eines vollkommen klar: Das war eine andere Laura Winter. Eine ganz andere.

Mit verblüfftem Gesichtsausdruck stand John auf. Er starrte sie nur an und sagte kein Wort.

»Scheiße«, knurrte Laura.

# 2
# DIE STUMME MAJA

So schwer es ihm sonst fiel, den Schnabel zu halten: In diesen Minuten war nichts von Elvis zu hören. Auch die Stereoanlage gab keinen Ton von sich – die CD des wahren Elvis war längst zu Ende gespielt worden.

Mit ungewollter Faszination betrachtete John Dietz seine Auftraggeberin, nur getrennt durch den beinahe leeren Schreibtisch. Es bebte in Laura Winter, sie war drauf und dran, ihren Gefühlen nachzugeben, doch momentan hielt sie diese Mauer aufrecht, dieses Beherrschte, was ihr Wesen so stark dominierte.

Die Schulterpartie ihrer leichten eleganten Jacke war mit Dreck verschmiert, eine Naht der schlichten, aber sicher teuren Jeans geplatzt, der rechte Slipper ebenfalls durch inzwischen verkrusteten Schmutz in Mitleidenschaft gezogen. Ihr Haar wirkte durcheinander, obwohl John es förmlich vor sich sehen konnte, wie sie nach dem Zwischenfall immer wieder mit fahrigen Bewegungen versucht hatte, es in die gewohnte Ordnung zu bringen. Über ihrer rechten Schläfe hatte sie eine Beule; die Haut war abgeschürft. Und die Ader darunter pochte heftig, ein kleiner Rhythmusgeber für die Worte, die über ihre Lippen kamen. Der Ausdruck ›Scheiße‹ fiel einige Male, aber das machte diese attraktive, doch allzu kühle Dame zumindest aus Johns Sicht ein gutes Stück menschlicher. Außerdem musste er sich eingestehen, eine fast boshafte Genugtuung zu verspüren: Laura Winters Panzer schien ein paar Kratzer abbekommen zu haben. Und allein angesichts ihrer hochnäsigen Art bei dem Anruf vom Vorabend hatte sie das vielleicht sogar verdient. Gleichzeitig jedoch tat sie ihm leid. Jedenfalls bemühte er sich, Mitgefühl aufkommen zu lassen. Wie sie da so vor ihm saß, die Arme voller Wut vor der Brust gekreuzt. Nein, es ging Laura nicht gut, überhaupt nicht gut.

»Dieser …« Sie schien nach einem deftigen Schimpfwort für den Unbekannten zu suchen, presste jedoch die Lippen wieder aufeinander.

»Was war es für ein Auto?«, erkundigte sich John, um sie ein wenig darin zu unterstützen, ihre übliche Konzentration wiederzuerlangen.

»Alles ging so unglaublich schnell. Eine Limousine, wahrscheinlich ein Mercedes. Oder ein Audi. Schwarz oder nachtblau. Die Scheiben waren extrem stark getönt, das ist mir aufgefallen. Ich war ja schon zwei Schritte auf dem Fußgängerüberweg, achtete auf das Display meines Handys …« Immer noch voller Ungläubigkeit schüttelte sie ihren Kopf. »Eine ganz normale Situation, wie sie hundertmal am Tag passiert.« Sie nahm John ins Visier, als hätte er gewagt, zu widersprechen. »Das Auto hatte ja längst angehalten. Es stand. Der Motor brummte leise.« Sie betonte jede Silbe exakt. »Und dann auf einmal – rast dieser blöde …«

»Idiot«, schlug John vor.

»Nein, ganz und gar nicht.« Wütend schnalzte sie mit der Zunge, wie eine Lehrerin, die einem begriffsstutzigen Schüler etwas beizubringen versuchte.

»Also kein Idiot.« John runzelte die Stirn.

»Du hast mir nicht richtig zugehört. Das Auto stand …« Erneut dieses Betonte in der Stimme. »Und dann raste es los.«

»Und du …«

»Und ich«, fiel sie ihm ins Wort, »habe mit einem Hechtsprung mein Leben gerettet. Zumindest meine Knochen. Der rechte vordere Kotflügel hätte mich fast erwischt. Ich landete mit voller Wucht auf dem Trottoir. Du siehst ja, wie ich …« Sie ließ den Satz offen und wies auf ihre Schrammen.

»Und die Limousine fuhr einfach weiter?«

Sie nickte.

»Jetzt verstehe ich langsam, worauf du hinauswillst.«

»Wird auch Zeit«, merkte Laura scharf an.

Selbst unter Schock funktionierte ihre spitze Zunge wie geölt. Doch er zwang sich, einfach nicht darauf einzugehen. »Du denkst, dass das kein Unfall war.«

»Genau das, Mr. Sherlock Holmes.«

Noch einer dieser Sherlock-Sprüche. Wie viele hatte er sich schon anhören müssen? Aber wieder gelang es ihm, über ihre Bemerkung hinwegzusehen. »Wenn es kein Unfall war, also kein rücksichtsloser oder blinder oder betrunkener Autofahrer, dann war es der Versuch …«

»… mich zu töten«, schnitt sie ihm abermals das Wort ab. »Oder wenigstens mich ins Krankenhaus zu befördern.« Die Worte polterten inzwischen weitaus zorniger aus ihr heraus.

»Hältst du das tatsächlich für …?« Diesmal brachte ihn nicht ihre Zunge zum Schweigen – sondern ihr Blick. Das Funkeln ihrer klaren blauen Augen hatte eine neue Intensität erreicht.

»Tu nicht so überheblich, John!«

»Ich?«, entfuhr es ihm verdattert.

»Und ob. Du!« Jetzt sprach sie sehr leise, was beinahe alarmierender wirkte. »Ich bin kein Dummchen, John. Ich bin keine blöde Gans.«

»Bestimmt nicht, aber du …«

»Unterbrich mich nicht!«

»Ich dich?«

»Ich kann sehr wohl unterscheiden, ob ein Auto absichtlich oder unabsichtlich auf mich zurast.«

Er hielt es für besser, ein paar Sekunden den Mund zu halten. Erst ein Krächzen des Papageis beendete die irgendwie unangenehme Stille, die zwischen ihnen entstanden war.

»Wenigstens Elvis geht es gut«, meinte Laura mit verkniffenem Grinsen.

»Dafür scheint es dich ganz schön mitgenommen zu haben.«

»Ich möchte dich sehen …«, brauste sie erneut auf, stoppte sich aber. »Nun ja, den Vormittag hatte ich mir jedenfalls anders vorgestellt.«

»Ich nehme an, du bist gleich in die Klinik gegangen.«

»Du hast ein Talent dafür, immer das Falsche anzunehmen, stimmt's? Nicht gerade sehr hilfreich für einen Privatdetektiv möchte ich meinen.« Nicht nur aufbrausend und überheblich, auch ziemlich sarkastisch konnte sie sein. Ob sie verheiratet ist?, fragte sich John. Hieß sie überhaupt noch Winter? Er hatte sich nicht danach erkundigt.

»Demnach warst du also nicht bei einem Arzt«, murmelte er dann, sich ergebend.

»Na, bestimmt nicht.« Sie holte tief Luft. »Ich war bei der Polizei. Und ich hab den Herren da genau erklärt, dass dem Autofahrer nicht etwa ein bedauerlicher Fehler unterlaufen ist, wie man mir gleich einzureden versuchte. Ich hab klargemacht, was bei diesem Fußgängerüberweg vorgefallen ist. Und zwar unmissverständlich klargemacht.«

Das kann ich mir lebhaft vorstellen, dachte John. »Und was hat die Polizei unternommen?«

Unwirsch winkte Laura ab. »Zu dumm, dass ich den Wagen nicht besser beschreiben kann. Ich konnte weder einen Blick auf den Fahrer noch auf das Kennzeichen werfen. Wie gesagt, es ging alles sehr schnell.« Sie straffte ein wenig ihren Oberkörper. »Jedenfalls haben die Beamten begriffen, wie ernst es mir war. Sie haben es dann aufgegeben, mich irgendwie abzuwimmeln.«

Ein Glück für die Jungs, mutmaßte John.

»Anschließend«, fuhr Laura fort, »wurde ich zu einem Kommissar gebracht, der sich die ganze Geschichte aufmerksam angehört hat. Er versprach, die Sache nicht auf sich beruhen zu lassen und sich trotz der wenigen Angaben, die ich machen konnte, darum zu kümmern. Das war nicht irgendwer, das war ein Hauptkommissar der Mordkommission. Demnach«, fügte sie noch an, »hat man meine Beschuldigungen durchaus ernst genommen.«

»Wie heißt der Kommissar?«

»Bernd Hauschild.«

John nickte leicht. »Den Mann kennt man in Freiburg. Angeblich ein sehr fähiger Ermittler.«

»Diesen Eindruck hat er auf mich auch gemacht. Obwohl er nicht verhehlen konnte, dass es eigentlich keinerlei Motiv für eine solche Wahnsinnstat gibt.«

»Stimmt schon«, wagte John einzuwerfen, »das gibt es nicht.«

Sie lächelte – allerdings alles andere als amüsiert. »Mir ist durchaus bewusst, dass sich das alles eigenartig anhört.

Aber noch einmal: Ich kann zwischen ›ohne Absicht‹ und ›mit voller Absicht‹ sehr gut unterscheiden.«

»Das glaube ich.«

»Das glaubst du nicht im Geringsten.« Irgendwie triumphierend betrachtete sie ihn. »Nicht im Traum würdest du mir glauben. Du hältst mich für eine hysterische, eingebildete Ziege.«

Überrumpelt starrte er sie an. Er wollte widersprechen, mit irgendeiner halbwegs geistreichen Retourkutsche davon ablenken, dass sie ihn total durchschaut hatte. Nur leider fiel ihm nichts ein. Schon gar nichts Geistreiches.

»Aber, mein lieber John Dietz«, redete sie schon wieder weiter, »es ist mir ziemlich egal, was du von mir denkst. Denn eigentlich bin ich ja keineswegs hier, um dir mein Leid zu klagen, sondern …« Ein genüssliches Lächeln. »Sondern um etwas über deine Ermittlungsergebnisse zu erfahren. Falls es welche gibt.«

Ja, er hatte recht gehabt. Da waren tatsächlich ein paar Kratzer auf ihrem Panzer, mehr aber auch nicht. Die Schutzmauer, die diese Frau umgab, schien letztlich unzerstörbar zu sein. »Natürlich, die Ermittlungsergebnisse«, meinte er. Viel zu lahm, wie er sich eingestand. »Also. In Anbetracht der Tatsache, dass die Informationen, auf die ich mich stützen muss, äußerst spärlich sind, war es mir bisher leider …«

»Nichts«, unterbrach sie ihn, wiederum mit diesem überheblichen Zug um die Lippen. »Und zwar gar nichts. Nichts hast du.«

»Es tut mir leid, aber deine Schwester scheint in Freiburg nicht gerade viele Spuren hinterlassen zu haben. Weder da, wo sie wohnte, noch an der Universität.« Endlich gewann seine Stimme etwas an Volumen. »Du hast mir allerdings nicht viel über ihre Hobbys oder Lieblingsbeschäftigungen sagen können. Oder über mögliche Freunde und Freundinnen. Ich habe ja gerade erst angefangen. Was dachtest du denn? Dass ich innerhalb dieser kurzen Zeit alles in Erfahrung bringen würde, was …«

»Hobbys, Lieblingsbeschäftigungen.« Abfällig rollte sie mit den Augen.

»Natürlich!«, bemühte sich John, nicht klein beizugeben. »War Felicitas in einer Jazztanztruppe oder in einer Gruppe junger romantischer Damen, die einander selbst verfasste Gedichte vortrugen? Hatte sie einen Nebenjob in der Uni-Bibliothek? Oder hat sie in einer Kneipe gekellnert?«

»Gib's einfach zu, dass du nichts hast.«

»Wie sollte ich auch, wenn du …«

»Geschenkt!«, schnitt sie ihm das Wort ab. Wieder einmal. Abrupt stand sie auf. »Ich habe sowieso keine allzu großen Hoffnungen in dich gesetzt. Das war's dann wohl, Mr. Sherlock Holmes. Schick mir deine Rechnung – sie wird umgehend beglichen.«

John blickte stumm zu Laura auf, und obwohl er nichts anderes erwartet hatte, kam er sich vor, als hätte *ihn* die schwarze Limousine gestreift. Er sah zu, wie sie ebenso abrupt auf ihren flachen Absätzen herumwirbelte – doch auf einmal geriet ihre Zielstrebigkeit ins Stocken. Die Handtasche in ihrer linken Hand schien ein wenig zu flattern, mit der rechten griff sie sich an die Stirn. In dem Moment, als ihre Knie einknickten, war John hinter ihr. Er umfasste ihre Oberarme, stützte sie.

»Rühr mich nicht an«, beschwerte sie sich, aber ihre Stimme war schwach. Ohne Protest ließ sie sich von ihm in das Nebenzimmer führen, wo er ihr die Tasche abnahm. Erneut schien Laura zu wanken und ihm gelang es, sie auf die Liege zu befördern. Sie lag auf dem Rücken, schloss die Augen und seufzte. Ihre Nasenspitze war weiß. John kniete neben ihr und ertappte sich dabei, wie er das Gesicht dieser Frau studierte. Entspannt wirkten ihre Züge, zum ersten Mal seit ihrem Wiedersehen, und sie sah gleich noch attraktiver aus. Sie atmete ganz ruhig. Eine Parfümwolke stieg von ihr auf, und John nahm an, dass ein winziger Flakon dieses Wässerchens teurer war als seine Lederjacke. Er betrachtete ihre Kleidung, die ihren Stil, ihren Erfolg im Leben perfekt widerspiegelte. Welchen Beruf mochte sie ergriffen haben – auch das hatte er sie nicht gefragt. Vielleicht lag es an diesem Wall, den sie um sich herum aufgebaut hatte. Laura Winter gehörte nicht zu den Menschen, die das Herz auf der Zunge trugen.

»Was starrst du mich denn so an?«

Ihre Stimme ließ ihn zusammenzucken. »Tu ich doch gar nicht.« Er kam auf die Beine und trat zu der Kaffeemaschine auf dem kleine Tischchen.

Auch Laura stand auf. »Mir war plötzlich etwas unwohl«, murmelte sie. »Danke.«

John sah ihr an, dass es ihr nicht leichtfiel, dieses kleine Wörtchen an ihn zu richten. »Bleib lieber noch ein wenig liegen.« Er füllte die Filtertüte mit Kaffee. »Etwas anderes kann ich dir leider nicht anbieten.«

»Lass nur«, sagte sie bereits wieder mit Bestimmtheit. »Mir geht's besser.«

»Ein paar Minuten Ruhe …«

»John, ich lasse es dich wissen, wenn ich eine Krankenschwester benötige.« Laura griff nach ihrer Handtasche.

Er zeigte, so gut es ihm gelang, ein giftiges Grinsen. »Was hast du vor?«

»Was schon? Ich gehe in mein Hotel zurück.«

»Ich begleite dich.«

»John, deine Besorgnis ist wirklich anrührend«, meinte sie etwas zu gönnerhaft. »Doch ich schaffe es durchaus allein dorthin.«

»Gut möglich.« Erneut bemühte er sich um eine ordentliche Portion Giftigkeit. »Aber diesmal gebe ich die Befehle. Verstanden?«

Sie maß ihn mit einem ironischen Blick. »Sehr beeindruckend, wenn du so streng auftrittst.«

Bevor er etwas entgegnen konnte, setzte Elvis ein: »Love me tender … love me sweet …«

»Wie romantisch«, bemerkte Laura Winter spöttisch, als sie durch die Tür des Nebenzimmers nach draußen marschierte, offenbar tatsächlich wieder bei Kräften. Doch dieses eine Mal ließ John sich nicht abspeisen. Er griff nach seiner Lederjacke am Haken und beeilte sich, seiner eigenwilligen und nach wie vor einzigen Auftraggeberin hinterherzukommen.

Die Sonne blendete sie, als sie nach einer schweigsamen Fahrt mit dem Aufzug nebeneinander die Straße betraten. »Wo ist dein Hotel?«, fragte John.

»Eisenbahnstraße«, kam die knappe Antwort, so rasch und kühl wie immer. Sowohl den Unfall als auch die kurze Schwäche im Büro schien Laura bestens verdaut zu haben. Ihre Schritte waren schnell und raumgreifend. Sie folgten der Kaiser-Joseph-Straße durch das frühnachmittägliche Gewimmel, um schließlich Kurs auf die Eisenbahnstraße zu nehmen. »Ziemlich warm heute«, sagte John, nur um dieses dumpfe Schweigen zu brechen.

»Ziemlich.« Sie starrte weiterhin geradeaus.

»Was mich interessieren würde«, sprach John weiter, obwohl er nicht recht wusste, weshalb. »Was tust du eigentlich? Ich meine, was arbeitetest du?«

Erstaunt sah sie ihn an. »Ich? Wieso fragst du?«

»Einfach nur so. Aus Interesse. Was hast du studiert? Du hast doch bestimmt studiert, oder?«

Sie verdrehte erneut die Augen. »Erst Medizin. Nicht allzu lange. Dann Geschichte, weil ich mir plötzlich in den Kopf gesetzt hatte, Lehrerin werden zu wollen. Na ja, das hielt ebenfalls nicht lange an. Schließlich Wirtschaftswissenschaften. Bis zum Ende durchgezogen. Heute arbeite ich für eine Unternehmensberatung.«

Das passt zu dir, dachte John. Was sich weniger in sein Bild von Laura Winter fügte, war die Tatsache, dass sie gleich zweimal etwas angefangen hatte, ohne es zu beenden. »Und was für Unternehmen berätst du?«

»John, was soll das?« Ein rascher Seitenblick. »Willst du ein bisschen Konversation machen? Danke. Wirklich nicht nötig.«

Vor dem Hotel Rheingold angekommen, hielt Laura Winter inne. Auch das Hotel passte für Johns Empfinden bestens zu ihr. Es war teuer, geschmack- und stilvoll – und irgendwie unpersönlich. So unpersönlich wie die Art, mit der ihm Laura nun ihre Hand hinstreckte. »Besten Dank für deine Begleitung.«

Er hatte kaum ihre Finger berührt, da zog sie sie auch schon zurück. »Übrigens, morgen Nachmittag reise ich ab. Mit der Bahn. Wieder nach Hause. Dann auf Wiedersehen, John Dietz.«

»Morgen? Zurück nach Stuttgart?«

Sie nickte kurz. »Wo ich besser geblieben wäre. Das alles hat doch wirklich keinen Sinn.«

»Also, ich …« Er suchte nach den richtigen Worten.

»Wie ich schon in deinem Büro sagte: Schick mir die Rechnung. Ich werde mich sofort darum kümmern. Die Adresse erhältst du per SMS. Deine Handynummer habe ich ja.«

»Okay.« Auch er nickte, und er spürte, dass sich ein grimmiger Zug um seinen Mund bildete. »Es tut mir leid, dass ich nicht …«

»Vergiss es, John.« Sie sah an ihm vorbei, als wäre sie mit den Gedanken längst woanders – was wohl tatsächlich der Fall war. Sie machte ein paar Schritte auf das Hotelportal zu und blieb noch einmal stehen. »Zum Schluss ein Rat von mir an dich: Such dir einen anderen Job.«

Er sah sie an und zog eine Schnute. »Und ein Rat von mir an dich: Trag die Nase nicht so hoch, dass sie ständig die Decke streift.«

Sie nahm die Antwort mit einem gleichmütigen Lächeln hin. »Du hattest vorhin übrigens recht. Ich meine, mit der Kneipe.«

Verwirrt sah er sie an. »Bitte?«

»Felicitas. Sie hat wirklich gekellnert. Das ist allerdings schon eine Weile her, war am Anfang ihres Studiums.«

»Und welche Kneipe ist das? Oder war das?«

»Es war ein Name, der mir aus meiner Zeit in Freiburg nicht geläufig war. Soweit ich mich erinnere, kam ›Maus‹ darin vor.«

»Spitzmaus?«

»Könnte gut sein.«

»Eine schlichte Studentenkneipe mitten in der Innenstadt.«

»Ich hatte einfach nicht mehr daran gedacht. Felicitas hat den Namen in der folgenden Zeit nie wieder erwähnt. Na ja, wie gesagt: Es hat ja doch keinen Sinn.« Laura Winter hob die Schultern. »Noch ein schönes Leben, John. Und mehr Erfolg bei deinem nächsten Fall.« Damit drehte sie sich um und verschwand mit raschen Schritten durch das Portal.

Ein paar Sekunden blieb er stehen, als bestünde die Möglichkeit, sie könnte noch einmal auftauchen. Langsam drehte er sich um. Die Hände in den Taschen seiner Jeans vergraben, schlenderte er zum oberen Ende der Eisenbahnstraße zurück. Ein Mann kam ihm entgegen, schlank, überaus eleganter Anzug, kurz geschorenes schwarzes Haar. Für einen Wimpernschlag trafen sich ihre Blicke, und irgendwo in Johns Gedächtnis glimmte eine Erinnerung auf. Den kenne ich, sagte er sich, doch woher, fiel ihm nicht ein, und so kam er zu dem Schluss, dass er sich getäuscht haben musste. Seine Gedanken schleppten sich ohnehin ziemlich schwerfällig dahin. Fast unbewusst schlug er den Weg zur Innenstadt ein, zur Fußgängerzone, vorbei am Kollegiengebäude 2, von dort in das kleine Gassengewirr, das sich zwischen den wuchtigen Universitätsbauten hindurchquetschte. Straßencafés, die wie gewöhnlich gut besucht waren, Buchläden, Copyshops. Ein ausgefranster Typ schrubbte derart wild auf seiner Gitarre herum, dass er mit seinem gejaulten Gesang kaum nachkam. Ein Junge mit gelber Punkfrisur bettelte um ein paar Münzen, doch John stiefelte an ihm vorüber. Noch immer ging er wie ferngesteuert, und erst als er wenige Schritte vor der Kneipe stehen blieb, gestand er sich ein, dass er nicht zufällig hierher gekommen war.

Seine Pechsträhne blieb ihm allerdings treu. Er starrte auf den einfachen Computerausdruck, der an der verschlossenen Eingangstür klebte:

›Heute machen die Spitzmäuse einen Ausflug.<br>Deshalb bleibt die Küche kalt.<br>Bis morgen, euer Spitzmaus-Team‹

Wie hatte es Laura Winter ausgedrückt? ›Es hat ja doch keinen Sinn.‹ Wahrscheinlich hatte sie recht damit. Wahrscheinlich war sie einer dieser Menschen, die sowieso immer recht hatten. Wahrscheinlich ergab überhaupt nichts Sinn, zumindest nichts, was John Dietz anpackte. Er seufzte und ging die Gasse weiter hinab. Erneut war es so, dass er mehr oder weniger unbewusst einen Weg einschlug. Eher weniger unbewusst, gab er vor sich selbst zu. Er folgte der Bertoldstraße ein kurzes Stück und erreichte ein paar Minuten später das Krügle. Als er die Kneipe betrat, hellte sich seine Stimmung sofort auf. Vielleicht doch noch ein Glückstag?

Denn die erste Person, die er im stets schummrigen Inneren erblickte, war Blanca. Auf seinen netten Gruß reagierte die hübsche junge Frau allerdings kaum. Jetzt erst sah John, dass auch Günther, der Wirt, und ein paar der üblichen Stammgäste anwesend waren. Alle wirkten reichlich konsterniert und nahmen ihn gleichermaßen desinteressiert zur Kenntnis wie Blanca.

Eine ungewohnte Stille lastete auf dem niedrigen, etwas muffigen Gastraum, der seit Jahren unverändert erschien: altmodische Holzverkleidung und ausgefranste Poster an den Wänden, abgewetzte, mit Kritzeleien verzierte Stühle und Tische. Die Stereoanlage aus den frühen 90ern dudelte nicht wie sonst vor sich hin.

»Was ist denn los?«, entfuhr es John Dietz. »Habt ihr euren persönlichen Volkstrauertag eingeläutet oder was?«

Günther, der vor dem leicht schiefen Tresen stand, drehte sich zu ihm um. »Ganz und gar nicht«, murmelte er und kam auf John zu, um ihm gewohnheitsmäßig die Hand zu schütteln. Die Oberfläche des Tresens zog Johns Aufmerksamkeit auf sich – und er entdeckte seltsame Dellen. Zersplittertes Holz, außerdem Bierlachen und Scherben von Gläsern.

»Sieht fast so aus, als wollte jemand Kleinholz aus dem Krügle machen«, meinte John verwundert.

»Sieht nicht nur so aus«, antwortete Günther mit ratlosem Gesicht.

»Ein Amokläufer«, meldete sich Blanca zu Wort. »Oder so was in der Art.« In ihren eindrucksvollen Augen blitzte es auf. Sie war die einzige, die hinter dem Tresen stand.

Die Stammgäste fingen an, aufgeregt drauflosplappern, aber John brachte sie mit einer ruckartigen Geste zum Schweigen. »Günther, was ist hier passiert?«

»Blanca kann's am besten erklären. Sie hatte Dienst, als es losging.«

Die junge Frau nickte. »Erzählen kann ich's vielleicht, erklären allerdings ganz sicher nicht.« Sie breitete die Arme aus. »Also, es war gerade nicht viel los. Nur wenige Gäste. Am Tresen stand ein Mann, den ich nie zuvor gesehen habe. Und am ersten Tisch hockten vier Studenten. Unser Koch kommt ja immer erst fürs Abendgeschäft, und als die vier was zu essen wollten, bin ich in die Küche gehuscht, um von dem Chili con Carne von gestern aufzuwärmen.«

»Der Mann«, warf John ein. »Was war das für einer?«

»Groß, sehr kräftig. Um die 50, würde ich schätzen. Schwarzgraue, verstrubbelte Haare, Schnurrbart. Hat ein Bier bestellt. Und er konnte kaum Deutsch, hat mit Akzent gesprochen. Er stand einfach da, nuschelte in seinen Bart und nippte an seinem Bier. Die ganze Zeit über starrte er auf ein Foto.«

»Und dann?«

»Und dann ging's los.« Blanca strich sich fahrig durchs Haar. »Ganz plötzlich, ohne Vorwarnung. Ich hab's aus der Küche gesehen, nur aus dem Augenwinkel. Der komische Typ hielt auf einmal eine Eisenstange in der Hand. Vorher hatte ich die gar nicht bemerkt.«

»Vielleicht war sie irgendwie in der Jacke versteckt«, vermutete Günther.

»Ja, in der Jacke. Er trug so eine Art Parka, gefüttert, mit Pelzbesatz. Viel zu warm. Ich weiß noch, dass ich mich am Anfang darüber gewundert habe.« Blanca schnalzte mit der Zunge. »Und dann, stell dir vor, John, hämmerte dieser Wahnsinnige voller Wut auf unsere gute alte Theke ein. Mit der Stange! Immer wieder!«

John betrachtete den Schaden und äußerte nichts.

»Die Studenten sind aufgesprungen, total erschrocken. Die rannten sofort los, einfach nach draußen, als ging's um ihr Leben. Von denen kam natürlich keiner wieder.«

»Und der Mann?«

»So plötzlich, wie er losgelegt hatte, hörte er wieder auf. Er hat geschnauft und vor sich hin gestiert. Dieser Blick! Der Blick eines Wahnsinnigen, das sag ich dir!«

»Dir ist nichts geschehen, hoffe ich?«

»Nein, nichts bis auf den Schreck. Der Kerl hat mich nämlich gar nicht mehr beachtet. Ich sehe noch vor mir, wie er sich umgedreht hat und dann einfach raus auf die Straße gestiefelt ist. Mannomann, was für ein Tag.«

»Er hat ein Foto angestarrt?«, fragte John weiter. »Was für eines?«

»Keine Ahnung.« Blanca grübelte kurz. »Ist übrigens möglich, dass er es mir zeigen wollte. Schon als er hereinkam, spielte er damit herum. Ich sagte: ›Hallo‹, er sagte: ›Bier‹. Dann glotzte er mich so an, als würde er was loswerden wollen. ›Kann ich sonst was für sie tun?‹, meinte ich. Erst schien er irgendwie abzuwägen, ob er noch mal den Mund aufmachen sollte oder nicht. Jedenfalls denke ich das jetzt. Aber dann murmelte er bloß irgendwas und stierte auf das Bild.«

»Eigenartig.« John stellte sich an den Tresen und stützte die Unterarme darauf ab. »Ich war gestern auf der Geschäftsstelle der Badischen, um die gute alte Tante Ju zu besuchen. Und ob ihr's glaubt oder nicht: Dort hatte dieser Typ auch einen Auftritt.«

»Der mit der Stange?« Blanca blickte verblüfft in die Runde.

»Ja, genau wie hier: Er hat wild um sich geschlagen und ist wieder abgehauen.«

»In der Badischen? Da, wo die Tickets verkauft werden?« Günter schüttelte den Kopf. »Also, in meine Kneipe flattern ja die seltsamsten Vögel rein, aber dort …«

»Ich habe so ein Gefühl«, murmelte John, »als ob wir nicht zum letzten Mal von dem gehört haben.«

»Darauf kannst du wetten«, stimmte Blanca zu.

»Hast du Anzeige erstattet, Günther?«, wollte John wissen.

»Na klar hab ich das.«

»Es waren auch gleich zwei Polizisten da«, erläuterte die junge Bedienung. »Die haben den Schaden begutachtet, sich alles genau angehört und sind dann wieder abgerauscht.«

»Übrigens«, wandte sich der Wirt an Blanca, »die Geschichte ist dir bestimmt auf den Magen geschlagen – geh einfach nach Hause. Ich mach allein weiter, und unser Küchenzauberer ist ja bald da.«

Zuerst lehnte sie ab, doch als Günther sie erneut zu einem verfrühten Feierabend drängte, gab sie nach. »Normalerweise schlägt mir ja nichts so leicht auf den Magen. Die Begegnung mit diesem ganz besonderen Gast hatte es allerdings echt in sich.«

Günther nickte ihr aufmunternd zu. »Leg daheim die Beine hoch und lenk dich ein bisschen ab.«

»Danke schön, ich glaub, da kann ich einfach nicht Nein sagen.« Fast ein wenig entschuldigend hob sie die Schultern. »Ich hoffe nur, der Verrückte mit seiner Stange läuft mir nicht in der Fußgängerzone über den Weg.«

»Ich kann dich gern nach Hause begleiten«, stellte sich John zur Verfügung, und als Blanca das Angebot sofort dankend annahm, war er durchaus zufrieden mit sich. Endlich einmal hast du etwas richtig gemacht, sagte er sich.

Gemeinsam gingen sie dann ohne Hast über das Kopfsteinpflaster hinweg, dem Lauf der Bächle folgend. John vermied es, den Zwischenfall mit dem Unbekannten anzusprechen. Die Unterhaltung wurde vertraulicher, und er spürte, dass ihm die Frau eine gewisse Sympathie entgegenbrachte. Das war Balsam auf seiner Seele, vor allem angesichts des zuletzt mehr als erfolglosen Alltags. Die Sonne schien nach wie vor auf die Stadt herab.

Ein leichter Wind war aufgekommen, der noch nicht die Kühle des Herbstes in sich trug, sondern eher Erinnerungen an den zurückliegenden Sommer. Blanca zeigte sich interessiert an Johns Job, und obwohl er den Fall innerlich bereits abgeschlossen hatte, konnte er nicht widerstehen. Vielleicht war das ja der Zufallstreffer, den er so herbeisehnte – offenbar das Einzige, was ihm überhaupt noch weiterhelfen konnte. Er zog Felicitas Winters Foto aus der Tasche und zeigte es der jungen Frau. Es kam ihm vor, als hätte er genau diese Bewegung schon unendlich oft vollführt, dabei war es nur ein paarmal gewesen.

Blanca musterte das fotografierte Gesicht und schürzte die Lippen. »Hmm.«

Noch während er sich klarmachte, wie unrealistisch seine Hoffnung auf den zufälligen Schuss in Schwarze doch war, löste sich diese auch schon auf.

»Sorry«, sagte Blanca bedauernd. »Nie gesehen.«

»Macht ja nichts«, erwiderte John. Nie gesehen, wiederholte er in Gedanken. Was auch sonst?

Am Bertoldsbrunnen bestiegen sie die Straßenbahn in Richtung Betzenhausen, wo Blanca, wie sie erklärte, in einer winzigen Mietwohnung lebte. Als sie schließlich vor dem Block ganz in der Nähe des Flückigersees, eines kleinen, aber herrlich angelegten Baggersees, standen, lud John sie auf ein Eis ein. Diesmal allerdings lehnte Blanca ab, immerhin auf charmante Art, sodass er den Korb zu nehmen wusste. Bei der Verabschiedung umarmte sie ihn innig, als würden sie sich bereits viel besser kennen.

Der anschließende Abend plätscherte an John vorbei

wie die meisten in der letzten Zeit. Nachdem er Papageienfutter und einen kleinen Spiegel für den Vogelkäfig gekauft hatte, kümmerte er sich eine ganze Weile um Elvis, der ihm für die Aufmerksamkeit mit einem wilden Potpourri aus Rock-'n'-Roll-Songs dankte. Eigentlich hatte John den Vogel mitsamt Käfig endlich in seine Wohnung verfrachten wollen, doch wieder einmal konnte er sich letzten Endes nicht dazu aufraffen. Er holte sich einen Döner von Ali Baba, seinem Lieblingstürken, um dann die Nacht auf der Liege im Nebenzimmer des Büros zu verbringen, nur zwei Schritte von Elvis entfernt, dessen Käfig wie immer von einer alten Decke abgeschirmt wurde, um der Blaustirnamazone zu einem möglichst ungestörten Schlaf zu verhelfen.

John lag lange wach, und ein weiteres Mal – warum auch immer – erfasste ihn so etwas wie Zuversicht. Die Hoffnung auf den Glückstreffer. Mehr als vage, mehr als unbegründet. Jedoch war sie da, er fühlte sie. Auch wenn Laura Winter mit diesem Fall ja eigentlich kurzen Prozess gemacht hatte. Denk nicht mehr dran, riet er sich selbst. Oder willst du ihr unbedingt etwas beweisen? Oder dir? Er versuchte sich abzulenken von diesen Grübeleien und dachte an Blanca, er stellte sich ihr Lachen vor, ihre Stimme, er glaubte, ihr Parfüm zu riechen. Ach ja, Blanca. Ein nettes Mädchen. Es war schon einige Zeit her, dass sich ein paar Schmetterlinge in Johns Bauch verirrt hatten. Sehr, sehr hübsches Mädchen. Auch die Studentin mit dem Pferdeschwanz fiel ihm plötzlich ein, die Blondine, mit der er im Studentenwohnheim gesprochen hatte. Ebenfalls eine durchaus anziehende Erscheinung. Wirklich, sagte er sich: Elvis als einziger Ansprechpartner ist auf Dauer wohl doch etwas wenig.

Seine Gedanken schlichen zurück zu dem erhofften Glückstreffer. Wie unglaublich es doch wäre, wenn er Laura Winter vor ihrer Abreise noch irgendetwas bieten könnte, irgendeine Überraschung, eine Erkenntnis über Felicitas' Leben in Freiburg, einfach etwas, das sie ihm nicht zugetraut hätte. Wenigstens ein kleines Erfolgserlebnis, wie gut würde ihm das tun. Ja, die Spitzmaus. Was mochte ihm der Besuch dieser kleinen unscheinbaren Kneipe morgen bringen? Gib nicht auf!, redete er sich ein, gib einfach nicht auf! Im Halbschlaf nahm er erneut den unwiderstehlichen Parfümduft wahr, und endlich wurde ihm klar, dass es nicht Blancas Duft war, sondern der von Laura Winter. Er schnupperte am Kopfkissenbezug und sah sie vor sich, wie sie hier gelegen hatte, das attraktive, fein geschnittene Gesicht endlich einmal völlig entspannt, mit geradezu sanftem Ausdruck. Lauras Bild vor Augen und den Namen Spitzmaus auf den Lippen, schlief John ein.

Über den Dingen zu stehen, konnte ja hin und wieder ratsam sein. Manchmal brauchte man nur ein wenig Abstand, um eine Idee oder einen rettenden Gedanken zu haben. Also stand John Dietz über den Dächern der Stadt, die es ihm gerade so schwermachte. Vom Schlossberg, der sich aus östlicher Richtung an die Häuser der Altstadt schmiegte, betrachtete er Freiburg seit einigen zähflüssigen Minuten. Der Berg befand sich im Stadtgebiet und mithilfe gemauerter Stufen konnte man seine etwa 450 Meter recht schnell ersteigen. Schon früher hatte sich John häufig hier aufgehalten, vor allem dann, wenn er mal wieder an einem Scheideweg seines Lebens angelangt war. Aber so etwas wie ein rettender Gedanke schien nicht in Reichweite zu sein. Wie sollte es weitergehen mit ihm? Er hatte nicht die geringste Ahnung.

Über den sich herbstlich färbenden Bäumen erstrahlte der Himmel erneut in wunderbarem Blau. Die Luft dieses Nachmittags war erfüllt von angenehmer Wärme, und allein ein paar wenige, von der morgendlichen Kühle übrig gebliebene Nebelschwaden, die wie zu dünn geratene Zuckerwatte aussahen, erinnerten daran, dass der Sommer vorüber war.

»Eine Ein-Mann-Privatdetektei in Freiburg?«, hörte John schon wieder die halb verblüfften, halb belustigten Stimmen jener Bekannten, denen er von seinem Plan erzählt hatte. »Echt? Das wird doch nie was!«

Vor vier Monaten hatte er angefangen, sein erster Tag in dem Büro mit Nebenraum, direkt nach einem Kurs als Personenschützer und vielen Stunden im Schützenverein. Er hatte eine Zulassung, eine Waffe, einen Computer, eine zusammengestückelte Ausbildung und jede Menge Enthusiasmus. Doch leider im Moment keinen einzigen Klienten für ›Ermittlungen jeder Art‹.

Bis auf Laura Winter.

Ach nein, die ja auch nicht mehr. Laura Winter befand sich wohl gerade auf dem Weg zum Hauptbahnhof. Oder sie saß bereits in einem Abteil erster Klasse und scheuchte einen Bahnbediensteten durch den Zug, um sich Kaffee bringen zu lassen. John schob die Hände in die Taschen und versuchte seinen Besuch in der Spitzmaus zu verdrängen. Natürlich kein Glückstreffer. Wie hatte er so naiv sein können, darauf zu hoffen? Es war gewesen wie an den Tagen zuvor: Er hatte Felicitas' Foto gezeigt und lediglich Schulterzucken geerntet. Bei den beiden Bedienungen und dem Aushilfskoch. Nur der Wirt schien eine vage Erinnerung an die junge Frau zu haben. »Kann sein, dass die mal hier gejobbt hat. Zumindest kommt mir die Kleine bekannt vor. Aber wissen Sie, hier haben so viele Studentinnen ein paar Scheine dazuverdient, ich kann mir echt nicht alle merken. Manche kommen nur zwei- oder dreimal, und dann haben sie keine Zeit mehr oder keine Lust.«

»Gehörte diese Frau nun zu Ihren Bedienungen? Oder nicht?«, fragte John, auch wenn es ihm sinnlos erschien.

Der Mann biss sich auf die Unterlippe. »Wann, meinten Sie, soll das gewesen sein?«

»Vor mehr als einem Jahr.«

»Sehen Sie, damals habe ich mit einem langwierigen Beinbruch gekämpft. Ein Freund von mir hat den Laden zeitweise geführt. Vielleicht hat der sie als Aushilfe eingestellt, und wo ich wieder an Bord war, war sie schon weg. Das wäre möglich.« Er grinste desinteressiert. »Hübsch ist sie jedenfalls.«

»Ja, ich weiß«, murmelte John, genervter als beabsichtigt. »Dann geh ich mal wieder.«

»Sie können meinen Freund fragen. Ich geb Ihnen seine Nummer.« Er schlug sich an die Stirn. »Ach, Mensch! Das geht ja nicht – jedenfalls im Moment. Der hat sich für eine Weile mit seinem Rucksack nach Vietnam verdrückt. Ohne Handy, ohne Laptop. Dort können Sie ihn nicht erreichen. Keine Chance. Möchten Sie trotzdem seine Nummer? Danach könnten Sie ihn ja …«

»Wie lange bleibt er weg, sagten Sie?«, schnitt John ihm das Wort ab.

»Fast zwei Monate. Also, möchten Sie seine …?«

»Hat sich erledigt. Danke.«

In der Tat: erledigt hatte es sich. Zwei Monate konnte John nun wirklich nicht warten – nur um dann wahrscheinlich doch wieder bloß einen Fehlschuss abzufeuern. Schluss damit. Schluss mit dem Rätsel namens Felicitas Winter. Und wohl auch Schluss mit der Detektei.

»Bist du dir sicher, dass das keine Schnapsidee ist, John?«, hatte Günther aus dem Krügle ihn damals gefragt.

»Und ob ich mir sicher bin«, war seine Antwort gewesen. Nun ja, wie das Leben so spielt, dachte John ziemlich ratlos, als der neu eingestellte Klingelton seines Handys erklang, die Melodie eines Elvis-Presley-Klassikers. Es wurde eine Nummer angezeigt, die zu einem muffigen Kellerbüro gehörte. »Hallo, Tante Ju.«

»Grüß Gott, Sherlock. Also, das Foto, das du mir gezeigt hast. Du weißt schon, von der jungen Frau.«

»Ist dir doch etwas dazu eingefallen?«, erkundigte er sich skeptisch.

»Ich würde mir die Dame gern noch mal ansehen«, meinte Tante Ju wenig aufschlussreich. »Wann wäre das möglich?«

»Von mir aus gleich«, hörte sich John antworten. »Ich kann etwa in 15 Minuten bei dir sein.« Er hatte sowieso nichts vor. Und was spielte es schon für eine Rolle, das Bild ein letztes Mal aus der Jackentasche zu fischen und es jemandem vor die Nase zu halten, nur um es dann ergebnislos wieder zu verstauen? Gar keine Rolle, sagte sich John Dietz.

Es dauerte in der Tat kaum länger als eine Viertelstunde, bis er die Stufen zu Tante Jus kleinem Kellerreich hinunterging. Die Bürotür stand offen, wie immer, und ein dünner, kaum sichtbarer Qualmfaden zog sich nach draußen in den spärlich beleuchteten Gang. Er klopfte an den Türrahmen und betrat den Raum dahinter. Das graue Haar, kunstvoll und nachlässig zugleich aufgetürmt, war das Erste, was er sah. Dann die gewitzt blinzelnden Augen, die ihn über das Brillengestell hinweg musterten. »Setz dich, Johnny, bin gleich so weit.« Sie drückte ihre Zigarette aus, tippte in Zeitlupe mit einem einsamen Zeigefinger auf die Tastatur ihres altertümlichen Computers ein, dessen Bildschirm sie von Zeit zu Zeit misstrauisch musterte.

Also wartete er. Tante Ju und moderne Gerätschaften, das konnte eine Weile dauern. Und doch vermochte er sich dem Reiz dieses Anblicks nicht zu entziehen. Diese Dame war etwas ganz Besonderes, und selbst wenn man nicht mit ihr sprach, genoss man ihre Anwesenheit. Jedenfalls galt das für John, der sie von seinem Hocker aus mit feinem Schmunzeln beobachtete.

Endlich löste sich die unübersehbare Spannung, die sie im Griff hielt, und Tante Ju drückte ein letztes Mal die Enter-Taste. Erleichtert nahm sie nun wieder John ins Visier. »Junge, ich hasse diese Kiste.«

»Ich weiß, Tante Ju.«

»Ach ja, umso schöner ist es, dich zu sehen.«

Er nickte rasch, als könne er damit irgendwie ihre Gedanken auf Trab bringen. Doch sie bot ihm nur einen Kaffee an.

»Nein, danke.« Diesmal ein rasches Schütteln seines Kopfes. »Also, ist dir noch irgendein Gedanke gekommen?«

Tante Ju schaute ihn an, als hätte er sich in einer fremden Sprache geäußert. »Ein Gedanke?«

»Na ja, das Foto, du weißt schon.« Er beugte sich vor. »Deswegen wolltest du, dass ich …«

»Na klar«, unterbrach sie ihn und schlug sich mit der Hand auf ihre Frisur, sodass die Finger kurz in dem grauen Dschungel verschwanden. »Das Bild. Ich habe dich ja extra angerufen.«

»Genau«, bestätigte er erleichtert.

»Na los, her damit. Ich muss es mir noch mal angucken.«

John legte das Foto auf einen Schreibblock, dessen oberstes Blatt mit Tante Jus krakeligen Notizen übersät war. Ohne es in die Hand zu nehmen, den Kopf tief gebeugt, starrte die alte Dame gute 20 Sekunden, die John wie eine Stunde erschienen, wortlos darauf.

»Ei, ei, ei«, murmelte sie dann, den Blick ziemlich unschlüssig auf die leere Wand hinter John richtend.

Er verschränkte die Arme vor der Brust und fragte mit liebevoller Nachsicht: »Und was heißt ›ei, ei, ei‹?«

Ein beiläufiges Zucken der Achseln. »Wie ich's mir dachte.« Tante Ju nickte bestätigend. »Die ganze Zeit über ist mir das Gesichtchen nicht mehr aus dem Kopf gegangen.«

John kannte das. Bevor sie etwas preisgab, musste sie erst einen langen Anlauf nehmen.

»Ich habe überlegt und überlegt«, fuhr Tante Ju fort, »gegrübelt und gegrübelt. Habe die Zeitungen der letzten Wochen durchgeblättert. Habe mich immer mal wieder durchs Archiv gekämpft. Aber …«

Aufmerksam geworden, sah John zu ihr herüber. »Und?« Er konnte es nicht vermeiden, dass seine Stimme erwartungsvoll klang – selbst wenn seine Erwartungen mehr als bescheiden waren.

»Und? Natürlich nix.« Sie lachte auf. »Nix und wieder nix.«

Das wird einmal auf meinem Grabstein stehen, dachte er und merkte dabei, wie seine Schultern etwas nach unten sanken.

»Aber dann! Ganz plötzlich«, beeilte sich Tante Ju anzufügen, »kam die erlösende Erinnerung.«

Skeptisch fing sein Blick sie ein.

»Guck nicht so zweifelnd, Junge.« Die alte Dame gab ihm das Foto zurück, und er nahm es mechanisch entgegen.

»Was war denn nun die erlösende Erinnerung?«

»Na ja, mir ist tatsächlich eingefallen, wer die Frau ist. Und dass ich ihr schon einmal begegnet bin. Auch wenn das eine ganze Weile her ist.« Sie hob die Augenbrauen, als wolle sie damit die Leistung ihres Erinnerungsvermögens gebührend unterstreichen.

»Du bist ihr also begegnet«, wiederholte John langsam und weiterhin argwöhnisch. »Wann? Und wo?«

»Das ist recht lange her, viele Wochen. Da war es noch richtig heiß. Oder sogar, bevor es richtig heiß wurde. Lass mich mal überle...«

»Schon gut«, fiel John ihr ins Wort. »Wo? Wo hast du sie gesehen?«

»Na, bei der Polizei, Johnny.«

Er fuhr sich durchs kurz geschnittene Haar. »Bei der Polizei? Auf dem Revier?«

»Ja.« Ihr Stuhl ächzte. »Warum zweifelst du schon wieder?« Streng, ihr Tonfall.

»Ich zweifle nicht, ich frage nur«, verteidigte sich John.

»Jedenfalls sah ich sie dort sitzen, die arme Maus.« Eine kurze Pause wurde von einem mitleidvollen Kopfschütteln ausgefüllt. »Ein Häufchen Elend. So kauerte sie da, auf einer Bank, vor einem der Vernehmungszimmer. Ich war nur auf einen Sprung dort. Um Thomas einen selbst gebackenen Kuchen zum Geburtstag zu bringen.« Wie zuvor schlug sie sich mit der Hand aufs Haar. »Mensch, also war's der 28. Mai. Kann ja nur so sein. An diesem Tag sah ich die junge Frau. Zum ersten und einzigen Mal.«

Thomas war Tante Jus Neffe – einer ihrer wenigen Verwandten. Er arbeitete als Polizeiwachtmeister, und John kannte ihn flüchtig.

»Sie saß also auf der Bank«, nahm John den Faden wieder auf. »Wie ein Häufchen Elend.«

»Ja, genau. Verweinte Augen, verstrubbelte Haare. Sie hat mir irgendwie leidgetan. Und als ich den Kuchen bei Thomas abgegeben hatte, quatschte ich sie einfach an.«

Das war typisch Tante Ju. John lächelte und wartete darauf, dass sie weitersprach.

»Ich stellte der jungen Frau ein paar Fragen. ›Was ist los mit Ihnen?‹ ›Warum so traurig?‹ ›Ist etwas Schlimmes passiert?‹ Solche Sachen eben. Aber …« Tante Ju ließ den Satz verklingen und breitete die Arme aus.

»Aber?«

»Kein Wort war aus ihr rauszukriegen. Sie starrte mich nur an und fing an zu weinen.« Tante Ju zündete sich eine weitere Zigarette an, und der entstehende Geruch stach empfindlich in Johns Nase. Es hatte ihn monatelange Mühen gekostet, mit dem Rauchen aufzuhören, und solche Situationen waren nicht ganz einfach. Tante Ju wusste das – nur manchmal, wie jetzt, vergaß sie es eben. »Kein Sterbenswörtchen war aus dem hübschen Persönchen rauszubekommen«, erklärte sie und pustete geräuschvoll den Qualm in die ohnehin schon schlechte Luft. »Armes

Ding. Und so habe ich nach einer Weile aufgegeben und bin gegangen.« Ein kurzer Seufzer. »Ja, ja. Die stumme Maja. Wirklich bemitleidenswert, die Kleine.«

»Die stumme Maja?«, wiederholte John irritiert.

»So nannten wir sie«, entgegnete Tante Ju etwas ungeduldig, als hätte er nicht richtig aufgepasst.

»Du bist sicher, dass sie die Frau auf dem Foto ist?«

»Sicher bin ich sicher.«

»Ich habe dir doch gesagt, dass die Frau Felicitas Winter hieß.«

Nun war es an Tante Ju, irritiert zu sein. »Hast du das?«

»Übrigens, was heißt ›wir‹? Wer nannte sie die stumme Maja?«

»Na, Thomas und ich.«

»Ihr habt über sie geredet?«

»Aber klar doch, Johnny.« Sie legte einen Fuß auf das letzte freie Plätzchen der von Kaffeetassen, Notizblöcken und Zeitungen überquellenden Schreibtischplatte. Was besonders komisch aussah, da ihre Beine so auffallend kurz waren. »Die junge Frau hat mir den ganzen Tag keine Ruhe gelassen. Und abends habe ich dann Thomas angerufen, extra wegen ihr. Er hat gesagt, die Frau wäre von zweien seiner Kollegen in der Nähe des Hauptbahnhofs aufgegriffen worden. Anscheinend hat sie sich irgendwie auffällig verhalten.«

»Auffällig?«

»Ja, sie ist getorkelt, sank immer wieder in die Knie.«

»Betrunken?«

»Das dachten unsere beiden Freunde von der Polizei auch. Sie nahmen sie mit, wollten sie verhören. Aber genau wie später bei mir – sie hat den Mund nicht aufgekriegt. Außerdem machte sie keinen betrunkenen Eindruck mehr. Sie wirkte eher, als wäre sie auf Drogen. Beruhigungsmittel, was auch immer. Sie hat auch geweint. Die Ärmste.«

»Keine Papiere?«, mutmaßte John.

»Nein, nichts. Sie hatte nicht einmal eine Handtasche. Nur das, was sie am Leib trug.«

»Und dann?«

»Sie ist eingeschlafen, einfach so, mitten im Verhör, auf dem Stuhl hockend. Nur um bald wieder aufzuwachen, immer noch ziemlich verwirrt. Doch auf einmal …« Tante Ju machte eine effektvolle Pause.

»Doch auf einmal?«, drängte John.

»… redete sie wenigstens.« Tante Jus Fuß rutschte vom Tisch.

»Sie redete? Warum nennst du sie dann die Stumme? Und warum Maja?«

»Weil ihr ganzer Sprachschatz aus exakt einem Wörtchen bestand.«

»Und welches Wörtchen war das?«

»Natürlich ›Maja‹, du Sherlock Holmes. Was denn sonst? ›Maja‹, ›Maja‹, immer wieder hat sie diesen Namen gesagt.«

»Das muss ja nicht *ihr* Name sein.«

»Muss es nicht, selbstverständlich nicht. Aber so, wie sie es sagte, gingen alle davon aus, dass sie so hieß. Sie betonte das Wort, als könne es nur ihr Name sein. Immer wieder sagte sie ›Maja‹, ›Maja‹. Leise, verängstigt, weiterhin völlig durcheinander.« Ein schepperndes Auflachen. »Allerdings war sie wohl doch nicht so durcheinander, wie alle annahmen.«

»Wie meinst du das?«

»Sie ist unseren Freunden entwischt.«

»Und wie hat sie das geschafft?«

»Ach, ich weiß nicht.« Tante Ju winkte ab. »Sie sah so aus, als würde sie schon wieder einschlafen. Die Augen fielen ihr zu, ständiges Gähnen und so weiter. Thomas hat gesagt, sie saß auf der Bank, auf der ich sie angetroffen hatte, und im nächsten Moment war sie auf und davon. Verschwunden. Einfach so.«

»Demnach war nicht sie die Schlafmütze, sondern dein Thomas und seine Kollegen.«

»Nicht Thomas«, verteidigte Tante Ju ihren Neffen. »Er hatte ja mit der jungen Frau nichts zu tun, sondern sich nur die Geschichte erzählen lassen.«

»Und dann hat man sie nicht mehr gesehen? Sie ist nie mehr auffällig geworden, wie du es so schön umschrieben hast?«

Tante Ju mühte sich von Neuem damit ab, ihren Fuß auf dem Tisch zu platzieren. »Nie wieder, Johnny.«

»Du bist wirklich sicher, dass sie die Frau auf …«

»… dem Foto ist«, unterbrach sie ihn. »Und ob ich das bin! Absolut sicher!«

»Die stumme Maja«, murmelte er unschlüssig.

»Die Ärmste«, bemerkte Tante Ju erneut und fixierte ihn. »Tja, so war das mit ihr. Ist eben schon eine Weile her, und ich sah sie nur bei dem kurzen Gespräch, das eigentlich keines war. Deshalb hat es gedauert, bis ich auf sie kam. Außerdem ist sie ja auf dem Foto sehr gepflegt und nicht verwirrt und verstrubbelt und ängstlich.«

»Warum sie sich fürchtete – oder zumindest diesen Eindruck erweckte –, das hat also niemand erfahren?«

»Nichts hat man über sie erfahren, Johnny, nicht das Geringste.« Etwas Liebevolles schlich sich in Tante Jus

Gesichtsausdruck. »Ich hätte dir so gern geholfen, Junge. Aber damit ist's wohl Essig.«

»Wer weiß, was sich noch herausstellen wird«, bemühte er sich gleich um einen zuversichtlichen Tonfall. »Vielleicht hast du mir ja doch weitergeholfen. Nur, dass wir beide es noch nicht wissen.«

»Ist gar nicht so leicht, Privatdetektiv zu sein, stimmt's?«

John blies die Backen auf. »Zugegeben: Es läuft etwas schleppend.«

»Willst du einen Ratschlag von mir, Junge?« In ihrer Stimme schwang Wärme mit.

Er zwinkerte ihr zu. »Wenn nicht von dir – von wem dann, Tante Ju?«

Überraschend ernsthaft sagte sie: »Mein Tipp ist: Geh einfach deiner Nase nach, Johnny. Was immer kommt, verlass dich auf dein Gefühl und vertrau auf deinen Riecher.«

»Danke. Das werde ich mir merken.« Es war ihm nicht bewusst, dass er eigentlich an ihr vorbeisah, direkt auf die nackte Wand hinter Tante Jus Kopf.

»Über was denkst du nach, Junge?«

»Ach, keine Ahnung.« Er lächelte etwas gezwungen. »Ich frage mich bloß, wie aus Felicitas Winter die stumme Maja werden konnte.«

# 3
# EIN TRAURIGER BÄR

Der gekrächzte Singsang aus dem Nebenzimmer wurde durchdringender: »… only fools rush in …«

John bemühte sich, nicht auf Elvis zu achten, was angesichts der Lautstärke nicht gerade einfach war. Lustlos blätterte er in der aktuellen Ausgabe der Badischen Zeitung. Die Beine hatte er bequem auf dem stets fast leeren Schreibtisch ausgestreckt, die Ellbogen ruhten auf den Armlehnen. »Ja, ein Fool. Ein Idiot, ein Narr. Da würden dir viele recht geben, Elvis. Denn genau das bin ich.« Ganz leise kroch Johns Stimme durch die Leere des Büros, immer wieder übertönt von den Schreien des Papageis. »Wie ein Idiot bin ich da reingeschlittert. Und zwar in diese verdammte Privatdetektivgeschichte, nicht in die Liebe.«

Automatisch musste er an ein bestimmtes Gesicht denken, ein gut aussehendes Gesicht, umrahmt von blondem Haar. Er seufzte und stellte sich vor, wie Laura Winter ihren Tag in Stuttgart verbracht haben mochte. Sicherlich im Büro. Hat wahrscheinlich Leute rumkommandiert, dachte er, und längst vergessen, dass sie John Dietz beauftragt hatte, etwas über ihre jüngere Schwester herauszufinden. Längst vergessen, dass es ihn überhaupt gab und er hier langsam, aber sicher verstaubte.

Obwohl er alles andere als konzentriert las, stach John plötzlich ein kleiner Artikel ins Auge. Darin wurde von einem Unbekannten berichtet, der Mobiliar im Empfangsraum der Zeitungsgeschäftsstelle und in drei Lokalen der Innenstadt mutwillig zerstört hatte und daraufhin geflüchtet war. Die Beschreibung des Mannes – überdurchschnittlich groß, kräftig, etwa 50 Jahre, Schnauzbart – deckte sich mit dem, was Tante Ju und Blanca berichtet hatten. John überflog ein zweites Mal die Zeilen und schüttelte nachdenklich den Kopf. »Eigenartig«, flüsterte er kaum hörbar. »Einfach eigenartig, diese Geschichte.«

Das Dunkel des beginnenden Abends ergoss sich in das Büro, verdrängte die Helligkeit, und John knipste das Licht an. Aus dem Käfig des Nebenzimmers drangen mittlerweile keine Oldie-Gesänge mehr, sondern nur das knisternde Schmatzen, mit dem Elvis seine Futterkörner zermalmte. Johns Gedanken schlichen zurück zu dem Telefonat, das er vor etwa einer Stunde geführt hatte. Warum hast du überhaupt angerufen?, fragte er sich, um sich gleich in aller Stille die prompte Antwort zu geben: Weil du's einfach nicht lassen kannst!

Er hatte nämlich mit Thomas Butzenberg, Tante Jus Neffen, telefoniert. Und der hatte sich überrascht gezeigt, da sie sich bloß vom Sehen kannten. Doch nach einigem Geplauder über Tante Ju, den SC Freiburg und das Wetter war es John gelungen, ihn irgendwie auf die junge Frau zu bringen, die vor einiger Zeit im Polizeirevier für Verwirrung gesorgt hatte. John sparte es sich zu erwähnen, dass es für ihn ein berufliches Interesse an der Sache gab, sondern behielt intuitiv den Plauderton bei. So wurde der gute Thomas nicht misstrauisch und erzählte von dem Tag, als die Frau aufgegriffen wurde und wieder verschwand. Wobei er ihr Verschwinden im Gegensatz zu Tante Ju eher als ›erlaubt‹ schilderte. »Sie hatte ja nichts verbrochen«, bekräftigte er, und John ließ es darauf beruhen.

Schade war nur, dass Thomas Butzenberg nichts Erhellendes zu erzählen vermochte. John streckte die Beine auf dem Tisch noch ein wenig bequemer aus. Einzelne Bemerkungen von Thomas huschten ihm im Gedächtnis umher. … sehr hübsch … aber auch reichlich verwirrt … ziellos durch die Belfortstraße geirrt … wohl in Richtung Bahnhof … irgendwie komisch … eingeschüchtert, ängstlich …

So oder so ähnlich hatte sich ja bereits Thomas' Tante ausgedrückt. Oder gab es da doch die eine oder andere Andeutung, die irgendetwas Neues aufwerfen könnte? John kratzte sich am Hinterkopf. Tante Ju hatte vom Hauptbahnhof gesprochen, Thomas hingegen von der Belfortstraße, die allerdings nicht weit entfernt war. Und sonst? Nichts. Natürlich. Nichts und wieder nichts.

Warum machst du dir überhaupt noch Gedanken um die Sache?, schimpfte er grollend mit sich selbst. Sogar jetzt noch, da Laura Winter abgereist war. Aus und vorbei, Chance verpasst. So simpel war das.

»… only fools rush in …«, meldete sich nebenan erneut jemand Bestimmtes zu Wort.

»Halt die Klappe, Elvis!«, forderte John.

»You ain't nothing but a hound dog …«, krächzte der Papagei zurück.

»Ach, ich streite mich doch nicht mit dir, du verrückter Vogel.« John stand auf und schnappte sich seine Jacke. Er lief durch die abendliche Altstadt, deren Fassaden ihre bizarren Schatten auf das Kopfsteinpflaster warfen. Hinter ihm ragte das Martinstor auf, der mittelalterliche Torturm, dessen Spitze wie eine kunstvoll geformte Waffe in den endgültig dunkel gewordenen Himmel stach. Erleuchtete Schaufenster, viele Passanten, das Rattern der Straßenbahn. Und weiterhin war die Luft getränkt von einer spätsommerlichen Milde.

Unweigerlich führte Johns Weg zum Krügle, und zu seiner Freude hatte Blanca Dienst. Die Kneipe war recht gut gefüllt mit ihrem ganz eigenen Gemisch unterschiedlichster Typen und Gesichter. Und wie schon bei seinem letzten Besuch herrschte ziemliche Aufregung. Blanca stand gemeinsam mit Günther hinter dem Tresen. Eine Traube aus fünf oder sechs Stammgästen und Pavel, dem tschechischen Koch, klebte davor und schenkte Blanca die ganze Aufmerksamkeit. »Bist du sicher?«, rief ihr einer zu, als John sich gerade dazugesellte.

»Darauf kannst du wetten«, erwiderte sie überzeugt, »dass ich sicher bin.«

Alle redeten durcheinander, und erst nach einer Weile erkannte John, dass es bei der aufgeregten Unterhaltung abermals um den seltsamen Fremden ging, der mit einer Stange für Radau und Schaden gesorgt hatte. Offenbar war er wieder aufgetaucht.

»Aber nicht direkt im Krügle«, erklärte Blanca auf Johns Nachfrage. »Ich hab ihn durchs Fenster gesehen. Er latschte einfach die Straße entlang, ohne auch nur einmal aufzusehen. Ganz in Gedanken versunken. Dem war gar nicht bewusst, was er hier angestellt hat.« Empört schüttelte die Bedienung den Kopf. »Der Typ hat gewirkt, als könne er keiner Fliege was zuleide tun. Mensch, ich dachte schon, der weint gleich los.«

»Und was ist dann passiert?«, hakte John nach.

»Zuerst wusste ich gar nicht, was ich tun sollte. Dann wollte ich die Polizei anrufen. Dann hab ich nach Günther gebrüllt, aber der war gerade im Keller. Also bin ich zum Eingang gelaufen, aber als ich schließlich auf die

Straße raus bin, war der komische Kerl irgendwo in der Masse verschwunden.«

»Ich hab mich trotzdem bei der Polizei gemeldet«, warf Günther ein. »Und wieder waren zwei Beamte ziemlich schnell bei uns. Sie sind los, um nach dem Verrückten zu suchen. Doch der war auf und davon.«

Erneut setzte Stimmengewirr ein und John hatte einige Mühe, Blancas Aufmerksamkeit zurückzugewinnen. Er stellte weitere Fragen, allerdings hatte sie nichts mehr zu berichten. Mit seinem charmantesten Lächeln bot er sich an, sie auch an diesem Abend nach Hause zu bringen. Doch sie erklärte ihm, ihrerseits mit charmantestem Lächeln, dass ihr Freund sie heute abholen und das erledigen würde.

Womit John bedient war. Du bist und bleibst ein Pechvogel, klagte er in Gedanken sein Leid. Ihr Freund! Bisher hatte sie kein Sterbenswörtchen über einen Freund verloren, und nun das. Also sei's drum, au revoir, Blanca, du einziger Sonnenstrahl in diesen vom Pech heimgesuchten allzu trüben Tagen. Kein Wunder, dass sogar das Bier irgendwie anders, irgendwie bitterer schmeckte als sonst.

John verließ das Krügle zwei Stunden später – zwei Stunden, in denen er zumeist griesgrämig vor sich hingestarrt und den üblichen Tresenunterhaltungen höchstens ein halbes Ohr gegönnt hatte. Immer noch nicht in besserer Stimmung nahm er Kurs auf sein Büro, um Elvis' Futterschale aufzufüllen und den Käfig abzudecken. Wahrscheinlich würde er danach wieder eine einsame Nacht auf der Liege zubringen und sich unentwegt fragen, wann endlich eine ordentliche Portion Schwung in seine Privatdetektei und sein Liebesleben käme.

Die Zeit im Krügle hatte ausgereicht, um aus der zuvor belebten Innenstadt eine stille einsame Insel werden zu lassen. Weniger Fenster, die erleuchtet waren, weniger Fußgänger, dafür viel mehr Stille. Der Kopfstein schimmerte im Schein der Laternen, die Bächle plätscherten leise. Eine Stadt, die sich für eine weitere gewohnt ruhige Nacht bereit machte.

John hatte gerade eine besonders dunkle Passage erreicht, als diese übliche Ruhe gestört wurde. Dumpfe Geräusche, ein Ächzen, ein gepresster Aufschrei.

Er stockte, duckte sich instinktiv ein wenig.

Erneut diese dumpfen Laute, die er nicht richtig einzuordnen wusste. Langsamer als zuvor ging er weiter. Vorsichtig setzte er die Sohlen seiner Sportschuhe auf, als er einen der vielen, sich mit plätscherndem Wasser füllenden Brunnen umrundete, die es in der Innenstadt gab. Er presste seinen Körper gegen das nächste Haus, in dessen Erdgeschoss sich ein kleines Geschäft befand, das Indianerschmuck verkaufte. Ebenso vorsichtig spähte er um die Ecke.

Eine Szene, die nicht unbedingt zu einem lauen frühherbstlichen Freiburg-Abend passte. Drei Gestalten, die sich bedrohlich auf einen einzelnen Mann zubewegten. Die Dreiergruppe war mit Wollmützen und dunklen, viel zu weiten Klamotten bekleidet, wie man sie aus Musikvideos amerikanischer Gangster-Rapper kannte.

Um wen es sich bei dem Einzelnen handelte, der der Gruppe entgegensah und stocksteif dastand, da war John sich ziemlich sicher – obwohl er ihm nie zuvor begegnet war.

Die drei näherten sich diesem Mann Schritt für Schritt, aus ihrer Haltung sprach Entschlossenheit. »Na los, Alterchen«, zischte einer von ihnen. »Hast doch vorhin den wilden Mann gespielt! Wie sieht's jetzt aus? Bist du auch so mutig, wenn du echte Gegner hast?«

Das Ganze spielte sich höchstens vier oder fünf Meter von John entfernt ab. Allerdings hatte ihn niemand bemerkt, zumindest bislang nicht. Er meinte, die Kleidung, die Mützen und die drei Gesichter darunter zu kennen. Taugenichtse, die hier und da als Türsteher arbeiteten und nicht wirklich für Rechtschaffenheit und Anständigkeit bekannt waren.

»Passt auf die Stange auf!«, warnte einer von ihnen.

Wie auf das Stichwort zog der Mann, der ihnen gegenüberstand, eine Eisenstange unter seinem für diese Jahreszeit viel zu warmen Parka mit dem Pelzbesatz hervor. Jetzt gab es endgültig keinen Zweifel mehr – er war es, der geheimnisvolle Randalierer.

Unbewusst spannte John seine Muskeln an. Schwer zu sagen, wem man in dieser illustren Runde am ehesten eine Abreibung gönnen sollte. Auf einmal ging es schnell. Die drei Mützenträger stürmten auf den Mann ein, urplötzlich und wieselflink. Der erste trat zu, der zweite griff mit beiden Händen nach der Stange, der dritte schlug zu. Innerhalb eines Augenblicks war aus den vier Gestalten ein einziges Knäuel geworden. Schläge, Schreie, Stöhnen, mit einem klirrenden Poltern fiel die Stange auf das Pflaster. Wiederum eher unbewusst griff John in die Innentasche seiner Lederjacke – die Glock, die ihn einiges an Geld gekostet hatte, war nicht da. Vergessen. Im Büro. Nun ja, nicht unbedingt vergessen, eher aus Gewohnheit in der Schublade liegen gelassen. Wer hätte schon ahnen können, dass er jemals das Bedürfnis hätte, ihren Griff zu fühlen? Ohnehin hatte er keine Ahnung, was er jetzt mit ihr angefangen hätte.

Der Kampf dauerte an, und es zeichnete sich ab, wie er ausgehen würde. Obwohl der einzelne Mann sich mit aller Kraft wehrte, war die Übermacht zu groß. Ein weiterer Tritt, er sank in die Knie. In seinem Gesicht passierte etwas Merkwürdiges – es wirkte nicht schmerzverzerrt, es wirkte nicht angespannt, nicht einmal ängstlich. Da war bloß diese Traurigkeit, eine unendlich tiefe Traurigkeit, die seine Augen erfasste, die seinen Schnauzbart noch tiefer herabhängen ließ.

Ohne nachzudenken, ohne abzuwägen, handelte John. Er war von sich selbst überrascht, als er mit raschen Schritten seine Deckung an der Hausecke aufgab. Im Vorübergehen schnappte er sich die Stange – und im gleichen Moment traf ihr Eisen den Rücken eines der Mützenträger.

Ein Aufschrei aus Schmerz und Erschrecken – das Kampfgeschehen war wie in einem Standbild eingefroren.

Dann wandten sich die drei John zu, der die Stange zum nächsten Schlag anhob. »Schluss jetzt!«, hörte er seine eigene Stimme durch die leere dunkle Gasse hallen. »Genug! Schluss jetzt!«

Die drei verständigten sich mit schnellen Blicken. Wieder war alles ein Standbild. Kampf oder das Ende des Kampfes? Von Neuem kam wie auf ein geheimes Zeichen Leben in die drei. Diesmal allerdings entschieden sie sich für den Rückzug. Offenbar hatte John Dietz' urplötzliches Erscheinen ihnen den Wind aus den Segeln genommen. Ein paar Meter gingen sie rückwärts, dann wirbelten sie herum und entfernten sich im Laufschritt; derjenige, den John mit der Stange bearbeitet hatte, sichtlich langsamer und schwerfälliger.

Erleichtert schnaufte John durch. Doch als er sich zu dem Schnauzbärtigen umdrehte, erwartete ihn die nächste Überraschung. Der Fremde war bereits wieder auf den Beinen. Er sah John verwirrt an, um auf einmal seinerseits loszurennen, in die entgegengesetzte Richtung wie die drei Schläger.

»Hey!«, rief John. »Warte mal …!« Zuerst wollte er ihm nachsetzen, dann hielt er jedoch in der Bewegung inne. Der Mann bewies für seine Größe und Schwerfälligkeit eine erstaunliche Schnelligkeit – es war nur noch ein Schemen von ihm auszumachen. Die Laute seiner auf dem Pflaster aufschlagenden Sohlen verklangen im Nichts.

Reichlich perplex, von der Unmittelbarkeit des Augenblicks noch durchgerüttelt, stand John da und starrte in die Dunkelheit. Der Stahl in seiner Hand strahlte eine eisige Kälte aus.

Papierfetzen wurden von einem sanften Wind über den Asphalt geweht, der vom Sonnenlicht erhellt wurde. Irgendwo hinter ihm brummte gedämpft der Verkehr, der sich dem Hautbahnhof entgegenwälzte oder sich von dort in Richtung Autobahn ergoss. Die Belfortstraße. Jene Straße, die zwischen Jazzhaus und Crash verlief, zwei mehr als beliebten abendlichen Anlaufpunkten. Um diese Zeit allerdings gehörte sie John Dietz allein. Wie an jedem gewöhnlichen Spätvormittag herrschte zwischen den Häuserzeilen eine träge Ruhe, vor allem im unteren Teil.

Ohne Eile ging John weiter. Einige verloren gepflanzte Bäume, nicht gerade auffällige Wohnhäuser, ein paar Kneipen, in denen erst allmählich ein bisschen Leben erwachte. Früher war John öfter in dieser Ecke der Stadt gewesen, und in den Abendstunden musste hier nach wie vor recht viel los sein, wie er immer wieder hörte. Er saugte die Luft ein, streckte kurz die Arme aus. Müde fühlte er sich. Zu lange geschlafen, zu viel gefrühstückt.

Niemand kam ihm entgegen. Er ließ den Blick schweifen, und in seinen Gedanken nahm unweigerlich eine Frau Gestalt an. Jung und hübsch, verwirrt, orientierungslos. Irgendwo vor diesen Gebäuden musste sie damals herumgestolpert sein, ehe sie von den Polizisten gestoppt wurde. John blieb an einer Kreuzung stehen, drehte sich um und ging so gemächlich wie zuvor zurück, die Belfortstraße hinunter. Keine Papiere, keine Handtasche, wahrscheinlich kein Geld. Woher mochte Felicitas Winter an jenem Tag gekommen sein? Wo schon zuvor herumgeirrt sein, wie Thomas Butzenberg es genannt hatte? Es konnte reiner Zufall sein, dass sie ausgerechnet hier … Erneut schaute John sich nachdenklich um. Andererseits sprach der schlechte Zustand, in dem sie sich befand, eindeutig dagegen, dass sie einen allzu weiten Weg hinter sich hatte. Verwirrt, wie unter Drogen. So konnte man nicht kilometerweit durch die Stadt spazieren. Irgendwo hier, irgendwo an diesen Straßenecken …

Noch einmal machte John kehrt, weiterhin vor sich hin grübelnd. Bei einer seiner alten Stammkneipen, dem Papperla-Pub, blieb er stehen. Es war bereits geöffnet, wenn auch erst seit ein paar Minuten. Die wenigen Stühle und

Tische, die draußen standen, wurden von den nächtlichen Sicherungsketten befreit und beiläufig mit einem Staublappen gestreichelt. John ließ sich auf einem der Stühle nieder und bestellte bei dem jungen, sichtlich verschlafenen Mann, der hier die erste Schicht hatte, eine Tasse Milchkaffee. Wieder einmal kitzelte ihn der Gedanke an eine Zigarette, doch glücklicherweise nur kurz.

Der Kaffee wurde gebracht und sein Duft lenkte John ab von dem längst besiegten Laster – nicht jedoch von der jungen Frau. Erneut sah er sie im Geiste ihrem ziellosen Weg folgen. Was tust du überhaupt hier?, fragte er sich dann. Du hast ja nicht einmal einen Auftrag. »Ach, was soll's«, murmelte er. »Du hast ja Zeit.« Ja, die hatte er. Zeit schien das Einzige zu sein, was John Dietz im Überfluss besaß.

Die große Tasse, die eher an eine Suppenschale erinnerte, wurde ein wenig leerer, während er die Straße beobachtete, ohne etwas zu haben, nach dem er wirklich Ausschau halten konnte. Weiterhin war er der einzige Gast. Sein Blick fiel auf eine andere, ähnlich ausgestattete Kneipe, den Eimer, wo er früher einige Male gewesen war. Eine junge Frau, sicherlich die Bedienung, trug drei winzige Tische nach draußen und gleich darauf noch ein paar Plastikstühle. Ja, das war Freiburg. Wenn der Sommer ein wenig länger zu Gast blieb, fand man fast überall die Gelegenheit, in der Sonne einen Kaffee oder ein kaltes Bier zu genießen.

Doch fürs Erste blieben die Plätze frei – die Belfortstraße präsentierte sich nach wie vor recht verschlafen. Wenn auch etwas mehr Bewegung entstand. Hier und da öffnete sich ein Fenster, dann und wann tauchte jemand auf, um den Hund Gassi zu führen, das eine oder andere der nicht gerade protzigen, oft schon rostenden Autos startete und röchelte langsam aus Johns Blickfeld. Zwei alte Frauen passierten, vertieft in eine Tratscherei, seinen Tisch, gleich darauf drei Freaks mit Rastahaaren und löchrigen Jeans, dann ein alter Obdachloser mit seiner ganzen Habe auf dem Rücken.

Ein letzter Rest Kaffee bedeckte nur noch den Tassenboden. John wischte sich zum wiederholten Mal den schier unzerstörbaren Milchschaum von der Oberlippe. In die matte Stille ringsum platzte das Aufkreischen eines aufgemotzten Motors. Im nächsten Moment schoss ein Chrysler 300 C um die Ecke und wurde gekonnt in eine enge Parklücke manövriert. Silbern funkelnde Felgen, schwarze Lackierung, stark getönte Scheiben, die die Sicht ins Innere verwehrten. Ein Pärchen entstieg dem Gefährt, das nicht so recht in die Reihe ziemlich mitgenommener Blechkisten passte. Der Mann war nicht groß, eher untersetzt, mit Stiernacken und breiten Schultern, sein Anzug so dunkel und elegant wie sein Auto. Die Frau, die sich aus der Beifahrertür schob, machte einen eher ungepflegten Eindruck. Nachlässig hatte sie ihr blond gefärbtes Haar hochgebunden, die Sporthose baumelte faltenreich um ihre Beine. Erst als die beiden am Papperla-Pub vorbeikamen, sah John, dass sie sehr jung und hübsch war. Während ihr Begleiter grimmig vor sich hinstarrte, schien sie sich kaum wach halten zu können. Sie schlich hinter dem Mann her und gähnte dabei ausgiebig. In dem Moment, als sie nacheinander in einem unscheinbaren Hauseingang verschwanden, zählte John etwas Kleingeld für sein Getränk ab. Da der junge Kellner sich nicht mehr hatte sehen lassen, ging er hinein, um dort die Rechnung zu begleichen.

Gleich darauf schlenderte John erneut die Belfortstraße entlang. Er schenkte dem Chrysler mit den fast schwarz wirkenden Scheiben einen kurzen Seitenblick. Und noch einmal musste er an Laura Winter denken. Die junge Bedienung des Eimer stand müßig vor dem Eingang und winkte John zu – jetzt erst erkannte er sie wieder. In irgendeiner Bar hatte er einmal mit ihr gequatscht. Er blieb bei ihr stehen, um ein paar nette Worte zu wechseln. Was dazu führte, dass er sich an einem der kleinen Tische niederließ und abermals einen Milchkaffee bestellte. Er war also nicht viel weiter als 200 Meter gekommen – und nach wie vor stand der Tag so leer vor ihm wie heute Morgen, als er im Nebenraum seines Büros aufgewacht war.

Die Bedienung, sie hieß Sandra, leistete ihm Gesellschaft, während er an der nächsten Riesentasse nippte, dann trafen weitere Gäste ein, und Sandra hatte zu tun. Also war John von Neuem allein mit sich und der Belfortstraße. Der Mann von vorhin schob sich bereits wieder aus dem Hauseingang, allein, ohne die Frau. Er redete leise in sein Handy, schlüpfte hinters Steuer des Chryslers und jagte mit donnerndem Motor davon. Vereinzelte Passanten, ansonsten tat sich nichts.

Sandra warf John ein Lächeln zu, bevor sie einen weiteren Gast, offenbar einen Studenten, in Empfang nahm. John zwinkerte und während er sie anblickte, sah er vor sich das Gesicht des Unbekannten mit dem Schnurrbart, dessen Eisenstange nun in Johns Büro auf einer Ablage ruhte. Dieser Mann. Wie ein trauriger Bär. So zumindest hatte er auf John gewirkt. Nach den Berichten von Tante Ju und Blanca hielt er ihn für einen Durchgeknallten, der zu unkontrollierbaren Gewaltausbrüchen neigte. Einer, der reif war für die Klapsmühle. Aber jetzt, da er ihn selbst gesehen hatte … Diese Traurigkeit.

Letzte Nacht, in diesem merkwürdigen, überfallartigen Moment, war es für John gar keine Frage gewesen, dass er dem Fremden beistehen würde. Ganz gewiss nicht den drei anderen, die anscheinend gesehen hatten, wie der Kerl in einer weiteren Kneipe um sich geschlagen hatte, und ihm nachgeschlichen waren – oder ihn einfach zufällig wiedergetroffen hatten. Das spielte jetzt keine Rolle mehr. Ja, dieser überfallartige Moment. John hatte dem Mann geholfen, ohne wirklich zu wissen, warum. Vielleicht nur aufgrund dieses klagenden Ausdrucks in den Augen, des bebenden Schnauzers, der hängenden Schultern. Vielleicht nur, weil der seltsame Vogel ein Außenseiter war. Und John wusste, was es hieß, ein Außenseiter zu sein. Ach, vergiss ihn, riss er sich aus den Gedanken, vergiss ihn endlich. Du hättest den Vorfall lieber der Polizei melden sollen, du Möchtegern-Detektiv.

Sandra schwirrte vorbei und stellte einen Teller mit einem Croissant vor ihm ab. »Geht aufs Haus«, zwitscherte sie heiter.

»Besten Dank!« Überrascht strahlte er sie an.

Die Minuten krochen zäh dahin. Ein junger Mann mit blassen Wangen und einer roten, tief in die Stirn gezogenen Baseballkappe klingelte und verschwand im gleichen Haus wie zuvor das Pärchen. Mehr Autos, mehr Fußgänger als zuvor. Aus der Stereoanlage im Inneren der Kneipe dudelte angestaubte Rockmusik gedämpft ins Freie. John summte unbewusst die Melodien der alten Songs mit. Irgendwann tauchte der Typ mit der roten Mütze wieder auf und stieß fast mit einem anderen Mann zusammen, der auf das Haus zustrebte. Es schien das Gebäude zu sein, in dem mit Abstand am meisten los war. Merkwürdig nur, dass es nahezu ausschließlich das Ziel von einzelnen Männern zu sein schien. Sie gaben sich in gut 30-minütigem Abstand quasi die Klinke der Eingangstür in die Hand. John runzelte die Stirn. Sein zweiter Kaffee war bereits getrunken, von dem Croissant lagen bloß noch ein paar Krümel verstreut auf dem Teller. Und abermals ein einzelner Mann, der anscheinend ganz gewohnheitsmäßig auf das Haus zuging, klingelte und ins Innere der Mauern schlüpfte. Benutzten sie nicht alle ein und dieselbe Klingel, eine der oberen? Ein leichtes Schmunzeln umspielte Johns Mundwinkel. So merkwürdig, wie anfangs gedacht, war das wohl gar nicht. Aber wer hätte vermutet, dass ausgerechnet mitten in der Belfortstraße … Nun ja, ihn ging es schließlich nichts an.

Er bestellte ein Wasser, plauderte gelegentlich mit Sandra, starrte immer mal wieder auf das stets leere Display seines Handys und schob den quälenden Gedanken weit von sich, wie es weitergehen sollte. Mit seiner Detektei, mit seinem Leben, mit allem. Kreuzworträtsel in abgegriffenen Zeitungen bedeuteten eine kleine Ablenkung – und die Männer, die das Haus aufsuchten. Fünf in den mehr als zwei Stunden, die John nun schon im Eimer verschwendete.

Noch etwas später, als John gerade den Kaffee und zwei Wasser bezahlt hatte, hörte er das eindrucksvolle Wummern eines Motors. Im nächsten Moment zischte der Chrysler um die Ecke, so wie zuvor, und wurde in einer etwas weiter entfernten Lücke geparkt. Der Fahrer mit dem eleganten Anzug stieg aus und ging schnurstracks auf das Haus zu, das so manchen Mann anzog. John saß noch immer an dem kleinen Tisch, wartete auf das Wechselgeld und folgte ihm mit den Augen. Dann verabschiedete er sich charmant von Sandra, die ihn aufforderte, mal wieder vorbeizukommen. Ein kleiner Trost für seine arme Seele. Lächelnd verließ er den Eimer, um nach dieser scheinbar endlos langen, ereignislosen Zeit die Belfortstraße hinab zur Ecke Schnewlinstraße zu gehen, wo sein altersschwaches Fahrrad an einem Laternenpfahl angekettet war. Er trat nicht allzu heftig in die Pedale, als er die Belfort zurückfuhr in Richtung Stadtmitte. Der Anzug stach ihm ins Auge – der Mann befand sich bereits wieder auf der Straße, und zwar in Gesellschaft einer Frau.

Es dauerte einige schwerfällige Umdrehungen der abgewetzten Reifen, bis John in ihr tatsächlich dieselbe Frau erkannte, die den Fremden am Morgen begleitet hatte. Nicht mehr schläfrig, nicht mehr ungepflegt, nicht mehr defensiv – sie schien ein ganz anderer Mensch zu sein. Ihr Lachen klebte schrill in der ruhigen Straßenzeile und sie zwinkerte dem heranradelnden John betont verführerisch zu.

»Lass den Quatsch«, knurrte der Anzugträger ihr zu. »Und beeil dich.«

Sie beachtete John nicht mehr, sondern lachte erneut schrill auf. »Bin ja schon da.«

»Dann los.«

»Ich dachte, du würdest mich endlich mal in dieses Restaurant ausführen. Das mit dem besten Schwertfisch, du weißt doch.«

»Mach endlich voran«, maulte der Mann, ohne ihr zuzuhören.

»Du hast's versprochen. Ich weiß genau, dass du mit deinen anderen Mädchen dort warst.«

John hatte die beiden fast erreicht. Sein Blick strich

über die hochhackigen Schuhe, die schlanken Beine, das knappe Kleidchen, die sorgfältig gekämmten, blond gefärbten Haare, die großzügig aufgetragenen Schminke im Gesicht – tatsächlich, eine andere Frau, mit Augen, die auf einmal leuchteten wie Glühbirnen. Nicht nur äußerlich war sie verändert, sie wirkte aufgedreht, beinahe wie angetrunken, kicherte immer wieder. Mit übertrieben beleidigter Kleinkindstimme redete sie jetzt auf den Mann ein. »Versprochen hast du's mir. Versprochen, versprochen!«

Er packte ihren Arm und schob sie auf den Chrysler zu.

»Nicht so grob!« Ihr Tonfall war urplötzlich nicht mehr der eines Kindes – eher der einer Frau, die schon vieles erlebt hatte.

»Halt die Schnauze!«, lautete die Antwort.

John war noch langsamer geworden. Der Mann sah aus, als würde er ihr gleich einen Schlag versetzen, doch das war gar nicht nötig. Sie sputete sich jetzt und sank auf den Beifahrersitz des Chryslers. Gleich darauf startete der Wagen mit quietschenden Reifen.

Und da war wieder so ein Impuls in John, eine seltsame, kaum fassbare Ahnung, die ihn dazu brachte, den Lenker herumzuschwenken und dem schwarzen Wagen hinterherzuradeln. Du bist verrückt geworden, sagte er sich in Gedanken. Doch er hörte auch Tante Jus Stimme, die von irgendwoher zu ihm sprach: Vertrau auf deinen Riecher.

Er folgte dem Chrysler im Abstand von zwei oder drei Autos durch die Stadt, was selbst mit Johns altem Drahtesel kein Problem darstellte. Der Verkehr war nämlich dichter geworden, die ersten frühen Feierabendfahrer hatten sich in die rasch entstandenen Blechschlangen eingereiht. Es ging in Richtung Siegesdenkmal, John weiterhin heftig strampelnd, die getönte Rückscheibe im Visier, und irgendwo in seinem Hinterkopf war nicht nur Tante Jus Stimme, sondern auch jene von Laura Winter. Der Chrysler bog in die Habsburgerstraße, gefolgt von John, der kurz an seinen Besuch in dem Studentenwohnheim dachte, das bald auf der linken Seite erscheinen würde. Als es so weit war und er an das schmucklose Gebäude gelangte, befand sich das schwarze Auto nur wenige Meter vor ihm. Plötzlich steuerte der Chrysler scharf nach rechts, und beinahe hätte John die Abzweigung verpasst.

Und weiter, jetzt durch die Straßen des Stadtteils Herdern, in denen sich teilweise wunderschöne Wohnhäuser befanden. Der Chrysler stieß in die Einfahrt zu einem solchen Anwesen und erst hier stoppte John. Aus einer Entfernung von etwa 30 Metern, abgeschirmt durch eine Kastanie, beobachtete er, wie der Mann und die Frau die Wagentüren zuknallten. Sekunden darauf hatten sie das Gebäude betreten, das eines der schönsten der gesamten Straße war: mit zwei Erkern, marmorierten Fassadeneinsätzen, einem großen, um die Ecke führenden Balkon im ersten Stockwerk. Eine Mauer mit gusseisernem Tor schien es geradezu vom Rest der Stadt abzuschotten. Umgeben wurde es von einem Rasen, der nicht ganz zu dem villenartigen Haus passte, da er ziemlich verwildert, von hohem Unkraut durchsetzt, vor sich hin wucherte. Ein großer Apfelbaum und einige Sträucher schützten den Eingang zusätzlich vor fremden Blicken.

John stand da, einen Fuß auf dem Asphalt, den anderen auf dem Pedal. Unter den Schichten aus Lederjacke,

Kapuzenpullover und T-Shirt hatte sich Schweiß auf seiner Haut gebildet. Und nun, alter Meisterdetektiv? Was hast du dir eigentlich dabei gedacht?

Sein Verstand schärfte ihm ein, endlich von hier zu verschwinden, die Zeit nicht noch sinnloser als bislang zu vergeuden. Aber manchmal war der Verstand etwas, dem John Dietz nicht allzu viel Aufmerksamkeit schenkte. Zögernd fuhr er wieder an, langsam an dem Haus vorbei. Am Ende der Straße wendete er. Kein Verkehr hier und auch keine Fußgänger. Keine offenen Fenster, aus denen Musik strömte. John radelte weiter, das Ächzen seines Fahrrads schien weit und breit das einzige Geräusch sein. Er fuhr an dem Gebäude mit dem Apfelbaum vorbei und bei einem Seitenblick entdeckte er das Pärchen durch eines der Fenster. Der Mann holte gerade aus und versetzte der Frau einen Schlag mit der flachen Hand – so kraftvoll, dass sie zu Boden geworfen wurde. John sah noch, wie der Kerl angewidert auf sie herabstarrte.

Nach ein paar Metern stoppte John. Er stieg ab und lehnte das Rad an einen Laternenpfahl, ohne es mit dem Schloss zu sichern. In einer Gegend wie dieser hätte das Ding niemand geschenkt haben wollen. Während er zurückschlenderte, behielt er das Haus im Auge. Zum ersten Mal seit Tagen war der Himmel bedeckt. Als hätten sie sich irgendwie angeschlichen, klebten auf einmal Wolken vor dem Blau, und sofort wirkte diese stille, etwas versteckt gelegene Straße dunkler, abweisender. John ging am hüfthohen Eingangstürchen vorbei und betrachtete den Briefkasten – kein Namenschild. Ebenso wenig unter dem von Messing umfassten Klingelknopf. Er lief weiter bis zur nächsten Ecke des Grundstücks und sah sich um, bevor er sich über die Mauer schwang. Für einen Moment verbarg er sich hinter den Sträuchern, um schließlich weiterzuschleichen. Bei den meisten Fenstern waren die Vorhänge zugezogen, einige Rollläden heruntergelassen. Stille, ein Haus, das wie verlassen vor ihm lag. Jetzt befand er sich seitlich davon, nur ein paar Schritte von dem Chrysler entfernt, der in der Einfahrt direkt vor der Garage abgestellt worden war. Hinter dem Anwesen gab es mehr von dem wild wuchernden Rasen, einen Schuppen und eine seit Ewigkeiten nicht mehr geschnittene Hecke, die über die Mauer quoll.

»Suchst du was Bestimmtes?«

Der unvermittelte Klang der Stimme ließ Johns Magen einfrieren.

Langsam drehte er sich um.

Zwei dunklc eiskalte Augen musterten ihn so eingehend, dass der Blick beinahe wie eine Berührung war. Der Mann mit dem Stiernacken. Mindestens einen Kopf kleiner als John, aber mit breiteren Schultern, größeren Händen, wuchtigem Brustkorb. Eine dieser Hände schob sich lässig in die Tasche des dunklen Anzugs.

»Bist du taub? Was hast du hier verloren, du Penner?«

Endlich brachte John ein Lächeln zustande. Bemüht locker winkte er ab. »Cool bleiben, Mann. Nur keine unnötige Aufregung.«

»Ich bin cool, du Penner.« Die Stimme, gesprochen mit hartem Akzent, wurde leiser, zischender. »Und ich kann dir ganz cool den Arsch versohlen.«

John strengte sich an, damit sein Lächeln nicht in sich zusammenfiel. »Wirklich sehr nett«, erwiderte er, so heiter, als wäre er nicht im Geringsten angespannt. »Aber das wird nicht nötig sein.«

Der Mann warf sich drohend in die Brust. »Verarschen kann ich mich allein.«

»Gratuliere, das können ja die wenigsten.« John begann, langsam rückwärts zu gehen, auf die Einfahrt zu, über die er sich zuvor seitlich am Haus vorbeigeschlichen hatte.

»Mach's Maul auf: Was schnüffelst du hier rum?«

John nickte ihm zu. »Wegen des Rasens natürlich. Ich sollte ihn mir doch mal anschauen. Und wenn ich ehrlich sein darf: Der sieht tatsächlich aus, als könnte er ein bisschen Pflege vertragen.«

Die rechte Hand des Mannes spielte in der Hosentasche. »Verpiss dich.«

»Moment mal, ist das etwa nicht die Schänzlestraße?«

Der Fremde machte einen großen Schritt auf ihn zu und starrte ihn fies an. John musterte kurz die Wölbung der Faust in der Hosentasche – es hätte ihn nicht überrascht, wenn plötzlich die Klinge eines Schnappmessers auf ihn zuspringen würde.

»Also nicht die Schänzlestraße«, redete John weiter und winkte erneut ab. »Mensch, wo hab ich heute bloß meinen Kopf?«

»Verpiss dich.«

»Dann mache ich mal, dass ich weiterkomme.«

Die Rechte des Mannes kam wieder zum Vorschein – tatsächlich mit einem Messer. Eine Bewegung, so schnell, dass John ihr nicht folgen konnte.

»Verpiss dich oder ich schneid dich in Scheiben.«

Der Fahrtwind schnitt in seine Wangen. Aber es tat gut, die kühler gewordene Luft so intensiv zu spüren, es tat gut, mit Schwung in die Pedale zu treten.

Der Himmel hatte sich weiter zugezogen, ein paar vereinzelten Tropfen fielen auf die dichter gewordenen Autoschlangen, die sich in beide Richtungen der Habsburgerstraße hinzogen, durchsetzt von etlichen Fahrradfahrern. Spätnachmittag, endgültig Feierabendverkehr. Doch die Nähe so vieler Menschen konnte durchaus etwas Beruhigendes ausstrahlen – insbesondere, wenn man kurz zuvor einem Typen allzu nahe gekommen war, der ein Messer so lässig in der Hand führte wie andere Menschen ihre Zahnbürste.

John sah das Siegesdenkmal auf sich zukommen. Er steuerte die Fußgängerzone an, wo er sich aus dem Sattel schwang, um das Rad zu schieben. Einfach nur, weil er festen Boden unter den Sohlen spüren wollte – einfach nur, weil die Begegnung hinter dem still daliegenden Haus in Herdern nach wie vor in ihm wühlte. Er konnte dieses Gefühl noch in sich spüren – diesen eisigen Moment, als ihm bewusst wurde, dass urplötzlich Gefahr über ihn gekommen war. Wirkliche Gefahr, echte Gefahr, eine Gefahr, von der man immer nur hörte oder las, die man aber normalerweise nie so unmittelbar erlebte. Denn der Mann im Garten hatte geradezu vor Bedrohlichkeit gesprüht. Nicht wie all jene Kanaillen, über die man bisweilen abends in Bars stolperte – Großmäuler, denen ein paar Tropfen Alkohol zu viel die Oberarmmuskeln schwellen ließen und die auf eine Keilerei aus waren.

Es war keineswegs um ein paar Faustschläge gegangen, nicht bei diesem Mann. Weder seine Worte noch seine Gesten, ja nicht einmal seine Haltung hatte diese Gefahr signalisiert – allein der Blick hatte dazu ausgereicht, der Blick dieser tiefschwarzen Augen. Der Fremde hatte gewissermaßen nach Blut gerochen, er war Gewalt ebenso gewohnt wie Gefahr, daran konnte gar kein Zweifel bestehen. Selbst jetzt noch sah John Dietz ihn vor sich, und ihm war endgültig klar, dass er einem Typen dieser Kategorie nie zuvor begegnet war. Ja, dass es Typen dieser Kategorie in Freiburg eigentlich überhaupt nicht gab.

Der leichte Regen löste sich bereits wieder auf, die Dunkelheit überschwemmte schnell die Straßen. John ließ sich Zeit und machte sich schließlich auf zu seinem Lieblingsdöner. Er dachte kurz an Uschi's Sushi bei der Dietler-Passage, änderte seinen Speiseplan dann doch nicht. Als er endlich an der Theke stand, hatte er allerdings das Gefühl, keinen Bissen herunterzubekommen. Er bestellte einen türkischen Tee und verkroch sich an einen der Stehtische. Auch wenn er es sich selbst nicht eingestehen wollte – und es vor anderen schon gar nicht zugegeben hätte –, die Geschichte war ihm an die Nieren gegangen. Was war das nur für eine hirnrissige Aktion?, dachte er, während er an seinem Tee nippte. Eine Schnapsidee, totaler Quatsch. Ohne Grund hinter dem Chrysler herzujagen … So viel zu deinem Riecher, Johnny.

Höchstens eine Viertelstunde später war er bereits dabei, das Fahrrad im Treppenhaus des Gebäudes zu sichern, in dem sich sein Büro befand. Johns Stimmung hatte sich nicht wesentlich gebessert, und die vertraute Umgebung ließ ihn unweigerlich daran denken, dass demnächst wieder eine Monatsmiete für die Räume hier von seinem Konto abgebucht wurde. Blieb ihm bloß zu hoffen, dass tatsächlich etwas da war, das sich abheben ließ. Es war ja schon reines Glück gewesen, dass er überhaupt diese kleine Ecke in einer solchen Gegend bekommen hatte – und das auch noch zu einem halbwegs zivilen Preis. Allerdings hatte damit Johns Glück aufgehört.

Er musste endlich die Rechnung für Laura Winter aufsetzen, so sehr es ihm auch widerstrebte. Sie hielt ihn ganz sicher für einen Komplettversager, wie schon vor Jahren in der Schule, und er konnte es ihr noch nicht einmal übel nehmen.

Die Erinnerung an diese Frau gaukelte ihm vor, ihr Parfüm zu riechen, diesen teuren weltgewandten Duft, der nach allem roch, was nicht zu John Dietz passte. Er verzichtete darauf, mit dem Aufzug zu fahren, und bemühte sich, irgendeinen alten schwermütigen Song vor sich hinzupfeifen. Schon im zweiten Stock hörte er ein Krächzen aus Elvis' Kehle. Eigentlich ein Wunder, dachte John beiläufig, dass sich bisher niemand über den Papagei beschwert hatte. Das allerdings konnte ja noch kommen.

Weiterhin pfeifend, erreichte er den dritten Stock, als die Melodie auf seinen Lippen erstarb. Wie angewurzelt blieb er stehen. Völlig entgeistert starrte er auf die Person, die auf dem Boden hockte, genau neben der abgeschlossenen Tür zu seinem Büro.

»Heiliger Strohsack!«, entfuhr es ihm dann.

Ein kaum einzuschätzender Blick fing ihn ein. »Heiliger Strohsack? Mehr fällt dir also nicht ein. Geht's auch etwas origineller?«

»Warum sitzt du hier?«

»Ziemlich dumme Frage. Weil ich auf dich warte.«

»Du hast meine Handynummer. Du hättest …«

»Das weiß ich selbst, Mr. Spürnase«, schnitt sie ihm das Wort ab – wie immer also. »Aber es war mir ganz recht so.« Sie rollte mit den Augen. »Allein zu sein, meine ich.«

Immer noch reichlich verwundert fragte er: »Hier? Im Treppenhaus?«

»Ich stand vor dem Haupteingang und klingelte bei dir. Du warst nicht da«, erklärte sie lapidar, »und da gerade jemand das Haus verließ, ging ich hinein.«

»Seit wann bist du hier?«

»Zwei Stunden. Vielleicht auch mehr.«

»Zwei Stunden? Vielleicht auch mehr?«, wiederholte John ungläubig.

»Hast du nur einen Papagei oder bist du selbst einer?«

Wie gehabt. Auf den Mund gefallen war sie nicht. Und dennoch war das eine ganz andere Laura Winter als die, die er kannte. Nur auf welche Art sie verändert war, das hätte John nicht zu sagen vermocht.

»Und jetzt?«, fragte sie. »Willst du noch länger dastehen und mich anschauen wie ein Gemälde?«

»Willst du nicht mal aufstehen?«, erwiderte er ausnahmsweise einmal reaktionsschnell, was ihm durchaus guttat.

Sie hob die Schultern, kam dann aber doch auf die Beine.

»Ich dachte, du wärst längst in Stuttgart«, fügte er hinzu und schob den Schlüssel ins Türschloss.

Durchdringend sah sie ihn an. »Das wäre auch ganz bestimmt besser, da bin ich sicher.«

John stieß die Tür auf. »Wie kann ich dir helfen?«

»Du? Höchstwahrscheinlich überhaupt nicht.« Ironisch blitzten ihre blauen Augen auf. Allerdings nur kurz.

Dann waren sie wieder so leer wie in dem Moment, als er sie auf dem Boden hockend entdeckt hatte. »Aber ob du's mir glaubst oder nicht, John – ich wusste einfach nicht, wohin ich gehen sollte.«

# 4
# LADY BUTTERFLY

Da saßen sie sich also wieder gegenüber, getrennt durch den leeren Schreibtisch, sich einander mit Blicken abtastend, die nicht gerade vor Zuneigung überquollen. ›Ich wusste einfach nicht, wohin ich gehen sollte.‹ Dieser Satz Laura Winters klebte noch zwischen ihnen, schien den Abend neu beginnen zu lassen und ihm eine vollkommen unerwartete Richtung vorzugeben.

Die Schreibtischlampe warf einen Lichtkegel, der keine Wärme ausstrahlte, sondern das nackte Büro kälter wirken ließ. Nun schwiegen sie seit einer nahezu endlosen Minute, kein Geräusch, bloß eine trockene Stille, abgesehen von dem Mahlen der Papageikiefer im Nebenzimmer. Zumindest Elvis war also ganz entspannt, hörbar froh darüber, mit einem Nachschub an Körnern versorgt worden zu sein.

John betrachtete seinen Überraschungsgast und wartete ab – ganz intuitiv, auch wenn er seinem Riecher wohl lieber nicht mehr allzu sehr trauen sollte. Doch etwas sagte ihm, dass es so richtig war.

Der Uhrzeiger tickte eine Sekunde nach der anderen weg. Ein erneuter schwacher Regen kam auf und ließ vereinzelte Tropfen fast lautlos an der Fensterscheibe platzen. Und so klang Lauras Stimme in ihrem plötzlichen Aufwallen lauter, als sie tatsächlich war: »Willst du nicht endlich irgendeine blöde Frage stellen?«

John lehnte sich zurück und zeigte ein sanftes Lächeln. »Welche zum Beispiel?«

»Zum Beispiel die, warum ich eigentlich hier bin.«

»Na gut.« Er musterte sie. »Warum bist du eigentlich hier?«

»Das gefällt dir. Habe ich recht?« Zum ersten Mal überhaupt senkte sie den Blick ihrer schönen blauen Augen. »Sorry, wenn ich dich etwas zu heftig abgekanzelt habe.«

Er lümmelte sich noch bequemer in den Stuhl. »Also, Laura. Lass doch bitte einfach die Katze aus dem Sack.«

Zögernd nickte sie. »Okay, John.« Sie straffte ein wenig ihren Oberkörper, als versuche sie, wieder die Frau zu sein, die sie sonst präsentierte. »Du brauchst mir natürlich nicht zuzuhören. Ich könnte verstehen, wenn du mir einfach die Tür zeigen würdest. Immerhin habe ich gesagt, dass ich deine Dienste nicht mehr in Ans…«

»Bitte erzähl einfach.« Zum ersten Mal war er es, der ihr das Wort abschnitt. Ein winziger Triumph in diesen erfolglosen Tagen, aber dennoch ein Triumph.

»Okay, John«, meinte sie erneut. »Es ist irgendwie verrückt.« Ein flüchtiges Lächeln in ihrem Gesicht. »Ich saß schon auf meinem Platz im Zugabteil und hatte mit allem abgeschlossen. Damit, dass ich nie erfahren würde, was Felicitas …« Laura betrachtete das leicht mit Regentropfen besprenkelte Fenster, und er beobachtete ihr Spiegelbild in der Scheibe. »Aber als die Lautsprecheransage kam, dass der Zug gleich losfahren würde, da packte mich so ein ganz komisch Gefühl. Ich stand auf, griff nach meiner Tasche und rannte los. Der Zug startete praktisch schon, als ich aufs Gleis sprang. Also, etwas übertrieben ausgedrückt.« Beinahe ein wenig hilflos suchte sie Blickkontakt. Spätestens damit wurde John bewusst, dass diese Laura Winter in der Tat eine andere war. Nicht mehr die Hochnäsige oder jene unsagbar Aufgebrachte, als die sie sich nach dem Zwischenfall mit dem schwarzen Auto, ob eingebildet oder nicht, gegeben hatte.

»Von einem ganz komischen Gefühl gepackt«, wiederholte er mit betont weicher Stimme. »Das kenne ich. Es überrascht mich nur ein wenig, dass dir so etwas vertraut ist.«

»Nun ja, vielleicht nicht gerade vertraut. Aber in seltenen Fällen …« Sie ließ den Satz verklingen und schaute von Neuem durchs Fenster in den Abendhimmel über der Stadt.

»Was hat dich also in Freiburg gehalten?«

Laura lachte auf, mit einem traurigen Klang, der John keineswegs entging. »Wenn das so leicht zu beantworten wäre.«

»Dann erzähl mir doch lieber, was du in der Zwischenzeit getan hast. Du bist bestimmt nicht wieder zu entspannten Treffen mit den alten Freundinnen gegangen, oder?«

»Gewiss nicht.«

Gewiss nicht, wiederholte er stumm. Niemand, den er kannte, hätte das so gesagt, ja hätte auch nur einen Begriff wie ›gewiss‹ gebraucht.

»Ehrlich gesagt, habe ich mich ziemlich hilflos gefühlt. Ratlos, ziellos. Ich wusste nur, dass ich nicht nach Hause fahren wollte. Na ja, dass ich die ganze Sache nicht so einfach … auf sich beruhen lassen konnte.«

»Die Sache mit Felicitas, meinst du.«

»Du brauchst nicht wie ein Aushilfspsychologe mit mir zu reden, John.« Ganz plötzlich war ihre Zunge wieder spitz geworden.

»Die Sache mit Felicitas, meinst du«, sagte John erneut – und völlig unbeeindruckt.

»Ja, meine ich«, erwiderte sie genervt. »Ich kann einfach nicht einsehen, dass sie …«

»… tot ist.«

»Nicht nur das.« Bei diesen drei Worten hatte Laura kaum die Lippen geöffnet. »Dass alles so gekommen ist. Dass sie und ich …« Abermals versiegte ihre Stimme.

War es endlich einmal so weit?, fragte sich John insgeheim. Würde ihre Mauer nun doch noch ein paar Risse bekommen? »Sag es einfach«, wagte er sich vor.

Ohne auf das kurzzeitig anschwellende Krächzen aus dem Nebenraum zu achten, fuhr sie fort: »Na ja, ich konnte nicht fassen, dass Felicitas und ich uns voneinander entfernt hatten. Deswegen habe ich dich wohl auch ein paarmal so angefahren. Weil ich es irgendwie kaschieren wollte, dass ich nicht wusste, ob sie noch gekellnert hatte. Ob sie Freunde hatte – und wenn ja, welche. Und natürlich auch, dass ich keine Ahnung davon hatte, dass sie längst aus dem Studentenwohnheim ausgezogen war. Und wohl sogar die Uni nicht mehr besuchte.«

»Es war dir unangenehm.«

»Ja, es gefiel mir nicht, dass das so deutlich wurde.«

»Aber vor mir hätte es dir nicht …«

»Mit dir, John, hatte das nicht so viel zu tun. Vor allem mir selbst konnte ich das nicht so einfach eingestehen.« Sie rang mit den Worten. »Wir hatten uns immer so gut verstanden. Nicht nur Schwestern, Freundinnen waren wir. Ich dachte immer, wie wären anders als die übrigen Leute. Stolz war ich auf Felicitas. Auf uns beide, auf unsere Verbindung, unsere Zuneigung. Und dann war es so furchtbar.«

Ja, dachte John, Risse. Endlich Risse in der Mauer.

»So unendlich furchtbar. Schrecklich, grauenhaft.

Nicht nur diese schlimmste aller möglichen Nachrichten. Die von ihrem Tod. Sondern auch die Erkenntnis, dass wir uns verloren hatten.« In Lauras Gesicht entstand ein Beben, das sie kaum zu unterdrücken vermochte. »Wie viele Menschen hat man im Leben, die einem wichtig sind? Ich meine: wirklich wichtig. Weniger als eine Handvoll.«

Er nickte, obwohl sie es gar nicht als Frage ausgesprochen hatte.

»Und wenn du dann merkst, dass du einen dieser Menschen schon vor seinem Tod …« Sie verfiel in ein kurzes Schweigen. »Schon vor seinem Tod längst verloren hattest. Und wie viel Zeit du verschwendet hast. Oder besser: wie viel Zeit du hättest nutzen können. Was hätten Felicitas und ich uns alles zu sagen gehabt. So viel, so verdammt viel. Sie ist nicht einmal 24 geworden. Und ich habe mich zwei ganze Jahre nicht um sie gekümmert. Zwei ganze Jahre.«

Nun wein doch, dachte John, während er Laura stumm betrachtete. Lass die Tränen zu, die ich dir ansehen kann, die dir fast schon aus den Augen springen. Damit die Mauer langsam zum Einsturz gebracht wird.

Ein Zittern in Lauras Mundwinkeln, doch die Wangen blieben weiterhin trocken. »Du hättest sie kennen sollen, John. Sie war einfach … fabelhaft. Sie war außergewöhnlich. Sie war anders als …« Sie seufzte. »Ich kann mir vorstellen, wie platt das jetzt für dich klingt.«

»Überhaupt nicht«, antwortete er schnell. Und so überzeugend, wie es auch seine Absicht gewesen war.

»Felicitas hätte so viel erreichen können. Sie hatte nicht nur einen klugen Kopf. Den haben alle in unserer Familie, behaupte ich einfach mal. Sie jedoch hatte mehr. Eine Lebensfreude, die so pur war. Neugier, Leidenschaft, Fantasie.« Wieder dieses bittere Lächeln, das Lauras Trauer offenbarte. »Und ich hab sie einfach ihr Leben vor sich hinleben lassen. Einfach so. Es gibt nichts, was schlimmer ist, als diese Alltagsgleichgültigkeit. Die einen einschläfert, die einen taub macht. Man lebt jeden Tag und merkt abends gar nicht, dass er zu Ende ist. Dass man einen ganzen Tag einfach so verloren hat. Nutzlos.« Ihre Hand fuhr durch die Luft. »Ich stelle sie mir immer vor: auf dieser Straße. Sie geht über eine Straße wie eine Million Mal im Leben zuvor. Und dann kommt ein Auto und rast über sie hinweg wie über eine weggeworfene Kartoffelchipstüte. Und zerquetscht sie. Und sie ist tot. Einfach so. Tot. Alles vorbei.«

In diesem Moment tat es John unendlich leid, dass die Gespräche zwischen ihr und ihm anfänglich so kalt und hart abgelaufen waren. Auch wenn sie selbst großen Anteil daran getragen hatte – er hätte nicht vergessen dürfen, dass sie trauerte, dass sie einen Menschen verloren hatte, den sie liebte.

»Tot«, sagte Laura erneut. Tonlos. »Von einem Augenblick auf den anderen hört sie auf zu leben. Zu atmen. Hört auf mit allem. Aus und vorbei. Immer stelle ich sie mir auf der Straße vor. Sie geht über die Straße und praktisch im gleichen Sekundenbruchteil ist sie tot.« Sie holte Luft, tief, ganz tief. Und plötzlich sah sie John an, als wäre sie soeben aus einer Art Hypnose erwacht. »Puuh, was quatsche ich hier eigentlich?« Mit veränderter, auf einmal betont nüchterner Stimme setzte sie hinzu: »Da rede und rede ich, und du fragst dich, warum um Himmels willen ich ausgerechnet bei dir all das ablade.«

Schade, dachte er, du hast es verpasst. Du hast den Zeitpunkt versäumt, den Tränen nachzugeben. Aber wer weiß – vielleicht kommt der ja wieder.

»Habe ich recht?«, fragte sie mit einem befangenen Unterton.

»Nein, hast du nicht«, sagte er. »Ich glaube, ich weiß nämlich, warum du mir das erzählst.«

»Ach?« Sie konnte ein leichtes Staunen nicht verbergen. »Und warum, bitte schön?«

»Sicher, du hast ein paar Freundinnen von früher in der Stadt. Du hättest dich mit ihnen treffen können, sie hätten dir zugehört. Aber selbst wenn dich heute nicht mehr sehr viel mit ihnen verbindet – es ist doch zu viel, um dich wirklich gehen zu lassen. Um einfach mal zu reden und den Kopf dabei auszuschalten. Es wäre dir – wie ich es vorhin schon andeutete – peinlich gewesen. Vor mir allerdings«, er erlaubte sich ein Lächeln, »ist dir das im Endeffekt ziemlich egal.«

»Da ist er ja schon wieder: John Dietz, der Aushilfspsychologe.« Ja, sie hatte sich zurückverwandelt, äußerst schnell sogar.

»Ich denke, du hattest gar nicht die Absicht, zu mir zu kommen, oder? Es ist dir eher wie ein Zufall vorgekommen, dass du auf einmal vor dem Haus gestanden und meine Klingel gedrückt hast.«

Sie lächelte. Ironisch. Fast wie eh und je, als hätte es die Worte von eben gar nicht gegeben. »Was du alles weißt. John, du machst mir Angst.«

Schade, dachte er erneut. Die Mauer stand beinahe wieder völlig unerschütterlich. Und doch war etwas verändert, denn dank der letzten Minuten fiel es ihm leichter, Lauras Ironie einfach abprallen zu lassen. »Eines würde mich wirklich noch interessieren«, meinte er ruhig. »Was hast du gemacht, seit du gestern aus dem Zug gestiegen bist?«

»Warum fragst du das?«

»Weil ich mir nicht vorstellen kann, dass du nichts unternommen hast. Felicitas lässt dir keine Ruhe. Sie und ihr Leben, nachdem ihr euch verloren hattet, wie du es nennst.«

»Schon möglich.«

»Vorhin sagtest du, du wärst hilflos gewesen. Ratlos und ziellos.« Er sah sie fragend an. »Zu der Laura Winter, die ich kenne, passt das nicht.«

»Mag sein, John. Aber vielleicht bin ich gar nicht die, die du zu kennen glaubst. Und die ich selbst zu kennen glaubte. Ratlos, ziellos. So fühlte ich mich, und es war unerträglich. Ich kam mir vor wie in einem schwarzen Loch, wie eine Blinde, wie – ich weiß gar nicht, wie ich es beschreiben soll. Und so geht es mir eigentlich immer noch.«

»Also, hast du irgendetwas herausgefunden? Was hast du getan, nachdem dein Zug ohne dich abgefahren ist?«

»Ich würde sagen, zuerst einmal habe ich mich lächerlich gemacht.«

»Laura Winter lächerlich?«, gönnte John sich diesmal ein wenig Ironie. »Das kann doch gar nicht sein.«

Sie lächelte kurz. »Ja, so war es aber. Obwohl ich der Ansicht bin …« Eine knappe unwirsche Geste. »Aber lass mich von vorn erzählen. Ich also raus aus dem Zug. Tja, und dann stand ich ziemlich verloren da. Und weil ich weder wusste, wohin ich sollte, noch was ich eigentlich vorhatte, machte ich mich auf den Rückweg zum Hotel.

Dort erhielt ich wieder ein Zimmer. Und anschließend habe ich das getan, womit du sicherlich selbst deine Zeit verschwendet hast. Ich marschierte zur Uni, versuchte erneut, mit dem einen oder anderen von Felicitas' Professoren in Kontakt zu treten. Ich rief Sekretariate an … Alles umsonst.«

John nickte ihr zu.

»Ich kam mir so dumm vor, so albern.« Auf einmal hielt sie inne und sah zu der Wanduhr hoch. »Aber was tue ich hier eigentlich? Du hast kaum vorgehabt, den Abend mit mir und meinem unsinnigen Geschwätz zu vertreiben. Sicher hast du etwas vor.«

Er breitete die Arme aus. »Ich gehöre ganz dir.«

Laura schaute sich im Büro um und bedachte dabei die Eisenstange, die auf einem kleinen, so gut wie leeren Regal lag, mit einem Stirnrunzeln. »Läuft wohl nicht so toll, deine Detektei?«

»Ich klage nicht.« Eine angesäuerte Miene konnte er nicht vermeiden.

»Sorry, geht mich ja nichts an.«

»Ich mache dir einen Vorschlag.« Beiläufig deutete er zum Fenster und fuhr fort: »Da es aufgehört hat zu regnen, erzählst du mir den Rest einfach bei einem kleinen Spaziergang. So kommen wir aus diesem traurigen Büro raus und schnappen ein wenig von der guten Freiburger Luft.«

»Warum nicht?«, meinte Laura nach kurzem Zögern. »Wenn ich dir noch nicht auf den Geist gehe.«

»Ich muss nur Elvis für die Nacht abdecken.« Er stand auf. »Dann kann's losgehen.«

Wie sich rasch herausstellte, hatte John es richtig vorausgeahnt. Die Bewegung und die frische Abendluft taten

Laura Winter gut. Ihre Zunge löste sich ein wenig mehr, sie sprach noch leichter als zuvor. »Nun bin ich wirklich gespannt«, hatte er bei den ersten Schritten auf dem nassen Kopfsteinpflaster zu ihr gemeint. »Wie hat Laura Winter sich also lächerlich gemacht?«

»Wie gesagt, ich drehte mich im Kreise. Nachfragen, Anrufe. Alles ohne Resultat. Mittlerweile war es später Nachmittag. Mein Kopf tat weh, ich stapfte durch die Stadt. Und als ich die Kreuzung an der Erbprinzenstraße überquerte, was glaubst du, was ich da sah?«

»Nun sag's schon«, drängte John.

»Eine schwarze Limousine mit stark getönten Scheiben.«

Er antwortete nichts.

»Ich weiß, was du jetzt denkst, John.«

Nebeneinander gingen sie die Kaiser-Joseph-Straße entlang, inmitten des üblichen Abendtrubels.

»Du denkst«, fuhr Laura Winter fort, »dass es viele schwarze Limousinen gibt. Etliche. Unzählige. Aber ich sage dir – das war genau die, die mich vor Kurzem fast über den Haufen gefahren hat.«

Und erneut antwortete er nichts.

»Jetzt denkst du: na und. Es könnte ja sein, dass ich den Wagen noch einmal gesehen hab, durchaus möglich, schließlich hat Freiburg keine zehn Millionen Einwohner.« Ohne Pause fügte sie mit Nachdruck hinzu: »Doch ich bin mir zu 100 Prozent sicher. Nicht nur, dass das derselbe Wagen war. Sondern auch, dass es kein Zufall war, dass ich ihn ein zweites Mal gesehen habe. Ich bin überzeugt davon, dass …« Erst jetzt schien sie einmal Atem holen zu müssen.

»Und was denke ich jetzt?«, nutzte er die Pause.

»Du denkst endgültig, dass ich spinne, was dieses Auto betrifft.« Sie lachte trocken auf. »Und ich kann es sogar verstehen. Doch das Beste kommt erst noch.«

»Jetzt bin ich wirklich neugierig.«

»Später, als ich zurück in meinem Hotelzimmer war, schaute ich aus dem Fenster. Und welches Auto fuhr in exakt diesem Moment durch die Straße?«

»Eine schwarze Limousine mit stark getönten Scheiben«, erwiderte John. Abermals konnte er nicht widerstehen, seine Stimme ironisch in die Höhe zu ziehen.

Als hätte sie es überhört, sagte Laura ganz ruhig: »Richtig. Allerdings nicht irgendeine schwarze Limousine mit stark getönten Scheiben …«

»… sondern genau diese eine bestimmte«, vervollständigte er den Satz.

»Ach, ich würde mir ja selbst keinen Glauben schenken. Aber ich sah dieses Auto und wusste, dass es sich um dasselbe handelte. Und ich wusste ebenso, dass diese drei Begegnungen kein Zufall waren, auf keinen Fall!«

Ein paar Schritte gingen sie schweigend nebeneinanderher. Die Luft füllte sich bereits mit der Kühle der Nacht. Die Passanten in der Freiburger Fußgängerzone wurden weniger.

»Ich wusste es einfach«, nahm Laura den Faden wieder auf. »Und wie gesagt: Das Beste kommt erst noch.«

»Das war also gar nicht das Beste?«

»Nein, war es nicht.«

Wiederum verstrichen Sekunden, in denen kein Ton gesprochen wurde. Nach wie vor ist es so, dachte John, als würden wir bei jedem Wort, bei jeder Antwort miteinander ringen. »Nun mach's nicht so spannend«, gab er sich geschlagen. »Was ist denn passiert?«

»Eins nach dem anderen. Du weißt ja noch gar nicht, wie ich mich lächerlich gemacht habe. Nachdem ich also abends das Auto erneut entdeckt hatte, bin ich heute Morgen zur Polizei gegangen.«

»Wieder zur Polizei?« John sah sie an. »Und jetzt kommt der Teil mit dem Lächerlichen?«

»Genau. Ich verlangte, diesen Hauptkommissar zu sprechen, der beim ersten Mal so nett zu mir gewesen war.«

»Bernd Hauschild«, bemerkte John.

»Ja. Der war allerdings nicht da. Oder nicht zu sprechen, was weiß ich. Also schilderte ich zweien seiner Kollegen die ganze Sache, nannte die Marke des Wagens, das Kennzeichen.«

»Das kennst du also inzwischen?«

»Natürlich. Ich habe es mir sofort eingeprägt, als ich das Auto an der Kreuzung entdeckte.«

»Und dann?«

»Und dann wurd's wirklich schlimm. Bierernst haben die mir zugehört. Aber das war bloß gespielt. In Wirklichkeit haben die gedacht, was für eine blöde Kuh. Und das haben sie mich irgendwann spüren lassen.«

»Was keine gute Idee war, nehme ich an?«

»Ich bin einfach durchgedreht. Ich habe sie richtig angekeift. Mich aufgeführt, als wäre sonst was passiert. Mein Gott, ich hab einfach die Nerven verloren. Wegen Felicitas, wegen diesen beiden Polizisten, die so überheblich waren. Wegen der letzten Tage.«

»Wie ging es weiter?«

»Plötzlich tauchte dieser Hauschild doch auf.« Laura rollte mit den Augen. »Es gelang ihm, die Situation zu beruhigen.«

»Also dich.«

»Ja, mich zu beruhigen, wenn du es unbedingt hören willst. Hauschild war ruhig, freundlich und überhaupt nicht arrogant. Er sagte mir, dass sie nun, da sich der Fahrzeughalter ermitteln ließe, der Sache auf den Grund gehen würden.« Sie nickte vor sich hin. »Er war wirklich hilfsbereit.«

John hatte in aller Ruhe zugehört. Er ließ sich Zeit damit, einen Schluss zu ziehen.

»Ganz bestimmt hältst du mich für hoffnungslos überspannt«, meinte Laura dann. »Für eine Ziege, die sich zu wichtig nimmt. Aber das Beste …«

»Stimmt, das Beste kommt ja erst noch.«

»Richtig, John.« Ihre Stimme war eine feine Nuance tiefer gerutscht. »Es war nämlich jemand in meinem Zimmer.«

»Wie meinst du das?«

»Wie schon? Während ich bei der Polizei war, hat sich jemand in meinem Zimmer umgesehen. Es durchsucht, wenn du es genau wissen willst.«

Das sollte das Beste sein? Etwas enttäuscht hob er die Schultern. »Du bist sicher, dass …«

Gereizt fiel sie ihm mal wieder ins Wort: »Und ob ich sicher bin. Ich kann es nur nicht beweisen.«

»Woran hast du es gemerkt?«

»An Kleinigkeiten. An der Art, wie meine Sachen in der Tasche waren, daran, wie Dinge im Zimmer lagen. Wie gesagt, ich kann es nicht beweisen. Doch das heißt nicht, dass es nicht stimmt.«

»Was hat dein Herr Hauschild dazu gemeint?«

»Gar nichts. Denn mein Herr Hauschild, wie du ihn nennst, weiß gar nichts davon.«

»Weshalb hast du es ihm nicht mitgeteilt? Wo er doch so …«

»Wenn du so ruhig daherredest, geht das einem wirklich auf die Nerven. Weißt du das, John?«

Sie blieben stehen, sahen sich an. Über ihnen der Himmel, an dem ein paar Wolkenfetzen klebten. Nach einem langen Moment, in dem sie sich mit Blicken ihr übliches Gefecht lieferten, meinte John, natürlich weiterhin ganz ruhig: »Ich stelle bloß Fragen.«

»Okay, schon gut.« Sie ging weiter und er blieb an ihre Seite. »Schon gut, schon gut, ich stehe zurzeit einfach ein bisschen neben mir.«

»Das kann ich nur zu gut verstehen.« Fast hätte er ihr die Hand auf die Schulter gelegt, tröstend, beruhigend, wie er es wohl bei einer guten Freundin oder Bekannten getan hätte. Doch im letzten Moment zuckte er zurück. Einerseits tat sie ihm leid, andererseits ärgerte er sich nach wie vor über ihre Bissigkeiten. Laura Winter machte es einem nicht leicht, sie ins Herz zu schließen. Flüchtig dachte er daran, wie er ihr Parfüm noch auf der Liege seines Büronebenzimmers gerochen hatte. Auch jetzt kitzelte es seine Nase.

»Ich habe der Polizei nicht Bescheid gesagt«, erklärte sie nach einer Weile, »weil sie es mir sowieso nicht abgenommen hätten. Vor allem, nachdem ich mich so verhalten habe. Jetzt will ich warten, was bei der Fahndung nach diesem Auto herauskommt.«

»Willst du meine ehrliche Meinung?«

»Welche sonst?«

»Das alles ist wirklich sehr dünn und …«

»Das ist mir selbst klar«, schnitt sie ihm das Wort ab.

»Eben. Deshalb würde ich mir nicht allzu viel davon versprechen.«

»Wer sagt denn, dass ich das tue?« Da kam sie ja bereits

wieder zum Vorschein, die schnippische Version von Laura Winter.

An der nächsten Kreuzung hielten sie an. »Hast du überhaupt etwas gegessen?«, fragte John. »Heute Abend?«

»Abend ist gut. Seit dem Frühstück nicht mehr. Aber ich habe trotzdem keinen Hunger. Allein der Gedanke an Essen ist mir zuwider.«

»Dein Hotel ist nicht mehr weit. Soll ich dich dorthin bringen? Ich nehme an, du bist müde und …« Er brach den Satz ab.

Nach längerem Überlegen, das nicht unbedingt typisch für sie zu sein schien, nickte sie. »Das Hotel. Hm. Ist vielleicht keine schlechte Idee.«

Doch irgendetwas an der Art, wie sie das sagte, kam ihm komisch vor. »Dann also los«, meinte er dennoch.

Sie verfielen wieder in Schweigen. Der Stadtkern lag ein ganzes Stück hinter ihnen. Die Straßen waren nicht mehr ganz so stark beleuchtet, hier gab es weniger Geschäfte mit lichtüberfluteten Schaufenstern. Laura blickte sich um, unauffällig und nicht ständig, aber sie schien überaus aufmerksam zu sein. John registrierte das sehr wohl.

Kurz darauf blieben sie erneut stehen, diesmal nur wenige Schritte vom Hoteleingang entfernt. Der Moment, als sie ihn an genau dieser Stelle wie einen Schuljungen abserviert hatte, schien viel länger her zu sein, als es in Wirklichkeit der Fall war. Jedenfalls kam es John auf einmal so vor.

»Noch mal zu der Limousine«, hörte er sich sagen – obwohl er das eigentlich nicht hatte ansprechen wollen.

»Ja?«

»Es war nicht zufällig ein Chrysler?«

»Nein«, sagte Laura. »Ein Mercedes. Eine E-Klasse, wie ich inzwischen weiß. Mit Offenburger Nummernschild.«

»Den Fahrer hast du nicht gesehen, schätze ich?«

»Die Scheiben sind so dunkel wie die einer Staatskarosse.« Sie musterte ihn. »Warum willst du das alles wissen?«

»Ach, nur so.« Ja, nur so. Es war Unsinn, die Frage überhaupt zu stellen. Was sollte der Chrysler mit dem Fahrzeug zu tun haben, von dem sich Laura Winter verfolgt fühlte? Unsinn, alles Unsinn, jeder Gedanke, den er zu spinnen versuchte. Und sein Riecher war nur eine ganz gewöhnliche Nase, die vielleicht Bratenduft, aber gewiss keine Spuren in merkwürdigen Fällen aufzuschnappen vermochte. In Fällen, die ohnehin keine Fälle waren. Mensch, Johnny, wieso um alles in der Welt hast du keinen anständigen Beruf gelernt?

»Vielen Dank für die Begleitung«, drängte sich Lauras Stimme in sein Bewusstsein. »Und danke für deine Zeit.« Ihre Worte klangen nett, doch ihr Blick war nicht bei ihm, sondern zuckte über seine Schultern hinweg in die Dunkelheit.

»War mir ein Vergnügen.«

»Nochmals vielen Dank.«

Normalerweise machte sie nicht so viele überflüssige Worte, dachte er. Und dann erkannte er, was los war. Endlich. Und er war überrascht. Warum bist du manchmal so begriffsstutzig?, fragte er sich. Laura Winter hatte Angst. Viel mehr, als er angenommen hatte. Viel, viel mehr. Der Zwischenfall mit dem Auto, die Annahme, ihr Zimmer sei durchsucht worden, die Fragezeichen im Leben ihrer Schwester – all das hatte ihr wesentlich mehr zugesetzt, als er bisher wahrgenommen hatte. Aber das lag auch an ihrem Verhalten, an ihrer kalten Schnauze, wie er es in Gedanken nannte.

»Einen schönen Abend noch, John.«

Der verkniffene Zug um ihren Mund bestätigte ihn zusätzlich. Er räusperte sich und begann zu sprechen, noch bevor er wirklich einen Entschluss gefasst hatte: »Ich möchte dir ein Angebot machen.« Ein weiteres Räuspern. »Ein Angebot, das du bitte nicht falsch verstehen solltest.«

Ihre Augenbrauen gingen ein wenig in die Höhe. »Diesmal bin ich es, die gespannt ist.«

Ihr üblicher ironischer Unterton brachte ihn dazu, noch einmal abzuwägen, ob er es wirklich aussprechen sollte – aber da waren die Worte schon draußen: »Du könntest die Nacht bei mir verbringen.«

Ein Moment absoluter Stille.

»Oder auch in meinem Büro, im Nebenzimmer«, redete John weiter und verfiel sogar in ein Stottern, was ihn maßlos ärgerte. »Aber bei mir zu Hause wäre es vielleicht angenehmer. Und ich, äh, ich würde dann natürlich das Büro nehmen. Andererseits dachte ich, du bist vielleicht nicht gerade versessen darauf, allein zu sein, und dein Hotelzimmer ist, also …«

»John«, stoppte sie ihn. »Kein Grund, verlegen zu werden. Ich finde es sehr zuvorkommend von dir.«

Im Schein der Hotelbeleuchtung wirkte Lauras Gesicht anders als sonst. Weicher vielleicht? Verletzlicher?

»So verrückt es für dich klingen mag«, fügte sie hinzu. »Ich nehme dein Angebot gern an.«

Erstaunt starrte er sie an. »Ach?«

»Ich hole nur rasch eine Tasche aus meinem Zimmer.«

Diesen Anblick musste er erst einmal verkraften. Nun ja, nicht verkraften, aber doch irgendwie verdrängen, irgendwie abschütteln … Es war ja auch ein äußerst intensiver Moment gewesen.

John stieg aus der Straßenbahn und ließ sich vom Gewimmel auf der Stadtbahnbrücke schlucken. Mittagszeit, viele Leute waren unterwegs, vor allem Schüler, die spielerisch miteinander rauften und laut lachten. Schon wieder ein herrlicher Tag, die Sonne schien, die Wolken und die herbstliche Kühle des vergangenen Abends hatten sich vertreiben lassen. Er schlüpfte aus seiner Lederjacke und nahm den Aufzug nach unten. Nur ein paar Minuten später wurde er von der gleichen Ruhe geschluckt wie gestern. Und genau wie gestern war es sinnlos, an diesen Ecken herumzustreifen. In der Belfortstraße gab es nichts für John Dietz zu entdecken – das wusste er doch. Und trotzdem fand er sich von Neuem wieder hier. Er schlenderte am Eimer vorbei und stellte fest, dass die nette Sandra an diesem Tag nicht bediente. Beim Papperla-Pub legte er eine Rast ein, besetzte einen der wenigen Außentische und ließ sich einen Milchkaffee schmecken.

Automatisch wanderte sein Blick zu dem Haus, das am Vortag das Ziel so vieler Männer gewesen war. Und ebenso automatisch erwuchs vor seinem inneren Auge ein bestimmtes Bild. Ja, dieser Anblick. Und das so früh am Morgen, gerade nach dem Aufwachen, völlig unvorbereitet. Er sah sich selbst, wie er sich aus der Decke wühlte und vom Sofa schob. Wie er nur in T-Shirt und Unterhose zum Badezimmer schlurfte. Wie er die Tür öffnete, gähnte – und dann einfach stehen blieb, erstarrt, plötzlich vollkommen wach. Ja, ein intensiver Moment.

Obwohl nichts geschehen war, nicht das Geringste, gar nichts.

Aber – was für ein Anblick. Laura Winter, nur mit einem Slip und einem Oberteil mit dünnen Trägerchen bekleidet, ungeschminkt, mit großen Augen und vom Schlaf wirrem Haar, mit endlos langen Beinen, deren samtigen Flaum John unwirklich schimmern sehen konnte – so nah war er ihr gekommen. Eine Sekunde, noch eine Sekunde. »Tschuldigung«, murmelte er, um sich schließlich von diesem Bild loszureißen und ins Wohnzimmer auf sein durchgesessenes Sofa zu verschwinden.

Eigentlich konnte man es kaum vergessen, dass man einen weiblichen Gast hatte – vor allem, wenn das zuletzt vor Wochen oder gar Monaten der Fall gewesen war. Entfallen war es ihm ja auch nicht, er war nur verschlafen gewesen, hatte gedacht, es wäre wesentlich früher, hatte gedacht, sie schlafe noch, hatte gedacht – was auch immer.

Gerade verließ ein Mann das Haus in Johns Blickfeld, und kurz darauf drückte ein Neuankömmling eine der Klingeln. Wie am Tag zuvor. Eingehend betrachtete John die in der Straße geparkten Fahrzeuge, doch ein schwarzer Chrysler befand sich nicht darunter. Und wenn ja, was wäre dann?

Finde dich endlich damit ab, sagte sich John, dass dein Riecher nichts taugt.

Er zog das mittlerweile leicht abgegriffene, an einer Ecke geknickte Foto aus der Tasche und besah es sich, als wäre es das erste Mal. Die Lebenslust, die Neugier, die aus Felicitas Winters Gesichtsausdruck sprachen, hatten für John ihre Schwammigkeit verloren, verbanden sich nun mit konkreten Vorlieben und Angewohnheiten.

Stundenlang hatte er sich in der vergangenen Nacht mit Laura unterhalten. Eigentlich war es weniger eine Unterhaltung gewesen, eher ein Monolog Lauras, hin und wieder unterbrochen von Johns Fragen. Und es war fast ausschließlich um Felicitas gegangen. Um ihr helles, ansteckendes Lachen, um Nächte, die sie durchgetanzt hatte, um ihren Hang, Freunden und Bekannten Streiche zu spielen, um ihre fantasievolle, künstlerische Ader, die in etlichen Zeichnungen ihren Ausdruck fand. Und um die Leichtigkeit, mit der Felicitas die Aufmerksamkeit auf sich gezogen hatte. »Sie brauchte nur einen Raum betreten, und sofort zog sie alle Aufmerksamkeit auf sich.« Lauras Stimme hallte noch in seinen Ohren wider. »Ja, sie war eine echte Schönheit. Doch weit mehr als das. Es lag nicht nur an ihrer Figur, ihrem Haar, ihren Augen – es war einfach diese ganz besondere Art, die ihre Attraktivität ausmachte. Ihre Ausstrahlung. Sie war nie schlecht gelaunt. Wenn man's heute erzählt, klingt's wie ein blödes, leeres Klischee. Aber sie war wirklich so. Immer ging es nach vorn, immer musste etwas los sein.«

Laura hatte erzählt und erzählt, hatte sich zum zweiten Mal in seiner Gegenwart gehen lassen. Als sich zweieinhalb Flaschen sizilianischen Rotweins später bereits die ersten Strahlen der Sonne in Johns unaufgeräumtes Wohnzimmer stahlen, wirkte sie vollkommen erschöpft. Er bezog ihr das Bett frisch und überhörte dabei ihre mit Bestimmtheit durch die Wohnung gerufenen Proteste, dass für sie nur das Sofa infrage käme. Todmüde schien sie, als er sie schließlich ins Schlafzimmer führte und die Tür mit einem leisen »Schlaf gut« hinter ihr schloss.

Er selbst hatte kaum geschlafen, und wenn doch, war er von sonderbaren Träumen heimgesucht worden, in denen die Gesichter des traurigen Bären und des Messerschwingers mit dem harten Akzent auftauchten. Irgendwann morgens war es zu der kurzen stummen, aber umso intensiveren Begegnung im Bad gekommen. Später zu einer zweiten in der Küche, bei der sie einfach so taten, als hätte es die erste überhaupt nicht gegeben. Ein paar Floskeln, ein paar Blicke. Sie tranken Kaffee, und John entschuldigte sich, dass er leider nicht mehr zum Frühstück anbieten könne. »Kein Problem«, hatte Laura geantwortet.

Es war ein komisches Gefühl für John gewesen, dieser Frau in seiner eigenen engen Küche gegenüberzusitzen, als wären sie alte Freunde. Dieser Frau, die es selbst nach ein paar schnellen Minuten im Bad schaffte, wie aus dem Ei gepellt auszusehen, die helle Stoffhose elegant und faltenfrei, das gerade dank seiner Schlichtheit umso stilvollere dunkelgrüne Oberteil, das hervorragend zu dem Blondton ihres Haars passte. Eine attraktivere Frau hatte mit Sicherheit noch nie eine seiner angestoßenen Tassen mit Elvis-Presley-Konterfei in den Händen gehalten. Und doch wirkte sie nicht halb so umwerfend wie etwa zwei Stunden zuvor im Bad.

Allein schon um sich von diesem Bild nicht noch mehr gefangen nehmen zu lassen, hatte John sich gleich nach dem spartanischen Frühstück verabschiedet. Er gab vor, die eine oder andere Sache erledigen zu müssen, aber im Grunde wollte er nur ein bisschen allein sein. An der frischen Luft munter werden, nachdenken, den schweren Rotwein aus dem Kopf kriegen. Und er vermutete, dass es Laura nicht ungelegen käme, für sich zu sein. Denn von der Angst, die er – ob nun begründet oder nicht – am Vorabend in ihrem Blick gelesen hatte, schien nichts übrig geblieben zu sein.

Wieder ein einzelner Herr, der sich etwas unsicher dem gewissen Haus näherte. Kurz bevor er die Klingel betätigte, sah er verstohlen die Belfortstraße hoch und runter. John musste schmunzeln. Dann sah er die Szene von gestern vor sich und das Schmunzeln erstarb. Der Kerl mit dem Messer, der Schlag, den die Frau erhielt, die erst wie betäubt, dann wie aufgedreht gewirkt hatte. Er dachte an die Männer, die das Haus aufgesucht hatten, an die teure, aufreizende Kleidung der Frau, als er sie zum zweiten Mal gesehen hatte. Und er hörte ihre Worte in seiner Erinnerung. ›Das Restaurant mit dem besten Schwertfisch … Ich weiß genau, dass du mit deinen anderen Mädchen dort warst …‹

John verstaute Felicitas Winters Foto in der Innentasche und fragte sich, ob er sich darüber ärgern sollte, dass er es gestern Sandra nicht gezeigt hatte. Du könntest es der Bedienung hier unter die Nase halten, schlug er sich vor. Ach, bringt ja doch nix, lass es am besten für immer in der Tasche verschwinden. Ein anderer Gedanke kam ihm und er kramte sein Handy hervor. Nach zahllosen Freizeichen erklang endlich die Stimme von Tante Ju. Zunächst erkundigte sich John, ob ihr noch etwas zu der stummen Maja eingefallen sei. Wie er es erwartet hatte, war das nicht der Fall. Natürlich nicht.

Doch mit seinem Anruf zielte er ohnehin in eine andere Richtung. »Kannst du für mich etwas in Erfahrung bringen, Tante Ju?«

»Kommt drauf an, Junge.«

»Eigentlich nicht etwas, sondern eher jemanden.« Er stellte sich ihr aufmerksam zuhörendes, in Tausende Falten zerfurchtes Gesicht vor und lächelte vor sich hin. »Und zwar den Mieter oder Besitzer eines Hauses?«

»Also, ich kann ja so einiges rauskriegen, aber das ...«

John nannte den Straßennamen und dazu die Nummer der Villa in Herdern, in das sich das merkwürdige Pärchen zurückgezogen hatte.

»Und was interessiert dich so sehr an dem Haus?«

»Da gehen komische Leute ein und aus.«

»Komische Leute! Ha!« Er hörte, wie sie sich mit der Hand auf den Schenkel klatschte. »Ist das ein neuer Fall oder wie?«

»Eigentlich nicht.«

»Hat das was mit meiner stummen Maja zu tun?«

»Nein, wohl eher nicht.« Ihm war klar, wie vage das klang. »Ich bin einfach nur neugierig.«

»Hmm, du weißt ja, dass man in der Zeitung alle möglichen Informationen aufschnappen kann. Mehrere meiner Kollegen wohnen in Herdern. Ich höre mich mal um, ob jemand aus der direkten Nachbarschaft von dem Haus ist.«

»Das wäre klasse. Danke.«

»Ach, Junge, nicht der Rede wert. Und ich kann ja auch nix versprechen.«

»Übrigens, ich hab gleich noch ein Attentat auf dich vor.«

Laut wie immer lachte Tante Ju in den Hörer. »Nur zu, Johnny. Mich kann doch nichts erschüttern.«

»Meinst du, du könntest mir heute dein Auto ausborgen?«

»Wenn's sonst nichts ist. Der Wagen steht in der Garage. Du kannst dir hier bei der Zeitung den Schlüssel abholen, wann du willst. Weißt ja, dass ich immer mit der Bahn zur Arbeit fahre.«

»Das ist supernett von dir. Tausend Dank.«

»Komm einfach vorbei, Johnny.« Sie ließ erneut ihr berühmtes Propellerlachen ertönen. »Und nie vergessen: Vertrau auf deinen Riecher.«

Das ist leichter gesagt als getan, dachte er nur.

Anschließend bezahlte er den Milchkaffee und erlag dabei nicht der Versuchung, dem jungen Mann, der ihn auch heute bediente, Felicitas' Foto zu präsentieren und zu fragen, ob er sie kannte. Er stattete Tante Ju einen raschen Besuch ab, um ihren Autoschlüssel an sich zu nehmen, und dann kümmerte er sich um Elvis. Es war gegen ein Uhr, als er am Bertoldsbrunnen in die Straßenbahn in Richtung Habsburgerstraße und Zähringen sprang.

John wohnte seit etlichen Jahren im Freiburger Norden, im Stadtteil Zähringen. Es war dieselbe Wohnung, die er einst mit seiner Mutter geteilt hatte, ein enges Reich in der zweiten Etage eines gewöhnlichen Blocks mit dem tristen Wohnzimmerblick auf einen Friedhof – im Stockwerk darunter befand sich Tante Jus privates Domizil. Als er zu Hause eintraf, dachte er noch an den Fremden, der ihm eben auf der Straße über den Weg gelaufen war. In dieser stillen Ecke der Stadt traf man normalerweise immer auf dieselben Leute. Dieser Mann jedoch war ihm aufgefallen. Eleganter Anzug, teure Slipper, schwarzes Haar, dunkle, starr an John vorbeistierende Augen. Woher kenne ich den?, fragte sich John noch, während er die Wohnungstür aufschloss und ihn ein Duft empfing, wie ihn nie zuvor dieses Junggesellenheim erfüllt hatte.

»Ich hoffe, du hast Hunger.« Laura Winter kam ihm zwei Schritte durch den Flur entgegen, die Wangen von Küchendämpfen gerötet, die Ärmel bis zu den Ellbogen nach oben geschoben. War das wirklich dieselbe Frau, die ihm vor Kurzem auf ziemlich frostige Art einen Auftrag erteilt hatte?

»Ich habe tatsächlich Hunger«, antwortete er perplex.

Auf beinahe vertrauliche Art saßen sie beieinander am Küchentisch. Laura hatte nicht nur gekocht, sondern zuvor großzügig eingekauft. »Bier, Apfelsaft und Senf«, meinte sie, sogar völlig ohne Spott. »Mehr war in deinem Kühlschrank nicht aufzutreiben. Also bin ich schnell mal einkaufen gegangen.«

Er beugte sich vor, öffnete vom Stuhl aus die Kühlschranktür und schloss sie angesichts der überquellenden Lebensmittel sofort wieder. Wie lange ernährte er sich bereits von Fertigpizza, Uschi's Sushi und Ali Babas Döner? Viel zu lange.

Offensichtlich hatte Laura ein schlechtes Gewissen – wegen der Ängstlichkeit, die sie offenbart hatte und die gerade an einem herrlichen Frühherbsttag wie diesem allzu weit hergeholt wirkte. Und weil sie bei ihm übernachtet hatte, ausgerechnet bei John Dietz, den sie anfänglich mit gehöriger Herablassung bedacht hatte. Das Essen war wohl ihre Art, danke schön zu sagen. Sie gab sich aufgeräumt, wesentlich entspannter und natürlicher, als er sie bisher gekannt hatte. Die Farfalle mit Garnelen, Zucchini und einem feinen Hauch von Knoblauch und Weißwein schmeckten besser als alles, was John seit Monaten gegessen hatte, und das sagte er Laura auch gleich. »Freut mich«, erwiderte sie mit einer Bescheidenheit, die er ihr nie zugetraut hätte. Laura Winter, die fröhliche Hausfrau. Wer hätte das gedacht?

Während des Essens hatte er bisweilen das Gefühl, sie mustere ihn prüfend oder abwartend. Als rechne sie damit, dass er ihr etwas mitzuteilen habe. Oder täuschte er sich einfach?

»Nochmals danke schön«, sagte John, bevor er nach einem letzten genussvollen Bissen die Papierserviette, die ebenfalls aus Lauras Einkauf stammte, beiseitelegte.

»Nochmals bitte schön.« Sie prostete ihm mit ihrem Mineralwasserglas zu und nahm einen Schluck.

»Eigentlich hatte ich ebenfalls vorgehabt, dich zum Essen auszuführen«, meinte er. Und setzte in Gedanken an sich gerichtet hinzu: Obwohl du es dir gar nicht leisten könntest, jedenfalls zurzeit … »Und zwar zum besten Schwertfisch von ganz Baden.«

»Ach? Schöne Idee.« Überrascht sah Laura ihn an. Wahrscheinlich hatte sie es gar nicht für möglich gehalten, dass er auch nur wisse, was Schwertfisch überhaupt war. »Aber nun haben wir ja gegessen. Außerdem hatte ich was gutzumachen, und nicht du.«

»Kennst du das Restaurant Zum Karpfen? Von früher vielleicht?«

Sie schüttelte den Kopf.

»Das gibt es schon seit Ewigkeiten. In einem Dorf, ein Stück außerhalb von Freiburg.« Er lächelte ihr zu. »Das ist weit und breit bekannt als Adresse für hervorragenden Fisch. Nicht nur für den mit dem Schwert, aber besonders für den.« Und wieder ertönte die Stimme der Frau aus der Belfortstraße in seiner Erinnerung: ›Ich weiß genau, dass du mit deinen anderen Mädchen dort warst …‹ Lass es, beschwor er sich. Was willst du da? Es gibt keinen Fall, also gibt's auch keine Spuren. Vergiss endlich deinen Riecher.

»Eine kleine Landpartie? Hört sich gut an«, meinte Laura nach einer Pause. »Und etwas anderes zu sehen als die Stadt, in der meine Schwester …« Sie verstummte.

»Lass uns einfach hinfahren«, schlug er vor. »Wenn nicht zum Essen, dann eben auf ein gutes Glas Wein. Die haben da tolle Kaiserstühler Tropfen.« Vom ersten Augenblick an war John sich sicher gewesen, dass die unbekannte Frau nur den Karpfen gemeint haben konnte. Das Lokal war jedem Einheimischen ein Begriff. Nur gab es dennoch keinen einzigen halbwegs vernünftigen Grund, dorthin aufzubrechen. Oder doch bloß wegen der hervorragenden Karte?

»Ich hatte gar keine Ahnung davon, dass du ein Auto besitzt.«

John murmelte nur irgendwas und nickte vor sich hin. Sie musste ja nicht wissen, dass es bloß geliehen war.

Wenig später saßen sie in Tante Jus in die Jahre gekommenen Ford Fiesta, in dem es penetrant nach dem am Rückspiegel baumelnden Vanille-Duftbaum roch. Sie fuhren aus Freiburg hinaus in Richtung Emmendingen. Ein Schweigen hatte sich breitgemacht, und noch immer hatte John den Eindruck, Laura warte darauf, dass er ihr irgendetwas sagte. Es dauerte nicht lange, bis sie Bahlingen erreichten, eine winzige Ortschaft, idyllisch am Kaiserstuhl gelegen, deren Hauptstraße sich kurvig zwischen schönen alten Fachwerkhäusern und Bauernhöfen hindurchschlängelte. Der Parkplatz des Restaurants war ziemlich leer – zu früh für die Abendessengäste.

John und Laura wählten einen Tisch am Fenster. Ein typischer Landgasthof, urig, gemütlich, ein gekachelter Ofen, viele Zinnteller und Gemälde mit Winzer- und Anglermotiven an den Wänden. Ein dickbäuchiger Mann mit grauem Haar, offensichtlich der Wirt, hinter dem Tresen, eine junge Bedienung in einer Trachtenschürze, ein etwa gleichaltriger Kellner in schwarzer Hose und weißem Hemd und ein paar Herren am Stammtisch, die zum Lokal zu gehören schienen wie die Holzstühle und -tische. Leise Radiomusik aus dem Hintergrund. Ein Bild makelloser Langeweile.

Nach einem prüfendem Blick versuchte sich John den untersetzten Mann mit seiner herausgeputzten Begleitung hier vorzustellen – was nicht gerade leichtfiel. Aber wenn selbst dieser Messerschwinger den Weg in den Karpfen fand, sagte das einiges über den guten Ruf der Küche aus. Der Kellner servierte ihre Bestellung: zwei Glas Wein, Empfehlungen des Hauses, obwohl John mehr Lust auf ein Bier gehabt hätte. Er schaute dem jungen, flachsblonden Mann hinterher und kam ins Grübeln. Das schmale Gesicht, das spitze Kinn und die bleichen Wangen lösten eine vage Erinnerung aus. Ja, er war dem Kellner schon einmal begegnet. Nur wo? Und wann? Erst vorhin dieser ganz andere Typ mit den eleganten Slippern, an den er sich erinnern und gleichzeitig auch nicht erinnern konnte. Und jetzt schon wieder ein Gesicht mit einem großen Fragezeichen in Johns Gedächtnis. Du wirst alt, John Dietz.

»Dann mal raus mit der Sprache«, platzten Lauras Worte geradezu in seine ergebnislosen Gedankenspielereien.

Verdutzt merkte er, wie sie ihn forschend betrachtete. »Äh … Wie bitte?«

»Wie bitte?« Sie lächelte ein wenig und betrachtete ihn weiterhin eingehend. »Hey, John, da ist doch was. Oder warum habe ich unablässig das Gefühl, dass du etwas loswerden willst? Und dass du über eine Sache nachdenkst, die mit mir zusammenhängt? Oder mit Felicitas.«

»Keine Ahnung, wovon …«, begann er, ohne mal wieder sehr weit zu kommen.

»Keine Ahnung?«, wiederholte sie seine Worte. »Wirklich?«

»Wirklich.« Er nippte an seinem Wein, sie an ihrem.

»Okay, John, dann sag mir bitte, warum du aus heiterem Himmel nach einem Chrysler gefragt hast?«

»Ich versteh nicht.«

»John, es gab absolut keinen Grund, nach einem Chrysler zu fragen.«

»Wenn du meinst«, wich er ihr weiterhin aus.

»Ja, das meine ich«, ließ Laura sich jedoch nicht abschütteln. »Du hast irgendetwas herausgefunden, oder? Du hast – weshalb auch immer, vielleicht aus verletztem Stolz – weitergemacht, habe ich recht?«

»Aus verletztem Stolz«, spielte John diesmal ihr Echo.

»Sicher. Weil ich dich so schnell abserviert habe. Auftrag ausgesprochen, Auftrag entzogen. Tschüs. Und natürlich, weil ich nicht sehr höflich mit dir umgesprungen bin.«

»Nicht sehr höflich? Aber, aber …« Wie er es genoss, ironisch zu sein.

»John, hast du doch etwas herausgefunden?«, ging sie gar nicht darauf ein.

Er äußerte keinen Ton.

»Na los, John, das ist eine ganz simple Frage.«

In der Tat, das war es, eine simple Frage. Und die war ebenso simpel zu beantworten. »Nein«, sagte er. »Ich habe nichts herausgefunden. Überhaupt nichts. Leider.« Und das entsprach ja der Wahrheit.

Sie sah ihn an, als glaube sie ihm nicht, ein wissendes Lächeln auf den Lippen. »Was war mit diesem Chrysler?«

»Ist das ein Verhör?«

»Nicht ablenken, John. Wie kamst du auf den Chrysler? Hat der auch ein Offenburger Nummernschild?«

»Nein, ein Freiburger.«

»Aber was hat es mit diesem Auto auf sich?«

Es hat auch auffallend stark getönte Scheiben, hätte John beinahe erklärt, der sich ohnehin schon albern genug vorkam. Er hatte nichts in der Hand, nicht den Ansatz einer Spur – so sehr Laura darauf zu hoffen schien. Ihm kam es vor, als versuche sie, nach einem letzten Strohhalm zu greifen.

»Aber du hast weiter nach Anhaltspunkten geforscht?«, ließ sie nicht locker.

»Ja«, gab er schließlich zu. »Dummerweise jedoch nichts herausgefunden.«

Sondern nur im Nebel herumgestochert, dachte er insgeheim. Ich weiß ja nicht einmal, wen oder was ich suche. Da war einfach nichts Handfestes. Die stumme Maja. Das Haus in Herdern. Ein Mercedes mit getönten Scheiben. Ein Chrysler mit getönten Scheiben. Ein ganz gewöhnliches Restaurant auf dem Land mit leckeren Fischgerichten. Das Haus in der Belfortstraße, in dem vorrangig einzelne Herren empfangen wurden. Das alles war bloß ein einziges Gewirr aus Nebelschwaden, die überhaupt nichts miteinander zu tun hatten, ein Gewirr aus – aus rein gar nichts.

Außer die stumme Maja.

Denn immerhin war Felicitas Winter auf dem Foto wiedererkannt worden, wenn auch als eine gewisse Maja. Das konnte er Laura nicht einfach verschweigen. Oder doch? Schließlich hatte er nicht mehr vorzuweisen. Dieses Widererkennen durch Tante Ju war der einzige Moment gewesen, in dem Felicitas scheinbar greifbar geworden war. Aber eben nur scheinbar.

»Du hast tatsächlich nichts«, erkannte Laura Winter endlich.

John schüttelte den Kopf.

»Na ja«, seufzte sie und starrte auf einen nur für sie sichtbaren Punkt. »Wenigstens hast du es weiterhin versucht. Obwohl du dazu gar nicht verpflichtet …«

»Wir wär's, wenn wir ein paar Meter gehen?«, unterbrach er sie sanft. »Ein Spaziergang durch Bahlingen zur Entspannung, und dann fahren wir zurück nach Freiburg.«

Sie brachte ein tapferes Lächeln zustande. »Einverstanden.«

Da von dem Kellner nichts zu sehen war, bezahlten sie bei seiner Kollegin. Ohne noch ein Wort zu wechseln, verließen sie das Gasthaus. John wollte auf dem Fahrersitz Platz nehmen, als er den Kellner am Rande des Gästeparkplatzes entdeckte. Und da erkannte er ihn plötzlich wieder.

»Ich bin gleich bei dir«, meinte er zu Laura, während sie einstieg. Mit langsamen Schritten näherte er sich dem jungen Mann. Er spürte, dass Laura ihm aus dem Auto hinterherblickte. Der Kellner hatte eine Zigarettenpause eingelegt und trat den Stummel aus. »Wir sind uns schon mal über den Weg gelaufen, oder?«, meinte John.

Der Mann drehte sich überrascht um. Er war noch jünger, als John ihn gestern eingeschätzt hatte, bestimmt nicht älter als 19. Am Tag davor hatte er eine rote Baseballcap getragen. Aber die bleichen, hageren Wangen, der schlaksige Gang – für John gab es keinen Zweifel. Dieser Kellner war einer der Besucher des Hauses in der Belfortstraße.

»Über den Weg gelaufen?«, wiederholte der junge Mann irritiert. Er sprach mit typisch badischem Zungenschlag. »Nicht dass ich wüsste.«

John sah ihn unverwandt an und nickte mit gespielter Überzeugung. »Na, sicher doch. Ich sag nur: Belfortstraße.«

Ein Wangenmuskel zuckte, ein bemüht teilnahmsloses Achselzucken. »Was meinen Sie damit?«

»Was ich meine? Das ist uns beiden doch nur allzu klar«, erwiderte John rasch – und zwar so, als wüsste er genau, worauf er hinauswollte. Was selbstverständlich nicht der Fall war.

»Hören Sie zu, ich muss gleich wieder rein, mein Chef kann echt sauer werden und …«

Mit einer Geste seiner linken Hand brachte John ihn zum Schweigen. Glücklicherweise schien er es mit einem Jüngling zu tun zu haben, der sich leicht einschüchtern ließ. Mit der Rechten hielt er ihm jetzt Felicitas' Foto genau vor die Augen, in einem Abstand von nur ein paar Zentimetern. Es war intuitiv. Letztlich bloß ein weiterer Versuch – ein aberwitziger Versuch ohne jeglichen Grund. Wie gehabt, also.

Der Kellner starrte auf das Gesicht der schwarzhaarigen Frau und einen Tick zu schnell wieder darüber hinweg. »Was soll das?«

War da ein Aufblitzen in seinen Augen?

Plötzlich war John hellwach, plötzlich ging sein Puls schneller. »Lassen wir doch das dumme Spielchen«, sagte er mit einer Betonung, die er sonst aus amerikanischen Krimiserien kannte. Er ließ das Foto sinken. »Sie wissen, wer diese Frau ist, junger Mann. Und ich weiß, dass Sie das wissen.«

»Wer sind Sie?«

John begann, ihn geradezu niederzustarren, und er erkannte, wie unangenehm das für den jungen Mann war. »Ich bin der, der jetzt langsam wütend wird.« Er war tatsächlich wütend. Nicht auf diesen Jungen, sondern darauf, dass er keine einzige Spur hatte, dass nichts zusammenpasste. Auf sich war er wütend, auf seine Detektei, auf alles.

Der Kellner stierte auf die eigenen Schuhspitzen. »Sind Sie von der Polizei?«, murmelte er fragend, ohne aufzusehen.

»Ja«, hörte John eine Stimme antworten. Seine eigene. Was soll's?, dachte er grimmig. Du hast damit angefangen, jetzt zieh's durch. »Also, junger Mann, Sie kennen die Frau auf dem Foto.«

»Was heißt schon kennen?«

John fühlte, dass ihn die Antwort wie ein Blitzstrahl traf. Fühlte sie in seinem Bauch, in seinem Kopf. Auf einmal schien da etwas zu sein, an dem er sich womöglich festbeißen konnte. »Mensch, nun spuck's endlich aus!«, entfuhr es ihm.

Ein rasches Achselzucken. »Ist schließlich nicht verboten, in die Belfortstraße zu gehen, oder?«

»Behauptet ja keiner. Du kennst sie also aus der Belfortstraße?«

»Nö.«

»Woher dann?«

»Ach, ich hab sie nur einmal gesehen.«

»Wo und wann?«

»Ist lange her.«

Ein Schrei ertönte: »Rainer!« Der Wirt. Er stand vor dem Eingang zum Gasthaus, die Fäuste in die Hüften gestemmt. »Ich hab's tausendmal gesagt!«, rief er schnaubend dem Kellner zu. »Ich bezahl dich nicht fürs Rauchen.«

Erleichterung auf dem bleichen Gesicht. »Komme schon.«

Johns Hand legte sich auf die knochige Schulter des jungen Mannes. »Du weißt auch, wie sie heißt, stimmt's?«

»Nein.« Ein blechernes unsicheres Lachen. »Nur ihren Künstlernamen. Oder wie man das nennt.«

Erneut die Stimme des Wirtes: »Rainer! Na los jetzt!«

»Künstlernamen?«, hakte John verdutzt nach. »Äh, Maja. Oder ...?«

»Ich muss wirklich rein.« Er löste sich aus Johns Griff.

»Was ist das für ein Name?«

Der Kellner lief los. Im Vorbeigehen hüpften zwei Worte über seine Lippen: »Lady Butterfly.«

# 5
# DAS FALSCHE HAUS

John Dietz sprang aus der Straßenbahn und schob sich im Laufschritt durch die Menschenmenge, die rund um den Bertoldsbrunnen waberte. Ein schneller Blick auf die Armbanduhr: kurz nach elf Uhr vormittags. Er musste sich sputen. Es war zum Glück nicht weit zum Treffpunkt, und wenn der junge Mann, den er zu dieser Verabredung um 11.15 Uhr gewissermaßen gezwungen hatte, nicht überpünktlich wäre, würde John vor ihm da sein.

Langarmshirt und die unvermeidliche Lederjacke, es war keine sonderlich warme Oberbekleidung, die John sich übergestreift hatte. Dieser freundliche Frühherbst bewirkte jedoch, dass sich Schweiß zwischen seinen Schulterblättern bildete. Oder war Johns glimmende Nervosität dafür verantwortlich? Ganz plötzlich war ihm klar geworden, dass er im Begriff war, sich auf äußerst dünnes Eis zu begeben.

Die Sonne stand beinahe senkrecht über der Freiburger City und ihre Strahlen stachen in Johns Nacken. Er legte an Tempo zu. Bilder des vergangenen Abends zogen an ihm vorüber. Er und Laura Winter, zurück in seiner Wohnung, erneut diese Vertrautheit, die doch eigentlich gar nicht zwischen ihnen bestand. John verkehrt herum auf einem Stuhl, die Arme auf die Lehne gebettet, Laura am Herd, wie sie die Pastareste aufwärmte. Sie beide am Tisch, jeder ein Glas sizilianischen Rotweins vor sich, von dem John eine letzte Flasche in seiner kleinen Vorratsnische aufgetrieben hatte. Die ganze Zeit wartete er darauf, dass sie sich erkundigen würde, was er mit dem Kellner zu bereden gehabt hatte. Aber sie stellte keine Fragen, bedachte ihn nur mit diesen abwartenden, wissenden Blicken. Als er ihr anbot, erneut bei ihm zu übernachten, bedankte sie sich, lehnte allerdings ab. »Ich glaube«, erklärte sie, »ich habe da etwas überreagiert. Mit meiner Furcht, meine ich.«

»Du bist also nicht mehr der Ansicht, dass dein Hotelzimmer durchsucht worden ist?«

Laura tat die Frage mit einem Schulterzucken und einem Lächeln ab – sie hatte sich entschieden, und diesmal für das Hotel. Als er sie mit Tante Jus von Vanilleduft verseuchtem Fiesta vor dem eleganten Gebäude absetzte, bedankte sie sich erneut für seine Gastfreundschaft, freundlich, aber auch etwas förmlich. Außerdem kündigte Laura an, ein paar Tage länger in Freiburg bleiben zu wollen. Und beim Aussteigen gönnte sie ihm abermals so einen bestimmten Blick. Als ob sie ihn in irgendeiner Hinsicht durchschauen würde.

Während John nun auf den Treffpunkt zumarschierte, sah er Laura jedoch nicht bei der gestrigen Verabschiedung vor sich – sondern in jenem gewissen Moment, den sie sich unbeabsichtigt im Badezimmer geteilt hatten. Er fragte sich, was für ein Mann es wohl sein mochte, der ihr Herz zu erobern verstand. Ein Mastermind? Ein in jeder Lage souveräner Herr mit beeindruckendem Job, imposantem Äußeren, vortrefflichen Manieren und Durchsetzungsvermögen? Wie musste er sich ihn vorstellen? Als das Gegenteil seiner selbst, ein Anti-John-Dietz?

Dann endlich konzentrierte er sich. Genau zehn Minuten nach elf. Gut. Er postierte sich etwas abseits eines allseits bekannten Restaurants, das er dem Typen genannt hatte. Zunächst hatte er ihn, um keinen Verdacht zu wecken, zur Polizeidirektion in der Heinrich-von-Stephan-Straße bestellt, dann aber angegeben, er hätte ohnehin in der Innenstadt zu tun, und daher den Treffpunkt dorthin verlegt. Ja, dünnes Eis, sehr dünnes. Doch John hatte es riskiert und irgendwie konnte er jetzt nicht mehr zurück: Er hatte am Vorabend, nach dem gemütlichen Verspeisen der Pastareste, einfach im Restaurant Zum Karpfen angerufen und verlangt, mit dem Kellner zu sprechen. Und wie schon bei der Unterhaltung auf dem Parkplatz war es ihm gelungen, Druck auf den armen Rainer auszuüben. Der Junge war offenbar derart eingeschüchtert, dass er sein Kommen sofort zusicherte.

Aber wie mochte das heute aussehen?

Nicht anders. Denn da erspähte ihn John, wie er von einem Rennrad abstieg, um es an einem Laternenpfahl zu sichern. Er steckte den Schlüssel in die Tasche seiner Jeans, als John sich neben ihm aufbaute.

»Guten Tag«, sagte John knapp und mit so autoritärer und offizieller Betonung, wie ihm das nur möglich war.

Der Junge erschrak, wodurch die Haut seiner Wangen unverzüglich durchscheinender wirkte. Er brachte bloß ein dürftiges Nicken zustande.

»Danke, dass Sie sich die Mühe machen. Es ist wirklich sehr wichtig.« John war wieder zum Sie übergegangen – das klang professioneller. Er deutete die Straße hinab. »Leider bin ich etwas in Eile. Sie haben doch nichts dagegen, dass wir uns nicht im Büro, sondern bei einem Spaziergang unterhalten?« Bevor der andere antworten konnte, setzte John ihn mit einem flüchtigen Griff um den Ellbogen in Bewegung. »Es wird garantiert nicht lange dauern.«

Nebeneinander gingen sie los. John warf seinem Begleiter einen kurzen Seitenblick zu. Bist du wirklich eine

Spur?, fragte er ihn in Gedanken. Eine erste Spur? Erneut ließ er den noch unsicherer als am Vorabend wirkenden Rainer auf die Fotografie starren.

»Kein Zweifel? Sie erkennen sie wieder?«

Ein zurückhaltendes Nicken, aber kein einziges Wort.

»Und dann noch zu dem Namen, Herr …« John stutzte. »Wie ist eigentlich Ihr Nachname?« Du hättest schon früher nachfragen sollen, schimpfte John mit sich.

»Metzler.«

»Also, Herr Metzler.« John bemühte sich wieder um einen Ehrfurcht einflößenden offiziellen Tonfall. »Gestern sagten Sie aus, bei der Dame auf dem Foto handele es sich um eine gewisse Lady Butterfly.« Übertreib's nicht, ermahnte er sich gleichzeitig selbst.

Erneut bloß ein Nicken. Diesmal allerdings musterte Rainer diesen Polizisten etwas genauer, und John wusste nicht recht, ob sich erstmals ein gewisser Zweifel in die scheuen Augen mischte – Zweifel an ihm.

»Und diese Lady Butterfly, Herr Metzler …«

Die Melodie von ›Return to sender‹ unterbrach ihn. Johns Handy. Nie ruft jemand an, dachte er, aber natürlich ausgerechnet jetzt. Er zog es aus der Tasche. Eine Nummer der Badischen Zeitung leuchtete auf dem Display auf. ›Ich rufe zurück, Tante Ju‹, wollte er erst sagen, fing sich jedoch gerade noch. Eine gute Gelegenheit, seiner Rolle etwas mehr Schliff zu verleihen. »Hier Kommissar Tappert«, schnarrte er in das Mobiltelefon. »Oh, besten Dank, Kollege«, fuhr er gleich fort, bevor Tante Ju in ihrer Überraschung auch nur einen Laut äußern konnte. »Das ist eine überaus wichtige Information. Im Moment befinde ich mich in einer Zeugenbefragung – ich melde mich, sobald es möglich ist.« Er brach die Verbindung ab, räusperte sich und schaltete das Handy vorsorglich aus. »Sie haben diese Lady Butterfly nur einmal gesehen, Herr Metzler?«

»Ja.«

»Wann war das, wo war das?«

»Ähm, wie ich Ihnen gestern schon sagte, Herr ... äh, Kommissar ...?«

»Tappert«, erwiderte John. Den Namen hatte er bereits am Abend zuvor bei dem Anruf im Karpfen genannt. So hieß der Schauspieler, der früher den Fernsehinspektor Derrick verkörpert hatte. Ein alberner Scherz, dem John nicht widerstehen konnte.

»Also, Kommissar Tappert, ich traf diese Frau auf einer Art Party. Aber ich habe den ganzen Abend kein Wort mit ihr gewechselt.«

»Und trotzdem erkannten Sie sie auf dem Foto sofort wieder?«

»Na klar. Eine solche Frau vergisst man nicht so schnell. Auch wenn sie auf dem Foto anders ...« Er suchte nach Worten. »Auch wenn sie auf dem Foto nicht so zurechtgemacht ist.«

Sie hatten das Schwabentor erreicht und blieben an dem Eisengeländer stehen, das sich einige Meter seitlich davon befand.

»Wegen ihres attraktiven Aussehens erinnern Sie sich an sie, nehme ich an?«

Rainer Metzler nickte. »Attraktiv ist untertrieben. Mächtig untertrieben. Sie war irgendwie ...«

»Drücken Sie's einfach in Ihren Worten aus«, ermutigte ihn John.

»Sie war der Hammer. Der absolute Hammer. Mann, was für eine Frau!«

»War? Sie ist also tot?«

Ein verdutzter Blick. »Keine Ahnung. Ich habe sie bloß niemals wiedergetroffen. Nur auf der Party.«

»Wann war das?«

»Vielleicht vor einem knappen Jahr«, kam die Antwort nach kurzem Überlegen.

»Vorhin sagten sie eine ›Art Party‹. Wie meinten Sie das, Herr Metzler?«

»Na ja, eben keine richtige Party. Man musste ziemlich viel Geld bezahlen, um da reinzukommen. 200 Euro oder so. Nur damit man die Nase drin hatte. Eigentlich zu viel für mich.«

»Aber?«

Metzler beobachtete den Verkehr, der sich am Schwabentor vorbeischob, als wäre das ein außergewöhnlicher Anblick. »Aber ein Freund hatte Schulden bei mir. Mehr als 200. Er hatte die Kohle nicht, doch er versprach, er würde es auf bessere Weise zurückzahlen. Ich könnte ihn zu einem ganz besonderen Abend begleiten, zu einem Abend, den ich nie vergessen würde.«

»Was ist das für ein Freund? Wie heißt er?« John entging nicht diese gewisse Erregung, die ihn gepackt hatte. Wie aus dem Nichts rauschte da tatsächlich ein Lichtpunkt am Ende dieses trostlosen Tunnels auf ihn zu. Oder war er zu euphorisch? Cool bleiben, ermahnte er sich.

»Sein Name ist Peter Eisenring. Alle nennen ihn Piet.« Metzler schnaufte einmal durch. »Hören Sie, ich habe nichts getan, ich gehe nur ab und zu in die Belfortstraße …«

»Dann können Sie ja umso entspannter berichten«, schnitt John ihm das Wort ab. »Piet Eisenring. Wer ist das?«

»Ihm gehört eine kleine Autowerkstatt in Littenweiler. Ich kenne ihn aus der Bar, in der ich bediene. Die WunderBar.«

»Sie sind also nicht immer im Karpfen?«, warf John ein.

»Nein, nur an zwei oder manchmal drei Tagen die Woche.« Metzler winkte ab. »Davon könnte ich nicht überleben. Ich habe mehrere Jobs. Am Wochenende stehe ich meistens in der WunderBar hinterm Tresen.« Er betrachtete seine Schuhspitzen, genau wie am Tag zuvor. »Piet ist ein Chaot. Am einen Tag hat er Geld wie Heu und schmeißt damit um sich, am nächsten keinen einzigen Cent. Ich hab oft mit ihm gequatscht. Und ich hab ihn auch anschreiben lassen, obwohl's der Chef mir verboten hat.«

»So kamen Piets Schulden zustande.«

Ein stummes Nicken.

»Womit wir bei der ›Party‹ wären. Oder dem ›Abend‹ oder wie auch immer Sie es nennen möchten.«

»Piet hat ziemlich Sprüche geklopft. Das macht er sowieso jedes Mal, aber wenn's um diesen Abend ging, dann erst recht. Er gibt immer an, erzählt, dass er nur die tollsten Leute kennen würde und solche Sachen. Er meinte, er würde mich da reinbringen, ich hätte mehr Spaß als in meinem ganzen bisherigen Leben zusammengenommen. Also hab ich mich darauf eingelassen.«

John sah ihn an. »War's denn so spaßig?«

Metzler wich Johns Blick aus. »Na ja. Irgendwie schon. Jedenfalls hatte ich so was noch nie erlebt. Das Ganze fand in einem gewöhnlichen Haus statt. Anfangs dachte ich, wir würden wirklich nur auf eine normale Fete gehen. Es war allerdings mehr als das.«

»Was war ›mehr‹?«

»Einfach alles.« Metzler lachte auf und sah erneut auf seine Schuhspitzen. »Wahnsinnseinrichtung. Wahnsinnsbüfett. Austern, Champagner, eisgekühlter finnischer Wodka. Was weiß ich nicht alles. Sauteure Lederpolster, Teppiche, in denen man ertrinkt. Und nur Männer, bei denen das Geld aus den Nasenlöchern rauskommt.«

»Männer? Also keine Wahnsinnsfrauen?«

»Doch, doch. Aber die eigentlichen Gäste, das waren ausschließlich Männer.«

Die Sonne schien, ein paar Wolkenfetzen wurden von einem leichten herbstlichen Wind vor sich hergetrieben, und John verspürte immer noch dasselbe Gefühl wie am Vortag, als würde sein Puls schneller gehen, beinahe rasen. »Was für Männer?«, hörte er sich fragen. Dieses Gespräch verlief anders als alle zuvor, ganz anders. Endlich.

»Herren der Gesellschaft. Piet und ich waren mit Abstand die Jüngsten, ich außerdem der Ärmste. Herren, die sich leise unterhielten, die Witzchen rissen und uns kaum beachteten.«

»Wie hießen sie?«

»Nicht die leiseste Ahnung. Ehrlich. Mir fiel sofort auf, dass sich niemand mit Namen anredete. Da fiel kein einziger Vorname, kein Spitzname. Einen der Männer erkannte ich. Einen Politiker, der einen Sitz im Landtag hat, oder was weiß ich. Seinen Namen kenne ich nicht einmal, ich sah nur sein Bild öfter mal in der Zeitung und erinnerte mich an ihn. Keiner sagte mir, dass er es wirklich ist, aber ich war mir sicher.« Erneut dieses Auflachen. »Jedenfalls alles Typen, die sich für wahnsinnig wichtig halten. Alle so um die 50, bestimmt jeder mit Familie und mindestens drei Kindern. Rechtschaffene Herren der guten Gesellschaft. Genau die, die man bei einer solchen Veranstaltung nicht erwarten würde.«

»Was wurde denn geboten?«

Der Kellner schob seine Hände tief in die Hosentaschen, als würde ihm das irgendwie Schutz bieten. Seine ansonsten auffällig bleichen Wangen hatten sich gerötet. »Och, so einiges.«

»Drogen?«

»Nö.« Metzler verdrehte die Augen. »Kann natürlich sein, dass sich der eine oder andere eine Nase durchgezogen hat.«

»Also Koks.«

»Ja. Aber darum ging's nicht.«

»Jetzt kommen, schätze ich mal, die Wahnsinnsfrauen ins Spiel?«

Noch tiefer das Rot, das Metzlers Wangen färbte. »Zuerst waren nur die Männer da, und ich dachte schon, Mensch, wo hat mich Piet denn bloß hingeschleift? Aber dann schwirrten auf einmal die Frauen rein, ein ganzer Schwarm, acht oder neun oder zehn. Junge Frauen, so alt wie ich oder nicht viel älter. Die hatten Spitzenunterwäsche und High Heels an. Und sonst nichts, wohlgemerkt. Mannomann, heiße Dinger, verflucht heiße Dinger.«

»Dann ging's erst richtig los, stimmt's?«

Der junge Mann kicherte. Irgendwie peinlich berührt, fast wie ein Kind, das zum ersten Mal nackte Haut im Fernsehen entdeckte. »Ja, genau. Also, da sind Sachen abgegangen, die kann ich echt nicht beschreiben. Die Herren und diese schönen Mädels, die vergnügten sich ziemlich ungeniert.«

»Und Piet Eisenring und Rainer Metzler mittendrin.«

Ein Nicken, das Gesicht glühte inzwischen förmlich. »Kann man so sagen.«

»Demnach hat sich's ja doch noch gelohnt für Sie.«

»Ich habe nichts Verbotenes gemacht, Herr Kommissar!«, verteidigte sich Metzler und wagte sich damit zum ersten Mal ein wenig aus der Defensive.

»Ruhig Blut«, erwiderte John so gelassen wie möglich. Die Anrede hatte ihn erst wieder an seine Lüge erinnert. Und daran, dass er sich gerade strafbar machte. Amtsanmaßung. Oder wie nannte man das? Egal. Vertrau auf deinen Riecher, hörte er in seinem Kopf ganz leise Tante Jus Stimme. Nein, er konnte nicht mehr zurück. Schon gar nicht, weil er jetzt an dem Punkt war, auf den er zugesteuert hatte. Er legte beide Hände aufs Geländer und sagte: »Auftritt Lady Butterfly.«

Metzler nickte, ganz leicht nur, und hielt die Lippen geschlossen.

»Sie war eine der Frauen. Oder?«

»Ja und nein.«

»Was soll das bedeuten?«

»Sie betrat mit den anderen Frauen den Raum, das schon. Trotzdem war es so, als käme sie ganz allein herein. Oder als wären die übrigen nur Staffage für sie. Außerdem war sie bekleidet. Und so komisch es klingt, sie war dadurch viel aufreizender als die anderen.«

»Was hatte sie an?«

»Kurzer Rock, schulterfreies Oberteil. Verdammt sexy. Aber eben nicht ganz so offenherzig wie der Rest.«

John betrachtete konzentriert das Gesicht Rainer Metzlers, den die Erinnerung offenbar immer fester in den Griff nahm. »Was passierte weiter?«

»Na ja.« Irgendwie verlegen hob Metzler die Hand,

um sie gleich wieder fallen zu lassen, als wäre sie überraschend schwer. »Was soll ich sagen? Es ging richtig rund. Die Herren und die jungen Frauen schienen sich nicht das erste Mal zu begegnen. Champagner floss, Austern wurden geschlürft. Und es ging zur Sache, echt zur Sache. Auf den Polstern, auf dem Teppich.«

»Die Details können Sie mir ersparen.« Johns Stimmte wurde eine Spur tiefer. »Ich bin vor allem an Lady Butterfly interessiert.«

»Das waren die Typen an dem Abend auch. Alle haben sie angestarrt.«

»Haben Sie mit ihr gesprochen?«

»Nö, das das sagte ich ja schon gestern. Die hat mich gar nicht bemerkt. Ein Mann leistete ihr Gesellschaft, aber das war keiner der Gäste. Glaube ich zumindest. Ziemlich finsterer Bursche. Der hat sich kaum mit ihr unterhalten, stand bloß neben ihr.«

»Wie sah er aus?«

»Wie ein Typ, der noch nie in seinem Leben gelacht hat. Wirklich finster. Einer, mit dem man keinen Streit anfangen sollte. Der hatte einen Blick, als könnte er Gedanken lesen.«

»Irgendetwas Bestimmtes an ihm? Etwas, woran ich ihn sofort erkennen könnte?«

»Hm. Ja. Klar. Die graue Strähne. Er hatte ganz schwarzes Haar. Bis auf eine einzelne graue Strähne vorn.«

»Wie ging es weiter mit Lady Butterfly?«

»Einer der Gäste trat an sie heran. Es sah aus, als hätte er die ganze Zeit darauf gewartet. Dem ist der Sabber aus dem Mundwinkel getropft, um es mal so zu sagen. Ich weiß noch, dass ich das beobachtet habe, weil mich diese Frau einfach umgehauen hat.«

»Wer war der Mann, der sich ihr näherte?«

»Hm.« Metzler zuckte mit den Schultern. »Das weiß ich wirklich nicht. Nie zuvor gesehen.«

»Beschreiben Sie ihn«, verlangte John.

»Etwa so groß wie wir beide, so 1,85 Meter, würde ich sagen. Aber etwas breiter, mit Bauchansatz. Sehr hohe Stirn, blondes Haar, vielleicht schon mit ein bisschen Grau. Bestimmt Mitte, Ende 40.«

»Was hatte er an?«

»Nichts Auffälliges. Jackett und offenes Hemd. Glaube ich zumindest.«

»Sie haben sich den Kerl ja ziemlich genau angeschaut, finden Sie nicht?«

Metzler blies die Luft zwischen den fast geschlossen Lippen aus. »Ich dachte mir nur, warum zieht die ausgerechnet mit dem ab? Der war echt ein totaler Durchschnittstyp.«

»Lady Butterfly ist mit ihm ... abgezogen?«

»Ja. Erst haben sie gequatscht, wenn auch nicht allzu lange. Sie schienen vertraut miteinander zu sein, haben sich aber nicht angefasst oder so was, obwohl es dem Typ schwergefallen ist, die Hände bei sich zu behalten, das war unübersehbar. Sie tranken einen Champagner, dann haben sie auf einmal das Zimmer verlassen. Und ich traf weder sie noch ihn jemals wieder.«

»Und der andere?«

»Welcher?«

»Der finstere Bursche, wie Sie sich ausgedrückt haben.«

»Tja.« Metzler legte die Stirn in Falten. »Ich habe nicht so auf ihn geachtet. Wie ich es in Erinnerung habe, sind Lady Butterfly und der mit Stirnglatze allein losgezogen.«

»Und ihr windiger Freund Piet Eisenring kannte den Mann ebenfalls nicht?«

»Piet?« Der junge Mann lachte leise. »Piet hätte an dem Abend nicht mal seine eigene Mama erkannt. Der war so hinüber wie 'ne Leiche, dass ich ihn irgendwann zum Auto schleppen musste. Ich hab ihn dann bei mir übernachten lassen.«

»Aber Sie konnten noch fahren?«

»Äh …«

»Mann, ich bin kein Verkehrspolizist. Ich meine nur, Sie hatten Ihre Sinne noch halbwegs beisammen, oder?«

»Halbwegs? Ja. Halbwegs schon.«

»Lady Butterfly hat sich also nicht an den Vergnügungen auf dem Teppich und den Polstern beteiligt?«

»Nö, leider nicht«, erwiderte Metzler mit dümmlichem Grinsen. »Aber sie sah beileibe nicht danach aus, als würde sie das Leben einer Nonne führen. Wenn Sie wissen, was ich meine. Also, dieser Typ mit der hohen Stirn, der hat sie ja mit seinen Augen ausgezogen. Und sie hat gleich noch mehr mit ihrem runden Hintern gewackelt. Nein, nein, kein Kind von Traurigkeit, das nun wirklich nicht.«

»Dann hat die Belfortstraße«, meinte John leise, fast mehr zu sich als zu ihm, »also nichts mit den prickelnden Dingen zu tun, die an diesem Abend stattfanden.«

»Na ja …«

»Oder doch?« Johns Kopf ruckte hoch. »Gestern erklärten Sie mir, dass Sie die Frau nicht aus der Belfortstraße kennen würden.«

»Das stimmt ja auch«, verteidigte sich Metzler sofort. »Aber erst seit dem Abend kenne ich das Haus in der Belfortstraße. Ich fragte Piet, ob so was öfter veranstaltet werden würde. ›Soviel ich weiß schon‹, sagte er. Und dann erzählte er mir, wenn ich scharf auf die Mädels wäre, die würden auch an jedem ganz normalen Tag in der Woche zur Verfügung stehen. Er gab mir eine Handynummer. Da sollte ich anrufen.«

»Vorhang auf für die Belfortstraße.«

»Ja. In der oberen Wohnung ist ein kleiner Puff untergebracht. Wirklich klein und ruhig und von niemandem bemerkt. Oder jedenfalls stört sich bisher keiner dran. Da sind nie mehr als zwei Frauen, oft nur eine.«

»Auch diejenigen, die an dem bestimmten Abend anwesend waren?«

»Genau. Vielleicht sogar welche, die nicht dabei waren.«

»Und Lady Butterfly?«

»Die ist nie dort. Das erfuhr ich von Piet.« Mit verhaltener Stimme fügte Metzler hinzu: »Wenn ich ein paar Scheine übrighabe, rufe ich an und vereinbare einen Termin. Das ist ja nichts Ungesetzliches, oder? Da gehen alle möglichen Typen hin. In Freiburg ist ja sonst tote Hose. Da muss man sich irgendwie behelfen, und ich habe im Moment keine Freundin, und außerdem …«

John hörte gar nicht mehr richtig hin. Er drehte sich um und lehnte sich gegen das Geländer. »Wo finde ich das Haus, in dem sich das alles abgespielt hat?«, fragte er, als der Kellner schwieg.

Metzler nannte eine der Querstraßen zur Tullastraße, und sofort wurde John wieder hellhörig. »Das ist in Zähringen«, meinte er nachdenklich. Obwohl durch eine Stadtteilgrenze getrennt, lag die Straße in Herdern, wo ihn der Messerschwinger bedroht hatte, nicht weit entfernt. Zu Fuß konnte man sie innerhalb von 20 Minuten erreichen.

»Das Haus steht mittlerweile leer. Zufällig bin ich vor Kurzem durch die Straße geradelt. Die Gebäude da werden bald abgerissen, eigentlich sind nur noch die Außenwände übrig. Anscheinend sollen in der Gegend neue moderne Wohnanlagen entstehen.«

»Und diese Veranstaltung mit Champagner und Austern blieb tatsächlich eine einmalige Sache für Sie?«

»Ja, klar. Abgemacht war abgemacht. Piet hatte seine Schulden mit dem einen Abend abgegolten.«

»Wie schade für Sie, was?«, betonte John anzüglich. Er konnte sich das bisschen Spott nicht verkneifen.

Metzler merkte es nicht einmal. »Ach, einmal ist besser als keinmal«, meinte er und vergewisserte sich, wie spät es war. »Hatten Sie nicht gesagt, Sie wären in Eile?«

John ging nicht darauf ein. »Herren der Gesellschaft. So haben Sie sich vorhin ausgedrückt.«

»Ja, feine Pinkel könnte man die Knilche auch nennen.«

»Sie sagten außerdem, Piet Eisenring sei der Besitzer einer Autowerkstatt. Läuft sie gut?«

»Ach was, das ist bloß ein kleines Ding. Eine Rumschraub-Bude wie tausend andere.«

»Demnach ist der gute Piet nicht unbedingt ein Herr der Gesellschaft. Wie kam es, dass er an dem beschriebenen Abend eingeladen war? Und sogar einen Kumpel mitbringen konnte?«

»Wirklich: nicht die geringste Ahnung.«

»Haben Sie sich das nie gefragt? Oder ihn?«

»Seither habe ich Piet noch ein- oder zweimal gesehen. Und wir haben nur kurz miteinander gesprochen. Er tauchte in der WunderBar auf, wirkte ziemlich gestresst, hat einen Cocktail runtergekippt und war schon wieder weg. Hab kaum mehr als drei Sätze mit ihm gewechselt.«

»Sonst kam er regelmäßiger?«

»Sicher, sicher. Aber bei ihm ist sowieso nie irgendwas regelmäßig. Mal oben, mal unten. Das hat er immer gesagt.« Metzler schüttelte beiläufig den Kopf. »Ein Chaot eben. Das letzte Mal, als ich ihn in der WunderBar traf, hat er ein blaues Auge gehabt und sich ständig mit der Hand die Seite gehalten, als hätte er Schmerzen.«

»Er war verletzt?«

»›Hast du mal wieder einem braven Ehemann Hörner aufgesetzt?‹, hab ich ihn gefragt. Er hat gelacht. ›Wer was riskiert, kriegt eben manchmal eins auf die Fresse.‹ Das war seine Antwort.«

»Kam Ihnen das nicht irgendwie komisch vor?«

»Nicht bei Piet.«

»Haben Sie eine Telefon- oder Handynummer von ihm?«

»Nein, habe ich nicht. Ehrlich.«

Zum ersten Mal, seit sie losgelaufen waren, entstand eine längere Pause. Du hast dir nicht einmal Notizen gemacht, sagte sich John. Das sah gewiss nicht besonders professionell aus. Oder schrieben nur Fernsehkommissare mit? Oder nicht einmal die? Egal. Die Informationen, die Rainer Metzler in größerer Fülle als erwartet preisgegeben hatte, würde er gewiss nicht vergessen.

»Wenn Sie keine Fragen mehr haben, dann …«

»Doch, habe ich«, ließ John ihn erst gar nicht zum Ende kommen. Hast du wirklich welche, Kommissar?, grübelte er. Was würde ein echter Ermittler fragen?

»Ich müsste nämlich los, Termine und so, und …«

»Lady Butterfly«, unterbrach ihn John abermals. »Woher kommt dieser Name?«

»Woher? Das weiß ich nicht. Piet nannte ihn. Als sie an dem Abend ins Zimmer kam. ›Das ist also die berühmte Lady Butterfly‹, murmelte Piet ganz beeindruckt. Ich wollte mehr über sie erfahren, aber er konnte mir nichts sagen. Nur, dass er schon von ihr gehört hatte.«

»Lady Butterfly«, sagte John erneut. »Klingt irgendwie …?« Ja, wie eigentlich? Fast zu brav für die Hauptattraktion eines solchen Abends.

»Ich weiß nicht«, wiederholte Metzler, »was es mit dem Namen auf sich hat.« Er sah an Johns Aufmachung herunter, an den abgewetzten Jeans und den Nike-Schuhen, und erstmals schien er hinsichtlich dieses Kommissars ins Grübeln zu geraten.

»Wirklich keine Idee?«, hakte John ganz ungerührt nach.

»Eine Idee wegen des Namens?« Metzler lachte unsicher. »Keine Ahnung. Vielleicht heißt sie einfach nur so, weil sie so verflucht schön ist. Eine Frau wie in einem Traum. Schön wie ein Schmetterling.«

Schön *war*, dachte John Dietz.

Felicitas Winter. Mit diesem Namen hatte es angefangen. Mit einer Studentin, die nicht studierte. Dann war die stumme Maja hinzugekommen. Und jetzt auch noch Lady Butterfly. Welchen Weg hast du gewählt, Felicitas? Welche Abzweigungen genommen? Bevor es zu jener schrecklichen Sekunde kam, in der das Auto auf dich zuraste und deinem kurzen Leben ein Ende setzte?

Langsam, in Gedanken versunken, schlenderte John auf den Bertoldsbrunnen zu. Seit der ziemlich leger gekleidete Kommissar Tappert dem erleichterten Rainer Metzler erklärt hatte, das wäre alles für den Moment, er könne gehen, waren lediglich 15 oder 20 Minuten vergangen. Er stellte sich an die Haltestelle vor dem großen Kaufhaus und wartete auf die Straßenbahn, die ihn nach Zähringen bringen würde. Dort hatte er vor, das Fahrrad zu nehmen und sich zwei bestimmte Punkte in der Stadt genauer anzusehen. Unwillkürlich dachte er an Laura. Wo mochte sie sein? Suchte sie immer noch nach Antworten? Er konnte sie sich nicht tatenlos vorstellen. Ein paar Tage länger in Freiburg – so vage hatte sie sich ihm gegenüber geäußert. Wo steckte diese attraktive Frau, die viel weicher war, als sie ihre Mitmenschen glauben lassen wollte? Sollte er sie anrufen?

Ein Straßenmusiker mit verstimmter Gitarre sang ›In the Ghetto‹, laut und falsch, und plötzlich hatte John ein ganz anderes Gesicht vor Augen. Eines mit einem großen Schnabel, gelbgrünen Wangen und einem blauen Fleck auf der Stirn. Elvis!

Der arme Kerl war ja immer noch abgedeckt. Oder etwa schon verdurstet? Wann hatte John zuletzt das Wasserschüsselchen aufgefüllt? So konnte das nicht weitergehen. Er sollte den Papagei nun endlich zu Hause unterbringen. Allerdings hätte er damit lediglich den Standort gewechselt, nicht jedoch das Problem gelöst.

Wie auch immer, er ging los, schneller als zuvor, und trotz des schlechten Gewissens gegenüber des gefiederten Erbstückes seiner Mutter war es wieder die Frau auf dem Foto, die seine Gedanken zurückeroberte. »Felicitas«, flüsterte er vor sich hin und betonte dabei jede einzelne Silbe, während er sich durch die Menschen schob, die Freiburgs Herzstück bevölkerten. Er versuchte sich auszumalen, wie sie ausgesehen hatte, als sie diese obskure Sexparty, oder was immer es gewesen sein mochte, mit ihrem Auftritt bereicherte, im Minirock und mit nackten Schultern. Gleichzeitig sah er sie vor sich auf der Bank des Polizeireviers, verloren, verstört, verängstigt. Und wiederum stellte er sich die Frage, die ihn bereits die ganze Zeit plagte. Warum konnte oder wollte sich die junge Frau an diesem Tag nicht verständlich machen? Weshalb schwieg sie so beharrlich? Darauf konnte es bloß eine Antwort geben, oder? Drogen. Sie hatte etwas eingenommen. Oder jemand hatte sie unter Drogen gesetzt. Rauschmittel waren ja offenbar etwas, das Felicitas Winter nicht allein vom Hörensagen kannte. Rainer Metzlers verwegene Geschichte sprach jedenfalls dafür. Womit John abermals bei den Schilderungen des Kellners angelangt war. So etwas in Freiburg, wer hätte das gedacht? John schüttelte im Gehen unbewusst den Kopf. Eine solch spezielle Abendunterhaltung mochte zu allen möglichen Städten der Welt passen, nicht jedoch zu der schmucken Perle des Breisgaus.

John war fast an dem Gebäude angekommen, in dem er sein Büro angemietet hatte, als ihn ein Blick traf. Er hielt inne, starrte zurück in dieses traurige Paar Augen, und auf irgendwie kuriose Weise betrachteten sie sich gegenseitig über zahllose Köpfe und Mützen hinweg. »Hey!«, rief John, als er sich von seiner Überraschung erholt hatte und zu laufen begann. »Warte doch mal!«

Allerdings tat der andere das ganz und gar nicht, drehte sich vielmehr um und begann seinerseits zu rennen. John nahm die Verfolgung auf, hörte rasch seinen Atem rasseln, lief im Zickzack durch eine Traube asiatischer Touristen und behielt den breiten Rücken des Mannes fest im Visier, der wiederum in einen Parka gehüllt war. Erstaunlich, wie flink sich der schwerfällige Kerl zu bewegen wusste. »Warte!«, rief John erneut, die vielen verwunderten Gesichter ringsum ignorierend. »Ich hab dir doch geholfen! Ich will doch nichts von dir!«

Der Mann mit dem dicken Schnauzbart bog in eine Seitenstraße, die in Richtung Universität führte. Eingangs dieser schmalen Gasse geriet John erneut in eine Menschentraube, vielleicht eine weitere Touristengruppe oder Studenten. Diesmal gestaltete es sich für John besonders mühsam, sich durchzuschlängeln. Ein Körper nach dem anderen versperrte ihm den Weg, und als der endlich frei war, erkannte er, dass er den traurigen Bären verloren hatte. Die Gasse lag offen vor John, von dem Flüchtenden war jedoch nichts mehr zu entdecken. »Mist!«, fluchte er leise in sich hinein. Irgendetwas war an diesem Fremden, das ihn unendlich neugierig machte. Offenbar durchstreifte der Mann Tag für Tag die City, und John wusste, er würde ihn wieder aufspüren können. Freiburg war keine große, weit verzweigte Stadt, man musste einfach die Augen offen halten. Was trieb diesen sonderbaren Kerl bloß um?

Ein paar Minuten später hatte John seine Pflichten nachgeholt. Elvis war von der Abdeckung befreit, mit Wasser und Futter versorgt und hatte sogar eine Nackenstreicheleinheit erhalten, mit der schon Johns Mutter den Vogel immer verwöhnt hatte. Gewohnheitsmäßig kontrollierte er das Telefon im Büro: Es hatte niemand angerufen. Wie üblich. Aber wenigstens wurde John so an Tante Ju erinnert. Nicht nur Elvis, sie hatte er ebenfalls völlig vergessen. Er griff zum Hörer und wählte ihre Büronummer.

»Was war denn vorhin los?«, erkundigte sie sich gleich. »Du hast mich richtig abgewürgt.«

»Tut mir leid, das war so eine Art Notfall.« Mehr wollte John ihr nicht erklären. »Also, Tante Ju. Weshalb hast du angerufen?«

»Na, du hast mich doch nach diesem Haus gefragt.«

»Das Haus in Herdern?« Selbst das war ihm entfallen. Notizen wären offenbar doch gar nicht so übel, zumindest bei einem Schweizer-Käse-Gedächtnis wie seinem. »Und? Hast du etwas herausgefunden?«

»Stell dir vor, einer unserer Redakteure wohnt in derselben Straße. Ich nannte ihm die Nummer und er erzählte mir, dass das Haus ziemlich lange zum Verkauf stand. Es wurde von einem Maklerbüro angeboten.«

»Und?«

»Na ja, was schon. Irgendwann hat's dann einer gekauft. Das Komische ist nur: Kein Mensch in der Straße weiß, wer der Besitzer ist. Sonst kennt man sich, zumindest vom Sehen, sagt ›Guten Tag, wie geht's?‹ und solche Sachen. Doch bei diesem Haus sind meistens die Vorhänge zu. Nie lässt sich jemand blicken. Ab und zu steht ein Auto in der Einfahrt, aber das war's auch schon.«

»Hm.«

»Hm?«, plärrte Tante Ju ins Telefon. »Mehr hast du nicht dazu zu sagen? Hilft dir das wenigstens ein bisschen weiter?«

»Ich weiß noch nicht, aber ich denke, alles hilft irgendwie weiter. Kennst du das Maklerbüro, das für den Hausverkauf zuständig war?«

»Nein, Johnny. Selbst wenn: Du würdest von denen sowieso keine Auskünfte erhalten.«

»Ja, ich weiß. Auf jeden Fall vielen Dank. Auf dich ist Verlass.« Und er setzte mit besonders dankbarem Tonfall hinzu: »Wie immer!«

»Sag einfach Bescheid, wenn ich helfen kann, Sherlock. Hoppla! Da ist es mir doch schon wieder rausgerutscht. Immer diese blöden Detektiv-Scherze. Entschuldige, Junge.«

»Kein Problem, Tante Ju.« Nachdem er aufgelegt hatte, kramte er einen Zettel aus der Tasche. Zumindest zwei Sachen hatte er sich notiert. Die Handynummer von Rainer Metzler und die Handynummer, mit der man in einem bestimmten unscheinbaren Wohnblock in der Belfortstraße pikante Termine vereinbaren konnte. Er wählte die zweite Nummer und eine bemüht aufreizend daherredende junge Frau, die sich als Chantal vorstellte und mit Akzent sprach, nannte ohne romantische Umschweife ihren Preis und verabredete sich mit ihm für denselben Nachmittag um 17.30 Uhr. Vorher war die Dame ausgebucht. »Hast du Sonderwünsche? Du weißt ja, alles, was extra ist, kostet auch extra.«

»Sonderwünsche?« John hockte sich auf die Schreibtischkante und sah aus dem Fenster. »Ich würde vorher gern ein bisschen mit dir reden.«

»Aber sicher doch. Alles, was du willst, Schätzchen. Einfach die oberste Klingel drücken.« Ihr kaum unterdrücktes Gähnen knisterte im Hörer. »Wirst sehen, ich hör dir gern zu. Bei mir kannst du dir alles von der Seele quatschen.«

Ich hoffe eher, dachte er, dass du quatschen wirst.

Die Stimme der Fremden noch im Ohr, stand John am Fenster und beobachtete das Treiben in der Fußgängerzone. Er grübelte nach, über Personen, die ihm begegnet waren, über Gesichter, in die er seit dem ersten Gespräch mit Laura Winter geschaut hatte. Die gesamte Zeit über juckte es unter seiner Haut. Da war so ein vages Gefühl. Als würde er etwas Bestimmtes übersehen. Nur was? Sollte er noch einmal mit Laura sprechen. Intensiver? Andere Fragen stellen? Oder etwa mit jedem einzelnen, dem er bislang Felicitas' Foto gezeigt hatte? Er dachte an die Universität, an diesen Professor. Wie hieß er noch gleich? Genau, Trebitsch. Und das Studentenwohnheim kam ihm in den Sinn. Das Gespräch mit dem Hausmeister. Auch jenes mit der hübschen Studentin, dieser sommersprossigen Blondine mit Pferdeschwanz. Das waren seine ersten unbeholfenen Schritte im Fall Felicitas Winter gewesen. Denn inzwischen war es das doch, oder? Ein Fall.

Nur dass John längst nicht mehr über einen Ermittlungsauftrag verfügte, wie er sich erst jetzt so richtig klarmachte. Also schien es in der Tat gar keine schlechte Idee zu sein, Laura anzurufen. Dann allerdings würde er ihr von Rainer Metzler berichten müssen. Von Dingen, die sich angeblich in einem Haus in Zähringen zugetragen hatten. Ja, das Haus. Endlich erinnerte sich John daran, dass er zwei Ziele ins Auge gefasst hatte, als ihn Elvis' drohendes Verdursten aus dem Konzept brachte. Und jetzt war ja noch die Verabredung mit einer gewissen Chantal hinzugekommen. Ja, das Fahrrad holen und dann quer durch die Stadt. Oder doch die Straßenbahn nehmen? Ach, sagte sich John, ein bisschen Bewegung tut dir gut.

Und wenn eine ordentliche Kondition am Ende das Einzige wäre, das bei diesen merkwürdigen Ermittlungen herausspringen würde.

Knapp eine Dreiviertelstunde später hatte er nicht nur das Rad bei sich zu Hause geholt, sondern war bereits vom Freiburger Norden in den Südosten der Stadt gestrampelt. Zuvor hatte er im Internet nach der Adresse geforscht, die mittlerweile nur noch zehn Meter von ihm entfernt war. John bremste, schwang sich aus dem Sattel und lehnte das schwarze Ungetüm an die Ecke der Doppelwerkstatthalle, die mit schweren Eisentoren verschlossen war. Er ließ den Blick schweifen. Was er entdeckte, waren in erster Linie Wohnhäuser, wie es sie praktisch überall in Freiburg gab. Die Littenweiler Endhaltestelle der Straßenbahnlinie 1 befand sich ganz in der Nähe, auch ein Kiosk und ein Blumenladen. Ein ruhiges Fleckchen, das sich der Besitzer der Autowerkstatt Eisenring ausgesucht hatte. Ruhig war offenbar auch sein Geschäft verlaufen.

John ging ein paar Schritte weiter und spähte durch die fleckige Fensterscheibe des Büroraumes, nicht mehr als ein kleiner Verschlag, der an die Doppelhalle anschloss. Schreibtisch und Stuhl, eine Anrichte, ein schiefes leeres Regal. Alte Kalender mit jungen Frauen an den Wänden. Und Staub, jede Menge davon. Dieses Büro machte einen weitaus trostloseren Eindruck als Johns eigenes – hierher schien sich seit Wochen oder sogar Monaten keine Menschenseele mehr verirrt zu haben.

Er schlug den Weg zum Kiosk ein. Die Sonne ließ sich von einer Wolkengruppe verdecken, ein Windhauch durchzog die Straße, doch die Luft hatte sich kaum abgekühlt, war nach wie vor angenehm warm. Der Herbst hatte endgültig Verspätung.

Zwischen einem wohlgeordneten Chaos aus Zeitungen, Magazinen, Süßigkeiten und Feuerzeugen klebte das unsagbar gelangweilte Antlitz eines Mannes mit Hornbrille, der aussah, als gehöre ihm der Kiosk seit Urzeiten. »Grüß Gott«, rief ihm John betont freundlich entgegen, wurde jedoch nur mit einem teilnahmslosen Achselzucken bedacht. Das könnte schwierig werden, dachte er und postierte sich an dem Durchreichfenster. Er griff nach zwei Packungen Pfefferminzkaugummi und verlangte eine Cola aus dem Kühlschrank. Der Herr mit der Brille murmelte den Preis, John bezahlte und öffnete die Dose mit einem Zischen.

Er sollte recht behalten. Es wurde schwierig. Zuerst plauderte er über den Verkehr, der vom Höllental in die Stadt quoll – normalerweise ein dankbares Thema in Littenweiler – dann über das Wetter und über einen Unfall auf der Schwarzwaldstraße, in den mehrere Fahrzeuge verwickelt waren. Nichts. Nichts außer einem müden Nicken. Blieb nur noch der SC, der sich immerhin wacker schlug. Doch erst als er den Namen von Volker Finke, des früheren Trainers, erwähnte, kam Leben in den Kioskbesitzer. Er schimpfte wie ein Rohrspatz darauf, wie der Verein mit dem Coach umgesprungen sei. Finke und Freiburg – selbst nach vielen Jahren ein Reizthema im ganzen Breisgau. Aber jedenfalls hatte John den Mann. Eilig stimmte er allen Punkten zu, meckerte seinerseits ein wenig über die Clubführung, womit er bei dem Kioskbesitzer offene Türen einrannte. Schließlich unterhielten sie sich so einvernehmlich miteinander, dass John allmählich auf die Werkstatt in Sichtweite zu sprechen kam. Er erklärte, er habe einmal einen alten Fiesta dort reparieren lassen – mit dem Ergebnis, dass der Wagen endgültig auseinandergefallen sei.

»Ha!«, rief der Mann aus. »Kein Wunder! Dieser Typ hat sowieso nix getaugt.«

»Eisenring?«, hakte John unverbindlich nach.

»Aber sicher!« Die Hornbrille hüpfte auf der Nase. »Ein Faulpelz mit großer Klappe. Denkbar schlechte Kombination. Manchmal hat der seine Blechbude tagelang nicht aufgemacht. So war's kaum eine Sensation, dass da irgendwann überhaupt keine Kunden mehr aufgetaucht sind. Und die, die es gewagt haben …« Mit einem Abwinken ließ er den Satz verklingen.

»Was ist mit denen? Erging es denen wie mir?« John trank einen Schluck Cola.

»Würde mich jedenfalls nicht wundern. Am Schluss gingen sowieso nur noch komische Vögel zu Eisenring.«

»Komische Vögel? Wie meinen Sie das?«

»Ha! Typen mit schicken Schlitten und schlechten Manieren. Komische Vögel eben. Teure Anzüge, aber fiese Visagen, wenn Sie wissen, was ich meine.«

»Was denn für Schlitten?«

»Ach, keine Ahnung mehr. Benz und solche Sachen. Auf jeden Fall kein Opel Meriva, womit ich armer Hund mich rumplagen muss.«

»Wann hat Eisenring eigentlich dichtgemacht?«

»Vor ein paar Monaten. April, Mai, schätze ich.«

»Und seitdem haben Sie ihn nicht mehr gesehen?«

»Nee, junger Mann. Kein einziges Mal.« Der Kioskbesitzer kicherte. »Und ich vermisse ihn auch nicht. Er kam manchmal rüber, um ein paar Bier oder Zigaretten zu kaufen und mit mir zu ratschen. Wahrscheinlich aus Langeweile. Hat immer ziemlich großspurig dahergeredet. Da dachte ich mir schon, dass mit dem nicht viel los ist.«

»Ich kann mich ganz gut an ihn erinnern«, log John weiter. »So unsympathisch fand ich ihn damals gar nicht.«

»Schon möglich.«

»Hat der nicht auch hier in der Nähe gewohnt?« Ein Schuss ins Blaue.

»Nee, nee. Einmal kam seine Mutter in einer alten Klapperkiste angefahren, um ihn abzuholen. Da stand er gerade bei mir auf ein Bier. Es war ihm irgendwie peinlich.«

»Warum?«, fragte John.

»Aus den paar Worten, die seine Mutter zu ihm sagte, ging hervor, dass das Großmaul Eisenring noch bei ihr zu Hause wohnte. Deswegen war's ihm peinlich.«

John lachte. »Na, das kann ich mir vorstellen. Bei seiner Mutter?«

»Ja, soviel ich weiß. Eine nette Witwe, die es leid sein müsste, jahrein, jahraus auf diesen Kindskopf aufzupassen.«

»Da hoffe ich für die gute Frau, dass sie sonst keine Kinder hat«, meinte John scherzhaft.

Ein verhaltenes Lachen. »Nein, *ein* kleiner Eisenring reicht völlig.«

»Sie wissen wahrscheinlich nicht, wo die Wohnung von Frau Eisenring ist, oder?«

»Die Frau hat irgendwas von Lehen erwähnt.« Zum ersten Mal stutzte der Mann. »Wieso sind Sie denn so interessiert daran?«

John machte eine unbestimmte Geste. »Eigentlich bin ich das gar nicht. Ich weine wahrscheinlich immer noch meinem Fiesta nach.«

»Ich könnte Ihnen einen Meriva anbieten.«

»Besten Dank, noch eine Dose Cola würde mir fürs Erste reichen.«

Der Kioskbesitzer schmunzelte und drehte sich zum Kühlschrank um, während John etwas Kleingeld aus der Hosentasche kramte, in Gedanken bereits bei seinem nächsten Termin. Es wurde allmählich Zeit, zurück in die Innenstadt zu fahren. Schließlich wurde er erwartet. Von Chantal.

Es war genau 18 Uhr, als John Dietz die unter dem Dach gelegene Wohnung verließ. Beim Betreten der Belfortstraße hörte er beiläufig die Glocken der Herz-Jesu-Kirche aus dem Stühlinger, der sich auf der anderen Seite der nahe gelegenen Schienenstränge ausbreitete. Die Eindrücke von eben wirkten noch allzu stark in ihm nach, und er ließ sich Zeit, um zurück zu seinem Fahrrad zu gelangen. Eine kleine und dunkle Wohnung, die zu einem Puff umfunktioniert worden war. Der schmale Flur, über den er zu einem Zimmer geführt worden war, dessen plüschige Atmosphäre nicht über reinen Pragmatismus hinwegzutäuschen vermochte. Ein Bett, abgedeckt mit rasch auswechselbarem Papierlaken, ein Waschbecken, allerlei bizarres Spielzeug, sauber aufgehängt an der Wand, zwei Sessel, in dem gleichen Weinrot gehalten wie Tapete, Türanstrich und das Negligé der jungen Frau, die ihn als Chantal willkommen geheißen hatte. Aus einem weiteren Zimmer drangen Stöhngeräusche zu ihnen – demnach hatte Chantal nicht allein Dienst.

Sie war hübsch, und von Angesicht zu Angesicht ertönte ihr Akzent etwas härter. Sie lächelte, plapperte, konnte aber ihre Langeweile nicht ganz verbergen. Mit geübtem Griff nahm sie die 100 Euro entgegen, die sie als Standardpreis bezeichnete, und John blieb nichts anderes übrig, als dem Schein mit steinerner Trauer im Gesicht hinterherzublicken. Junge, was tust du hier?, fragte er sich. Umsonst, es war zu spät.

Chantals Pupillen waren auffällig geweitet, als hätte sie Dinge zu sich genommen, die es nicht in der Apotheke gab. Jedenfalls handelte es sich bei ihr nicht um die Frau, die den untersetzten Mann mit dem Messer nach Herdern begleitet hatte. »Du willst reden, hast du gesagt«, flötete sie und streifte John ohne Umschweife die Lederjacke von den Schultern.

»Genau«, meinte er und musste sich erst einmal sammeln.

Was dann folgte, verbuchte er einfach als ›Praktische Erfahrung in Sachen Zeugenbefragung‹. Wie er es auch anpackte, welches Thema er anschnitt, er kam nicht an sie heran. Nicht die geringste Kleinigkeit konnte er in Erfahrung bringen, ja, er war Lichtjahre davon entfernt, den Mann mit dem Messer lediglich erwähnen zu können. Chantal wurde dem ganzen Gerede nach zehn Minuten überdrüssig und begann uninspiriert, an seinem Hosenschlitz herumzuspielen. »Sollen wir's nicht einfach hinter uns bringen?«, meinte sie dabei mit nachsichtigem Lächeln.

Also entschloss er sich, zum Frontalangriff überzugehen. Nebeneinander hockten sie auf dem Bett, und er tat das, was er in den letzten Tagen so oft getan hatte: Er präsentierte das Foto von Felicitas Winter. Und er wusste sofort, dass selbst das ihm nicht helfen würde.

Chantals Miene war wie die einer Wachsfigur, als ihr Blick auf das Bild fiel. Entweder sie kannte die Frau darauf tatsächlich nicht oder sie war eine verteufelt gute Schauspielerin. »Wenn du die Süße so sehr vermisst, mein Kleiner«, säuselte sie, »dann mach einfach deine hübschen braunen Augen zu. Und stell dir vor, ich wäre sie.«

Mit einem unmissverständlichen Ratsch öffnete sie den Reißverschluss von Johns Hose. Und das war der Moment, als er aufgab. Er stand ruckartig auf, murmelte etwas von einem schlechten Tag und griff nach der Jacke, die über der Sessellehne hing. Ohne dass ihm Chantal ein weiteres Wort gönnte, verließ er die Wohnung.

So schnell habe ich noch nie 100 Mäuse in den Sand gesetzt, dachte er, als er in die Pedale trat, über ihm die grellen Lichtpunkte der Straßenlaternen und der nun wieder fast wolkenlose Himmel, der sich nach und nach mit einem immer tieferen Dunkel überzog. Der Verkehr um ihn herum brummte monoton. Flüchtig dachte er daran, dass er Laura hatte anrufen wollen. Das Telefonat würde allerdings noch etwas warten müssen. Er radelte in gemächlichem Tempo in Richtung Herdern und Zähringen – jedoch nicht in der Absicht, nach Hause zu fahren. Zunächst galt es, ein anderes Ziel anzusteuern, sein letztes für heute.

Schwungvoll bog er von der Zähringer Straße in die Tullastraße und schon nach ein paar Metern wurden sowohl die Beleuchtung als auch der Verkehr spärlicher. Es dauerte nicht lange, bis er die Seitenstraße erreichte. Er ließ das Rad sorgsam abgesichert zurück und schlich sich hinter einem Wohnblock entlang. Obwohl es keinen Grund für allzu große Vorsicht gab – der Zwischenfall mit dem unfreundlichen Messerhelden hatte sich durchaus in Johns Gedächtnis eingebrannt.

Im Dunkel des endgültig über der Stadt liegenden Abends, geschützt von Gebäuden, in denen nur vereinzelte Fenster erleuchtet waren, ging er weiter, bis er an das Haus gelangte, das Rainer Metzler ihm beschrieben hatte. Ein Block, so unauffällig wie die, die ihn umgaben. Nur dass dieses fünfstöckige Gebäude hier tatsächlich nicht mehr bewohnt wurde – ebenfalls wie Metzler es berichtet hatte. Fenster, einige davon zerstört, hinter denen nichts als Leere existierte, starrten auf John Dietz herab. Wie bereits am Nachmittag hatte sich ein Wind an seine Fersen geheftet, der mit verhaltenem Rauschen durch die hinter dem Haus gelegenen Hecken und Büsche strich. Ansonsten herrschte Stille, allein gestört durch das nur gedämpft hierher dringende Brummen des Verkehrs von der Zähringer Straße.

John umrundete das Gebäude, besah sich unentschlossen die leeren Klingelschilder und die mit Graffiti verschmierte Eingangstür. Weitere wenig kunstvolle Graffiti an den Mauern. Wieder an der Rückseite angekommen, empfangen von neuerlichen Windböen, blieb John stehen. Er lehnte sich an das verwaiste Gestänge für Kinderschaukeln und betrachtete jene Fenster genauer, deren Scheiben kaputt waren – möglicherweise mit Steinen eingeworfen von ein paar übermütigen Taugenichtsen. Zögernd ging er auf eines dieser Fenster zu. Es befand sich im Erdgeschoss. Von der Scheibe waren lediglich ein paar scharfe Splitter übrig, die wacklig im Rahmen steckten.

Das ist Unsinn!, ermahnte sich John in Gedanken – doch umsonst. Er hatte sich bereits auf das Fenstersims gezogen und schwang sich lässig in den Raum dahinter. Aus seiner Zeit als allzu fleißiger Raucher hatte ein

Wegwerffeuerzeug in seiner Lederjacke überlebt. Die Flamme stach ins Dunkel um ihn herum. Eine frühere Küche, wie die Löcher in der Wand für Herd und Spüle und die Bodenfliesen zeigten. Langsam durchwanderte er, behutsam einen Schritt nach dem anderen setzend, das Gebäude. Erst überwand er das Treppenhaus, um sich dann von oben nach unten voranzubewegen. Die Wohnungstüren waren unverschlossen, einige standen offen, andere waren eingetreten worden. Vandalen hatten sich hier also herumgetrieben, vielleicht auf der vergeblichen Suche, irgendetwas Verwertbares aufzustöbern. Das Feuerzeug musste John immer wieder ausgehen lassen, da es zu heiß wurde und die Haut seiner Finger verbrannte. Nichts als Leere.

Er hatte Rainer Metzler nicht gefragt, in welchem Stockwerk sich jene Szenen mit den älteren Herren und den jungen Damen abgespielt hatten. War das überhaupt von Bedeutung? Denn überall gab es nur diese Leere. Derselbe Grundriss, derselbe Staub. Mittlerweile war John wieder im Erdgeschoss angekommen. Seine Augen hatten sich an die Dunkelheit gewöhnt, das Feuerzeug ließ er fast die ganze Zeit aus. Noch eine Wohnung. Nämlich die, über deren Küchenfenster er sich zuvor Zugang zum Haus verschafft hatte.

Im Rahmen der eingetretenen, nur noch halb in den Angeln hängenden Tür hielt John inne. Ein Geräusch? Er schluckte, lauschte angestrengt in die Stille. Nein, nichts, überhaupt nichts.

Doch er ging nicht weiter, verharrte auf der Stelle. Irgendwo hier, in dieser Hülle aus Beton, war die junge Frau namens Felicitas Winter zumindest einmal im letzten geheimnisvollen Jahr ihres Lebens gewesen. Näher als in diesem Moment war er ihr womöglich niemals gekommen. Und würde es auch nicht mehr.

»Felicitas«, wisperte er in die bleierne Lautlosigkeit hinein. »Du bist und bleibst ein Rätsel.«

John hatte nicht damit gerechnet, hier auf eine Spur zu stoßen – und dennoch hatte er nicht widerstehen können. Vielleicht nur um das zu wissen, was er doch schon längst wusste: dass es gar nicht darum ging, in dieses Gebäude zu gelangen. Das war das falsche Haus. Wollte er wirklich etwas erfahren, musste er sich einem anderen nähern. Und zwar der Villa in Herdern. Nur sie konnte sein Ziel sein. Oder etwa nicht?

Er seufzte auf. Und kam dann wieder in Bewegung. Er wandte sich dem Raum zu, der gegenüber der Küche lag. Seine Gedanken schlichen zurück zu dem Mann mit dem Messer, zu Chantal, die ihm nicht im Geringsten hatte weiterhelfen können oder wollen. Ein Knistern unter seiner Sohle, das unwirklich laut klang in diesem toten Gebäude. John betätigte das Feuerzeug, das nur mehr eine winzige Flamme zustande brachte. Er stand auf einer leeren Gummibärchentüte.

Der schwache Lichtschein erhellte weitere Abfälle. Offenbar war hier ein Obdachloser eine Zeit lang untergekommen. John machte einen weiteren Schritt in das Zimmer hinein und hielt das Feuerzeug etwas weiter von sich gestreckt. Ein Schlafsack, zwei löchrige Decken, ineinander verknautscht, daneben einige Kerzenstummel. Zwei weitere Gummibärchentüten, eine davon ungeöffnet. Eine volle Wasserflasche. Und zwei Weinflaschen. Die wiederum leer. John hob eine auf und überprüfte das Etikett, bevor er sie zurückstellte. Anscheinend ein Pennbruder mit Anspruch: kein Billigfusel, sondern ein recht kostspieliger Kaiserstühler Grauburgunder.

Wieder ein Geräusch. Hinter ihm.

John erstarrte. Und drehte sich langsam um. Die Dunkelheit wirkte auf einmal vollkommen undurchdringlich. Wind rüttelte an den Mauern. Ein Schauer rieselte an Johns Wirbelsäule entlang.

Er machte das Feuerzeug an – doch die Flamme erstarb sofort. Endgültig kein Gas mehr. Ein erneutes Erschauern und dann erfasste ihn ein eigenartiges Gefühl. Als wären irgendwo in der Finsternis dieses unheimlichen Baus zwei Augen auf ihn gerichtet, als würde sich irgendjemand in eine Ecke drücken und den Atem anhalten. John nahm das Feuerzeug in die Linke und fuhr mit der Rechten in seine Innentasche – natürlich ohne seine Pistole zu finden. Würde er jemals daran denken, sie einzustecken?

Erneut ein Geräusch.

Das Knirschen von Schuhsohlen auf staubigem Boden?

Diesmal hatte er sich nicht getäuscht, ganz sicher nicht. Instinktiv beugte er sich leicht nach vorn, angespannt, der Mund trocken. Er merkte nicht, dass er sich auf die Unterlippe biss – und im nächsten Moment ertönte das Trommeln von Schritten.

John zuckte so heftig zusammen, dass ihm das Feuerzeug aus der Hand glitt.

Jemand rannte.

Von ihm weg? Oder genau auf ihn zu?

Er stand da. Wie festgewachsen.

# 6
# EINE KALTE DUSCHE

Irgendetwas hatte ihn wieder hierhin gezogen. Er betrachtete die Dächer der Stadt, die zu seinen Füßen lag, die Spitze des Münsters als zentraler Blickfang, und seine Gedanken drehten sich, wie so oft, unentwegt im Kreis. Kühler als an den vorangegangenen Tagen war es an diesem Morgen. Der Nebel, der wohl von der Nacht übrig war, wehrte sich dagegen, von hier und da aufwehenden Windschüben zerfetzt zu werden. Der Flügelschlag einiger Vögel ließ die Ruhe beinahe noch eindringlicher wirken, diese vertraute Ruhe des Schlossberges.

John Dietz schob sich einen Kaugummi zwischen die Lippen und wühlte in seinen Taschen. Außer einer Tasse Kaffee hatte er noch nichts zu sich genommen. Sein Magen knurrte, seit er zuvor das Büro aufgesucht hatte, um sich um Elvis zu kümmern. Ein Frühstück wäre tatsächlich nicht schlecht. Doch er musste dabei sparsam sein. Ohne Aufträge kein Geld, ohne Geld keine Rühreier in einem der gemütlichen City-Cafés. Und wieder suchte ihn die Erinnerung daran heim, wie er ganz nonchalant einen 100-Euro-Schein in Chantals geöffnete Hand hatte gleiten lassen. Wenn er Laura Winter über seine Bemühungen aufklären würde, dann würde sie womöglich auch in finanzieller Hinsicht … In diesem Fall müsste er ihr allerdings von Lady Butterfly erzählen. Und noch sperrte sich etwas in ihm dagegen. Alles erschien ihm bislang viel zu vage, viel zu dunkel.

So dunkel wie jener Moment des Vorabends, als er in diesem gespenstisch leeren Haus gestanden hatte, unfähig, einen einzigen Muskel zu regen, völlig überrascht. Nicht nur aufgrund des Unsichtbaren, der sich offenbar die ganze Zeit schon im Verborgenen gehalten hatte und plötzlich das Weite suchte – sondern vor allem aufgrund der Angst, die John packte. Eine Furcht, die angesichts des letztlich harmlosen Zwischenfalls kaum nachvollziehbar zu sein schien – und die dennoch fast so einnehmend war wie vor Kurzem, als ihn dieser kaltäugige Kerl mit dem Messer bedroht hatte. Ja, Furcht, Angst, Schiss. Und alles nur wegen eines obdachlosen Weißweinfreundes. Ganz schön peinlich.

So komisch es ihm jetzt auch vorkam: Über mögliche Gefahren seines neuen Jobs hatte John Dietz sich praktisch keine Gedanken gemacht. War die Detektiv-Branche wirklich *seine* Branche?

»Ach, was soll's«, sagte er, absichtlich laut. Der Klang der eigenen Stimme sollte ihm neues Zutrauen geben. Was überaus nötig war. Laura Winter könnte sich ein Schmunzeln bestimmt nicht verkneifen, würde sie ihn sich mit weichen Knien in der Finsternis dieses Gebäudes vorstellen. Besser, er erwähnte die kleine Episode erst gar nicht. Anrufen würde er sie allerdings dennoch – gestern hatte er einfach immer den richtigen Moment verpasst. Anderseits hatte sie sich ebenfalls nicht gemeldet, sein Handy war den ganzen Nachmittag und Abend über stumm geblieben.

Moment mal!, durchfuhr es John. Während des Gesprächs mit Rainer Metzler hatte er das Handy lautlos gestellt. Und seither … Mit hastigem Griff zog er es aus der Jackentasche. Du hast ein Gedächtnis wie ein Sieb!, schimpfte er auf sich ein.

37 Anrufe. Zwischen 16 und 23 Uhr. Jeder einzelne die-

ser 37 von einer einzigen Nummer. Laura Winters Handy. Nur einmal, bei ihrem ersten Anruf, hatte sie eine Nachricht auf die Mailbox gesprochen. Kurz, knapp und eindringlich: ›John, ruf mich sofort zurück! Es ist etwas passiert!‹

Er fuhr sich mit der Zunge über die Lippen und starrte auf das Display. »Ach du dickes Ei«, murmelte er leise. Dann betätigte er die Rückruf-Funktion. Einen ganzen Tag später war nicht gerade ›sofort‹, doch jetzt ließ sich nichts mehr an der dummen Sache ändern.

Ihr Handy war eingeschaltet. Angespannt lauschte John dem Freizeichen, das sich wiederholte und wiederholte und wiederholte. Er beendete die Verbindung und versuchte es erneut. Beiläufig nahm er die Nebelschwaden wahr, die sich doch noch auflösten, auf einmal ziemlich schnell, als wollten sie einen weiteren schönen, eigentlich viel zu warmen Herbsttag nicht verderben.

Wiederum nur das immer gleiche entnervende Tuut, Tuut, Tuut. In dem Moment, als er aufgeben wollte, erklang Lauras Stimme. Ebenso kurz und knapp wie auf seiner Mailbox: »Was willst du?«

»Ähm.« Er fuhr sich mit der Hand übers Gesicht. »Sorry, dass ich mich jetzt erst melde, aber ich war …« Was sollte er sagen? Die Wahrheit? Nein, wie würde sich das anhören? »Ich wollte dich die ganze Zeit zurückrufen«, meinte er schließlich. »Aber ständig kam irgendwas dazwischen und …«

»Schon gut, John«, unterbrach sie ihn gelassen. Eine Gelassenheit, die keineswegs zu der Eindringlichkeit ihres gestrigen Anrufes passte.

»Kann ich etwas für dich tun?«

»Nein, danke.«

Was sollte denn das jetzt? 37 Anrufe und dann bloß ein ›Nein, danke‹. »Es muss doch einen Grund dafür geben, dass du …« Die Worte gingen ihm einfach aus. Vielleicht aufgrund der Kälte, die ihm da durchs Handy entgegenschlug. Oder war es Wut? »Laura, willst du mir denn nicht wenigstens …?«

»Nein, will ich nicht«, unterbrach sie ihn. Zumindest das beherrschte sie nach wie vor bestens.

»Wo bist du jetzt eigentlich?«, erkundigte John sich vorsichtig, während er weiterhin völlig unentschlossen war, wie viel von dem, was sich inzwischen getan hatte, er ihr mitteilen sollte. »Im Hotel? Irgendwo in der Stadt?« Im Hintergrund nichts als Stille. Also nicht die Innenstadt.

Keine Antwort.

»Laura, es tut mir wirklich irrsinnig leid, aber …«

»Du hast mich nicht zurückgerufen«, fiel sie ihm mit leiser, schneidender Stimme ins Wort.

Also doch: Wut. Mächtige Wut.

»Ja, das habe ich nicht und es tut mir aufrichtig leid. Aber wie gesagt, es kam die ganze Zeit was dazwischen, und dann war auch noch der verdammte Akku leer.« Warum ist dir das nicht früher eingefallen?, ärgerte er sich – das hätte sich besser angehört. Du kannst dir ja nicht mal mehr anständige Ausreden einfallen lassen. »Ehrlich, Laura, glaube mir, ich …«

»Dein Akku?«, bremste sie ihn. »Dein blöder Akku? Das hast du dir doch in dieser Sekunde ausgedacht.«

»Nein, Laura, du musst mir einfach …«

Erneut kam er nicht zum Ende des Satzes. Diesmal jedoch nicht von ihrer Stimme gestoppt, sondern von einem unmissverständlichen Piepen – Laura Winter hatte die Verbindung unterbrochen. Er starrte auf sein Mobiltelefon. »Frauen«, murmelte er. »Schlimmer: Frauen, die sauer sind. Noch schlimmer: Frauen, die zu Recht sauer sind.«

Mit stapfenden Schritten setzte John sich in Bewegung. Der Wind umfing ihn mit einer Böe, aber er nahm ihn gar nicht wahr. Was war passiert? Was war ihr zugestoßen? Diese Frau war nicht gerade leicht zu durchschauen, konnte innerhalb eines Herzschlages von nachdenklich auf bissig umschalten, von warm auf kalt, von liebenswürdig auf hochnäsig. Wären sie sich nach all den Jahren zufällig unter ganz gewöhnlichen Umständen wiederbegegnet, hätten sie ganz sicher keine zwei Worte miteinander gewechselt. Ja, diese Frau machte es ihm schwer, verdammt schwer. Und zu allem Überfluss bekam er einfach dieses eine bestimmte Bild nicht aus seinem Schädel: Laura Winter mit endlos langen, nackten Beinen und vom Schlaf zerwühltem Haar in seinem Badezimmer.

Die Stufen, die vom Schlossberg nach unten in die Fußgängerzone führten, hatte er im Laufschritt überwunden. Weiterhin in hohem Tempo drängelte er sich zwischen Passanten hindurch. Er überlegte, ob er sein Fahrrad, das im Treppenhaus unter seinem Büro stand, holen sollte. Oder ob er zu Fuß zum Hotel in der Eisenbahnstraße eilen sollte. Lauras Hotel – das war schließlich der einzige Anhaltspunkt. Wo konnte sie sonst sein? Bei einer ihrer Freundinnen, die sie kürzlich in der Bar getroffen hatte? Wohl kaum, zu denen schien der Kontakt eher lose zu sein. Idiot!, stoppte er sich. Erneut griff er zu seinem Handy, mitten im Gewimmel der Kaiser-Joseph-Straße stehend. Über die Auskunft ließ er sich mit dem Hotel verbinden. »Ich möchte Laura Winter sprechen«, erklärte er ohne Umschweife der Rezeptionistin, die seinen Anruf entgegennahm. »Sie ist Gast Ihres Hauses. Könnten Sie mich mit Ihrem Zimmer verbinden?«

»Wen darf ich melden?«

»Melden? Ich bin, äh, ein Freund.«

»Ihren Namen, bitte?«

»Ach so, klar. John Dietz.« Wenn sie da ist, wird sie sowieso gleich auflegen, mutmaßte er, während er weiterging, schnell und zielstrebig in Richtung Eisenbahnstraße.

»Einen Moment, bitte«, sagte die Rezeptionistin, bevor Warteschleifengesäusel ertönte.

Wäre Laura allerdings tatsächlich nicht im Hotel ... Was dann?

Es kam ihm vor wie eine Ewigkeit, bis die Musik endlich erstarb. »Herr Dietz?« Die Stimme der Hotelangestellten.

»Ja?«

»Frau Winter ist nicht auf ihrem Zimmer.«

»Wirklich nicht?«

»Jedenfalls nimmt sie nicht ab.«

»Haben Sie sie heute schon gesehen?«

»Ich nicht, Herr Dietz. Aber ich kann meine Kollegin fragen, wir haben zu zweit Dienst.«

»Das wäre nett«, meinte John und beeilte sich noch mehr.

»Ach, halt mal.« Ein leises Auflachen. »Das habe ich ganz vergessen. Ja, die Frau Winter. Klar.«

»Bitte?« Mensch, red schon, sagte er in Gedanken zu der Unbekannten.

»Frau Winter hat heute Morgen ausgecheckt. Bei meiner Kollegin. Ich kümmerte mich gerade um andere Gäste und bekam es nur am Rande mit.«

»Ach!«, entfuhr es ihm enttäuscht. »Wohin?«

»Bitte?«

»Wohin ist sie …? Sie wissen natürlich nicht … Hatte sie ihre Reisetasche dabei?« Natürlich hatte sie das, was denn sonst? Mann, John!

»Frau Winter hat ausgecheckt und unser Haus verlassen, Herr Dietz. Mehr kann ich Ihnen leider nicht sagen.«

»Ist irgendetwas vorgefallen?«, ließ er nicht locker.

»Wie bitte?«

»Ich meine, gab es irgendeine Störung, eine Auffälligkeit?«

Höflich, aber bestimmt beendete die Frau das Gespräch. Und John blieb stehen, die große Kreuzung vor dem Stadttheater in Sicht – von dort wären es bloß noch ein paar Minuten zum Hotel gewesen. Laura, wo bist du? Er biss sich auf die Unterlippe, fühlte, wie ihm auf einmal die Sorge um Laura unter die Haut kroch. Fieberhaft überlegte er.

Als er zuvor die wenigen Worte mit ihr gewechselt hatte, schien es sehr still um sie herum gewesen zu sein. Wo bist du? Auf keinen Fall irgendwo hier in der City. Und ebenso wenig am Hauptbahnhof. Stille, Ruhe. Da kam ihm ein Gedanke. Ziemlich abwegig, sagte er sich.

Oder vielleicht doch nicht so abwegig? Wiederum setzte er sich in Bewegung.

John hatte schließlich darauf verzichtet, das Fahrrad zu holen. Wer wusste schon, ob es auf ein paar Minuten mehr oder weniger überhaupt ankam. Den ganzen Weg war er zu Fuß gegangen, die Lederjacke in der Hand haltend. Die Sonne schien wieder einmal auf die Stadt herunter, als liege sie ihr tatsächlich ganz besonders am Herzen, wie die Freiburger gern behaupteten. Er hatte sich verboten, nachzudenken, und war einfach Schritt für Schritt auf sein Ziel zugegangen, den Kopf wie ausgeschaltet. Die Fußgängerzone im Rücken, war er dieser sich ziemlich lang hinziehenden Straße gefolgt, in der gerade kaum Verkehr herrschte. Nur vereinzelt brummten Autos in Richtung Stadtzentrum an ihm vorbei.

Und dann endlich entdeckte er sie. Vor Erleichterung blieb er stehen. Das Erste, was er bewusst wahrnahm, war die Reisetasche, die sie neben sich auf dem Bürgersteig abgestellt hatte. Dann erst tastete sich sein Blick an ihrer stets ebenso schlicht wie elegant gekleideten Gestalt hinauf, bis zu ihrem Gesicht, ihren kühlen Augen, die mit einem traurigen Ausdruck auf der Stelle ruhten, an der ihre Schwester ums Leben gekommen war.

Langsam ging er auf sie zu, mit einer fast abwartenden Haltung, als wäre ihr in der Wut, die sie am Telefon offenbart hatte, alles nur Denkbare zuzutrauen. Als sie ihn bemerkte, veränderte sich etwas in ihrem Gesicht. Die Traurigkeit blieb zwar, doch etwas anderes kam hinzu, das John nicht so ganz einzuschätzen vermochte.

Etwa drei Schritte vor Laura Winter blieb er stehen.

»Hallo, Privatschnüffler.« Ihre Stimme klang trocken, rau, als hätte Laura seit Tagen keinen Tropfen Flüssigkeit zu sich genommen.

»Hallo, Laura.« Er sah ihr an, dass eben noch Tränen ihre Wangen hinabgerollt sein mussten.

»Woher hast du gewusst, dass ich hier bin, John?«

Er bemühte sich, ein Lächeln hinzubekommen, und tippte mit dem Zeigefinger an seine Schläfe. »Köpfchen. Bin eben nicht umsonst ein verdammt ausgekochter Privatschnüffler.«

Auch sie lächelte. Tatsächlich.

Flüchtige Sekunden der Stille, kein einziges Auto, die Kartäuserstraße lag friedlich vor ihnen.

»Du wolltest noch einmal Abschied nehmen?«, meinte John leise.

Sie musterte ihn und sagte nichts.

»Wann geht dein Zug? Soll ich dich zum Bahnhof bringen?«

»Mein Zug?« Die Ausdruckslosigkeit, die sich nun in ihren Augen spiegelte, hatte fast schon etwas Herausforderndes.

»Na ja, du hast das Hotel verlassen und jetzt …« John breitete die Arme aus. »Und jetzt bist du hier, um …«

Ihr Kopfschütteln ließ ihn innehalten. »Ich habe keineswegs die Absicht abzureisen.«

»Aha.« Ein wenig ratlos wiederholte er dieses ›keineswegs‹ in Gedanken. Nur Laura Winter hätte ein solches Wort auf diese Art aussprechen können. »Was ist dann deine Absicht? Wenn ich fragen darf.«

»Du darfst.« Sie lächelte – allerdings anders als zuvor. »Nur dass ich leider nicht die geringste Ahnung habe, was ich jetzt tun werde.«

»Ziemlich untypisch für dich. Würde ich jedenfalls sagen.«

»Nicht in letzter Zeit. Würde *ich* jedenfalls sagen.« Sie

starrte ins Nichts. »Ich weiß nur, dass ich weg will aus dieser Straße.«

John trat zu ihr und ergriff ihre Tasche. »Sorry noch mal. Ich meine, wegen gestern.«

»Schwamm drüber, John.« Sie hob die Achseln. »Was dagegen, wenn ich dich auf einen Kaffee einlade? Ich könnte einen gebrauchen.«

Sie machten sich nicht allzu viel Mühe mit der Auswahl. Nur zehn Minuten später saßen sie bereits in einem winzigen Café eingangs der Kartäuserstraße. John kannte diesen Freiburger Geheimtipp von früher, und es hatte sich nicht viel verändert. Apfelkuchen und Cappuccino hatten einen besonders guten Ruf, aber er und Laura begnügten sich jeweils mit einer Tasse schwarzen Kaffees. Irgendwie hatte sich Johns Appetit verflüchtigt. Sein Blick ruhte geduldig auf der blonden Frau. Gleich würde sie zu sprechen beginnen, er spürte es.

Im Café befanden sich keine weiteren Gäste. Ein Lokalsender dudelte aus dem Radio. Die einzige Bedienung kauerte hinter der kleinen Theke und las lustlos in der Badischen Zeitung. Laura hatte zielstrebig den einzigen Fenstertisch ausgewählt und ihren Stuhl dann so verschoben, dass man sie von draußen kaum erspähen konnte. Jetzt führte sie ihre Tasse zum Mund und nahm einen tiefen Schluck. »Scheint beinahe so, als wärst du zu meinem persönlichen Kummerkasten geworden, stimmt's, John?«

»Wie meinst du das?«

»Du weißt doch, weshalb ich dich eingeladen habe, oder etwa nicht?«

Er lächelte sie kurz an. »Selbstverständlich allein wegen meiner bezaubernden Gesellschaft.«

»Selbstverständlich«, wiederholte sie ironisch. Dann beugte sich Laura ein wenig vor, um ernsthafter hinzuzufügen: »Und weil ich dir mal wieder mein Leid klagen will.«

»Nur zu, ich bin ein guter Zuhörer.«

»O ja, das bist du. Und das sage ich ausnahmsweise ohne Ironie.« Sie räusperte sich. »Übrigens, John. Damals, bei unserem ersten Gespräch in deinem Büro, da erwähntest du, dass du Erfahrungen im Personenschutz gesammelt hast. Entspricht das der Wahrheit?« Ihre Augen wurden eine Spur stechender. »Oder war das … Nennen wir es mal: ein wenig geflunkert?«

»Ich würde niemals flunkern.«

Als sie das mit einem Lachen beantwortete, bei dem ihr Gesicht zum ersten Mal an diesem Tag entspannt wirkte, fragte er sanft: »Warum erkundigst du dich nach Personenschutz, Laura?« Es war ihm nicht entgangen, dass sie zuvor, als sie die Kartäuserstraße entlanggegangen waren, ein- oder zweimal rasch über ihre Schultern geblickt hatte.

Sie ließ einen langen Moment verstreichen. »Bevor ich dir das erkläre, möchte ich dir von meinem gestrigen Tag berichten. Ich war nämlich mal wieder bei der Polizei. Da kennt man mich mittlerweile bestens, und vielleicht habe ich ja Chancen auf eine Auszeichnung. Der ›Kunde des Monats‹, oder etwas in der Art.«

»Warum warst du diesmal dort?«, wollte er wissen, ohne auf ihren Scherz einzugehen.

»Nicht so ungeduldig, John. Das erfährst du noch, keine Sorge.«

»Wie beim letzten Mal, was? Das Beste kommt zum Schluss?«

»Genau.«

Abwartend betrachtete John sie. Nach wie vor vermochte er ihre Gemütslage nicht einzuschätzen.

»Also. Ich ging dorthin«, begann sie, »und verlangte diesen Hauptkommissar Hauschild zu sprechen. Die waren natürlich alles andere als begeistert, aber das war mir völlig egal. Ich bestand auf meiner Forderung, und ein anderer Kommissar erschien. Schnickler. Schon mal gehört den Namen?«

»Nein.«

»Er führte mich in ein Büro und bot mir eine Tasse Kaffee an. Ich war versucht zu sagen, wo er sich die hinstecken konnte, aber natürlich bin ich dafür viel zu gut erzogen. Schnickler erklärte mir, Hauschild sei nicht da, er werde meine Aussage jedoch gern entgegennehmen.«

»Was denn überhaupt für eine Aussage?«, hakte John nach.

»Nur Geduld«, wiederholte sie. »Ich beschrieb diesem Herrn, was sich kurz zuvor zugetragen hatte, und er staunte nicht schlecht.«

»Was hat sich denn zugetragen, um Himmels willen?«

Laura lächelte beinahe maliziös. »Du weißt doch: Das Beste kommt zum Schluss.« Und noch einen Schluck Kaffee. »Also erstattete ich Anzeige und Schnickler hörte interessiert zu. Oder auch nicht, wer weiß.«

»Anzeige? Gegen wen?«

»Gegen Unbekannt.«

»Aus welchem Anlass?«

»Wart's ab, John«, meinte sie. »Ich sprach gerade mit Schnickler, da tauchte Hauschild doch auf. Er sagte, er nehme sich des Falles an, und Schnickler zog ziemlich belämmert ab. Dann erzählte ich alles ein weiteres Mal Hauschild. Er sah mich irgendwie merkwürdig an, und mir ist immer noch nicht klar, weshalb. Entweder ärgerte es ihn, dass er mich bisher nicht ernst genug genommen hatte. Oder er glaubte mir selbst da kein Wort. Immerhin bestimmte er zwei seiner Beamten, die mich zurück ins Hotel fuhren.«

John lehnte sich auf dem Stuhl zurück und betrachtete sie eine Weile. »Ich denke, du solltest endlich zum springenden Punkt kommen.«

Sie nickte. »Ja, das sollte ich.«

»Und?«

»Ich bin überfallen worden.«

»Was?« Verblüfft rückte er wieder nach vorn.

»Oder angegriffen. Oder bedrängt. Oder … Was weiß ich.«

»Kann ich Ihnen noch etwas bringen?«, fragte die Bedienung, die plötzlich neben ihrem Tisch stand.

»Nein, danke«, murmelte John, ohne aufzusehen.

»Doch«, bestimmte Laura. »Noch zwei Kaffee, bitte schön.«

Die Bedienung verschwand mit den leeren Tassen und John fragte: »Angegriffen? Bedrängt? Was war los?«

»Nachdem ich wieder einen ganzen Tag damit verschwendet habe, nach Spuren von Felicitas zu suchen, die es doch nicht gibt, ging ich eine Kleinigkeit essen und anschließend ins Hotel. Die Füße taten mir weh, ich wollte nur noch abschalten und mich vom Fernseher berieseln lassen. Die ganze Zeit über hatte ich kein einziges Mal mehr das Gefühl gehabt, jemand würde sich um mich kümmern oder mich gar verfolgen. Obwohl ich einmal … Du wirst es nicht glauben.«

»Was?«

»Obwohl ich einmal einen schwarzen Mercedes sah. Natürlich mit stark getönten Scheiben. Plötzlich kam ich mir so lächerlich vor – als wäre das Auto ein Trugbild, das mich unentwegt verfolgt. Wie gesagt: Ich hatte nicht den Eindruck, jemand wäre mir auf den Fersen oder würde mich beobachten.«

»Aber?«

Sie erhielten die bestellen Kaffees und Laura trank einen Schluck, ehe sie fortfuhr: »Da lag ich also auf dem Bett in meinem Hotelzimmer, das Fernsehen plärrte, und ich streckte die Beine aus. Ich war müde und dachte an nichts Böses. Ich dachte an überhaupt nichts.«

»Als was passierte?«

»Als es klopfte.« Laura strich eine blonde Strähne aus ihrem Gesicht. »Ich erhob mich vom Bett, fragte: ›Wer ist da?‹, und dachte weiterhin an rein gar nichts.« Sie schüttelte den Kopf, als könne sie es immer noch nicht glauben. »Verstehst du, ich war überhaupt nicht misstrauisch. Im Hotel, da fühlte ich mich sicher.«

»Natürlich verstehe ich das.« John nickte ihr zu.

»Ich öffnete die Zimmertür, obwohl ich auf meine Frage nicht einmal eine Antwort erhalten hatte.«

»Und?«

»Ein Mann.« Erneut die Strähne, die entfernt werden musste. »Es ging so schnell, ich konnte nicht einmal piep sagen. Er stürmte auf mich zu, schlug mich mit der flachen Hand zu Boden. Noch bevor ich wusste, wie mir geschah, hatte er mich schon wieder hochgerissen. Ich versuchte zu schreien, mich zu wehren, aber ich hatte keine Chance. Er wusste, was er tat. Er war flink und er war stark.«

Ohne ein Wort zu äußern, hörte John ihr zu.

»Der Kerl presste mir den Mund zu, schleifte mich ins Bad und drückte mich in die Duschkabine. Kaltes Wasser klatschte mir auf den Kopf, ins Gesicht, auf die Kleidung. Ich fühlte mich wie nie zuvor in meinem Leben. Vollkommen hilflos.« Sie sah an John vorbei aus dem Fenster. »Ich weiß nicht einmal, ob er mich ein zweites Mal schlug oder nicht. Das Wasser dröhnte in meinen Ohren, es war, als würde es mir unter die Haut strömen. Und dann fing er an zu reden. ›Verschwinde von hier! Hau endlich ab und hör auf, blöde Fragen zu stellen!‹ So oder so ähnlich waren seine Worte. Zumindest habe ich sie so in Erinnerung. Sinngemäß. Ach, ich weiß auch nicht.«

»Wie sprach er?«

»Leise, aber gerade deswegen umso schärfer, furchteinflößender. Es war viel schlimmer, viel intensiver, als wenn er gebrüllt hätte.«

»Ich meinte etwas anderes«, erwiderte John ruhig. »Sprach er mit einem Akzent?«

Jetzt blickte sie ihn direkt an. Sichtlich überrascht. »Ja.«

»Mit hartem, vielleicht osteuropäischem Akzent?«

»Ja.«

»Und ich nehme an, er war kleiner als ich, sehr stämmig, mit einem Nacken wie ein Gewichtheber?«

Sie lächelte ganz schmal und hielt dabei ihre dezent geschminkten Lippen geschlossen.

»Habe ich recht, Laura?«

»Nein, hast du nicht.«

»Nicht?« Seine Schultern sanken etwas herab – es ließ sich nicht vermeiden.

»Er hatte eher deine Größe, John. Außerdem war

er nicht stämmig, sondern schlank. Er wirkte sportlich, durchtrainiert. Schmales Gesicht, dunkle Augen, schwarze, kurz geschnittene Haare.«

John kam ein Gedanke und seine Schultern hoben sich sofort erneut. »Was hatte er an? War er eher elegant gekleidet?«

Sie nickte leicht. »Ja. Helles Seidenhemd, die obersten Knöpfe offen, dunkler Anzug.«

»Und Slipper?«

»Bitte?«

»Na ja, Halbschuhe aus weichem Leder ohne Schnürsenkel.«

Wiederum ihr Nicken, während sie ihn mit voller Aufmerksamkeit betrachtete. »Wie kommst du darauf?«

Fieberhaft überlegte er, ohne ihren Blick zu erwidern.

»John?«, drängte Laura.

»Ich habe vor Kurzem einen Mann gesehen, auf den die Beschreibung passt. Er fiel mir auf, weil er …« John kam ins Zögern.

»Ja?«, drängte sie erneut.

»Weil er in der Nähe meiner Wohnung rumgeschlichen ist. Na ja, er ist nicht rumgeschlichen, aber dieser Typ hat einfach nicht so recht in die Umgebung gepasst. Schwer zu erklären.«

»In der Nähe deiner Wohnung?« Lauras Augen erhielten etwas Stechendes. »Etwa, als ich bei dir zu Gast war?«

»Ja«, gab John zu. »Das ist noch nicht alles. Ich meine, ich habe ihn früher schon einmal bemerkt. Nur wann?«

»Und wo?«

»Ja. Wo war das?« Er konzentrierte sich, versuchte

sich den Fremden ganz genau vorzustellen. Und dann ruckte sein Kopf hoch. »Ja. Es ist mir wieder eingefallen.«

»Mach's nicht so spannend.«

»Vor deinem Hotel.«

Überraschung machte sich auf ihrem Gesicht breit. »Wann?«

»An dem Abend, als ich dich dorthin begleitete. Er kam mir entgegen, nachdem wir beide uns verabschiedet hatten.«

»Und weiter?«

»Nichts weiter.« John zuckte mit den Achseln. »Er und ich wechselten einen Blick, vielleicht nicht einmal das.« Und erneut begann es, hinter seiner Stirn zu arbeiten. Ja, diese dunklen Augen, die sich kurz auf ihn richteten.

»Fällt dir sonst noch was ein?«

»Nein«, antwortete John gedehnt. Wieder nagte dieses unangenehme Gefühl an ihm: Hatte er ein Detail übersehen? Da gab es noch irgendetwas. Eine Winzigkeit, die er wahrnahm – und zugleich nicht wahrnahm. Es war zum Verrücktwerden.

»Demnach habe ich mich also doch nicht getäuscht«, meinte Laura nach einer Weile, fast mehr zu sich als zu ihm. »Immer hatte ich so ein komisches Gefühl. Dann diese Sache mit dem Auto. Auch, dass ich es später noch mehrmals sah. Aber als ich bei der Polizei alles erzählte, klang es sogar für mich merkwürdig. Als wäre ich gar nicht mehr ich. Ich hätte mir selbst ja nicht einmal geglaubt.« Sie lachte leise, auf einmal fing ihr Blick ihn direkt ein. »Warum hast ausgerechnet du mir geglaubt, John?«

»Habe ich das?«

»Nun ja, vielleicht nicht hundertprozentig und schwarz auf weiß geglaubt. Doch ich hatte nicht den Eindruck, dass du meine Geschichten über den Mercedes von vornherein ausschließt. Oder täusche ich mich?«

»Ach, weißt du, ich habe so viele verrückte Dinge in meinem Leben erlebt. Ich schließe eigentlich nie von vornherein irgendetwas aus.«

»Ich schon«, sagte Laura nachdenklich. »Und ich habe auch keine verrückten Dinge erlebt. Bei mir ging immer alles einen recht normalen Weg. Doch in letzter Zeit …« Sie suchte nach den richtigen Worten. »Schon bevor die Nachricht von Felicitas' Tod mich erreichte: Auf einmal war das alte Gleichgewicht nicht mehr spürbar. Ständig plagten mich Zweifel. An mir, an meinem Beruf, an meinem Leben. Früher wäre so etwas unvorstellbar gewesen.«

Bei jedem Wort, bei jeder Silbe hatte John an ihren Lippen gehangen. Es war, als hätte sich da schon wieder eine neue Laura Winter ins Café geschlichen. Und diesmal vielleicht sogar die, die am meisten von ihrem Inneren offenbarte. Die echte Laura Winter? War sie es, die ihm gerade gegenübersaß?

»Ja, und dann traf es mich mit voller Wucht. Zu einem Zeitpunkt, als ich ohnehin bereits in den Seilen hing, rief mich mein Vater an, um mir stockend, mit tränenerstickter Stimme, wie ich sie nie an ihm vernommen hatte, von einem Auto zu erzählen, das meine kleine Schwester zerquetscht hat. Es war unfassbar, vollkommen unfassbar.« Sie schüttelte den Kopf, wie kurz zuvor. »Tja, und dann sah es plötzlich so aus, als hätte sich meine Schwester bereits vor ihrem Tod aus meinem Leben geschlichen. Eines führte zum anderen, und jetzt sitze ich hier ausgerechnet mit John Dietz, den ich von der Schule kenne. Den ich, ehrlich gesagt, nie besonders leiden konnte, der mich wohl ebenso wenig geschätzt hat und den ich im Grunde längst vergessen hatte. So, wie er mich vergessen hatte.«

Seine Hand lag auf der Tischplatte und für einen knisternden Moment war er versucht, nach Lauras Hand zu greifen, die mit der Untertasse spielte. Er beließ es dabei, sie anzulächeln. »Offenbar«, meinte er dann, »erlebst du also doch verrückte Dinge.«

»Ja, ich bin wohl gerade dabei.«

»Verrückte Dinge müssen eben nicht unbedingt lustig sein. Wahrscheinlich sind sie meistens eher traurig.«

Laura seufzte, und in diesem Moment erschien sie ihm weicher, verletzlicher als jede andere Frau, der er je begegnet war. »Und jetzt sitze ich womöglich richtig in der Patsche.« Langsam richtete sie den Blick durchs Fenster nach draußen. »Was noch schlimmer ist: Ich habe möglicherweise auch dich in Schwierigkeiten gebracht.«

»Mich? Schwierigkeiten sind doch mein Job.«

»Ganz im Ernst, John: Wie viele Fälle hast du bereits gelöst?« Jetzt nahm sie wieder Blickkontakt auf. Die Weichheit in ihren Augen verlor sich trotz dieser Frage keineswegs. »Ich meine Fälle, die man wirklich als solche bezeichnen kann?« Ein Schmunzeln konnte sie sich nicht verkneifen.

»So viele, dass ich sie gar nicht zählen kann.«

Sie mussten beide lachen.

»Immerhin hast du trotz dieser zahllosen Fälle genug

Zeit gefunden, dich weiterhin um meine Angelegenheit zu kümmern, nicht wahr? Und das, obwohl ich dich eigentlich vor die Tür gesetzt habe, um es mal so flapsig auszudrücken.«

»Habe ich das?« Lässig verschränkte er die Hände hinter dem Kopf. »Wie kommst du denn darauf?«

»Ach, John, mir kannst du nichts vormachen.« Sie lachte auf. »Ich weiß, dass du irgendwie vor dich hinwurstelst. Oder willst du etwa behaupten, dass du diesem dürren Kellner in dem Dorfgasthof kein Foto unter die Nase gehalten hast? Und ich nehme einfach mal an, dass es nicht deinen Freund Elvis zeigt. Ich hatte bereits bei der Fahrt dorthin so ein komisches Gefühl, dass die Wahl des Restaurants alles andere als ein Zufall war. Was sollte das alles?«

»Das ist meine Privatsache«, meinte er nur, ohne sich bei seiner Lüge allzu viel Mühe zu geben.

»Privatsache? Dass ich nicht lache.« Sie beugte sich vor, um ihm tiefer in die Augen zu sehen. »John, erst fragst du völlig zusammenhanglos nach einem Chrysler – und vorhin nach einem stämmigen Mann. Schluss mit der Geheimniskrämerei.«

Unweigerlich wurde ihm klar, dass er sich vor einer Entscheidung drückte. Sollte er ihr sagen, in welch seltsame Kreise es ihre Schwester verschlagen hatte – falls Metzlers Geschichte überhaupt stimmte? Und das Haus in der Belfortstraße? Es stand in keinerlei Zusammenhang mit Felicitas Winter. Der stämmige Mann mit seiner Begleiterin, die Hure Chantal, das Haus in Herdern. Alles lose Fäden, nicht mehr. Und dazu kam der schlanke Mann, der in Lauras Hotelzimmer eingedrungen war. Ein weiterer loser Faden.

»Laura«, setzte John mit einer Antwort an, verfiel jedoch wieder in Schweigen.

»Hoppla«, meinte sie. »Jetzt siehst du aber ernst aus.«

»Das bin ich auch.« Er legte die Hände vor sich auf der Tischplatte. An dem zweiten Kaffee hatte er nur einmal genippt, er musste längst kalt sein. »Du hast durchaus richtig vermutet: Ich hab ein bisschen weitergeschnüffelt. Wenn ich allerdings wirklich etwas Handfestes, etwas Vorzeigbares herausgefunden hätte … Meinst du nicht, ich hätte es dir längst auf einem Silbertablett serviert? Gerade nachdem du mich nicht sonderlich respektvoll, um es mal vorsichtig zu umschreiben, behandelt hast.«

»Was mir übrigens inzwischen sehr leid tut«, warf sie ein.

»Wenn ich dir etwas sagen könnte, von dem ich absolut überzeugt wäre, es wäre die Wahrheit …«

»Das waren viele ›könnte‹ und ›wäre‹.«

»Dann würde ich es dir sagen, das kannst du mir glauben. Wieso sollte ich auch nicht?«

»Trotzdem ist da etwas«, beharrte sie unbeeindruckt.

»Wie meinst du das?«

»Wie ich bereits sagte: Du wurstelst an etwas herum.«

»Schon möglich. Aber das, was du im Hotel erlebt hast, verändert die ganze Sache ohnehin von Grund auf.«

»Tut es das wirklich?«

»Na, und ob.« Jetzt, als er den Gedanken längst aufgegeben hatte, wagte er es doch noch: Er nahm ihre Hand in seine. »Du bist in Gefahr, Laura. In großer Gefahr.

Man hat dich im Hotel beschattet. Als du bei mir warst, ebenfalls. Und bestimmt auch während deiner Nachforschungen.«

Laura nickte kaum merklich, sagte jedoch kein Wort. Und sie entzog ihm nicht ihre Hand.

»Wahrscheinlich kannst du in ganz Freiburg keinen Schritt gehen, ohne dass dir dabei jemand zusieht. Es wäre besser, du würdest die Stadt verlassen, Laura. Und zwar sofort.«

»Das kommt überhaupt nicht infrage.« Sie zog ihre Hand zurück.

Selbstverständlich war sie es, die sich durchsetzte. Den Gedanken, Freiburg erst einmal zu verlassen, wenigstens für eine Weile, hatte Laura mit unmissverständlicher Deutlichkeit vom Tisch gewischt. John Dietz hatte dabei ihre Entschlossenheit gespürt – und gleichermaßen die Tatsache, dass sie eingeschüchtert war. Wie sollte sie auch nicht? Schließlich kam es nicht alle Tage vor, dass ein Fremder in ihr Zimmer stürmte, um ihr eine unfreiwillige Dusche zu verpassen. Sich geschlagen zu geben, dazu war sie allerdings nicht bereit. Die Entschlossenheit hatte gesiegt. Zumindest vorerst. Also erneut eine neue Laura Winter: die Kämpferin.

John hingegen wäre es lieber gewesen, sie hätte sich dafür entschieden unterzutauchen. Zumal sie nicht wusste, wohin sie überhaupt gehen sollte. In dem Hotelzimmer, das auf einmal eine besonders unliebsame Erinnerung barg, da wollte sie auf keinen Fall bleiben. Irgendwie schien es, als hätte das Schicksal sie beide zusammengeschweißt. Jedenfalls kam es John so vor. Selbst wenn es genau so war, wie Laura es gesagt hatte: Unter gewöhnlichen Umständen hätten sie keine zwei Worte miteinander gewechselt. Doch die Umstände waren eben alles andere als gewöhnlich.

Solche Gedanken spukten durch Johns Kopf, während er Elvis' Käfig säuberte, den Boden mit neuen Zeitungsseiten auslegte und Futter- und Wasserschalen auffüllte. Laura saß unterdessen am Schreibtisch und beobachtete den Papagei, der zwischen den beiden Räumen hin und her flog und mal auf einem Stuhl, mal auf der Liege landete. Elvis liebte solche Ausflüge – und er verschonte die Anwesenden glücklicherweise mit seiner Interpretation alter Rock-'n'-Roll-Songs.

Als John mit dem Käfig fertig war, blätterte er im Telefonbuch. Dann nahm er am Computer Platz und gab einen Namen in Suchmaschinen ein. Er fand schnell, was er suchte, und überprüfte die angezeigten Daten zur Sicherheit mit einem kurzen Anruf. Nachdem er sich als Harry vorgestellt hatte, verlangte er Peter zu sprechen, der jedoch nicht anwesend war. Laura verhielt sich still und beobachtete abwechselnd John und den Vogel, der mit einem Stück Apfel auf Johns Unterarm gelockt und schließlich zurück in den Käfig gebracht wurde.

Nachdem sie minutenlang geschwiegen hatten, war es Laura, die der Ruhe ein Ende setzte. »Über was grübelst du die ganze Zeit nach, John?«

»Darüber, wie wir vorgehen.«

»Vorgehen?«, wiederholte sie. Etwas zu spöttisch, wie er fand.

»Was genau hat man dir bei der Polizei gesagt? Dieser Hauschild. Glaubte er dir? Hat er angekündigt, diesmal ein wenig aktiver zu werden?«

Sie schlug die Beine übereinander und ließ den Blick durch das karge Büro wandern. »Zumindest hatte ich den Eindruck, er würde meine Geschichte ernst nehmen. Er versprach, dass sein Team alles unternehmen würde, um den Mann ausfindig zu machen, der in mein Zimmer eingedrungen war.«

»Ja, ja, das ist mir klar. Aber hat er nicht nachgefragt, was deiner Meinung nach der Grund für das Eindringen war? Ob du den Mann schon einmal gesehen hast? Die üblichen Sachen eben.«

»Doch.« Sie nickte entschieden. »Die üblichen Sachen hat er in der Tat gefragt. Nicht mehr als das. Angesichts meines letzten unvorteilhaften Auftritts im Revier war ich jedoch bereits darüber froh. Er konnte mir keinen Polizeischutz zusichern – nur aufgrund eines solchen Vorfalls. Doch das war mir auch so klar. Es muss ja immer erst etwas Schlimmes passieren, bevor die Polizei wirklich etwas unternimmt.«

John ließ sich wieder auf den Schreitischstuhl sinken, auf dem er zuvor gesessen hatte. »Hast du mit ihm über Felicitas gesprochen?«

»Natürlich habe ich das. Aber …« Laura machte eine vage Geste. »Das eine lässt sich einfach nicht mit dem anderen in Verbindung bringen.«

Wer weiß?, dachte John insgeheim.

»Wenn wir nur mehr wüssten über Felicitas' letztes Jahr«, meinte Laura mit bedrücktem Unterton.

Er stand auf und stellte sich ans Fenster.

»John, du hast vorhin die ganze Zeit nach draußen

gesehen«, sagte sie. »Mein kleines Erlebnis hat dich wohl erschreckt.«

»Erschreckt nicht. Aber daran erinnert, dass wir von jetzt an wachsam sein sollten.«

»Das ist ein Privatdetektiv doch ohnehin die ganze Zeit über, oder?« Sie verlieh ihren Worten einen spitzbübischen Klang.

»Es freut mich, dass du deinen Humor trotz allem nicht verloren hast.« Langsam drehte er sich zu ihr um. »Ich meine es wirklich ernst. Und jetzt werden wir erst einmal von hier verschwinden.«

»Zu Befehl.« Sie erhob sich.

»Wie gesagt: Ich meine es wirklich ernst.«

Laura lächelte ihn mit diesem bestimmten Ausdruck an. Als könne sie ihn stets mit Leichtigkeit durchschauen. »Wen hast du vorhin angerufen, John?«

»Das verrate ich dir nicht. Noch nicht.«

»Und wer dieser Peter ist, das verrätst du mir dann wohl ebenfalls nicht.«

Er hielt dem überlegenen Blick ihrer blauen Augen stand. »Nein, tue ich nicht.«

»Darf ich wenigstens erfahren, wohin wir jetzt gehen?«

»Es ist jetzt kurz nach zwei.«

»John, das habe ich nicht gefragt.«

Er schlüpfte in seine Jacke und dachte einen Moment lang an die Pistole, die er zu Hause aufbewahrte. »Ich weiß, dass du das nicht gefragt hast.« Nach kurzem Zögern fügte er hinzu: »Um vier Uhr macht Tante Ju für gewöhnlich Feierabend. Sie wohnt im gleichen Haus wie ich, und ich habe vor, mir ihren Wagen auszuleihen.«

»Das Schmuckstück gehört dir also gar nicht.«

»Nein, aber ich denke, ich brauche das Auto.«

»Um damit was zu tun?«

»Du hättest Staatsanwältin werden sollen.«

»Und wer ist überhaupt diese Tante Ju?«

»Die bezaubernde ältere Dame, die dir heute Abend Gesellschaft leisten wird.«

Laura runzelte argwöhnisch die Stirn. »Gesellschaft leisten? Was soll das heißen, bitte schön?«

»Mir ist unwohl bei dem Gedanken, dich allein zu lassen. Und Tante Ju verriegelt ihre Wohnungstür mit drei zusätzlichen Stahlschlössern. Das könnte unter Umständen nützlich sein. Zum ersten Mal überhaupt.«

»Ich bin kein kleines Mädchen, ich brauche keine Nanny.« Eine unüberhörbare Schärfe hatte sich in Lauras Stimme geschlichen.

Unbeeindruckt zwinkerte er ihr zu. »Sie ist eine tolle Frau. Ihr werdet euch großartig verstehen.«

»Und wie wird sich unser cleverer Privatdetektiv John Dietz den Abend vertreiben?«

Er griff nach dem Schlüsselbund auf dem Tisch und wies knapp zur Tür. »Auf wahnsinnig eintönige Art und Weise.«

»Nämlich wie?«

Erneut ein Zwinkern seinerseits: »Du kannst es dir wahrscheinlich schon denken, aber das …«

»… wird nicht verraten«, fiel Laura ihm ins Wort.

Sie verbrachten auch die kommenden Stunden zusammen – gingen einkaufen, plauderten miteinander und behielten dabei stets ihre Umgebung im Auge. Ein Mann im dunklen Anzug oder ein schwarzer Mercedes mit getönten Scheiben war nirgends zu entdecken. In Johns Wohnung herrschte eine ähnlich angenehme Stimmung wie erst vor Kurzem. Laura verwandelte sich, als hätte es die Episode im Hotel nicht gegeben, zurück in die liebenswürdige Hausfrau und bereitete in der Küche für sie beide etwas zur Stärkung zu. Unterdessen hatte John Tante Ju angerufen und ihr Lauras Situation in knappen Worten erklärt. Hilfsbereit wie immer, sagte Tante Ju sofort zu, Johns Gast in die eigenen vier Wände einzuladen und ihm das Auto zur Verfügung zu stellen. »Was würde ich ohne dich tun, Tante Ju?«, hatte er dankbar gefragt.

»Irgendwie anders klarkommen, mein Junge.«

Später saßen sie zu dritt in Tante Jus Wohnzimmer, das genauso staubig und mit allerlei Krimskrams überfüllt war wie ihr Kellerbüro bei der Zeitung. Die beiden Frauen beschnupperten sich, während Johns Blick immer wieder zu seiner Armbanduhr huschte. Er hatte Laura nicht angelogen: Diesen Abend würde er tatsächlich auf besonders eintönige Art und Weise verbringen. Und dennoch registrierte er ein Kribbeln, das sich irgendwo in seinem Magen eingenistet hatte.

Als er sich von den Frauen verabschiedete, sah er kurz in Lauras Augen, in denen etwas betont Unbeteiligtes aufschimmerte. Er reichte ihr einen Ersatzschlüssel zu seiner Wohnung und kündigte an, dass es spät werden könne und sie sich wie zu Hause fühlen solle.

Ein flüchtiges Dankeschön war alles, was sie erwiderte. Nachdem John die Wohnungstür hinter sich zugezogen hatte, wartete er, bis er beruhigt hörte, wie Tante Ju die drei Eisenriegel vorschob und abschloss. Er verließ das Gebäude und ging zur Garage, die sich gegenüber des Eingangs befand. Es war zehn Minuten nach fünf, der Himmel überzog sich mit einem Geflecht aus dunklen Wolken. Die Glock-Pistole, irritierend leicht, beinahe wie eine

Spielzeugwaffe, spürte er in der Innentasche auf seinem Herzen. In Gedanken sah er das schmale, glatt rasierte Gesicht des Unbekannten vor sich, die aufmerksamen Augen darin. Er öffnete das Garagentor, setzte sich hinters Steuer und versuchte dabei, den aufdringlichen Vanillegeruch zu ignorieren. Der Motor brummte auf, und als der alte Ford langsam ins Freie ruckelte, erschien wie aus dem Nichts eine Gestalt vor der Stoßstange.

John bremste. »Das war ja klar«, murmelte er. Wie hatte er so leichtfertig annehmen können, eine gutmütige ältere Dame und ein paar Schlösser würden sie aufhalten? Er hätte sie inzwischen gut genug kennen müssen.

Laura Winter marschierte um die Motorhaube herum, machte die Beifahrertür auf und nahm Platz. Ohne ein Wort.

»Was soll das, Laura?«

»Glaub mir, John, es hat nicht den geringsten Sinn, jetzt eine Diskussion mit mir anzufangen.«

Sie sahen sich in die Augen, prüften sich, maßen sich, duellierten sich. Wie schon so oft. So lange, bis John schließlich resigniert den Blick nach vorn richtete und seinen Fuß sachte aufs Gaspedal schob.

»Na also«, lautete Lauras zufriedener Kommentar.

Sie fuhren durch den Feierabendverkehr in Richtung Lehen, eine ehemals selbstständige Gemeinde, die Anfang der 1970er-Jahre zum nordwestlichen Stadtteil Freiburgs geworden war. John Dietz war schon lange nicht mehr hier gewesen, und so dauerte es eine Weile, bis er sich zurechtfand. Im Grunde war ja keine Eile geboten. In gemächlichem Tempo steuerte er den Fiesta durch Straßen, die ihren dörflichen Charakter bewahrt hatten. Sie passierten den Bundschuhplatz, den er noch gut in Erinnerung hatte. Von jetzt an fiel ihm die Orientierung leichter. Er stoppte an einer Bushaltestelle, um mit seinem Handy dieselbe Nummer zu wählen, die er bereits vom Büro aus angerufen hatte.

»Ja, hallo?«, meldete sich gleich die Stimme der älteren Frau.

»'n Abend, hier ist noch mal Harry. Ist Peter jetzt da? Ich muss ihn unbedingt sprechen.«

»Ach, Sie schon wieder. Ich habe Ihnen doch gesagt, dass er nicht hier ist. Sie können sich Ihre Anrufe sparen.« In der Stimme schwang Unmut mit, den er bereits beim ersten Telefonat bemerkt hatte.

»Wann kann ich Peter denn erreichen?«

»Junger Mann, das kann ich Ihnen wirklich nicht sagen.«

»Vielleicht haben Sie ja noch eine Handynummer von ihm und …«

Sie legte auf.

Nicht nur Unmut, auch ein gewisses Zittern war in ihren Worten spürbar gewesen, John war sich sicher. Dieses Zittern war überhaupt der Grund gewesen, dass er dazu bereit war, an diesem Abend ein paar Stunden zu investieren. Höchstwahrscheinlich umsonst. Aber viele Möglichkeiten blieben ihm ohnehin nicht, und diese wollte er nicht einfach verschenken.

Er reihte sich wieder in den spärlicher werdenden Verkehr ein und fand bald die Adresse, auf die er im Internet gestoßen war. Das Haus war eines der letzten in der Straße. John fuhr daran vorbei, warf einen Blick auf das unauffällige Einfamilienhaus mit kleinem Garten und museumsreifer Hollywoodschaukel. Nachdem er gewendet hatte, parkte er den Fiesta am Bordsteinrand – an einer Stelle, von der aus er beste Sicht auf das Haus hatte. Auch auf das Lehener Bergle und bis nach Osten in Richtung Rieselfeld. Der Himmel hatte sich geschwärzt, die Wolken waren noch stärker ineinander verkeilt. Als John ein Stück weit das Fenster herunterkurbelte, roch er den Regen, der in der Luft lag. Im dunklen Hintergrund erhoben sich verschwommen die höchsten Gebäude der Freiburger Stadtmitte und der Schwarzwald.

In dem Einfamilienhaus war eines der Fenster im Erdgeschoss erleuchtet. Kein Mensch auf der Straße, eine triste Stille stülpte sich über Lehen. Laura hatte beharrlich geschwiegen, und John fragte sich beiläufig, wie lange sie ihre Ungeduld noch im Zaum zu halten vermochte. Er schaltete das Radio ein und hielt ihr seine Kaugummipackung hin.

Sie zog eine Schnute und schüttelte den Kopf.

»Sorry, etwas anderes kann ich dir leider nicht anbieten.« Ihm wurde klar, dass er wenigstens eine Flasche Wasser und Kekse aus seiner Wohnung hätte mitnehmen sollen. Es wurde wirklich Zeit, dass er in seinem Job eine gewisse Routine entwickelte. Nur wie – ohne Aufträge?

Dann war Lauras Geduld schließlich erschöpft. Sie schnaufte genervt, schaltete das Radio aus und drehte sich halb zu John herum. Ihre Augen stachen durch das Halbdunkel im Wagen.

Er sah ungerührt zu dem Haus. »Doch einen Kaugummi?«

»Soll das jetzt ewig so weitergehen? Dass wir hier sitzen und dieses traute Heim, Glück allein anstarren?«

»Deshalb wollte ich ja, dass du bei mir zu Hause bleibst. Beziehungsweise bei Tante Ju.«

»Wer wohnt da?«

Er verlagerte sein Gewicht im Fahrersitz. »Das gehört eben zu meinem Job. Ich habe da so eine Ahnung und möchte ein bisschen Zeit opfern, um mir ein Bild machen zu können.«

»John, wer wohnt da?«

»Soviel ich weiß eine Witwe namens Alma Eisenring.« Internet und Telefonbuch hatten für ganz Lehen nur einmal diesen Namen geführt. Die Frau am Telefon musste Piet Eisenrings Mutter gewesen sein. Und damit einer von Johns dürftigen Anhaltpunkten.

»Was hat es mit ihr auf sich?«, bohrte Laura weiter.

»Ich werde es dir sagen«, versuchte er dagegenzuhalten. »Gib mir einfach ein wenig Zeit. Ich weiß ja nicht einmal, ob es überhaupt etwas bringt.«

»Hut ab, Herr Detektiv, Sie können ganz schön hartnäckig sein.«

»Danke. Und das aus dem Mund einer ausgewiesenen Expertin in Sachen Hartnäckigkeit.« Er lächelte sie an.

»Weil ich einfach nicht aufgebe und immer noch in dieser Stadt bin? Ohne auch nur eine Winzigkeit über Felicitas' Leben herausgefunden zu haben?«

»Na sicher.« Sein Lächeln löste sich auf. »Vor allem nachdem klar ist, dass jemand nicht vor Gewalt zurückschreckt, um dir die Neugier auszutreiben. Denn der Zwischenfall mit der Dusche – das ist dir klar – muss nicht der letzte gewesen sein.«

»Gerade deswegen«, erwiderte sie zornig, »will ich wissen, was los ist.«

»Du hast sie wirklich sehr geliebt, nicht wahr?«

Lauras Blick löste sich von ihm, richtete sich ins Nichts. »Ich habe ja versucht, es dir zu erklären.«

»Ja, das hast du.«

»Und dennoch …« Sie warf den Kopf in den Nacken und seufzte.

»Ja?«

»Wenn ich ehrlich bin, tue ich das nicht nur für Felicitas.« Unschlüssig hob sie die Hände. »Irgendwie auch für mich. Selbst wenn es sinnlos ist oder mir nichts einbringen wird. Aber irgendwie habe ich mich daran festgebissen. Und wenn das erst einmal der Fall ist …«

»Du hast einmal so eine Bemerkung gemacht.« John überlegte. »Dass du dein Gleichgewicht verloren und plötzlich an allem gezweifelt hättest. Schon vor Felicitas' Tod. Hängt dieses Festbeißen, wie du es nennst, etwa damit zusammen?«

Sie lächelte ihn an. Und zwar mit unverhohlener Anerkennung. »Es stimmt also: Du bist tatsächlich ein guter Zuhörer, John Dietz.«

Die ersten Regentropfen trommelten auf das Wagendach. In dem Haus war weiterhin nur das eine Fenster erleuchtet. Keine Gestalt war dahinter zu erkennen, die Straße nach wie vor wie leergefegt. »Was hast du damit gemeint: das Gleichgewicht verloren?« Diesmal war es John, der bohrte.

»Ach, ich weiß selbst nicht recht.« Laura lachte auf, mit traurigem Unterton. »Im Grunde war alles in Ordnung, ich war zufrieden. So wie immer. Mein Job, mein Haus, jeder Tag wie der andere. Einmal im Jahr ein größerer Urlaub. Afrika, Asien, Kanada, was auch immer. Und dann, ganz abrupt, ohne Anlass, betrachtete ich mich im Spiegel und ich stellte fest, dass ich völlig leer war. Dass nichts von dem, was ich tagtäglich tat, mir etwas bedeutete. Und aus meiner Zufriedenheit wurde Unzufriedenheit. Stell dir vor: Ich kündigte sogar meinen Job, einen sicheren, gut bezahlten Job.«

»Das erstaunt mich wirklich.«

»Nicht so sehr wie mich selbst. Plötzlich schmeckte einfach nichts mehr wie vorher. Ich stand in meiner Wohnung und es kam mir vor, als würde eine Fremde hier leben. Verrückt, oder?«

»So verrückt nicht«, widersprach er. »Ich denke, diesen Moment hat jeder mal im Leben. Wenn alles stillsteht. Wenn plötzlich ein innerer Zwang da ist, aufzuwachen und etwas zu verändern.«

»Du kennst dich aus mit solchen Momenten, stimmt's?«

»Nur, dass ich sie nicht einmal erlebt habe. Sondern öfter. Sie verfolgen mich sozusagen.« Er lachte leise. »Ich nehme an, du bist nicht allein nach Afrika, Asien und Kanada gefahren?«

»Bitte?«, fragte sie irritiert.

»Hast du keinen Mann? Ich habe mich nie erkundigt und ...« Er setzte neu an: »Du heißt immer noch Winter, oder?«

»Nicht immer noch, sondern wieder.« Laura gab abermals ein leises, trauriges Lachen von sich. »Das kam nämlich zuerst.«

»Ich verstehe nicht.«

»Bevor ich meinen Job aufgab, gab ich meinen Mann auf.«

»Du willst nicht über ihn sprechen, oder?«

»Vor allem wollte ich nicht mehr *mit* ihm sprechen. Nach sieben Jahren. Wir hatten uns einfach nichts mehr zu sagen, nichts außer Plattitüden und Alltäglichem. Es war tatsächlich so: Ich konnte nicht mehr mit ihm reden, von einem Tag auf den anderen. Und auch nicht mit meinen Eltern oder Freundinnen. In dieser Zeit begann ich, wieder häufiger an Felicitas zu denken.« Es folgte ein tiefer Seufzer. »Mir wurde bewusst, dass wir uns irgendwie verloren hatten. Dann kam der Anruf. Und es stand fest: Nicht bloß *irgendwie* – wir hatten uns für immer verloren.«

Die Melodie des Regens schien eintöniger geworden zu sein, und auf dem Asphalt hatten sich erste Pfützen gebildet. Aus der Ferne glimmte die erhellte Turmspitze des Freiburger Münsters in der Finsternis. Zwei der Straßenlaternen funktionierten nicht, und so wirkte Lehen in diesem Augenblick wie ein kleiner einsamer, vom Rest der Welt längst vergessener Flecken.

»Aber bevor ich vollends in Trübsinn verfalle«, meinte Laura betont gleichmütig, »erzähl mir lieber etwas über die geheimnisvolle Frau Eisenring.«

»Das ist ein ziemlich abrupter Themenwechsel.«

»Den habe ich nötig. Also: Was ist so interessant an der Frau?«

»An ihr gar nichts. Möglicherweise an ihrem Sohn.«

»Gibt es eine Verbindung von ihm zu Felicitas?«

»Das weiß ich nicht.«

Sie sah ihn. Direkt, wie nur sie das beherrschte. »John!«

»Ich weiß es wirklich nicht. Oder zumindest noch nicht. Ich denke, unser Peter Eisenring ist ein wenig auf Tauchstation gegangen. Wer weiß, vielleicht hat er ja etwas Interessantes zu berichten.« John richtete sich plötzlich auf. »Sieh mal einer an. Ich dachte schon, Lehen wäre ausgestorben.« Er deutete auf einen älteren Mann mit Mütze, der eben eines der nahezu identischen Einfamilienhäuser verlassen hatte, um mit einem Hund eine Runde zu drehen – angesichts des Wetters mit ziemlich missmutigem Gesicht.

»Was ist?«, fragte Laura.

Anstatt etwas zu erwidern, stieg John aus. Er zog die Kapuze seines Sportpullovers unter dem Kragen der Lederjacke hervor und über seinen Kopf. »Entschuldigung«, rief er dem Mann zu, der stehen blieb und ihm grimmig entgegenstarrte. Der Hund, ein Mischling, begann leise zu knurren. »Ich suche das Haus von Frau Eisenring.« John lachte. »Leider weiß ich die Nummer nicht. Können Sie mir helfen?« Der Mann zog die Mütze tiefer in die Stirn und nickte, sagte aber nichts.

»Welches Haus ist es?«

»Das dort drüben«, kam endlich die Antwort, die John längst kannte.

»Besten Dank. Ich bin nämlich ein Freund ihres Sohnes. Also, Frau Eisenrings Sohn. Peter.«

»Wer? Ach der. Sie meinen Piet.«

»Genau. Wissen Sie, ob der zufällig bei seiner Mutter ist? Haben Sie ihn gesehen in letzter Zeit?«

»Ja, erst gestern«, entgegnete der Mann, geriet jedoch ins Stocken. »Wollen Sie mich aushorchen oder was?«

»Ganz und gar nicht«, rief John fröhlich. »Ich geh dann mal rüber zu den Eisenrings. Danke für die Auskunft. Ziemliches Sauwetter, was?« Er lief los und spürte, dass sowohl der Mann als auch Laura ihn beobachteten.

Kaum eine Minute später saß er wieder hinter dem Steuer. Etwas durchnässt und um ein ergebnisloses Gespräch reicher. Auf sein Klingeln hatte eine grauhaarige Frau in einfacher Kleidung die Tür einen Spaltbreit geöffnet. John hatte irgendeinen Namen gemurmelt und erklärt, er möchte mit Piet sprechen.

»Der lebt seit Monaten nicht mehr in Freiburg.«

Als John weitere Fragen stellen wollte, hatte sie die Unterhaltung abgebrochen, indem sie ihm die Tür vor der Nase zugeknallt hatte.

»Was erreicht?«, fragte Laura.

»Nein.« John schob die Kapuze zurück. »Oder sagen wir: vielleicht.« Er betrachtete Frau Eisenrings Haus. Hatte sich der Vorhang eines dieser dunklen Fenster nicht gerade eben bewegt?

»Und was steht als Nächstes an?«

»Genau das Gleiche.«

»Bitte?«

»Wir werden ein weiteres Haus observieren.«

»Observieren.« Laura wiederholte das Wort auf eine Weise, mit der er gerechnet hatte. »Was du nicht sagst, John.«

»Da fällt mir ein: Schmetterling.« Er startete den Wagen.

»Was meinst du damit?«

»Fällt dir in Bezug auf Schmetterling irgendetwas zu Felicitas ein? Ich weiß auch nicht. Hat sie als Mädchen vielleicht Schmetterlinge gesammelt? Hatte sie einen Spitznamen, der …?«

»Nein, John. Nicht dass ich wüsste. Ich schätze, du wirst mir nicht sagen, warum du diese sonderbaren Fragen stellst.«

»Noch nicht.«

»Na klar.« Mit einer harschen Bewegung legte sie den Gurt an. »Dann also los zu unserer nächsten großen Observierung.«

John fuhr an, ohne etwas zu erwidern.

»Klingt ja mächtig spannend.« Das hatte Laura wohl einfach noch loswerden müssen.

Spannend wird es vermutlich durchaus, dachte John. Er sah das Haus in Herdern bereits vor sich – und damit unweigerlich verbunden den kräftigen Mann mit dem Messer. Du kommst ja doch nicht drum herum, sagte er sich, dieses Haus wird dir mit Sicherheit keine Ruhe lassen. Und erneut spürte er das Kribbeln in seinem Magen, noch wesentlich stärker als zuvor.

# 7
# FLECKEN AN DER WAND

»Mir kommt es vor, als würden wir mindestens seit einer Woche in diesem Auto sitzen.« Laura Winter gähnte.

Aus dem Regen war ein dürftiges Tröpfeln geworden. Die Straße in Herdern lag ebenso leblos und dunkel vor ihnen wie zuvor jene in Lehen.

Im Gegensatz zu Laura war John keineswegs entspannt. Obwohl sich nicht das Geringste ereignet hatte, verspürte er weiterhin dieses alarmierende Kribbeln. Konzentriert nahm er einen Schluck aus einer Colaflasche zu sich, die er zusammen mit Orangensaft und Schokolade an einer Tankstelle in der Nähe besorgt hatte. Laura weigerte sich, etwas davon anzurühren. Ihre zur Schau getragene Langeweile kam ihm gespielt vor. Als wolle sie damit die Nachdenklichkeit überdecken, die sie – wie John in ihren Augen las – erfasst hatte. Bestimmt musste sie das, was sie ihm vorhin erzählt hatte, noch einmal für sich Revue passieren lassen. Offenbar hatte sie bisher niemandem ihre eigene Situation mit derart einfachen, offenen Worten geschildert. Er hatte sich aufs Neue in ihr getäuscht, zumindest das stand fest. Die vielen Seiten der Laura Winter. Gab es noch weitere?

Die Villa mit dem Apfelbaum, umgeben von dem verwilderten Rasen und der Mauer, strahlte eine Ruhe aus, die überhaupt nicht zu Johns Kribbeln passte. In der Einfahrt stand kein Auto, also auch nicht der Chrysler. Seit er zum ersten Mal hier gewesen war, beschäftigte ihn dieses Haus. Fragen nach Felicitas Winter hatten ihn zur stummen Maja geführt – und die in die Belfortstraße. Und von dort wiederum war es weitergegangen nach Herdern. Nichts passte zusammen, nichts gab sich klar zu erkennen. Und dennoch war da etwas, das ihn geradezu zwang, hier zu sein. Nur sein Riecher? »Du verplemperst bloß deine Zeit, John Dietz«, ermahnte er sich mit zusammengepressten Lippen. »Und vergiss endlich deinen blöden Riecher.«

»Hast du was gesagt?«

Er sah auf. »Hm?«

»Du hast doch gerade vor dich hingeflüstert.«

»Nein, ganz bestimmt nicht.«

»Na ja, wenn du meinst.« Laura lächelte mit diesem wissenden Blick, den sie ihm allzu gern schenkte.

Seit über zwei Stunden schlugen sie die Zeit tot. Kein Mensch befand sich in dem Haus – jedenfalls deutete nichts darauf hin. Es wurde kein Licht angeknipst und niemand tauchte in einem der Fenster auf, von denen an diesem Abend fast alle durch Rollläden oder Vorhänge verdeckt wurden. John warf immer wieder einen Blick auf die Uhr – die Zeiger schienen einfach nicht voranzukommen. Das Radio spuckte leises Chartsgedudel aus, ansonsten herrschte in der Straße eine Stille, die nur kurzzeitig von ganz wenigen abfahrenden oder eintreffenden Autos in der Nachbarschaft unterbrochen wurde. Durch Johns halb geöffnetes Fenster strömte die vom Regen noch frische Luft herein.

»Wenn es wirklich dieses Gebäude ist, an dem du so interessiert bist«, meinte Laura nach einem weiteren Gähnen, »dann halten wir wohl umsonst die Stellung. Da drin ist keine Menschenseele. Oder wartest du auf jemanden?«

»Ich weiß es selbst nicht«, murmelte er.

»Das klingt ja nicht sehr vielversprechend.«

John wechselte einen raschen Blick mit ihr. »Ich sehe mich mal ein bisschen um.«

Sie hob nur die Schultern und begann, einen neuen Radiosender zu suchen.

Vielleicht hat ein Zuhälter dieses Haus gekauft, dachte John, als er über nassen Asphalt hinwegstiefelte. Vielleicht ist der Messerschwinger auch gar kein Zuhälter und kam nur zufällig aus dem Gebäude in der Belfortstraße. Nein, widersprach er sich in Gedanken. Das Bordell in der Belfortstraße und der Mann mit seiner Begleiterin und Herdern, das alles gehörte irgendwie zusammen. Die Frage war bloß, wie. Und dann gab es das riesengroße Rätsel, ob sich eine gewisse Lady Butterfly in dieses Gespinst einfügen ließ. Die stumme Maja war in der Belfortstraße aufgefunden worden, und nur deshalb war John selbst … Nein, nicht schon wieder. Seine Gedanken drehten sich erneut hoffnungslos im Kreis. Wenn man es nüchtern betrachtete, fand sich nicht der geringste Grund für ihn, hier zu sein. Genauso wie in Lehen. Alles, was er hatte, war – sein Riecher.

Mittlerweile war John die ganze Straße abgelaufen. Er machte kehrt und ließ sich auf dem Weg zurück viel Zeit. Dunkelheit umfing ihn, die kühl gewordene Luft biss in seine Wangen. Er erreichte das Ende des Grundstücks – und es war wie schon einige Tage zuvor: Wie von einem inneren Zwang getrieben, ließ er sich über die Mauer gleiten. Seine Sportschuhe sanken in den vom Regen aufgeweichten Boden ein. Er verharrte eine Weile hinter ein paar Sträuchern, dann pirschte er sich an das Gebäude heran. Bei einigen der unteren Fenster war zwar auf Rollläden verzichtet worden, allerdings half ihm das nicht. In der Villa herrschte stockdunkle Schwärze – von außen nichts zu erkennen. Er umrundete das Gebäude einmal, ein zweites Mal, und blieb unschlüssig stehen. Du machst dich lächerlich, sagte er sich, es hat einfach keinen Sinn.

Langsam ging er durch das hohe nasse Gras zurück zur Mauer und überwand sie an derselben Stelle wie zuvor. Erneut blieb er stehen, um einen letzten Blick auf das Haus zu richten. Als die Stimme hinter ihm erklang, hatte er das Gefühl, sein Herzschlag setzte aus. Er vermochte nicht einmal wahrzunehmen, was überhaupt gesagt wurde. Auf den Fersen wirbelte er herum – und erst jetzt drangen die Worte in sein Bewusstsein.

»Komm schon, Alterchen. Heb endlich dein Bein, damit wir wieder reinkönnen.«

Erleichterung erfasste John wie eine Welle. Nein, das war nicht der Kerl mit dem Messer. Glücklicherweise nicht.

Aus der Dunkelheit schälte sich die winzige Gestalt einer alten Dame, die einen Pudel an der Leine führte.

John räusperte sich, damit die Frau nicht erschrak, wenn sie ihm jeden Moment über den Weg laufen würde. »Das ist ja komisch«, sagte er wie im Selbstgespräch. »Echt komisch.« Er wandte sich dem Bürgersteig zu und tat so, als hätte er die Fremde eben erst bemerkt. »Schönen Abend.«

Sie musterte ihn in etwa so misstrauisch wie zuvor der andere Hundefreund in Lehen. Und gönnte ihm ein zurückhaltendes Nicken als Gruß.

»Ach, sagen Sie bitte: Ich wollte gerade einen alten Freund besuchen.« John wies zur Villa. »Nun hab ich geklingelt und geklingelt und es scheint keiner da zu sein.

Obwohl wir verabredet sind. Haben Sie heute vielleicht einen schwarzen Chrysler gesehen? Das ist nämlich …«

Sie lief an ihm vorbei, hielt jedoch an. »Ja, habe ich. Aber nicht heute. Und mehr hat man von den Besitzern ohnehin nicht gesehen.«

»Heute also nicht? Vielleicht gestern …«

Die Frau zog an der Leine und ging weiter. »Sie sind zu spät, junger Mann. Die Besitzer sind gestern ausgezogen.«

»Ach?«

»Ja, da wurde ein kleiner Laster mit einigem Mobiliar beladen – und das war's.«

»Das Haus steht leer?« John war erstaunt. »Sind Sie sicher?«

»In der Metzgerei Dörfler hat man das heute erzählt. Der Besitzer war wohl nur ein paar Monate in dem Haus.«

»Haben Sie den Besitzer kennengelernt?«

»Ich habe, wie ich es Ihnen sagte, nur sein Auto gesehen.« Sie wirkte mehr als misstrauisch. »Sie müssen ihn doch kennen. Ich denke, er ist Ihr Freund.«

»Ja, klar. Ich war mir nur nicht ganz sicher, ob die Adresse …« John ließ die Worte verklingen. Die Frau war ohnehin weitergetippelt, jetzt deutlich schneller, und sie schaute sich nicht mehr nach ihm um.

Als er sich kurz darauf wieder ins Auto setzte, war er ratloser denn je. Der Vanillegeruch kam ihm vor wie Hohn. Es schien einfach nichts von dem, was er in Angriff nahm, zu klappen. Er zog einen Kaugummistreifen aus der Packung, wickelte ihn dann aber nicht aus der Folie, sondern warf ihn einfach achtlos hinter sich auf die Rückbank. »Eigentlich kann ich Kaugummi überhaupt nicht leiden.«

Laura musterte ihn. Aus den Augenwinkeln nahm er ein Lächeln um ihre Mundwinkel wahr. Ein gönnerhaftes Lächeln, wie er fand. »Du siehst nicht so aus, als wärst du zufrieden«, meinte sie leise.

»Ach? Was du nicht sagst.«

»Ein Hoch auf die Vierbeiner. Und auf deren Besitzer.« Laura lachte. »Denn ohne die wüsstest du gar nichts. Kann das sein?«

»Tja, ohne die besten Freunde des Menschen wäre die Welt einsamer«, murmelte er schnoddrig.

»Zumindest für Privatdetektive.«

Plötzlich tat sie etwas, das ihn völlig verblüffte: Sie strich mit den Fingern leicht über seine rechte Wange. Eine winzige Berührung, schneller als ein Wimpernschlag. Doch er konnte nicht anders, als sie anzustarren.

»John, weißt du, was Felicitas in Momenten wie diesen immer gesagt hat?«

»Nein, weiß ich nicht.«

»Die Sonne pupst drauf und geht morgen trotzdem wieder auf.«

Er schmunzelte. »Recht hat sie gehabt.«

Laura nickte. »Ja.«

Ihm wurde klar, er hatte sich vorhin getäuscht. Ihr Lächeln war nicht gönnerhaft gewesen, sondern liebevoll. Oder täuschte er sich jetzt?

»Wie es aussieht, war's das erst mal in Sachen Observierungen. Stimmt's, Johnny?«

Früher hatten ihn alle Johnny genannt, inzwischen nur noch Tante Ju, wie ihm gerade auffiel. »Ja, wir machen Feierabend, wie man das so schön nennt.«

»Findest du nicht, dass es der richtige Zeitpunkt wäre,

mich endlich einmal einzuweihen? Immerhin habe ich mir den Hintern platt gesessen, um eine dunkle Villa anzustarren. Und davor ein Haus, in dem eine harmlose Frau wahrscheinlich den Abend damit zugebracht hat, fernzusehen.«

Sie sagte es auf lustige Weise und John musste erneut schmunzeln. »Okay«, entgegnete er nickend. »Das wäre in der Tat der richtige Zeitpunkt.«

»Dann spann mich nicht länger auf die Folter, Schnüffler.«

In knapp umrissenen Worten schilderte er ihr, was sich in dem Haus in der Belfortstraße abspielte. Und er berichtete ihr von dem Mann im Chrysler und von dessen zunächst hundemüder, dann völlig überdrehter Begleiterin.

»Du hältst die Frau für eine Prostituierte«, schloss Laura. »Und den feinen Herrn, der in dieser Villa residiert, für ihren Zuhälter. Und in der Zeit, in der er sie in dem Haus in der anderen Straße gelassen hat, stand sie Freiern zur Verfügung.«

»Danach sieht es für mich aus.«

»Klar, das ist denkbar. Ist gewiss keine schöne Sache.« Laura schnalzte mit den Fingern. »Aber der Punkt ist: Das ist nicht einmal strafbar. Jedenfalls, wenn diese Damen das freiwillig über sich ergehen lassen.« Sie holte Luft. »Jetzt verstehe ich leider noch viel weniger, was du hier wolltest. Zuerst hoffte ich ja, das Ganze würde irgendwie mit Felicitas in Verbindung stehen. Ich weiß, das hört sich dumm an, trotzdem hatte ich den Eindruck …«

»Ich weiß es selbst nicht genau«, platzte es auf einmal ungewollt laut aus ihm heraus. »Doch möglicherweise spielt deine Schwester durchaus eine Rolle …« Seine Stimme verlor sich.

»Ja?«

»Jemand erkannte sie wieder. Auf dem Foto.«

»Und das sagst mir erst jetzt?« Diesmal bedachte sie ihn mit einem Blick, in dem gewiss nichts Liebevolles lag.

»Ich wollte erst sichergehen«, verteidigte er sich lahm.

»Sichergehen?«, wiederholte sie spitz.

»So kam ich in die Belfortstraße. Und so zu dem Zuhälter. Und so schließlich hierher.«

Sie pustete Luft durch die fast geschlossenen Lippen. »Und Felicitas? Selbst wenn ich mich wirklich bemühe, kann ich keinerlei Zusammenhang erkennen.«

Sag's ihr endlich!, forderte er sich selbst auf. Sag ihr, was du von Rainer Metzler erfahren hast. Und wenn nichts dran ist, Johnny? Wenn alles nur ein großes Missverständnis ist? Wenn dieser Metzler sich womöglich geirrt …

»John!«, stach Lauras klare, gefasste Stimme in seine hilflosen Gedanken. »Lass es mich mal ganz anders fragen: Könnte es sein – und selbst wenn noch so wenig dafür sprechen mag –, dass Felicitas irgendetwas mit dieser Villa zu tun hat?«

»Ehrlich gesagt – ich weiß es nicht.«

»Aber irgendetwas juckt dich in den Fingern, oder? So sehr, dass du stundenlang hier im Auto sitzt und dieses Haus ansiehst.«

»In der Nase.«

»Bitte?«

»Es juckt mich in der Nase.«

»John, was hat die Frau mit dem Pudel dir vorhin erzählt?«

»Dass der Besitzer ausgezogen ist. Sie hat was von einem Laster gesagt, in dem Möbel …«

»Und die Vorhänge?«, unterbrach ihn Laura auf die altbekannte Art, die er fast schon vergessen hatte. »Die hat der Besitzer in den Fenstern vergessen?«

»Ach … Die Vorhänge. An die habe ich gar nicht mehr gedacht.«

»Na großartig.« Ihre Hand klatschte auf ihren Oberschenkel. »Du sagst mir, dass die Villa eventuell – und auch bloß eventuell – etwas mit Felicitas zu tun haben könnte. Und jetzt willst du allen Ernstes unverrichteter Dinge wieder wegfahren?«

John sah sie an. »Was soll das denn heißen? Unverrichteter Dinge? Was, bitte schön, soll das heißen, Miss Ich-weiß-alles-besser?«

»Mensch, da ist niemand drin. Kein Mensch. Das ist doch offensichtlich.«

»Na und?«

»Du bist ein- oder zweimal wie ein elfjähriger Pfadfinder um das Haus geschlichen, und das war's?« Ihr Blick spießte ihn auf. »Was hast du vorhin gesagt? Feierabend?«

»Äh …«

»Raus mit dir!«

»Hä?« Verdattert sah er zu Laura und dann auf das Lenkrad vor ihm.

»Ich dachte, du wärst so ein abgebrühter Privatschnüffler.« Ihr Tonfall machte einen spöttischen Schlenker.

»Keine Ahnung, was du meinst.«

»Na, das ist doch dein Stil, oder? Hey, ihr Langweiler, ich bin der coole Privatdetektiv in Jeans und Lederjacke, und ich pfeife auf eure Konventionen. Gib's zu, genau so willst du rüberkommen. Gerade bei Leuten wie mir, die du nur für brave Spießbürgerchen hältst. Aber offensichtlich muss ausgerechnet ich dir ein bisschen Dampf unter deinem lahmen Hintern machen.«

»Heiliger Kartoffelschnaps, was hast du vor?« Er starrte weiterhin aufs Lenkrad, als spreche er mit ihm.

»Na, was schon? Wir beide werden dieses Haus endlich mal genauer unter die Lupe nehmen.«

»Du willst nicht etwa …«

Laura hörte ihm nicht mehr zu. Sie hatte ihre Tür aufgestoßen und war bereits draußen.

Es war ein komisches Gefühl, das John Dietz beschlich. Die Nacht schien sich wie ein riesiges Tuch über die Stadt gelegt zu haben. Das Funkeln vereinzelter Sterne stach durch den wolkenverhangenen Himmel. Eine irritierende Totenstille. Nur hin und wieder das schmatzende Geräusch von Schritten im nassen Gras.

Ja, ein komisches Gefühl. Ihm schien es, als könne er sich selbst aus der Ferne beobachten, wie er gemeinsam mit Laura Winter an den Wänden der Villa entlangschlich. Ist es das, was du wolltest?, fragte er sich. Hast du es dir so vorgestellt? Privatdetektiv. Bist du nun tatsächlich einer oder nicht? Ergibt irgendetwas von dem, was du treibst, halbwegs Sinn? Mann, Johnny, konzentrier dich lieber!

Sie bewegten sich langsam vorwärts, deutlich langsamer als er zuvor allein. Jedes einzelne Fenster des Erdgeschosses wurde von Laura genau begutachtet. Sie ging zu der Garage und zu dem Schuppen, um durch die Fenster zu spähen. »Leer«, flüsterte sie, als sie zurück zu John kam. »Aber ich nehme an, das hast du vorhin schon gesehen.«

»Logisch«, erwiderte er, obwohl das nicht stimmte.

»Ein erstaunlich schönes Gebäude.« Laura betrachtete die beiden Erker, die marmorierten Fassadeneinsätze und den großen, um die Ecke führenden Balkon im ersten Stockwerk. »Wir sind nun seit fast einer Viertelstunde auf diesem Grundstück.« Jetzt suchten ihre Augen Johns. »Was schlägst du vor?«

Das war nicht nur die lapidare Frage, nach der es klang. Sie führte etwas im Schilde, das spürte er. »Mein Vorschlag?«, wiederholte er, um Zeit zu gewinnen. »Also, wie ich das sehe …«

»Ja?«

»Nicht das kleinste Anzeichen für …«

»Ja?«

Genervt breitete er die Arme aus. »Okay, nun sag schon, auf was du hinauswillst.«

»Dachte ich's mir doch.« Sie nickte vor sich hin wie eine Lehrerin, die mit einem ihrer schwierigen Fälle spricht. »Du hast es also nicht bemerkt?«

»Was?«, fragte er voller Misstrauen.

»Zumindest den Balkon hast du gesehen, oder? Nicht den großen, sondern den kleineren, an der hinteren Ecke. Die zum Schuppen hin.«

»Ja, der ist sogar mir aufgefallen.«

»Und was ist dir noch aufgefallen?«

»Laura«, zischte er. »Du hättest Quizmasterin werden sollen. Nun sag's doch endlich!«

»Das Fenster bei diesem Balkon.« Genüsslich machte sie eine Pause. »Es ist nicht zu.«

Seine Augenbrauen zuckten in die Höhe. »Nicht zu?«

»Es ist geschlossen, aber nicht verschlossen.« Laura stemmte die Hände in die Hüften, wie er es noch nie bei ihr gesehen hatte. »Der Fenstergriff. Er steht waagerecht, bei den übrigen allerdings senkrecht nach unten.« Erneut eine bedeutungsvolle Pause. »Dann mal los.«

»Was meinst du damit?«, fragte John, obwohl er die Antwort lieber nicht wissen wollte.

Und seine Ahnung sollte sich als richtig herausstellen. Mit befehlsgewohntem Ton brachte Laura ihn dazu, sich aufs Dach des Schuppens zu stemmen und sie anschließend hinaufzuziehen. Von dort kämpften sie sich auf diesen kleinen Balkon, dem John bisher keine Beachtung geschenkt hatte. Sie standen kaum auf festem Grund, da stieß Laura auch schon das Fenster auf. »Ja«, entfuhr es ihr, offensichtlich sehr zufrieden.

Johns Hand legte sich auf ihre Schulter. »Nicht dass es dich sonderlich zu kümmern scheint, aber wir sind gerade im Begriff, eine Straftat zu begehen. Einbruch, Hausfriedensbruch. Irgendeinen schönen Fachbegriff gibt's in jedem Fall dafür.«

»Und wer soll uns anzeigen? Der miese Zuhälter, von dem du mir erzählt hast?«

»Spielt keine Rolle, wer. Es spielt eine Rolle, dass wir …«

»John Dietz«, schnitt sie ihm das Wort ab. »Ein bisschen was muss man riskieren. Oder etwa nicht?« Sie löste sich aus seinem Griff und schwang eines ihrer langen Beine durch das Fenster ins Innere des Hauses, als würde sie so etwas mindestens einmal pro Woche machen.

»Heiliges Ofenrohr«, hörte John sich flüstern. Doch er folgte ihr.

Langsam, genau wie zuvor im Freien, setzten sie ihre Schritte. Nach dem Besuch in dem leer stehenden Haus in der Tullastraße hatte John das alte Feuerzeug durch ein anderes aus seinen niemals aufgeräumten Schreitischschubladen ersetzt. Allerdings hätte er nicht gedacht, dass er es so schnell brauchen würde. Die kleine Flamme stach in größtenteils leere, kaum benutzte Räume. Nur in einem befand sich noch etwas von der Einrichtung, ein ausladendes Doppelbett, das sogar mit einem Laken bezogen war, wie John mit einer raschen Berührung feststellte.

»Sollte eine Taschenlampe nicht zur Standardausrüstung eines jeden Privatdetektivs gehören?«, musste Laura selbst in dieser Situation mit spitzzüngigem Flüstern anmerken.

John rollte mit den Augen, fühlte sich wie ein Schüler, der seine Hausaufgaben nicht gemacht hatte, und verzichtete lieber auf eine Antwort.

»Ist der Kerl nun ausgezogen oder nicht?«, hauchte sie kurz darauf in die dumpfe Stille.

Sie beschlossen, sich das Erdgeschoss vorzunehmen. Dort erwartete sie ein Wohnzimmer, das nicht oder nur teilweise ausgeräumt worden war.

»Vielleicht ist der Auszug noch nicht beendet«, mutmaßte John.

»Oder dieses Haus wurde gar nicht im eigentlichen Sinne bewohnt. Womöglich diente es bloß als eine Art Unterschlupf. Man richtete es ein, um einigermaßen angenehm zu residieren, wenn es notwendig war.«

»Nicht nur einigermaßen angenehm«, betonte John und hob das Feuerzeug an. Ein schwarzes Lese- und Fernsehsofa, Sessel im gleichen Stil, ein kleines Tischchen. Alles sah teuer aus – und so gut wie neu. An der Wand hing ein riesiges Flachbild-TV-Gerät. Auf dem edlen Parkett quietschten Johns Nike-Schuhe leise. Eine offen stehende Tür führte in eine Art Arbeitszimmer mit komplett leerem Schreibtisch. Im nächsten Raum fielen die Blockstreifentapete im Zebra-Look und die schwarz lackierte Schrankwand auf. Darin hingen, als wären sie einfach vergessen worden, ein paar dunkle elegante Herrenanzüge auf Bügeln.

Sie gingen, Johns Feuerzeugflamme tanzte voran, wieder ins Wohnzimmer und von dort in die Küche. Der Herd machte den Eindruck, als hätte er allein so viel gekostet wie das gesamte Haus, in dem John lebte. Laura strich mit dem Zeigefinger über die Kochfläche. »Ich wette, hier wurde noch nie etwas zubereitet.« Sie schüttelte den Kopf, während John die Flamme ersterben ließ. »Hier wirkt alles«, drang ihre Stimme durch das Dunkel zu ihm, »als wäre es für Fotos in einem schicken Einrichtungsmagazin zusammengestellt worden. Trendy, kostspielig, hochwertig. Wie für jemanden, bei dem es nicht aufs Geld ankommt.«

»Und was schließt du daraus?«

»Gar nichts.«

Sie nahmen die Treppe zurück nach oben, um dort erneut von einem Zimmer ins nächste zu gehen. Schweigend, vorsichtig, einige Sekunden lang mit Licht, dann im Finsteren. Und abermals wurde John von diesem komischen Gefühl abgelenkt. Ist es das, was du wolltest? Hast du es dir so vorgestellt?

Nach einer Weile verharrten sie am Treppenkopf. »Bleiben noch der Dachboden und der Keller«, meinte Laura.

»Oder die Möglichkeit, einfach zu verschwinden.«

»Na gut. Wir schauen uns im Keller um, und wenn da nichts Auffälliges zum Vorschein kommt, dann gehen wir wirklich.«

»Einverstanden.« John hoffte, Laura hörte die Erleichterung, die in diesem einen Wort mitschwang, nicht allzu klar heraus.

Eine untermauerte Betontreppe führte nach unten in einen schmalen Gang. Stickige Luft empfing sie. Die Flamme beleuchtete nackte Wände und winzige, vergitterte Rechteckfenster, die unterhalb der Grasnarbe lagen. »Lass uns das Licht anschalten. Einen Versuch ist es wert.«, bemerkte Laura leise. »Wer sogar einen Teil der Einrichtung in seinem Heim lässt, der kümmert sich bestimmt nicht darum, dass der Strom abgestellt wird.«

John ließ den Flammenschein über die Wand wandern, bis er einen Schalter fand. Eine Neonröhre flutete den beengten Raum geradezu mit greller Helligkeit, die ihn und Laura kurz zusammenfahren ließ. Er deutete auf die Fenster. »Man sieht von außen das Licht.«

»Lassen wir es trotzdem an. Wir sind sowieso gleich draußen.« Laura runzelte die Stirn. »Ziemlich kleine Fenster – und trotzdem Gitter davor. Irgendwie merkwürdig.«

Eine Holztür stand halb offen und gab den Blick frei auf einen Vorratsraum. An drei Wänden Regale aus Metall, auf denen nichts stand. Die nächste Tür führte in den Heizungskeller. Nacktes Gemäuer auch hier. Und so blieb lediglich noch eine Tür – die einzige aus dickem Stahl, die nicht in ihre unspektakuläre Umgebung zu passen schien.

»Schon verrückt, oder?«, flüsterte Laura auf einmal. »Als wir das erste Mal in deinem Büro saßen, hätte ich nicht gedacht, dass wir irgendwann …« Sie verstummte und winkte ab. »Okay. Weiter. Schnell noch da reinschauen, und weg von hier.«

John betätigte die schwere Klinke. Er und Laura wechselten einen unschlüssigen Blick. Sie betraten den offenbar größten der unterirdischen Räume. Das Erste, was sie wahrnahmen, war wiederum diese stickige Luft, die sich um sie legte wie ein Tuch. John tastete nach dem Schalter. Eine unverhüllte matte Glühbirne tauchte alles in ein milchiges Licht. Und erneut tauschten John und Laura einen Blick – diesmal einen, in dem blankes Entsetzen lag.

Der Bodenbelag bestand aus schlichten weißen quadratischen Fliesen, die Wände waren ebenfalls weiß. Wenn man von den dunkelroten Flecken absah.

»Um Himmels willen«, entfuhr es Laura, und ihre Stimme klang fremd in der Lautlosigkeit, die sie umgab.

Dieser Raum wies kein einziges Fenster auf, er war leer. Jedenfalls fast. Das Einzige, was es hier zu entdecken gab, waren Ketten, die in die Wände eingelassen worden waren und von denen jede einzelne in einer Handschelle endete.

»Um Himmels willen«, sagte Laura erneut. Mit der Zungenspitze befeuchtete sie ihre Lippen.

John trat einen Schritt nach vorn. »Heilige Blindschleiche, wo sind wir denn hier gelandet?«

»In einem Gefängnis. In einem Kerker.« Laura stellte sich so dicht neben ihn, dass sie sich an den Armen berührten. Ihre Hand hob sich fahrig und senkte sich gleich wieder. »Sieh dir das bloß an.«

Ihm war klar, was sie meinte, ohne dass sie darauf zeigen musste. »Ja«, meinte er nur ganz leise.

»Diese Flecken. Auf dem Boden, an den Wänden. Vor allem dort, wo die Ketten sind.«

»Ja, ich weiß.«

Laura zog ihr Handy aus der Tasche und machte mehrere Aufnahmen. »Diese Flecken, das können nur Blutspritzer sein.« Fassungslos schüttelte sie ihren Kopf. »Mein Gott, John, das ist tatsächlich Blut.«

Sie sprachen kein Wort miteinander. Jeder hing den eigenen Gedenken nach. Pfützenwasser wurde aufgespritzt, wenn John die Kurven nahm. Hier in Zähringen war der Regen offenbar stärker gewesen. Die Wolken schienen mit ihren ausgefransten Rändern die eine oder andere Dachspitze zu berühren. Die Straßen waren leer, praktisch kein Verkehr mehr, seit John von der Zähringer Straße abgebogen war. Auf der rechten Seite tauchte bereits der kleine Friedhof auf, den er von den Fenstern seiner Wohnung aus sehen konnte. Seine Mutter war nicht hier begraben, sondern auf dem Hauptfriedhof, und ihm fiel ein, dass er lange nicht mehr ihr Grab besucht hatte – zu lange.

Gleich würden sie am Ziel sein. Er fuhr durch eine weitere Pfütze und verringerte das Tempo. Flüchtig betrachtete er die Reihe der geparkten Autos – und auf einmal drückte John wieder stärker aufs Gas.

»Dort drüben«, stieß er hervor, fast ohne die Lippen zu öffnen.

Laura entdeckte nun auch den schwarzen Mercedes, der etwa 20 Meter entfernt von dem Wohnblock parkte, in dem John lebte.

»Ja, das ist der Wagen«, meinte sie.

»Hast du das Nummernschild gesehen?«

»Nein, er stand zu nahe am nächsten Auto. Aber das ist derselbe Mercedes, da bin ich mir sicher.

Sie fuhren daran vorbei. Erst ein ganzes Stück weiter hielt John den Fiesta an, ließ allerdings den Motor laufen. »Was jetzt?«, murmelte er.

»Normalerweise würde ich sagen …«

»… dass ich da rausgehe und mal höflich ans Fahrerfenster klopfe.«

»Dass *wir* da rausgehen«, betonte Laura. »Hast du gesehen, ob jemand im Wagen sitzt?«

»Nein, es ist zu dunkel.« John zog die Handbremse an und schaltete in den Leerlauf. »Ich gehe mal rüber. Falls irgendetwas … also, irgendetwas Unvorhergesehenes passiert, springst du auf den Fahrersitz und fährst los.« Er sah sie an. »Ich meine es ernst. Am besten, du setzt dich gleich auf meinen Platz.«

»Ich komme selbstverständlich mir dir und …«

»Nein«, unterbrach er sie schroff. »Und diesmal tun wir das, was ich sage!«

Zu seiner Erleichterung begnügte sie sich mit einem Nicken.

Er ließ den Fiesta mit leise brummendem Motor mitten auf der Fahrbahn stehen und ging auf den Mercedes zu. Unbewusst verirrte sich seine Hand in seinen Jackenaufschlag. Die Pistole. Leicht und schwer zugleich. Nur – was täte er, würde es wirklich gefährlich werden? Er stellte sich Laura vor, wie sie von groben Händen unter die Dusche gedrückt wurde, er dachte an die Blutspritzer in dem Keller.

Fast war er da. Auf der schwarzen Motorhaube befand

sich ein Mosaik aus zahllosen Regentropfen. John blieb stehen. Kein Mensch war in diesem Auto. Oder? Er ging noch näher heran, ganz nahe, beugte sich vor und legte die Hand wie einen Schirm vorsichtig auf das Fenster des Fahrers.

Nein, in dem Auto saß niemand. Zumindest so viel war klar.

»Hm.« Er richtete sich auf und machte eine beruhigende Armbewegung in Lauras Richtung – er konnte sie nicht sehen, doch mit Sicherheit beobachtete sie ihn durch das Rückfenster.

Ein leichter Wind raschelte an der Hecke, die den Friedhof umfasste. In das leise Rauschen mischten sich abgehackte Geräusche, ganz in der Nähe. John sah sich um. Er hörte Schritte. Und er entdeckte die beiden Gestalten, die genau auf ihn zukamen – und die es irgendwie schafften, nicht vom kegelförmigen Schein der Straßenlaternen erfasst zu werden. Es waren Männer, anscheinend dunkel gekleidet, der eine untersetzt, mit breiten Schultern, der andere etwas größer und schlanker.

Tief aus Johns Kehle drang ein Räuspern. Er tastete nach der Pistole, doch der geriffelte Griff fühlte sich seltsam fremd an. Die Hand baumelte schließlich wieder an seiner Seite herab.

Die Männer gingen schneller, zielstrebiger.

Oder bildete er sich das lediglich ein?

Auf einmal war da etwas, das seine Gedanken lähmte und seine Beine antrieb. Ein Impuls, eine Ahnung, was auch immer, er dachte nicht mehr nach, drehte sich einfach um und begann zu laufen, zurück zum Fiesta. Hinter sich hörte er die Sohlen der Männer hart auf den nassen Asphalt treffen. Wahrscheinlich hatten sie noch einmal an Tempo zugelegt, aber John verzichtete darauf, es zu überprüfen.

Er glitt auf den Fahrersitz, den Laura doch frei gelassen hatte.

»Nichts und niemand, stimmt's?«, meinte sie. »Ich habe dich beobachtet, bis du gewinkt hast. Dann war ich erst mal erleichtert.«

Er legte den Gang ein und löste die Handbremse, ganz kurz drehten die Reifen durch, dann schoss der Fiesta auf der Fahrbahn dahin.

»Hey!«, rief Laura überrascht.

Im Rückspiegel meinte John gerade noch zu sehen, wie zwei dunkle Schemen auf den Mercedes zurannten, dann musste er allein auf das achten, was sich vor ihm abspielte. Mit hoher Geschwindigkeit bog er nach links ab in Richtung Zähringer Straße. Beinahe hätte er die Kontrolle über den Wagen verloren. Er durchfuhr einige weitere Seitenstraßen, behielt dabei den Rückspiegel im Auge. Bei der Endhaltestelle der Straßenbahn stach er in die Zähringer Straße. Ein rascher Blick nach hinten: kein Mercedes.

»Bist du einem Gespenst begegnet?«, fragte Laura und schien sich Mühe zu geben, nicht zu spöttisch zu klingen.

»Nein, zweien.«

»Ich habe niemanden gesehen. Bei deinem Wink dachte ich, es wäre alles okay.«

John erwiderte nichts. Er steuerte das in die Jahre gekommene Gefährt in Richtung Stadtmitte.

»Würdest du so freundlich sein und mir verraten, wohin wir fahren?«

»Am liebsten wäre es mir, dich zur Polizei zu bringen.« Er hob kurz die Schultern. »Ich weiß auch nicht, aber auf einmal habe ich das Gefühl, dass das Ganze so richtig gefährlich werden könnte.«

»Auf einmal erst?« Sie lachte trocken.

»Hast du eine Handynummer von diesem Hauptkommissar? Vielleicht rufst du ihn an und sagst ihm …«

»Ja, was denn? Dass John Dietz zwei Gespenster gesehen hat?«

»Vergiss es«, entgegnete er gereizt.

»Aber eigentlich hast du recht: Ich müsste Hauschild natürlich von diesem Keller erzählen. Ja, ich werde gleich morgen früh versuchen, ihn zu erreichen.«

»Weshalb erst morgen früh?«

»Weil es schon ziemlich spät ist. Weil wir gar nicht wissen, was tatsächlich vorgeht. Weil er wahrscheinlich selig in seinem Bett schlummert.« Laura sah John von der Seite an. »Es ist doch längst nach Mitternacht. Ich schlage vor, wir gehen in dein Büro und beratschlagen in aller Ruhe.«

»Laura, diese Männer wissen mit Sicherheit«, widersprach er rasch, »wo sich mein Büro befindet. Da halte ich es nicht gerade für eine brillante Idee …«

»Wir machen es trotzdem so«, schnitt sie ihm das Wort so präzise ab wie ein Chirurg. »Wir fahren ins Büro. Wo sollten wir sonst hin? Und dann sammeln wir erst einmal unsere Nerven wieder ein.«

»Du meinst, meine Nerven.«

»Ja«, antwortete sie entwaffnend.

Sie fanden einen Parkplatz in direkter Nähe zur Fußgängerzone und waren bald darauf in Johns Büro. »It's now or never«, krächzte Elvis zur Begrüßung, doch John brachte ihn mit einem Nachschub an Körnerfutter rasch zur Ruhe.

Laura saß am Schreibtisch und hatte die Beine lässig darauf abgelegt. Sie wirkte auf ihn wie eine Managerin in einem Economy-Magazin. Mit fahrigen Bewegungen wühlte John sich aus der Lederjacke. Er schaltete die kleine Lampe auf dem Tisch aus und postierte sich am Fenster, ganz an der Seite, um von draußen so schlecht wie möglich wahrgenommen zu werden. Jetzt brannte lediglich eine Wandlampe im Nebenzimmer, die jedoch kaum Licht spendete.

»Du bist ganz schön erschrocken vorhin«, merkte Laura an.

»Schon möglich«, grummelte er zerknirscht. Wie es ihn wurmte, das zugeben zu müssen.

»Erst dieser Keller und dann die beiden Gespenster.«

»Die keine Gespenster waren.« John vermied es, sie anzusehen. »Mir ist einfach nur klar geworden, dass … Was auch immer. Bisher sind wir recht sorglos durch die Gegend spaziert. Ab jetzt müssen wir vorsichtiger sein. Viel vorsichtiger.«

»Ich will ja hier nicht die Klugscheißerin spielen. Aber mir ist das schon länger klar. Nur, dass es mir egal ist.« Ihre Stimme wurde eine Spur eindringlicher. »Ich will endlich wissen, was los ist. Spätestens seitdem mich dieser Widerling wie einen Hund im Genick gepackt und unter die Dusche gestellt hat. Da ist etwas faul. Richtig faul. Und ich will verdammt noch mal wissen, was.«

»Das will ich auch.« Es tat gut, mit ihr zu reden, und er stellte befriedigt fest, dass er wieder ruhiger wurde. »Siehst du, Laura, ich wusste, dass etwas mit der Villa nicht stimmt. Dieser Mann und diese Frau – die passten nicht hierher, nicht nach Freiburg.«

»Du wusstest es?«

»Ja.« Er nickte überzeugt.

»Du vergisst wohl eines: Ohne mich hättest du gar nie den Mut gefasst, in dieses Haus zu gehen. Du hättest mit eingezogenen Schwanz den Rückzug angetreten – wahrscheinlich in die nächstbeste Kneipe.«

»Mach mich nur fertig.«

»Ja, das ist lustig. Und nicht vergessen, John: Ein bisschen was muss man riskieren.«

»Ich werd's mir hinter die Ohren schreiben.«

»Das hoffe ich doch.«

»Ja, das Haus in Herdern. Alles andere als eine gewöhnliche Villa. Und das Haus in der Belfortstraße ist nicht einfach nur ein kleines getarntes Bordell, wie es etliche im Land gibt, sondern Teil von etwas Größerem.« Er nickte, als wolle er sich selbst zustimmen. »Alles hängt irgendwie miteinander zusammen.«

»Alles?« Lauras Stimmte gewann erneut an Eindringlichkeit. »Alles außer meiner Schwester. Oder?«

Er schwieg.

»John, spätestens jetzt musst du mal den Mund aufmachen.«

»Gib mir noch ein bisschen …«

»… Zeit?«, entfuhr es ihr. »Wie viel denn noch?«

»Nur bis morgen«, bat er. »Nur, bis ich noch ein einziges Gespräch geführt habe.«

»Mit wem?«

»Mit einem Mann, den ich noch nicht kenne.«

»Und den wirst du treffen?«

Ich weiß nicht einmal, wo der Kerl steckt, dachte John, ich kann es bloß hoffen.

»John? Du wirst ihn treffen?«

»Ja, klar.«

»Ich nehme dich beim Wort.«

»Das kann ich mir vorstellen.« Erst jetzt wandte er sich ihr wieder zu. Und er brachte sogar ein Lächeln zustande. »Was hast du mit den Fotos vor? Den Fotos aus dem Keller?«

»Ich habe keine Handynummer von Hauschild. Aber die werde ich erfahren, wenn ich morgen in seinem Büro anrufe. Dann kann ich mit ihm sprechen und ihm die Fotos per MMS schicken.«

»In dem Fall müsstest du ihm erzählen«, gab John zu bedenken, »was du in diesem Keller eigentlich gemacht hast. Und wie du da hineingekommen bist.«

»Vielleicht fällt mir ja noch eine andere Lösung ein«, tat sie den Einwand mit einem Schulterzucken ab. Und in weicherem Ton fügte sie an: »Sag mal, besitzt du eigentlich eine Pistole? So mit Waffenschein und etlichen Übungsstunden am Schießstand und allem Drum und Dran?«

»Warum möchtest du das wissen?«

»Ich hatte mich vorhin nur gefragt …« Sie stand auf und kam um den Schreibtisch herum. »Na ja, dieser Kerl, der in mein Hotelzimmer eingedrungen ist. Das war ein Mann, wie ich ihn sonst höchstens mal in einem Gangsterfilm zu sehen bekomme. Und dann stand er leibhaftig vor mir. Du weißt, was ich meine. Er sah aus wie jemand, für den Gewalt etwas ganz Normales ist. Und ich habe mich gefragt, ob wir beide …«

»Im Falle des Falles ziemlich schutzlos dastehen würden?«

»Genau.«

»Ich besitze tatsächlich eine Pistole.« Er lächelte schmal. »Mit allem Drum und Dran.«

»Aber außer bei Übungen hast du …« Sie brach ab. »Es geht mich eigentlich nichts an.«

Sein Lächeln blieb. »Also, wenn du es genau wissen willst: Das letzte Mal, dass ich außerhalb eines Schießplatzes eine Waffe in der Hand hielt, liegt schätzungsweise 25 Jahre zurück. Ich schoss auf einen Nachbarn. Mit einer leuchtend roten Wasserpistole.«

Laura musste lachen. »So was hab ich mir gedacht.«

Wieder ernster setzte er hinzu: »Das heißt, dass ich dir womöglich nicht ausreichend Schutz bieten kann.«

»Wie gesagt: Morgen früh werde ich mit Hauschild sprechen.«

»Gut.« Schmunzelnd zwinkerte er ihr zu. »Und diese Nacht werden wir ja wohl halbwegs gesund überstehen.«

»Die Frage ist nur, wie?« Auch Laura schmunzelte. »In deiner Wohnung hätten wir wenigstens Fernsehen gehabt.«

»Wir könnten zurückfahren.«

»Hm. Hier fühle ich mich sicherer. Warum auch immer.« Sie streckte die Arme aus. »Ein heißes Bad. Das wäre jetzt nicht zu verachten.«

»Ich kann dir immerhin eine Dusche anbieten. An das Nebenzimmer schließt ein kleines Bad an. Du weißt schon, die Tür neben Elvis' Käfig.« Er hob kurz die Schultern. »Da findest du auch genügend saubere Handtücher. Und anschließend kannst du dich auf der Liege ausstrecken. Das ist zwar kein Himmelbett, aber ein paar Stunden Ruhe würden dir mit Sicherheit guttun.«

»Und was ist mir dir?«

»Ich halte hier die Stellung und wache über deinen Schlaf wie ein Ritter.«

Laura schenkte ihm ein Lächeln. »Ehrlich gesagt, würde ich dein Angebot gern annehmen. Die letzte Dusche, die ich hatte, war ziemlich kalt.«

»Ich weiß.«

»Mit der Liege wechseln wir uns natürlich ab.«

»Leg dich nach dem Duschen einfach hin«, beharrte er. »Und lass dir bloß nicht von Elvis ein Gutenachtlied vorträllern.«

»Ich werd's ihm verbieten.«

»Hast du eigentlich keinen Hunger? Wir könnten uns eine Pizza bringen lassen.«

»Nicht für mich. Heute will ich niemanden mehr sehen, nicht mal einen Pizzaboten. Da verzichte ich lieber aufs Essen.«

»In meinem Schreibtisch sind bestimmt noch Kekse.« Er zog eine Schublade auf. »Ja. Und Kartoffelchips, Gummibärchen, Müsliriegel.«

»Bloß keine Gummibärchen. Die erinnern mich nur an Felicitas. Sie hat die Dinger wahnsinnig gern gegessen. Ein Wunder, dass sie so eine tolle Figur …« Laura brach mitten im Satz ab. »Dann schon lieber die Kekse.«

Schließlich aßen sie gar nichts mehr. Laura verschwand im Bad, und John ließ sich in den Schreibtischstuhl fallen. Er legte die Beine auf den Tisch wie sie zuvor. Als das gedämpfte Rauschen der Dusche ertönte, fiel Johns Blick auf den Monitor seines ausgeschalteten Computers. Auf der schwarzen Bildfläche erschienen Erlebnisse aus den letzten Tagen, wie verschwommene Szenen eines Filmes. Die beiden schemenhaften Männer in der Dunkelheit, das Blitzen einer Schnappmesserklinge, Laura mit nackten Beinen, ein Mädchen namens Chantal in dem trostlosen Bordellzimmer, die

Ketten an den Wänden, die Spritzer dunkelrot getrockneten Blutes.

Die Elvis-Melodie seines Handys ließ ihn aufschrecken. Verwundert sah er auf die Wanduhr. 20 nach eins. Spät für einen Anruf. Dann erkannte er Tante Jus Privatnummer auf dem Display. John erkundigte sich, ob sie neue Informationen für ihn habe, doch das war nicht der Fall. Sie war lediglich in Sorge, da er sich nicht mehr gemeldet hatte, seit er aus ihrer Wohnung verschwunden war. Er konnte sie schnell beruhigen. »Alles in Ordnung. Natürlich auch mit dem Wagen.«

»Ach, vergiss den alten Schrotthaufen. Hauptsache dir und der Lady ist nichts passiert.« Tante Jus lautes Propellerlachen erschallte. »Die Dame hat sich ja nicht von mir aufhalten lassen – sie wollte dich auf keinen Fall allein gehen lassen.«

»Schon okay, kein Problem.«

»Und wenn sie was möchte, kann sie recht energisch werden.«

»Das ist mir auch aufgefallen.« Er schmunzelte in sich hinein.

»Aber attraktiv ist sie, was? Sehr, sehr attraktiv.«

»Das wiederum ist mir noch gar nicht aufgefallen«, antwortete er hintergründig.

»Ha!« Tante Ju lachte etwas lauter als zuvor. »Wer's glaubt, mein lieber Johnny. Wer's glaubt. Und du weißt ja, was du zu tun hast.«

»Was denn, Tante Ju?«

Diesmal beließ sie es bei einem leisen Gekicher, um dann zu erwidern: »Vertrau auf deinen Riecher.«

Als sie das Gespräch beendeten, wurde John sofort wieder mit großer Eindringlichkeit von der Ruhe umfangen. Aus dem Nebenzimmer drang kein Geräusch mehr zu ihm. Offenbar hatte Laura sich hingelegt. Langsam stand er auf. Die Tür hatte sie angelehnt – dahinter war alles dunkel. Im Büro selbst waberten bloß Fetzen des Laternen- und Neonlichtes, das von der Kaiser-Joseph-Straße hereinflackerte. Er zog die Schuhe aus und überprüfte, ob er die Tür zum Treppenhaus abgeschlossen hatte, obwohl er sicher war, es getan zu haben, um sich dann abermals ans Fenster zu stellen. Selbst die Kajo war um diese Uhrzeit wie leer gefegt. Zwar vermochte er nicht, unter die Arkaden zu sehen, doch zum ersten Mal, seit er in Zähringen so hastig in den Fiesta gesprungen war, hatte er nicht das Gefühl, verfolgt oder beschattet zu werden.

Wie zuvor machte er es sich im Schreibtischstuhl bequem, die Beine hochgelegt. Die Müdigkeit kam ganz plötzlich über ihn, als hätte sie sich unbemerkt angeschlichen. John gähnte und widerstand dem Drang, die Augen zu schließen. Seine Gedanken gingen wieder einmal spazieren, ohne dass er sie aufzuhalten vermochte. Er stellte sich Felicitas Winter vor, an jenem Abend, an dem Rainer Metzler ihr begegnet war, als sie mit dem Herrn mit der hohen Stirn verschwand. Es hatte keinen Sinn, das weiter vor sich herzuschieben. Er würde mit Laura darüber sprechen müssen. Egal, was der morgige Tag bringen mochte – er würde ihr endlich reinen Wein einschenken, das stand fest. Davor konnte er sich ebenso wenig drücken wie vor dem Besuch in der Villa in Herdern zuvor. Schon verrückt, das alles. Da wartete er wochenlang auf einen Fall, ohne die geringste Kleinigkeit zu tun – und plötzlich stand er mitten in dieser verrückten Geschichte. Seine Gedanken hüpften weiter, er hatte Mühe hinterherzukommen. Wortfetzen aus unterschiedlichen Gesprächen drangen auf ihn ein, Bilder vermischten sich. Und mit einem Mal war alles anders. Völlige Finsternis.

John riss die Augen auf – doch es blieb stockdunkel. Kein Licht mehr von der Kajo, weshalb auch immer. Er erstarrte. Da war jemand! Im Büro! Er sah niemanden, hörte niemanden – aber er spürte die Anwesenheit einer anderen Person ganz deutlich. Kraftlos nahm er seine Beine, auf einmal schwer wie Blei, von der Tischplatte. Er dachte an Schnappmesser, an Männer in dunklen Anzügen, an seine Pistole, die in der Lederjacke sein musste – nur, wo hatte er die Jacke hingeworfen? Mühsam erhob er sich von dem Stuhl.

Eine Stimme ertönte: »John.«

Langsam stülpte sich eine Hand über seine Schulter. »John, ganz ruhig. Ich bin es nur.«

Endlich war er wach, endlich Herr seiner Sinne, endlich erkannte er, dass weiterhin Licht von der Straße hineinfloss – und endlich wurde ihm bewusst, wer außer ihm noch im Büro war.

»John, ich wollte dich nicht wecken.«

»Meine Güte, Laura. Du hast mich erschreckt«, japste er.

»Sorry, aber …«

Blinzelnd tastete sich sein Blick an ihr nach unten, an ihren nackten Schultern, dem hautengen Oberteil, dem Slip, den nackten Beinen. Und erst jetzt merkte er, dass ihre Hand nach wie vor auf seiner Schulter ruhte – und ihn mit leichtem Druck zurück auf den Stuhl beförderte.

»Ich hab geschlafen«, murmelte er überflüssigerweise, drückte sein Hinterteil wieder ins Polster und starrte hinauf in ihr Gesicht, das im Schatten lag.

»Ehrlich gesagt«, wisperte sie fast unhörbar leise, »wollte ich dich doch wecken.«

»Warum?« Er schluckte. »Hast du was gehört? Ist was passiert?«

»Ja. Sozusagen.«

»Was denn, herrjemine?«

»Mit mir ist etwas passiert.« Ihr Gesicht befand sich nach wie vor im Dunkel, umrahmt von ihrem Haar, dessen Blond das künstliche Licht von außen zurückstrahlte.

»Und was?«

»Ich wachte auf, und ich war …« Ihre Stimme wurde eine Nuance rauer. »Und ich war einfach nur so verdammt allein. So allein wie nie zuvor in meinem Leben.« Sie sank auf seinen Schoß, und er zuckte unwillkürlich zusammen. »John …?«, fragte sie.

»Ja?«, fragte er atemlos zurück.

»Wann – um Himmels willen – willst du mich endlich in den Arm nehmen? Und wann, verflucht noch mal, willst du mich endlich küssen?«

»Laura. Äh.«

Ihre Lippen waren auf seinen, und endlich, endlich fiel alles von ihm ab, all die Fragen, die Sorgen, die Ungewissheiten. Es gab nur noch diese Frau auf seinem Schoß, die er an sich presste, die er küsste, mit der er immer mehr verschmolz.

# 8
# WER IST MOJTOVIAN?

Sie blieben etwa 15 Meter von dem Gebäude entfernt stehen. Sonnenlicht stach durch die Wolkendecke und tauchte die Straße in ein flirrendes Licht. Er warf ihr einen Seitenblick zu, den sie mit einem Lächeln erwiderte.

»Melde dich, sobald es geht, Laura.«

Ihr Lächeln wurde frecher. »Ich hoffe, diesmal ist dein Handy nicht auf stumm gestellt. Oder dein Akku leer. Du weißt schon …«

Er hob abwehrend die Hand und erwiderte mit Unschuldsmiene: »Wie könnte ich so gedankenlos sein?«

»Du doch nicht.« Sie gab ihm keinen Kuss, strich ihm aber mit einer flüchtigen Sanftheit über die Wange – wie schon einmal. Ohne noch etwas zu äußern, entfernte sie sich. Sie glitt zwischen anderen Fußgängern hindurch, ihr Haar wehte im leichten Wind. John ließ sie nicht aus den Augen, bis sie die Eingangstür des Polizeireviers hinter sich zugezogen hatte. Mit in den Taschen vergrabenen Händen schlenderte er zurück zu Tante Jus Fiesta.

Auf der Fahrt nach Lehen störte ihn weder der Vanillegeruch noch die Tatsache, dass der Radiosender ständig verloren ging. Auch nicht, dass er später dran war als geplant, oder die Schleicher vor ihm auf der Fahrbahn, die ihn in seinem Zeitplan weiter zurückwarfen. Zum ersten Mal seit langer Zeit störte ihn gar nichts, zum ersten Mal seit langer Zeit hätte er unentwegt vor sich hin pfeifen können. Er war sogar versucht, hinter dem Steuer die Augen zu schließen, um in die Erinnerung an letzte Nacht einzutauchen. Und an den Morgen, der zwar mit

Befangenheit begonnen hatte, die allmählich einer stillen Einvernehmlichkeit, ja Harmonie gewichen war.

Laura hatte ihn geweckt. Einfach nur indem sie ihn betrachtete – mit einem Ausdruck, den er am liebsten auf einem Foto verewigt hätte. Er lag in die Decke gehüllt auf dieser Liege, die sehr schmal war – allerdings nicht zu schmal für sie beide, zumindest nicht in jener letzten Nacht. Beim Aufwachen wurde er zunächst von dem Gedanken überfallen, Laura könne das, was zwischen ihnen geschehen war, bereuen – dann allerdings wurde er von diesem Blick ihrer blauen Augen erfasst. Nein, von einem Bereuen war darin nicht das Geringste zu lesen. Und selbst wenn so etwas kommen sollte: An diesem Morgen würde er sich nicht die gute Stimmung nehmen lassen.

John parkte den Wagen an exakt derselben Stelle wie am Abend. Seit dem ersten Starten des Motors vor etwas mehr als zwei Stunden hatte er darauf geachtet, ob ein Auto die Verfolgung aufnahm, was jedoch nicht der Fall war.

Nachdem er mit dem Fahrersitz gekämpft hatte, um ihn in eine bequeme Position zu bringen, gelang es ihm schließlich, einen Radiosender richtig einzustellen. Fast schon wieder irritierend, sich so gut zu fühlen. Was mit Sicherheit an dem umfangreichen Frühstück lag, das er mit Laura in einem netten Café in der Nähe des Krügle zu sich genommen hatte – Laura bestand darauf, ihn einzuladen, und er hatte nicht widerstehen können, anzunehmen. Während des Essens telefonierte Laura mit Hauptkommissar Bernd Hauschild. Er war offenbar sehr interessiert an dem, was sie zu berichten hatte, und ließ sich die Fotos zuschicken, die Laura in der Villa aufgenommen hatte. Dann meldete er sich bei ihr und bat sie zu einem Gespräch aufs Revier. Sichtlich zufrieden nickte sie John zu. »Jetzt bin ich wirklich gespannt, was sich alles ergeben wird.«

Der Klang ihrer Stimme im Ohr verleitete ihn dazu, es sich etwas bequemer in dem Sitz zu machen, zu dösen und einen albernen Hit im Radio mitzusummen. In der Wohnstraße in Lehen tat sich tagsüber nicht viel mehr als abends. Und das Haus, das er fortwährend im Blick behielt, lag wie verlassen da. Fast eine Stunde saß John in dieser Position, ein Bein auf dem Beifahrersitz ausgestreckt, als er plötzlich zusammenzuckte. Die Haustür sprang auf und Frau Eisenring, eine Einkaufstasche in der Hand, trat ins Freie. Unbewusst schaute sie kurz in Johns Richtung, dann ging sie ohne Eile davon. Eine ganz gewöhnliche ältere Frau, wahrscheinlich auf dem Weg zum Supermarkt oder zum Metzger.

»Ach, Johnny«, murmelte er vor sich hin. »Wieso bist du eigentlich hier?«

Na, wieso wohl?, gab er sich in Gedanken die Antwort. Wegen deines verdammten Riechers, der dir einfach keine Ruhe lässt.

Nun war es über eine Stunde her, seit er hier angekommen war, aber Laura hatte sich noch nicht gemeldet. Sie hatten abgemacht, sie würde gleich nach dem Gespräch mit Hauschild anrufen. In Anbetracht der letzten Vorfälle hatte er ihr eingeschärft, dass er sie in jedem Fall direkt vor dem Polizeirevier abholen würde – und sie war einverstanden gewesen. Sollte er ihre Nummer wählen? Er hatte sich noch nicht entschieden, als sein Blick zufällig auf das kleinste Fenster des Eisenring-Hauses fiel – und er erneut zusammenzuckte. Das Fenster war gekippt worden. Und zwar erst nachdem Frau Eisenring gegangen war. Oder?

John saß auf einmal ganz aufrecht. Fahrig strich er sich durchs Haar. »Du und dein Riecher«, brummte er. Etwas brachte ihn dazu, auszusteigen und auf dem Gehsteig in Richtung des Hauses zu spazieren, betont unauffällig. Er ging daran vorbei und drehte sich dann um. Auf der anderen Straßenseite schlenderte er zurück, erneut am Haus vorbei, um anschließend beim Fiesta stehen zu bleiben. Der Kioskbesitzer hatte erzählt, Eisenrings Mutter sei Witwe und habe außer Piet keine Kinder. Jemand aus der Nachbarschaft hatte erklärt, Piet erst vorgestern gesehen zu haben. Piets Mutter hingegen hatte gesagt, er wäre seit Monaten nicht mehr zu Hause gewesen.

In Gedanken versunken beobachtete John das Auto eines Paketdienstes, das gerade vor dem Haus Frau Eisenrings hielt. Ein Mann stieg aus, stiefelte auf die Eingangstür zu und klingelte. Nichts geschah. Erneutes Klingeln. Und dann – eine Gardine wurde bewegt, ganz leicht nur, doch John hatte es bemerkt. Völlig konzentriert war er auf einmal. Langsam setzte er sich in Bewegung. Nur aus dem Augenwinkel nahm er wahr, wie der Paketbote zum dritten Mal auf die Klingel drückte. Und unbewusst ballte er die Faust, als die Tür einen Spaltbreit aufging. Das Gesicht eines etwa 25-jährigen Mannes erschien im Rahmen.

John war so nahe, dass er die Stimme des Boten hörte. »… ist echt ein ziemlich großes Paket.«

»Kein Wunder, da ist ein Trainingsgerät drin.«

»Aha, verstehe. Für die Muckis. Also, könnten Sie mir helfen? Ausgerechnet heute hab ich blöderweise den Rolli im Lager vergessen.«

Automatisch verringerte John sein Tempo.

Der Paketzusteller und sein Adressat, in Trainingshose, T-Shirt und Schlappen, gingen hintereinander auf den Lieferwagen zu. Sie befanden sich nicht mehr auf dem Eisenring-Grundstück, als John zu ihnen gelangte.

»Piet Eisenring?« Johns Stimme hallte einen Moment eigenartig fremd in der Luft wider.

Der junge Mann sah auf. Wie überfahren, vollkommen entsetzt. Er war etwas kleiner als John, mit leichtem Bauchansatz und dunklem, mit zu viel Gel zurückgekämmten Haaren. Sein Blick hetzte zum Hauseingang, doch John war schon dabei, ihm den Rückweg zu versperren.

»Scheiße!«, platzte es aus Eisenring. Ein Flackern in seinen Augen, eine hilflose Geste mit der Hand – und dann sauste er einfach los, wobei er den erstaunten Paketzusteller heftig rempelte.

»Hey, Eisenring!« John stand einen Moment verblüfft da, ehe er selbst losrannte.

Eisenring wurde schneller. Er stürmte zwischen zwei Häusern hindurch, dann in eine schmale, gekieste Gasse, die sich zwischen Schrebergärten entlangschlängelte. »Ich hab doch gesagt, ich zahl noch«, hörte John die Stimme des Mannes verzweifelt aufkreischen. »Ehrlich! Verdammte Scheiße! Ehrenwort!«

»Dann bleib endlich stehen«, rief John, unter dessen Sohlen der Kies knirschte. Die offensichtliche Furcht trieb den Flüchtenden weiter an, schien ihn schneller und schneller werden zu lassen. Bis der Weg eine scharfe Kurve beschrieb – einer seiner Schlappen wurde Eisenring zum Verhängnis. Der Schuh rutschte vom Fuß, der Mann stolperte und landete hart auf der Erde.

Und schon war John bei ihm.

Was er sah, war die gleiche Angst, die bereits bei den ersten Worten in Eisenrings Augen geflackert hatte. »Nicht schießen!«, schrie der Mann, der gar nicht erst versuchte, wieder auf die Beine zu kommen. Er kniete auf dem Boden, den Kopf weit nach vorn gebeugt, die Hände schützend über den Nacken gestülpt, als erwarte er Schläge, und überprüfte nicht einmal, ob überhaupt eine Waffe auf ihn gerichtet war. »Ich zahle! Mann, ich zahle! Echt! Glaub's mir, Mann!«

John starrte auf ihn herab – da hatte er so lange darauf gehofft, Piet Eisenring zu finden, und nun nahm die Unterhaltung mit ihm einen ziemlich sonderbaren Verlauf. »Nun beruhige dich erst mal«, sagte er ratlos, und diese Ratlosigkeit gefiel ihm nicht.

»Mann, ich hab letztes Mal schon von euch auf die Knochen gekriegt«, stammelte Eisenring.

Von dem Großmaul, wie ihn Rainer Metzler beschrieben hatte, schien nicht viel übrig zu sein. Und plötzlich kam John eine Idee – nur dass er mal wieder keine Ahnung hatte, ob sie gut oder schlecht war. »Wann wirst du zahlen?«, hörte er sich fragen.

»Mensch, meine Mutter gibt mir Geld. Echt! Versprochen! Ich erzähl keinen Scheiß!«

»Du weißt ja, wie viel es ist.«

»Na klar, na klar, na klar!« Eifriges Nicken, während das Gesicht noch immer geschützt wurde.

»Dann lass uns mal über was anderes sprechen.« John achtete darauf, dass seine Stimme so fest klang, als wüsste er ganz genau, worauf er hinauswollte.

»Über was du möchtest«, keuchte Eisenring, offenbar recht froh angesichts des Themenwechsels.

John warf einen Blick über seine Schultern. Niemand zu sehen. Hecken und das Schrebergartenareal schirmten sie ab. »Komm erst mal auf die Beine«, forderte er Eisenring auf.

»Nicht nötig, kein Problem, Mann. Ist schon okay so.«

»Wie du willst.« Er stellte sich näher an den Mann. »Du erinnerst dich doch an Lady Butterfly?«

Verwirrt sah Eisenring nach oben, dann gleich wieder auf die Erde. »Hä?«

»Ja, Lady Butterfly.« Welche Frage war die richtige? So lange hatte sich John Gedanken darüber machen können und jetzt schien sein Kopf völlig leer zu sein. Noch ein bisschen dichter rückte er dem Mann zu Leibe – sein Knie berührte kurz dessen Rücken. »Du weißt, was mit ihr passiert ist?«

»Mit Lady Butterfly?«

»Sicher. Du weißt es.«

»Mann, ich hab keine Ahnung.«

»Red keinen Scheiß, Junge.«

»Okay, okay. Aber ich weiß nur, dass sie im Weg war.« Er schnaufte tief. »Dass sie verschwinden musste … Mann, was fragst du mich überhaupt? Das musst du doch selbst alles besser wissen! Oder frag deinen Boss. Was weiß denn ich schon?«

»Hast ziemlichen Schiss vor meinem Boss, stimmt's?« ›Verschwinden musste‹, pochte es hinter Johns Stirn. ›Verschwinden musste‹!

»Kennst du einen, der keinen Schiss vor ihm hat?«

»Wann hast du Lady Butterfly zuletzt gesehen?«

»Das ist ewig her. An einem Abend in Zähringen. In dem Haus, in dem ihr manchmal eure Abendveranstaltungen durchgezogen habt. Ich bin ihr sowieso nur zwei- oder dreimal begegnet. Ich hab nie mit ihr gesprochen. Die hätte sich doch nicht mit einem armen Schlucker wie mir abgegeben.«

Die immer abgegriffenere Fotografie erschien vor Eisenrings gesenkten Augen. »Wir sprechen über diese Frau, oder?«

»Hä?«

»Das ist sie doch. Oder etwa nicht?«

»Da sieht sie noch ein bisschen unschuldiger aus.«

»Aber sie ist es.«

»Ja. Ja. Ja.«

»Lady Butterfly. Ich fand den Namen immer ziemlich bescheuert.«

»Es gibt Originelleres. Aber wenn man schon so ein Tattoo hat, braucht man sich nicht zu wundern.«

»Ich hab das Tattoo nie gesehen«, erwiderte John.

»Denkst du, ich etwa?« Ein nervöses Auflachen. »Mir hat sie ihren hübschen Bauch leider nicht präsentiert.«

»Ihren Bauch?« John war irgendwie enttäuscht. Er hatte lange über den Spitznamen gerätselt – dass dann eine derart naheliegende Begründung dahintersteckte, hatte etwas Ernüchterndes.

»Klar, unter ihrem Bauchnabel, da flog doch der blöde Schmetterling. Das hat sich irgendwie rumgesprochen. Dein Boss hat ihn bestimmt oft genug gesehen.«

»Ich soll dir schöne Grüße von ihm bestellen.«

»Bitte, keine Scherze mit mir. Ich tue, was ich kann für Mojtovian.«

Einen verwirrenden Moment lang hatte John das Gefühl, der fremdartig klingende Namen würde wie greifbar in der Luft schweben. Moj-to-vi-an.

»Eisenring, du weißt, dass er sauer auf dich ist.«

»Ja, und ich tue …«

»Bist abgetaucht, was?«

»Nein, nein.« Erneut das nervöse Lachen. »Ich musste nur die Werkstatt dichtmachen. Und dann … Mein Gott, ich hab mich immer gut um eure Schlitten gekümmert. Sorry, das mit den Schulden krieg ich schon in den Griff. Mojtovian bekommt sein Geld.«

»Du weißt, warum du es ihm schuldig bist?«

»Na klar, sein Stoff ist der beste. Sein Stoff und seine Mädels. Auch wenn ich Lady Butterfly nicht kennenlernen durfte. Aber ich zahl meine Schulden.«

Mit einer Mischung aus Erleichterung und Verblüffung stellte John fest, wie einfach es war, jemanden zum Reden zu bringen, der Angst hatte. Man musste nicht einmal Fragen stellen – bloß Stichworte liefern. Und er hoffte, niemals selbst in eine Lage wie Piet Eisenring zu geraten. »Noch einmal zu Lady Butterfly. Sie musste ja verschwinden, wie du es so nett ausgedrückt hast.« John wog die Worte ab. »Und du weißt auch, warum, nicht wahr?«

Wiederum ruckte Eisenrings Kopf nach oben. Er betrachtete Johns Gesicht, dann tastete sein Blick zum ersten Mal Johns Jeans und Nikes ab. »Nein, das weiß ich nicht«, antwortete er dann.

Etwas in seiner Stimme hatte sich verändert.

Du hast es verbockt!, sagte sich John. Er kriegt allmählich spitz, dass hier etwas nicht stimmt. »Damals an dem Abend in Zähringen. Kannst du dich an den Mann erinnern, mit dem Lady Butterfly verschwunden ist?«

»Sicher, kann ich.«

Die Stimme war tatsächlich eine andere geworden.

Vielleicht eher die jenes Angebers, der jemanden wie Rainer Metzler beeindrucken konnte. »Also, wie heißt der Mann?«, hakte John argwöhnisch nach.

»Brad Pitt.«

Höchstens eine Viertelsekunde benötigte John, um mit der Antwort etwas anfangen zu können. Doch die genügte Piet Eisenring. Der junge Mann schnellte aus den Fußgelenken in die Höhe, und sein Kopf prallte gezielt mit voller Wucht gegen Johns Unterkiefer.

Ein Moment wabernder Dunkelheit. Schmerz durchfuhr John, der jetzt erst wahrnahm, dass er auf der Erde lag. Blinzelnd sah er, wie Eisenring schon wieder rannte, diesmal barfuß, schneller als zuvor. Zunächst wollte John erneut die Verfolgung aufnehmen, doch als er sich aufrappelte, erfasste ihn ein kurzer Schwindel. Wankend blieb er stehen, den Blick auf die Schlappen gerichtet – das Einzige, was von Piet Eisenring übrig geblieben war. Und noch einmal dachte er: Du hast es verbockt!

Die Elvis-Melodie erklang, als er gerade auf der Sundgauallee in Richtung Stadtmitte unterwegs war. Er griff zum Handy und starrte voller Ungeduld auf das Display.

»Laura, bift du'f? Ich hab mich fon gefragt, wo du fteckft.«

»John? Alles klar bei dir? Du klingst so komisch.«

»Allef beftenf.« Er nickte, als könne sie ihn sehen. Die untere Hälfte seines Gesichtes fühlte sich an, als wäre sie mindestens so groß wie ein Kürbis. Und wie sie erst wehtat. Beim Sprechen brachte er kaum die Zähne auseinander.

»Ich bin in dem gleichen Café, in dem wir heute Morgen gefrühstückt haben. Kommst du hierher? Ich warte auf dich.«

»Ich hab dir doch gefagt, du follft bei der Polizei auf mich warten und nirgendwo allein hingehen.« Er war wütend.

»Wirklich: Du hörst dich komisch an. Ist irgendwas passiert?«

»Nicht der Rede wert. Ein kleiner Fufammenftof.«

»Wie du meinst.« Sie klang besorgt, aber nicht einmal das linderte seinen Schmerz. »Also gut, John, dann bis gleich.«

»Bif gleich.«

Diesmal war die Suche nach einem Parkplatz in der Nähe der Fußgängerzone ein völlig hoffnungsloses Unterfangen, und so blieb ihm nichts anderes übrig, als in eines der Parkhäuser zu fahren. Kurz darauf trat er an Lauras kleinen Fenstertisch im Café. Ihre Gesichtszüge entgleisten. »John! Um Himmels willen!«

Er sank in den Stuhl und brachte kein Wort heraus.

»Du siehst aus, als wärst du gegen eine Wand gerannt.« Laura nahm ihn genauer unter die Lupe. »Und zwar ein paarmal.«

Seine Antwort bestand aus einem stummen Nicken.

»War das etwa eine Faust?«

»Ein Kopf«, nuschelte er. »Aber einer auf Eifen.«

»Warst du schon beim Arzt?«

Er winkte bloß ab.

»Na, worauf warten wir dann noch? Am besten, wir fahren sofort zur Uniklinik.« Laura drehte sich um und gab der Bedienung ein Zeichen. »Sieht aus, als wäre dein Unterkiefer gebrochen.«

»Wie war'f bei Haufild?«, wollte er wissen.

»Das erfährst du auf der Fahrt zur Klinik.« Sie zählte bereits das Geld ab.

»Nicht nötig.«

»Und ob!«, ließ sie keinen Widerspruch zu. »Kannst du überhaupt fahren, John?«

»Ficher«, meinte er und verzog schmerzhaft das Gesicht.

Erst nachdem sie beide in Tante Jus Fiesta Platz genommen hatten, setzten sie die Unterhaltung fort. Zumindest, was Laura betraf. »Es war irgendwie merkwürdig«, begann sie. »Ich war kaum auf dem Revier angekommen, da nahm mich schon einer der Kriminalpolizisten in Beschlag. Aber nicht etwa Hauschild, sondern wieder dieser Schnickler.«

»Wer?«

»Ich hab dir doch von ihm erzählt«, meinte sie ungeduldig. »Dieser andere Kommissar. Er hatte mich kaum in ein Büro geführt und mir einen Stuhl angeboten – und plötzlich stand Hauschild vor mir. Er maulte Schnickler an, und es war genau wie beim letzten Mal: Kollege Schnickler marschierte belämmert ab.«

»Daf war daf Merkwürdige?« John steuerte den Wagen gerade unter der nach oben schwenkenden Schranke des Parkhauses durch hinaus auf die Fahrbahn.

»Ja.« Sie nickte. »Irgendwas ist seltsam bei den beiden. Wahrscheinlich ist Schnickler einer dieser nervigen Juniorchefs, die ihre Nase ständig irgendwo reinstecken und alles verderben. Irgendwie traue ich dem nicht so ganz über den Weg.«

»Und weiter?«

»Ich sprach also mit Hauschild. Zuerst wollte ich mir irgendeine Geschichte ausdenken, wie ich an die Fotos mit den Ketten und den Blutflecken herangekommen bin, aber dann …« Laura hob die Achseln. »Aber schließlich hab ich ihm einfach die Wahrheit gesagt. Dieser Hauschild macht wirklich einen vertrauenswürdigen und kompetenten Eindruck. Ich habe auf mein Gespür vertraut.«

»Mein Gott, du haft ihm doch nicht etwa gefagt, daff wir beide in die Villa …« Johns Unterkiefer tat gleich noch mehr weh.

»Dein Name ist sowieso mit keiner Silbe gefallen. Ich erklärte Hauschild, dass in diesem Haus Menschen gefangen gehalten wurden. Wie Tiere. An Ketten. Und misshandelt wurden. Anders kann es ja gar nicht sein. Natürlich wollte er wissen, ob ich die Fotos selbst aufgenommen habe, wie ich auf dieses Haus kam und so weiter, und so weiter.«

»Und?«, fragte John gespannt dazwischen.

»Hauschild war sehr fair. Er bot mir an, einfach zu vergessen, dass er die Fotos je gesehen hat. Aber er wollte sofort mit den Ermittlungen beginnen. Fotos und mein Name würden in keinem Bericht erwähnt werden. Das hat er mir zugesagt. Falls sich etwas ergeben sollte, würde er es so aussehen lassen, als wären die Nachforschungen durch anonyme Hinweise in Gang gesetzt worden.«

»Waf hat er vor?«

Sie hatten die Innenstadt fast umfahren und befanden sich bereits in der Nähe der Uniklinik.

»Als Erstes will Hauschild in Erfahrung bringen, wer der Besitzer der Villa ist. Oder ob das Haus zeitweise vermietet wurde, und wenn ja, an wen. Außerdem habe ich ihm von der Belfortstraße berichtet. Er erklärte mir, dass ihm in dieser Straße nichts von Prostitution bekannt sei.«

»Alfo?«

»Also läuft da irgendetwas Ungesetzliches. Meint Hauschild. Ich erinnerte ihn an die Ketten und das Blut, und er antwortete wörtlich: ›Was immer da vor sich geht, ich werde es herausbekommen. Verlassen Sie sich auf mich.‹«

»Und? Tuft du daf?«

Durch die Windschutzscheibe sah Laura nach vorn, um dann überzeugt zu nicken. »Hauschild weiß, was er macht. Da bin ich mir sicher.«

»Umfo beffer.«

»Du hörst dich echt schlimm an, John.« Sie betrachtete ihn eingehend von der Seite. »Wie ist das eigentlich passiert?«

Er bog ab auf das große Parkplatzareal der Uniklinik. »Alfo. Ef war fo…«

»Weißt du was – erzähl's mir lieber später. Wenn es dir besser geht.«

In dem langen Gang der Klinik mussten sie nicht lange warten. Johns kürbisgroßes Kinn sprach offenbar eine allzu deutliche Sprache. Glücklicherweise stellte sich heraus, dass der Unterkiefer nicht gebrochen war. John erhielt Schmerztabletten und die Anweisung, sich zu schonen und die untere Gesichtspartie mit Eis zu kühlen. Als sie das Klinikgebäude verließen, bestand Laura darauf, das Steuer zu übernehmen, und John war nicht gerade undankbar deswegen. Sein Schädel bestand nur noch aus einem monotonen Brummen. Während der Fahrt zu seiner Wohnung behielt er den Rückspiegel aufmerksam im Auge, es war jedoch nichts Auffälliges festzustellen.

Nachdem sie in der Wohnung eingetroffen waren, befahl Laura ihm, sich auf dem Sofa auszustrecken, und abermals gehorchte er bereitwillig. Sie brachte ihm ein Glas Wasser für die Tabletten und ein Geschirrtuch, in das sie jede Menge Eiswürfel gebettet hatte. Behutsam drückte sie es auf die Schwellung, und John hielt es fest. Mit einem Blick bedankte er sich.

Laura schenkte sich ebenfalls Wasser ein und setzte sich in den Sessel neben dem Sofa. »Du hast die ganze Zeit überprüft«, meinte sie nach einem tiefen Schluck, »ob wir verfolgt werden. Das habe ich gesehen.«

John nickte nur. Das Schmerzmittel hatte es anscheinend in sich – sein Kinn schmerzte bereits nicht mehr ganz so, fühlte sich eher taub an. Und das Sprechen fiel ihm wieder leichter.

»Ich habe mich ebenfalls umgesehen. Aber unseren Freund mit seinem schwarzen Mercedes und OF-Nummernschild konnte ich nicht entdecken.«

Er stützte sich auf die Ellbogen. »OF?«

»Ja, John. Ich hab dir doch gesagt, dass der Mercedes mit den getönten Scheiben ein Offenburger Kennzeichen hat.«

Ohne das Bündel aus Geschirrtuch und Eis wegzunehmen, antwortete er mit einiger Mühe: »OF ist Offenbach. OG ist Offenburg.«

Laura stutzte. »Ach du meine Güte.« Sie strich ihr Haar aus der Stirn. »Na klar! Mensch, da hab ich mich die ganze Zeit täuschen lassen. Stimmt ja! Ich bin wohl schon zu lange im Schwabenland … Wie konnte ich nur so dumm sein?«

»Ob Offenburg oder Offenbach – wir wissen ja im Moment sowieso nicht, wer in dem Auto sitzt.«

»Trotzdem.« Sichtlich genervt setzte sie erneut das Glas an die Lippen. »Ich habe auch Hauschild gesagt, dass der Wagen aus Offenburg stammt. Ich könnte mich ohrfeigen.« Mit schnellem Griff schnappte sie sich ihre Handtasche, um darin nach etwas zu suchen. »Ich werde ihn gleich anrufen und das korrigieren.« Ihr Finger tanzte über das Handy, dann hielt sie es sich an ihr Ohr.

John sah ihr zu und versuchte in Gedanken, das kuriose Gespräch mit Piet Eisenring halbwegs zu ordnen. ›Sie musste verschwinden‹, wiederholte John lautlos diesen einen Satz. Sie musste verschwinden. Lady Butterflys Tod war womöglich gar kein Unfall. Wie sollte er das Laura beibringen? Zumal er ihr nach wie vor kein Sterbenswörtchen von Lady Butterfly erzählt hatte.

Laura steckte das Handy zurück in die Tasche. »Der geht nicht ran«, murmelte sie gedankenverloren.

»Ich muss dir etwas beichten«, fügte sich John endlich ins Unvermeidliche.

»Was? Etwa das, was schon längst überfällig ist?«

Er nickte.

»John, du bist lustig. Dazu hattest du tagelang Gelegenheit, und ausgerechnet jetzt, wo dein Kinn aussieht, als hättest du damit Paranüsse geknackt, musst du es loswerden.«

Erneut nickte er. »Ist nun mal so.«

Sie verlagerte ihr Gewicht im Sessel und legte ein Bein über das andere. »Also, ich höre.«

Äußerst stockend begann er, was allerdings nichts mit seinem pochenden Kiefer zu tun hatte. Mit Bedacht legte er sich die Worte zurecht. »Ich habe hier und da etwas aufgeschnappt, das mich zu der Villa in Herdern führte.«

»Das weiß ich längst.« Abwartend sah sie ihn an, mit diesem ironischen Funkeln in den Augen.

»Dabei hörte ich auch etwas von einem bestimmten Abend.« John erwiderte ihren Blick, dann schaute er nach vorn auf seine ausgestreckten Beine. Mit möglichst sachlicher Betonung beschrieb er, was Rainer Metzler ihm geschildert hatte. Als er auf die Frauen zu sprechen kam, zogen sich Lauras hauchzarte Augenbrauen zusammen. Dann erwähnte er Lady Butterfly, und die Brauen berührten sich. Immer noch bemüht sachlich erklärte er, dass jene Lady Butterfly sich auf unzweifelhafte Weise mit einem Herrn zurückzog – und Laura lachte trocken auf.

»Jetzt bin ich wirklich enttäuscht, John.« Überheblich klang ihre Stimme, beinahe wie bei ihren ersten Unterhaltungen. »Die ganze Zeit über hatte ich gehofft, du hättest noch ein Ass im Ärmel. Irgendetwas, das uns weiterhelfen könnte, endlich mehr über Felicitas herauszufinden. Und jetzt das, John.«

»Sie wurde erkannt. Auf dem Foto. Als Lady Butterfly.«

»Lady Butterfly. Das kann nicht dein Ernst sein. Woher soll denn dieser alberne Name kommen?«

»Von einer Tätowierung.«

»Sie ist nicht tätowiert.«

»Du hast nicht die geringste Ahnung, was sie ein ganzes Jahr lang gemacht hat. Da bleibt genügend Zeit, um einen blöden Tattoo-Shop zu besuchen.«

»Ach, John. Vielleicht tragen ja deine Bemühungen in den letzten Tagen dazu bei, dass die Polizei irgendwelche Spitzbuben dingfest machen kann, aber mir Felicitas als Lady Butterfly zu verkaufen, ist echt zu viel.«

»Spitzbuben?«, äffte er sie ungeniert nach. »Als du mir

von deinem Erlebnis unter der Dusche berichtet hast, hättest du den Kerl mit Sicherheit nicht als Spitzbube bezeichnet.«

»Das nicht. Aber …« Schon wieder dieses trockene Lachen. »Lady Butterfly. Also echt.«

»Und was glaubst du, warum du verfolgt wurdest?«

»Das weiß ich nicht, aber wenn du mir erzählen willst, dass meine Schwester …«

»Für mich deutet alles darauf hin«, unterbrach er sie.

»Das ist ungefähr so, als würdest du behaupten, Angela Merkel wäre eine Stripperin.« Sie winkte ab. »Okay, das nicht. Aber ehrlich, John. Damit beißt du bei mir auf Granit. Das ist schlicht und einfach der größte Quatsch, den ich mir jemals anhören musste.«

Seinen schmerzenden Kiefer hatte er beinahe vergessen. Verdrießlich starrte er auf seine Beine. »Ich habe sogar den Hinweis«, er holte Luft, »dass es bei dem Unfall nicht mit rechten Dingen zugegangen ist. Und ich spreche nicht von Fahrerflucht.«

»Als Felicitas starb?« Der Zweifel in ihrer Stimme waren nicht zu überhören.

»Ja. Als Felicitas starb.«

»Nicht mit rechten Dingen?« Diesmal war sie es, die ihn nachäffte. »Da musst du schon ein bisschen mehr vorbringen.«

Er hatte tatsächlich nicht mehr daran gedacht, wie ätzend sie zuweilen klingen konnte. »Vergiss es«, knurrte er bloß.

»John …« Das Klingeln ihres Handys stoppte Laura. Sie nahm den Anruf entgegen und stand auf. Nur ein paar Worte wechselte sie mit dem Gesprächspartner, dann war die Unterhaltung beendet. »Ich muss los!«

»Was?« Sein Kopf ruckte hoch.

»Das war Hauschild.« Mit ernstem Gesicht streifte sie ihre leichte Jacke über. »Er hat etwas herausgefunden.« Im Gegensatz zu dir, hörte John den Unterton. Oder glaubte es zumindest.

»Etwas Wichtiges. Er will es mir nicht am Telefon sagen, sondern sich mit mir treffen.«

»Wenn du mit ihm sprichst, bring doch einfach mal den Namen Mojtovian ins Spiel.«

»Bitte?«

»Einfach nur so. Mojtovian.« John bekam mit, dass sie ihn erneut zweifelnd ansah. »Ich bin so gut wie fertig«, meinte er und rappelte sich vom Sofa hoch. »Wir können gleich starten.«

»Ja, ich schon. Du gewiss nicht«, wehrte Laura entschieden ab. »Der Arzt hat dir Schonung verordnet.«

Obwohl er sauer auf sie war, gefiel ihm die Vorstellung, sie allein gehen zu lassen, nicht im Geringsten. »Ich muss nur meine Jacke holen und …«

»Kommt nicht infrage.« Laura sah ihn mit diesem kühlen Ausdruck an, den er seit Längerem nicht mehr wahrgenommen hatte. »Du bleibst hier. Basta.«

Einen Moment lang hatte er gehofft, sie würde ihm einen Kuss geben oder zumindest eine versöhnliche Geste zeigen. Doch stattdessen war sie aus dem Zimmer gerauscht. John stand vor dem Sofa, das eiskalte, nasse Geschirrtuch in der Hand und starrte auf die Tür, durch die sie eben auf den Gang geschlüpft war. »So ein Mist.« Nicht nur du, dachte er, auch sie ist sauer. Er hatte ihren Stolz unterschätzt. Oder ihre Liebe zu Felicitas. Oder beides. Und nun tat auch der Kiefer wieder so richtig weh.

Als er sich ratlos aufs Sofa setzte, erfasste ihn eine innere Unruhe, die ihm gar nicht gefiel. An diesem einen Morgen gemeinsam mit Laura aufzuwachen, selbst auf der wackligen, viel zu schmalen Liege, das war etwas Besonders gewesen. Da hatte ihn tatsächlich eine Zuversicht erfüllt, alles könne auf den richtigen Weg gebracht werden – auf den Weg, nach dem er schon so lange suchte. Und jetzt? Ja, Unruhe. Alles, was er verspürte, war eine tiefe Unruhe.

Lustlos ging John in die Küche, um sich einen Kaffee zu machen – bis er auf den Gedanken kam, dass das heiße Getränk seinem Unterkiefer nicht unbedingt guttun würde. Er schaltete die Maschine erst gar nicht ein, sondern füllte lieber ein frisches Geschirrtuch mit einer weiteren Eiswürfelsammlung. Das Klingeln seines Handys holte ihn zurück ins Wohnzimmer. Das eiskalte Tuch ans Kinn gedrückt, zog er es aus der achtlos auf den zweiten Sessel geworfenen Lederjacke. Er rechnete so fest mit Laura, dass er die Anzeige des Displays ignorierte.

»Ja?« Das Geschirrtuch rutschte ihm aus der Hand und er musste es aufheben.

»Hallo?« Eine Männerstimme. Und zwar eine, die ihm bekannt vorkam.

»Äh … ja?«

»Kommissar Tappert? Sind Sie's?«

»Nein«, murmelte John. Tappert? »Äh, na klar bin ich's. Wer sonst?«

»Hier ist Rainer Metzler.«

Der Kellner – und du erkennst ihn nicht einmal!, tadelte sich John in Gedanken. »Okay«, sagte er dann rasch. »Was gibt's?«

»Sie haben mir doch Ihre Nummer gegeben.« Metzler

hörte sich unsicher an. Als wäre ihm nicht ganz wohl bei dem Anruf. »Falls mir was einfallen sollte.«

»Sicher, sicher.« John spürte, wie er ungeduldig wurde. »Und? Ist Ihnen etwas eingefallen?«

»Nicht direkt«, druckste Metzler herum. »Aber es geht um Piet Eisenring. Sie haben doch so viele Fragen nach ihm gestellt, und ich will keinen Ärger mit der Polizei. Ich habe mir ja nie was zuschulden …«

»Was ist mit Eisenring?«, fuhr John dazwischen.

»Er hat mich angerufen. Ich wusste nicht mal, dass er meine Handynummer hat.« Metzler atmete hörbar ein. »Na ja, ich melde mich bei Ihnen, weil mir das Ganze merkwürdig vorkommt. Erst ist er wie vom Erdboden verschluckt, und dann will er plötzlich Geld von mir.«

»Geld?« Mensch, Junge, komm zur Sache!

»Ja, er wollte sich unbedingt mit mir verabreden, und ich war schließlich einverstanden.«

»Wo?«, fragte John, der längst mit vollster Konzentration zuhörte.

»Sie kennen bestimmt den Flückigersee, oder? Da gibt es ein kleines Wäldchen.« Metzler beschrieb die Stelle, zu der Eisenring ihn bestellt hatte, ein wenig genauer.

»Was hat Eisenring sonst noch gesagt?«

»Nichts, mit dem ich viel anfangen konnte. Er wirkte irgendwie anders als sonst. Ziemlich eingeschüchtert. Er steckt in der Klemme. So hat er es ausgedrückt. Wahrscheinlich will er bloß die Kohle von mir leihen und dann sehe ich nichts mehr von ihm. Das wäre typisch für Piet.«

»Wann sind Sie mit ihm verabredet?«

»In genau einer Dreiviertelstunde. Piet hatte es ziemlich eilig. Es konnte ihm gar nicht früh genug sein.«

John warf einen Blick auf die Uhr. Mit dem Fahrrad könnte es eng werden. Also würde er noch einmal auf den Fiesta zurückgreifen – Tante Ju hätte bestimmt nichts dagegen. »Treffen Sie sich mit ihm und versuchen Sie ihn, falls ich noch nicht da sein sollte, ein wenig hinzuhalten.«

»Aber Piet weiß dann natürlich, dass ich ihn verpfiffen habe.«

Deswegen die ganze Zeit über dieses Zögerliche an ihm. »Keine Bange«, versuchte John ihn zu beruhigen. »Sie haben nichts zu befürchten. Um Eisenring kümmere ich mich schon.« Dann pass aber besser auf als letztes Mal, ermahnte John sich im Stillen.

»Gut«, entgegnete Metzler, ohne seine Zweifel zu verbergen. »Übrigens, Herr Kommissar, eine Frage noch: Gibt's da eventuell … Also, ist da möglicherweise eine Belohnung für mich drin?«

»Na sicher.«

»Ach? Wie viel denn?«

»Ein Riesenlob von mir. Das ist doch was, oder?« John schleuderte das durchnässte Geschirrtuch aufs Sofa und griff nach der Jacke. »Jetzt aber los! Machen Sie sich auf zum Flückigersee. Wir wollen doch den guten Piet nicht warten lassen.«

»Wird gemacht, Kommissar Tappert«, murmelte Metzler enttäuscht, aber fügsam. Und da machte John die Tür bereits hinter sich zu. Während er abschloss, dachte er an die Anweisung des Arztes. Sich schonen? Nein, das musste warten.

Natürlich war es, wie es immer war: Hatte man es nicht eilig, herrschte kaum Verkehr. Und wenn jede Sekunde zählte, kam man kaum voran. Vom Steuer aus meldete sich John bei Tante Ju. Wie er es sich gedacht hatte, spielte es für sie keine Rolle, dass er ihren Fiesta etwas länger in Beschlag nahm. »Ich helfe dir immer gern, Johnny«, lachte sie. »Übrigens: Ist dir aufgefallen, dass ich gar keine Sherlock-Holmes-Scherze mehr mit dir treibe? Brav, oder?«

»Auch dafür herzlichen Dank.« Mit der freien Hand schob er sich einen Kaugummi zwischen die Lippen. »Da fällt mir ein: Sagt dir der Name Mojtovian irgendetwas?«

»Wie bitte?«

»Mojtovian.«

»Wie geschrieben?«

»Weiß ich nicht genau. Ich dachte nur, du hast den Namen vielleicht mal aufgeschnappt.«

»Nö. Nicht dass ich wüsste. Ich kann mich ja mal umhören.«

»Das wäre klasse.«

John hatte bereits den Stadtteil Betzenhausen erreicht. Zu dem kleinen See war es nicht mehr weit. Flüchtig erinnerte er sich daran, wie er Blanca, die Bedienung aus dem Krügle, ganz in der Nähe nach Hause gebracht hatte – es kam ihm vor, als läge das eine Ewigkeit zurück. Kein Wunder, hatte sich in der Zwischenzeit doch so einiges ereignet.

Er fand einen Parkplatz in der Sundgauallee und näherte sich über einen Fußweg dem Flückigersee, der aus den 1920er-Jahren stammte, als ein Baustoffunternehmen Sand und Kies abbaute. Eine gewisse Anspannung breitete sich in ihm aus. Da gab es ein paar Fragen, die er Piet Eisenring unbedingt stellen wollte. Dieser Kerl durfte ihm auf keinen Fall erneut entwischen.

Abgeschirmt von dem Gasthaus, das sich auf einer Anhöhe westlich des Sees befand, wartete er kurz ab. Sein Blick tastete den Wald ab, der vorwiegend aus jungen Bäumen bestand. Niemand war zu entdecken. John ging ein paar Schritte weiter und stellte sich neben das Gasthaus. Die Tische davor waren um diese Tageszeit spärlich besetzt. Auf den Wiesen rund um das Wasser, dessen Oberfläche von keinem Wind gestört wurde, saßen oder lagen hier und da vereinzelte Leute. Man las, hörte Musik oder genoss einfach die Sonne, die diesen Herbstbeginn so milde machte. Nach einem Blick auf die Uhr hielt John wieder nach zwei vertrauten Gestalten Ausschau. Und er wurde fündig. Aus der Richtung, aus der er selbst gekommen war, tauchte Rainer Metzler auf, mit zögerndem Schritt und herabhängenden Schultern, als wäre er am liebsten sonst wo auf der Welt, nur nicht in Gesellschaft von Piet Eisenring und dieses Kommissars namens Tappert. Was wohl auch der Fall war.

John gab sich nicht zu erkennen, sondern beschränkte sich darauf, Metzler in einigem Abstand unauffällig zu folgen. Der schlanke Kellner verließ nach etwa 100 Metern den Fußweg, um sich von dem Wald schlucken zu lassen. John musste dichter aufrücken. Er fragte sich, was er tun würde, um Eisenring davon abzuhalten, gleich wieder Fersengeld zu geben. Darauf fiel ihm bloß eine Antwort ein, eine Antwort, die ihm ganz und gar nicht schmeckte.

Zwischen Ästen und Zweigen der eng stehenden Bäume sah er, wie Metzler innehielt. Ein zweiter Mann war plötzlich da – Piet Eisenring. Genauso gekleidet wie am Vormittag, dazu mit einer Sportjacke und natürlich nicht mehr mit den Schlappen, sondern den neusten Adidas-Schuhen. Sie begrüßten sich mit einem Handschlag, und Eisenring begann sofort, auf seinen Gegenüber einzureden. Metzler zuckte mit den schmalen Schultern. Betont unauffällig sah er sich um, wohl auf der Suche nach Kommissar Tappert, während Eisenring unentwegt weiterplapperte.

»… höchstens einen Hunni oder so«, hörte John jetzt den genauen Wortlaut, während er langsam näher kam und seine Hand mit bangem Gefühl in die Jackeninnentasche schob. »Echt, alter Kumpel, damit würdest du mir wahnsinnig helfen.

»Bin selbst ein bisschen klamm«, wehrte Metzler nuschelnd ab.

»Okay, okay, ist schon klar. Aber du weißt ja, ich würde dich auch nicht hängen lassen, Kumpel. Wenigstens einen Fuffi, Mann. Komm, Junge, der alten Zeiten wegen.«

»Welche alten Zeiten?« Metzler sah sich erneut um – und im nächsten Moment weiteten sich seine Augen, als wäre er überrascht von Johns Auftauchen.

»Hallo zusammen«, meinte John, so gefasst es ihm möglich war.

Piet Eisenring erstarrte förmlich. Er fixierte John, als hätte er einen Geist vor sich. Eine Sekunde, zwei Sekunden – drei Männer zwischen Bäumen in völliger Reglosigkeit. »Was soll das?«, murmelte Eisenring, immer noch verblüfft.

John sah ihm an, dass jetzt der Moment da war – der Moment, in dem Eisenring losrennen würde. Lässig bewegte er kurz die Hand, und ein unangenehmes Kribbeln erfasste seinen ganzen Körper. Die Glock klebte wie etwas Fremdes, nie Gesehenes zwischen seinen schweißnassen Fingern. Er brachte es nicht fertig, sie auf einen

Menschen zu richten, also ließ er sie ganz einfach nach unten auf die Erde weisen, was vielleicht sogar wirkungsvoller erschien. Als hätte er es gar nicht nötig, auf die Waffe aufmerksam zu machen. Wiederum bemühte er sich, besonders lässig zu wirken. Metzler erstarrte. Und Piet Eisenring wurde blass um die Nase. Was John ungemein erleichterte. Denn was hätte er getan, wenn Eisenring durchgedreht wäre?

»Unser Gespräch von heute Vormittag war noch nicht ganz beendet«, sagte John und fixierte Eisenring, der inzwischen Metzler anstarrte. »Hast du was damit zu tun?«

»Nein, nein«, erwiderte der ebenso rasch wie unglaubwürdig. »Der Kommissar hat nur …« Ihm schienen die Worte einfach auszugehen. Hilflos sah er zu John.

»Welcher Kommissar?«

Noch hilfloser deutete Metzler auf John. »Kommissar Tappert.«

»Wenn der Typ Kommissar ist, bin ich der Bundespräsident.«

»Auf jeden Fall bist du ein Idiot«, meldete sich John zu Wort und schob sich näher an Eisenring heran, der ihn sofort wieder ansah – ihn und die Pistole.

»Sonst hättest du dich«, fuhr John fort, »sicher nicht mit diesen Leuten eingelassen.«

»Ich hab mich mit gar niemandem eingelassen.« Man merkte ihm an, dass er dahinterzukommen versuchte, wer John war. Kein Polizist, kein Gangster – wer dann?

»So? Was ist dann mit Mojtovian?«

»Gar nix, Mann. Wer immer du sein magst.«

»Kein Kommissar?«, fragte Metzler, ohne dass er beachtet wurde.

»Eisenring! Was ist mit diesen Kerlen, vor denen du so viel Angst hast? Mojtovian – er ist der Boss, oder?«

Herausfordernd nickte Eisenring John zu. »Willst du mich erschießen, wenn ich nicht antworte? Oder wie hast du dir das gedacht?«

»Ganz einfach, so: Bei der ersten unbeantworteten Frage schieße ich dir in den Fuß, bei der zweiten ins Bein, bei der dritten in den Arm. Und so weiter.« John trat noch dichter an ihn heran, so nahe, dass er Eisenrings Schweiß riechen konnte. »Also zeig endlich mal, dass du so ein großes Maul hast – und mach's auf.«

Zumindest Metzler war beeindruckt, John spürte das – und selbst bei Eisenring verfehlten die scharf vorgebrachten Worte nicht ihre Wirkung. »Wie bist du mit Mojtovians Männern in Kontakt gekommen?«

Eisenring wich seinem Blick aus, was ein gutes Zeichen war. »Ach, ich weiß nicht mehr. Eines Tages standen die in meiner Werkstatt. Einer ihrer Schlitten war kaputt. Ich erledigte das. Wohl ziemlich gut, und von da an schraubte ich öfter für die herum.«

»Für den Boss auch? Wie sieht Mojtovian aus?«

Eisenring biss sich kurz auf die Unterlippe. »Mann, Mann, Mann. Was soll der ganze Mist nur?«

»Wie sieht er aus? Wie alt ist er?«

»So um die 40. Schwarze Haare. Ein Gesicht wie aus Stein gemeißelt. Der sieht aus, als könnte er einem Menschen genauso locker die Gurgel umdrehen, wie ich eine Spinne zertrete.«

»Er hat eine auffällige Strähne im Haar, stimmt's?«, fragte John aus einem plötzlichen Impuls heraus und ignorierte Metzlers überraschten Gesichtsausdruck.

»Ja, eine graue Strähne.«

»War Mojtovian oft bei dir in der Werkstatt?«

»Oft?« Eisenring winkte ab. »Ein einziges Mal. Ich hatte meistens mit einem anderen zu tun.«

»Wie heißt er? Wie sieht er aus? Ist er ein kräftiger Typ, untersetzt, breiter Nacken wie ein Ochse?«

»Nee, aber ich weiß, wen du meinst, Mann. Könntest du nicht die Knarre wieder einstecken?«

»Kommt auf deine Antworten an. Also: Wie heißt der mit dem Stiernacken?«

Ein genervtes Abwinken. »Die sprechen sich nur mit Spitznamen an. Der Kräftige heißt einfach nur Wala.«

»Mit wem hattest du am meisten Kontakt?«

»Mit einem, der nicht so kräftig ist.«

»Schmales Gesicht, ganz kurzes schwarzes Haar. Trägt gern teure Anzüge. Oder?«

»Die tragen die alle gern.«

»Wie heißt der Schlanke?«

»Alex.« Eisenring zog geräuschvoll die Nase hoch. »Also wahrscheinlich Alexander. Aber Nachnamen kenne ich wirklich nicht. Bis auf Mojtovian.«

»Du schuldest ihnen Geld«, pickte sich John das nächste Thema heraus.

»Ach, eigentlich hab ich mich nur um die Autos von denen gekümmert. Die haben großzügig gezahlt.«

»Eine hübsche Stange Schwarzgeld für dich, schätze ich mal.«

»Das kannst du mir nicht beweisen«, knurrte Eisenring.

»Woher deine Schulden kommen, ist mir seit heute Vormittag klar – ich möchte es aber noch mal ganz genau von dir hören. Also, raus mit der Sprache.«

Ein paar Sekunden druckste Eisenring herum. Dann

presste er die Worte durch kaum geöffnete Lippen: »Die haben mich mit Koks versorgt. Zuerst zu Freundschaftspreisen, wie sie das nannten. Plötzlich wurde es teurer. Viel teurer.«

»Dann hast du was auf Pump bekommen, nicht mehr bezahlen können, und so bist für eine Weile von der Bildfläche verschwunden.«

»Miese Typen sind das, verdammt miese Typen.«

Das sagt der Richtige, dachte John und fragte argwöhnisch nach: »Aber du hast noch mehr von denen bekommen als Koks.«

»Was denn sonst noch?«

»Frauen.«

Eisenring schwieg, sein Mienenspiel verriet allerdings genug.

»Komm schon, spuck's aus.«

»Ja, verflucht. Auch Frauen. Die hatten immer tolle Mädels.«

Johns Stimme wurde schärfer, fordernder: »Was waren das für Frauen?«

»Sag ich doch: heiße Geräte. Hübsch, jung.« Er zuckte mit den Achseln. »Fast alles Ausländerinnen, die kaum Deutsch konnten. Alle aus Ostblockländern. Tschechinnen, Russinnen. Was weiß ich.«

»Auch Deutsche, nicht wahr.« Es war gar keine Frage.

Eisenring nickte. »Auf einmal waren da auch deutsche Mädels, ja. Junge Dinger, wie die anderen. Aber keine … wie soll ich sagen? Das waren nicht unbedingt arme Frauen, die keine Chance im Leben haben oder so. Die waren nicht blöd, das sah man gleich. Die waren eher wie Studentinnen.«

»Viele?«

»Nein.« Diesmal kam die Antwort rasch. »Nur ein paar, nicht einmal eine Handvoll.«

»Und eine davon war Lady Butterfly.«

Ein kurzes Pfeifen Eisenrings. »Der heißeste Feger von allen. Junge, Junge. An die kam unsereins nicht ran. Nur Typen, die ordentlich Kohle im Sparschwein hatten.«

John zeigte ihm erneut die Fotografie, als gäbe es eine andere Möglichkeit. »Das ist Lady Butterfly?«

»Und ob sie das ist.«

Selbst der schweigsame, immer noch mächtig beeindruckte Rainer Metzler nickte. Arme Laura, dachte John. Wieso hatte sie sich eigentlich noch nicht gemeldet? »Okay, und Lady Butterflys richtigen Namen, den weißt du nicht, Eisenring?«

»Nee.«

»Wie nahmen die Männer Kontakt zu dir auf? Haben Sie dich angerufen? Hast du eine Nummer von Ihnen?«

»Nee. Vorsichtige Leute. Untertrieben ausgedrückt. Ohne Vorankündigung fuhr dieser Alex bei der Werkstatt vor und nannte mir eine Adresse. Und da fand dann irgendeine Party statt. Manchmal, wenn ich eine Reparatur erledigt oder einen Karren tiefergelegt hatte, durfte ich umsonst rein. Das war immer in einem anderen Haus.«

»Du hast also keine wirkliche Adresse von den Männern?«

»Habe ich nicht, nee. Da fällt mir ein: Einmal musste ich einen Mercedes, dem ich mehr Feuer eingebaut hatte, nach Herdern bringen.«

»Zu einer Villa?«, tippte John.

»Was? Nee. Da gibt es eine Tankstelle. Kurz vor der Eisenbahnbrücke. Und dahinter ist ein Supermarkt. Ein

Lidl. Dort sollte ich den Wagen einfach auf dem Kundenparkplatz abstellen und verschwinden.«

John kannte sowohl die Tankstelle als auch den Supermarkt. Über die Straße, nur 50 Meter weiter, stand das Studentenwohnheim, das Felicitas Winters letzte bekannte Adresse war. Wieder überfiel ihn dieser Gedanke, wieder nagte etwas an ihm: Irgendetwas hast du übersehen … Und plötzlich spürte John, wie ihn der Teufel ritt – ohne dass er sich dagegen zu wehren vermochte. Er trat hinter Piet Eisenring. Es war beinahe, als beobachte er sich wie einen vollkommen Fremden: Er sah sich selbst zu, wie er seinen Arm anhob, nahm aus dem Augenwinkel das Entsetzen im Gesicht von Rainer Metzler wahr, und auf einmal lag die Mündung der Pistole in Eisenrings Nacken.

»Auf die Knie«, zischte John.

Eisenring zuckte zusammen. »Mann, ganz ruhig, mach bloß keinen Scheiß.« Seine Stimme zitterte gewaltig.

»Auf die Knie!«

Eisenring folgte der Anweisung. Sein Oberkörper bebte. »Mann, ich hab doch nix getan«, schluchzte er.

John fühlte die Angst, die nackte Angst, die den Mann ergriffen hatte, und er musste sich unwillig eingestehen, dass er Mitleid mit dem widerlichen Burschen hatte. Doch ob widerlich oder nicht – John hatte kein Recht, das zu tun, was er tat. »Eine letzte Frage noch«, hörte er sich leise sagen.

Eisenring hielt den Atem an. Er starrte auf den Boden, genau wie am Vormittag bei den Schrebergärten.

»Warum musste Lady Butterfly sterben?«

»Ich weiß es nicht.« Eisenring schluchzte. Tränen plumpsten auf die Erde vor ihm. »Mann, mach bloß keinen Scheiß!«

»Warum musste Lady Butterfly sterben?«

»Ich weiß es nicht!« Diesmal war die Antwort ein richtiges Kreischen, laut und durchdringend.

Du hast schon wieder eine Straftat begangen, sagte er sich und umfasste das Lenkrad fester. Ein flüchtiger Blick in den Rückspiegel, als hätte er Zweifel, dass er noch der Alte war. Er hatte sich völlig gehenlassen. Erst Amtsanmaßung als Kommissar Tappert und jetzt hatte er einen Menschen mit einer Waffe bedroht. »Junge, reiß dich am Riemen!« Diesmal sagte er es laut. Hing etwa sein ganzes Leben von dieser verdammten Detektei ab? Er hatte nicht einmal einen Auftrag. »Oder etwa doch, Laura?«, fragte er wieder laut in das monotone Motorengebrumm.

War sie sauer auf ihn? Deshalb bisher kein Anruf von ihr? Hatte das letzte Gespräch alles zerstört? Oder hatte es gar nichts gegeben, was kaputtgehen konnte? Was war er für sie? John Dietz, lediglich ein Irrtum für eine Nacht, den man früher oder später vergaß?

Bei der Erinnerung an den Gesichtsausdruck, mit dem Laura seine Wohnung verlassen hatte, fühlte sich John zusehends unwohler. Er fuhr die Sundgauallee entlang und versuchte, seine Gedanken in andere Bahnen zu lenken, und kehrte so unwillkürlich zurück zu Piet Eisenring. John hatte ihn und Metzler einfach zurückgelassen – nachdem er endlich eingesehen hatte, dass er es zu weit getrieben hatte. Schnell war er davongegangen, ohne nach Eisenrings verzweifeltem Aufkreischen noch ein

Wort an die beiden zu richten. Und sie waren sichtlich erleichtert, ihn verschwinden zu sehen. Eisenrings Antworten geisterten unablässig durch Johns Kopf. Mojtovian. Wala. Alex. Ein schmales Männergesicht mit kurzem Haarschnitt tauchte vor seinem inneren Auge auf. Dieser Alex. Er war der Mann, den John bei Lauras Hotel und in Zähringen bemerkt hatte. Und wo noch? Irgendwo.

Nachdem er sich durch den Verkehr gekämpft und das Auto im Parkhaus abgestellt hatte, stärkte er sich mit einem Döner bei Ali Baba. Sein Unterkiefer protestierte bei jedem Biss voller Schmerz, aber der Hunger war stärker. Immer wieder ertappte er sich dabei, wie er nervös aufs Handy sah, als wäre es möglich, den Rock'-n'-Roll-Klingelton zu überhören. Stets mit demselben Resultat: gar keinem. Niemand hatte versucht, ihn zu erreichen.

Er kam gerade bei dem Gebäude an, in dem sein Büro untergebracht war, als endlich die ersehnte Melodie ertönte. Abrupt blieb er stehen, um das Handy ans Ohr zu drücken. »Laura?«, rief er.

Die Antwort war ein lautes Lachen, das entfernt an Propellerlärm erinnerte.

»Tante Ju. Du bist's.«

»Könntest ja wenigstens so tun, als wärst du nicht gar so enttäuscht darüber.« Sie lachte erneut. »Na ja, wäre ich du, hätte ich es auch lieber, von einer hübschen Blondine angerufen zu werden.«

»Gibt's was Neues?« Jetzt war John mit den Gedanken natürlich erst recht wieder bei Laura.

»Du hast dich doch nach einem gewissen Mojtovian erkundigt?«

»Und?« John öffnete die Eingangstür des Hauses mit der freien Hand. Um den Empfang nicht zu verlieren, entschied er sich gegen den Aufzug. Das brachte allerdings nichts – ein Rauschen, und von Tante Ju war nichts mehr zu hören. »Ich rufe gleich zurück«, sagte er noch rasch in die entstandene Stille.

Mit schnellen Schritten überwand er die Stufen bis zum dritten Stock und kam dabei ein wenig außer Puste. Jogging würde ihm nicht schaden. Er erinnerte sich daran, dass er sich bei Eröffnung der Detektei vorgenommen hatte, im Training zu bleiben. Mit den Gedanken noch bei seiner nachlassenden Kondition, den Schlüssel in der Hand, wollte John die Tür zu seinem Büro gerade aufschließen, stellte jedoch verdutzt fest, dass sie einen Spaltbreit offen stand. Abrupt hielt er inne. Er steckte den Schlüssel in die Hosentasche und war einen langen Moment versucht, nach seiner Pistole zu greifen. Mit der hast du heute schon genug Unheil angerichtet, Johnny.

Vorsichtig stieß er die Tür auf. Ebenso vorsichtig betrat er das Büro.

Das Erste, was er sah, waren Tropfen. Rote Tropfen, die langsam eintrockneten. Blut.

Jetzt doch der rasche Griff zu seiner Glock. Diesmal ohne nachzudenken. Sein Mund war trocken, als er einen zweiten Schritt nach vorn wagte. »Heilige Runkelrübe«, flüsterte er – nur um sich von der knisternden Ruhe nicht noch mehr einschüchtern zu lassen. Ungläubig betrachtete er die Eisenstange, jenes eigentümliche Andenken an den mysteriösen Mann mit dem Schnauzbart. Sie steckte im Bildschirm des Monitors. Die Tastatur war damit ebenso zerstört worden wie der Computer selbst. Und sogar das Telefon und das Regal, auf der John die Stange abgelegt hatte.

»Scheiße«, murmelte er und stieg über einige der Blutflecken hinweg. Von wem mochten sie stammen? Laura, wo steckst du?, fragte sich John, und sein Inneres wurde von einer eisigen Kälte erfasst.

Er spähte in das Nebenzimmer. Hier hatte die Eisenstange ebenfalls für Zerstörung gesorgt. Johns erster wirrer Gedanke galt seiner Hausratsversicherung. Zahlten die so was? Und endlich kam ihm Elvis in den Sinn.

Der Käfig war unbeschädigt – allerdings stand die Türklappe offen. Keine Spur von dem Papagei.

Konsterniert ließ John den Blick kreisen. Warum? Warum nur? Zu welchem Zweck? Von dieser Aktion hatte doch niemand etwas, oder? Und er gab sich gleich die stumme Antwort: Das war eine Warnung. Natürlich, eine Warnung. Wie der Überraschungsbesuch im Hotelzimmer, bei dem Laura unter die Dusche gestellt worden war.

Nur kurz überprüfte John das winzige Bad, in dem sich offenbar nichts getan hatte. Anschließend ging er zurück ins Büro und besah sich das Blut, als könne es ihm irgendwelche Hinweise geben. »Elvis?«, fragte er laut in das Chaos seines Büros hinein. »Was haben die mit dir gemacht?«

»Are you lonesome tonight?«, setzte altbekanntes Gekrächze ein – und nie war John erleichterter gewesen, den verrückten Vogel zu hören. Er sah auf und entdeckte Elvis auf der Wanduhr in Gitarrenform. Die kreisrunden Augen musterten ihn.

»Are you lonesome tonight?«

John atmete durch. »Na, alter Junge. Wollten die dir etwas Böses antun?« Er lächelte unsicher. »Hast dich gewehrt, was? Hast hoffentlich richtig zugebissen.« Wenn man wusste, welche Urkraft im Biss eines Papageienschnabels steckte, dann war es nicht einmal viel Blut, das über den Boden verteilt war. John ließ die Pistole verschwinden und streckte den Arm nach oben zur Uhr aus. Wie traumatisch der Zwischenfall im Büro auch gewesen sein mag – der Papagei erwies sich John gegenüber als so zutraulich wie zuvor. Ohne einen Krächzer ließ er sich auf Johns Handrücken nieder. »Alles klar, Kumpel?«

John trug ihn ins Nebenzimmer, um ihn zurück in den Käfig zu setzen. »Ein echter Rock-'n'-Roller ist nicht so leicht einzuschüchtern, was?« Elvis hockte sich auf die Stange und vergrub den Schnabel in der Futterschüssel – ein gutes Zeichen. Währenddessen hatte John sich das Handy gegriffen und Lauras Nummer gewählt. Zweimal tutete es, dreimal, viermal, dann wurde die Verbindungsaufnahme abgebrochen. »Hm«, brummte John. Er ging nach drüben ins Büro und stellte sich ans Fenster. Gedankenversunken betrachtete er die übliche Menschenmenge. Erneut wählte er Lauras Nummer – erneut nur das Tuten. »Hm.«

Und jetzt? Die Polizei anrufen und den Schaden im Büro melden? Er fühlte sich irgendwie leer und müde. Zu allem Überfluss verursachte der Kiefer wieder größere Schmerzen – gewiss aufgrund des Kauens. Beiläufig erfassten Johns Augen einen Mann, der sich mit schleppendem Gang durch das Gedränge auf der Kaiser-Joseph-Straße wühlte. Wuchtig der Schädel, breit die Schultern unter dem Pelzbesatz der Jacke, das Kinn tief gesenkt, das Haar wirr.

»Dich habe ich ja schon fast vergessen«, sagte John.

Dann lief er los, vom Büro ins Treppenhaus, die Stufen nach unten, immer drei auf einmal. Heute entkommst du mir nicht!, dachte er. Ich will endlich wissen, wer du bist.

## 9
# GUMMIBÄRCHEN

John Dietz glitt durch die Menge, den Hinterkopf, der über die meisten Passanten hinausragte, fest im Visier. Etwas war an diesem Fremden, an diesem traurigen Bären, wie ihn John einmal genannt hatte. Und dieses Etwas ließ John keine Ruhe.

Schritt für Schritt schob er sich näher an den Hünen heran, der das Martinstor passierte, um anschließend links in die Gerberau einzubiegen. Auch hier waren viele Leute unterwegs. Der traurige Bär schleppte sich ohne Eile und offenbar zudem ohne Ziel über das Kopfsteinpflaster. Einmal warf er einen jähen Blick zurück, als spürte er den Verfolger instinktiv. John blieb wachsam. Was hast du eigentlich vor?, fragte er sich. Wie würde er ihn ansprechen? Die Entschlossenheit von eben hatte sich aufgeweicht.

Sie kamen am Feierling Biergarten vorbei, und der rätselhafte Mann mit dem Parka lief immer weiter. Nach wie vor hatte John den Eindruck, dass der Fremde völlig ziellos unterwegs war. Erst in der Fischerau hielt der Mann inne. Der Menschenstrom wie abgeschnitten, eine tiefe Ruhe. Reglos stand er einige Sekunden da, als würde er die Einsamkeit genießen. Er betrat eine der kleinen Brücken, lehnte sich schwer gegen das Eisengeländer und starrte hinab auf den Gewerbebach.

Langsam näherte sich John dem Hünen – und noch immer hatte er keine Ahnung, was er zu ihm sagen würde. Etwa einen Meter von ihm entfernt trat auch er an das Geländer, ohne sich allerdings darauf zu stützen. Seine

Haltung blieb angespannt. Der Fremde drehte den Kopf und blickte in Johns Gesicht. Überraschung machte sich darin bereit, der Impuls loszurennen, erneut die Einsamkeit zu suchen – doch dann erschlaffte der massige Oberkörper. Der Mann war nicht nur traurig, er war verzweifelt, geschlagen, zutiefst enttäuscht. Er schien einfach zu erschöpft zu sein, um fortzulaufen – nicht wie an jenem Abend nach der Schlägerei, als John ihm beigestanden hatte.

»Hallo«, sagte John, und der schlichte Gruß erschien ihm ebenso absurd wie die gesamte Situation.

Der Mann betrachtete ihn mit diesen traurigen Augen. Der Mund unter dem buschigen, verschmutzten Schnurrbart blieb geschlossen.

»Verstehst du mich? Sprichst du Deutsch? Do you speak English?«

Wiederum keine Antwort.

»Ich heiße John Dietz.« Absurd, in der Tat. Mehr als absurd. »Ich: John. Und du? Dein Name?«

»Pavel.«

»Ach?« John horchte auf. »Wie der Koch im Krügle.« Er schob die Hände in die Hosentaschen. Die Situation war merkwürdig, bedeutete aber zumindest keine Gefahr. Nichts an dem Fremden strahlte noch Gewalttätigkeit aus. »Du bist Tscheche? Tschechisch?«

Ein zögerndes Nicken. »No ano, česky.« Also kein Russe, wie die Mitarbeiter der Zeitung vermutet hatten. Der Mann roch nach Schweiß, nach ungewaschener Kleidung. Die schwarzgrauen Haare hingen ihm in die Stirn. Aber jetzt bei Tageslicht, aus direkter Nähe, sah er nicht aus wie der Verrückte, als der er beschrieben worden war.

»Du hast harte Tage hinter dir, was?« John winkte ihm aufmunternd zu. »Na los, komm mit.«

Der Mann beäugte ihn argwöhnisch.

»Komm mit«, bestärkte ihn John. »Keine Sorge, Pavel. Ich habe da eine Idee.«

Und tatsächlich, der Mann folgte ihm, zögernd, tapsend, aber offensichtlich derart hilflos, dass es ihn mit einer verrückten Erleichterung erfüllte, auf jemanden hören zu können.

Nur 20 Minuten später befanden sie sich in dem kleinen Lagerraum, der an die Küche des Krügle anschloss. Günther, der Wirt, hatte erst reichlich erschrocken reagiert, als er sah, wen John da im Schlepptau hatte. Doch John konnte die Situation rasch beruhigen – Günther vertraute ihm und stellte sogar das Lager für die Unterredung zur Verfügung. John lehnte am Türrahmen, Pavel, der Fremde, saß auf einem Hocker. Und Pavel, der Koch, hockte auf zwei übereinander stehenden Weizenbierkästen. Die fremde Sprache erfüllte das Zimmer, dessen Regale von Lebensmitteln überquollen, die keiner Kühlung bedurften, vor allem Nudeln, die es fast immer in irgendeiner Variation als Tagesgericht gab. Während der ältere Pavel berichtete, übersetzte der Koch für John, der aufmerksam zuhörte.

»Er heißt Pavel Smolarek und arbeitet als Bäcker«, erklärte der Koch. »Er lebt in einer kleinen Stadt in der Nähe von Prag. Seit drei Wochen ist er in Deutschland. Und er weiß nicht mehr ein noch aus. Er ist am Ende.«

»Frag ihn, was er hier will«, warf John ein. »Frag ihn nach den Vorfällen in den Kneipen und der Zeitung.«

»Geduld, John. Du siehst doch, dass er sich erst mal sammeln muss.«

Smolarek sprach weiter. Offenbar verstand er die deutsche Sprache bruchstückhaft, konnte sich jedoch nicht in ihr äußern.

»Er sagt, dass er für den Schaden, den er angerichtet hat, aufkommen wird. Er hat Geld gespart, er hat eine Frau und drei Töchter. Es tut ihm sehr leid, was er angerichtet hat. Aber die Nerven sind ihm durchgegangen. Er hat es einfach nicht mehr ausgehalten. Niemand half ihm. Er war bei der Polizei, er war bei dieser Zeitung. Keiner wusste etwas. Also forschte er selber nach. Aber wieder: Niemand half ihm, niemand konnte ihm eine Auskunft geben. Irgendwann sah er diese Stange im Straßengraben liegen. Er nahm sie an sich. In seinem Kopf war nur noch Chaos, ein einziges Chaos.«

»Aber warum denn, Pavel?« Johns Neugier ließ sich nicht mehr im Zaum halten. »Frag ihn, warum.«

Smolarek fuhr fort, und der Koch übersetzte weiter. »Es geht um meine Tochter, sagt Herr Smolarek. Sie ist in Prag an die falschen Leute geraten. Männer, die ihr einen Job und viel Geld in Deutschland versprachen. Und das, obwohl sie nicht einmal Deutsch kann. Ich riet ihr ab, mir kam das von Anfang an komisch vor. Doch sie hörte nicht auf mich, sondern ging nach Frankfurt. Dort nahmen die Männer ihr ihre Papiere ab. Sie verprügelten sie, setzen sie unter Drogen. Sie zwangen sie zur Prostitution. Sie hielten sie wie eine Gefangene, wie ein Tier.« Der Tscheche redete immer schneller, schaffte es aber, die Fassung zu bewahren. Allein das Flackern seiner auf einmal blitzenden Augen verriet, was in ihm vorging. »Sie hat versucht, mit uns in Kontakt zu treten, doch das war unmöglich. Sie durfte sich nicht einmal in der Nähe eines Telefons aufhalten. Ja, sie war eine Gefangene.«

Zum ersten Mal entstand Stille in dem Lagerraum. Von der Gaststube drangen gedämpft Stimmen und Musik zu den drei Männern.

»Er und seine Familie wussten deshalb nicht, wie schlimm es um sie stand, nehme ich an.« John versuchte behutsam, den Faden wieder aufzunehmen.

Eine Übersetzung war kaum nötig. Pavel Smolarek nickte vor sich hin, ehe er weitersprach, die Worte voller Schmerz aneinanderreihte.

»Die Zeit verging. Wir hörten nichts von ihr.« Wiederum war der Koch Smolareks deutsche Stimme. »Woche für Woche, Tag für Tag, Stunde für Stunde lebten wir in Angst und Sorge. Dann gelang es ihr, ein Handy zu stehlen. Sie rief uns an, erzählte von ihrem Martyrium. Und ich denke, sie sprach nicht einmal alles an, was sie erlebte. Ich war am Telefon, ich hörte ihre Stimme, und doch war es eine ganz andere Stimme als die, die ich kannte. Sie sagte, sie sei sich nicht sicher, aber es gäbe ein Gerücht. Sie habe es von einem der anderen Mädchen gehört. Es gibt nämlich noch andere osteuropäische Frauen, die mit denselben falschen Versprechungen nach Deutschland gelockt worden waren.«

»Was für ein Gerücht?«, fragte John, obwohl er sich vorgenommen hatte, nicht mehr dazwischenzureden.

»Das Gerücht, der große Boss, der über die Frauen befehligte, würde aus Frankfurt verschwinden. Er hatte Ärger, der Boden unter den Füßen wurde ihm zu heiß. Meine Tochter hoffte, dass sich dadurch für sie vielleicht etwas ändern könnte. Dass sich die Chance zur Flucht ergab. Ich wollte ihr noch Fragen stellen, doch auf einmal war die Verbindung unterbrochen.« Smolarek seufzte. Er blickte zu John, dann wieder vor sich hin.

»Ich brach sofort auf. Nach Frankfurt. Ich ging zur Polizei. Man hörte sich an, was ich zu sagen hatte, und versprach, der Angelegenheit nachzugehen. So nannten sie es. Eine Angelegenheit. Für mich aber ist es eine Tochter. Ein Mensch, eine junge Frau. Ich wartete im Hotelzimmer. Ging täglich zur Polizei, um mich nach dem Stand der Ermittlungen zu erkundigen. Nichts. Nichts. Nichts.« Erneut ein Aufseufzen. »Dann rief mich meine Frau an. Sie sagte, unsere Tochter habe sich noch einmal gemeldet. Unsere Kleine war gar nicht mehr in Frankfurt.«

»Sondern in Freiburg«, entfuhr es John leise.

Smolarek nickte. Er berichtete davon, wie er mit der Bahn von Frankfurt abreiste. In Freiburg suchte er die Polizei auf, erzählte von Neuem alles, was er wusste. »Es war immer das Gleiche. Nichts, nichts, nichts. Ich hatte nicht mehr genügend Geld für ein Hotelzimmer. Meine Reisetasche brachte ich zu einem Schließfach am Hauptbahnhof. Anders als in Frankfurt fragte ich bei der Polizei nicht mehr nach. Es war sowieso sinnlos. Nichts. Keine Spur meiner Tochter. Ich versuchte, sie auf eigene Faust zu finden, stellte Fragen. Aber kein Mensch konnte mir weiterhelfen. Und irgendwann drehte ich durch. Mein armes kleines Mädchen. Ich werde sie niemals wiedersehen. Ich weiß es.«

Seitdem Smolareks Stimme durch den engen Raum waberte, musste John daran denken, dass Blanca etwas von einem Foto erwähnt hatte. Damals, als zum zweiten Mal von diesem Mann, von diesem traurigen Bären, die Rede war. »Sie haben ein Foto herumgezeigt, nicht wahr?«

Der Tscheche verstand und begann, in den Taschen seines Parkas zu wühlen. Gleich darauf übergab er John eine Fotografie.

John starrte darauf, sekundenlang, und er merkte gar nicht, dass sein Mund dabei offenstand.

»Herr Smolarek fragt«, wandte sich der Koch schließlich an ihn, »ob du sie schon einmal gesehen hast.«

Er sah auf, in Gedanken wieder bei den Dingen, die Tante Ju ihm erzählt hatte. »Leider nicht. Äh, Herr Smolarek, Ihre Tochter – heißt sie Maja?«

Smolarek schüttelte den Kopf. »Helena.«

John runzelte die Stirn. Da passte etwas nicht zusammen. »Nein? Nicht Maja? Sie wurde niemals Maja genannt?«

»Helena.«

Und erneut musste John die junge Frau anstarren. Anfang 20, schlank, das Haar fiel tiefschwarz auf die zierlichen Schultern. Sie strahlte vergnügt in die Kamera, ihre Hand winkte, sorgte so für eine Unschärfe in der Aufnahme. Sie trug ein T-Shirt und Jeans. Hinter ihr erstreckten sich Felder, ein Wald bildete den Horizont, wahrscheinlich die Landschaft ihrer Heimat.

John gab dem Mann das Foto zurück und reichte ihm anschließend die Fotografie, die er von Laura erhalten hatte. Irritiert nahm Pavel Smolarek sie entgegen. Überraschung machte sich auf dem Gesicht breit. Smolarek war drauf und dran, Felicitas Winters Abbild zu küssen, als sich seine Brauen zusammenschoben. Er murmelte etwas und schüttelte den Kopf.

»Herr Smolarek glaubte im ersten Moment, das wäre ein Foto seiner Tochter«, erklärte der Koch.

»Ich dachte es mir.« John nahm Felicitas' Foto wieder an sich. »Der große Boss, den er erwähnt hat. Weiß er, wie der Mann heißt?«

Nein, Smolarek wusste das nicht. Alles, was er zu berichten hatte, war bereits gesagt worden.

»Ich frage mich, wie wir ihm helfen können«, meinte John zu Pavel, dem Koch.

»Lass das zunächst mal meine Sorge sein.« Er erhob sich von dem Hocker, verfolgt von Smolareks Blicken. »Das ist mein Landsmann. Ehrensache, dass ich mich um ihn kümmere.«

John nickte ihm dankbar zu und war mit den Gedanken bereits wieder woanders. Die Fäden mit den losen Enden, die er anfangs in den Händen gehalten hatte, schienen nun doch zusammenzuwachsen. Wie viel war geschehen, seit Tante Ju ihm in ihrem Büro von der stummen Maja erzählt hatte. Ja, ohne Tante Ju …

Tante Ju!

Er hatte vergessen, sie zurückzurufen. Schon wieder! Das musste er sofort nachholen. Oder er suchte sie einfach in der Zeitung auf – es war mehr als genug Zeit, bis sie Feierabend machen würde. Und in zehn Minuten wäre er dort. Aber nicht nur an diese alte eigenwillige Dame musste John denken, auch an Laura. Er zog sein Handy aus der Tasche und drückte auf Wahlwiederholung – allerdings bescherte ihm das erneut nicht mehr als dieses entmutigende Tuten. Als John wenig später gemeinsam mit den beiden Pavels den Lagerraum verließ und die Gaststube betrat, fragte er sich von Neuem, ob das letzte Gespräch alles zwischen ihm und Laura zerstört hatte. Warum meldete sie sich nicht?

»Gibst du mir eine?« John deutete auf die halb volle Zigarettenschachtel inmitten des wilden Durcheinanders auf Tante Jus Schreibtisch. »Ich könnte echt eine vertragen.«

»Ha!« Sie lachte auf und zerdrückte den Stummel im Aschenbecher. »Und dann bin ich schuld, dass du wieder zu uns armen Suchtopfern gehörst. Nein, nein, Johnny, da musst du dir jemand anderen suchen.«

»Okay, vergessen wir das einfach und kommen lieber zu den wichtigen Dingen.« John saß wie immer auf dem dreibeinigen, schiefen Hocker. Unentwegt dachte er über das Gespräch mit Pavel Smolarek nach. Über Helena und ihre furchtbaren Erlebnisse. War Helena etwa Lady Butterfly? Denkbar. Oder doch nicht? Hatte er Laura völlig unnötig von einer möglichen Verbindung zwischen Felicitas und den Zuhältern erzählt? Abermals ein Fehler seinerseits? Einer, an dem er noch lange würde knabbern müssen?

»Die wichtigen Dinge, Johnny? Welche zum Beispiel?«, riss Tante Ju ihn aus den Gedanken.

Er sah auf. Was wollte er eigentlich hier? Ach ja, natürlich. »Du hattest vorhin wegen Mojtovian angerufen. Gibt's was über ihn?«

Ihr Gesicht wurde ernster. »Zuerst war mir der Name völlig fremd. Den kennst du nicht, sagte ich mir. Nie gehört, nie gelesen.« Sie blickte ihn durch muffelige Luft und sich auflösenden Zigarettenqualm hindurch an.

»Und?« Gelegentlich musste man einfach ungeduldig werden, wenn Tante Ju einen ihrer ganz langen Anläufe nahm.

»Ich fragte ein paar Leute in der Zeitung, aber auch da: Fehlanzeige.«

»Und?«

»Tja, und dann bin ich auf etwas ziemlich Naheliegendes gekommen. Auf das du übrigens ebenfalls hättest kommen können.«

»Nämlich?«

»Da sitze ich den lieben langen Tag vor dem verflixten Computerdingsbums und hasse diese Kiste von ganzem Herzen. Das weißt du ja.«

»Ich weiß«, antwortete er gepresst.

»Aber eine Sache ist ziemlich praktisch dran.«

»Musst du's wirklich immer so spannend machen?« John merkte, dass seine Stimme genervt klang.

»Ich hab gegoogelt, Johnny. So heißt das doch, oder? Gegoogelt.«

Nun war er tatsächlich neugierig. »Und?«

»Und?«, imitierte sie perfekt seinen Tonfall. »Da kam so einiges heraus über den feinen Herrn Mojtovian. Ich fand ein paar Zeitungsartikel, in denen von ihm die Rede war. Und du kannst dir nicht vorstellen, um was es dabei ging.«

»Um Verbrechen.«

»O ja, Johnny. Verbrechen der schlimmsten Sorte. Ha! Widerliche Sachen, die zumindest bei uns in Freiburg nicht vorkommen.«

Da bin ich mir nicht so sicher, dachte John. »Aber in Frankfurt?«

»Genau. Dieser Mojtovian ist ein dicker Fisch im Frankfurter Rotlichtviertel gewesen. Die Polizei weiß offenbar nicht allzu viel über ihn, nicht einmal, ob Mojtovian sein richtiger Name ist und wo genau er herstammt. Man nimmt an, aus der Ukraine. Auf einmal tauchte er in der kriminellen Szene des Rhein-Main-Gebietes auf.

Schnell wurde er zum Boss einer Bande. Er stand – und steht immer noch – im Verdacht, bei allen möglichen Sauereien mitzumischen. Waffenhandel, Drogen und vor allem …«

»Prostitution«, entfuhr es John.

»Richtig«, sagte Tante Ju überrascht. »Zwangsprostitution. Zum bevorzugten Zeitvertreib seiner Bande gehörte es offenbar, ahnungslose junge Frauen aus den ehemaligen Ostblockländern nach Deutschland zu locken.« Ein bitterer Unterton schlich sich in Tante Jus Stimme. »Hier wurden diese Frauen praktisch wie Sklavinnen gehalten. Unter unvorstellbaren Bedingungen. Und zur Prostitution gezwungen. Die Polizei ermittelte. Doch: Man konnte diesem Mojtovian nichts nachweisen. Offiziell wohnte er gar nicht in Frankfurt. Oder Offenbach. Oder Wiesbaden.«

Offenbach, schrillte ein Alarmsignal in Johns Kopf. Offenbach wie OF.

»Anscheinend war es«, fuhr Tante Ju fort, »als würde man einen Geist verfolgen. Für Mojtovian schien also alles bestens zu laufen.« Sie griff nach der Zigarettenschachtel, überlegte kurz und legte sie wieder weg. »Lief es aber letzten Endes doch nicht. Er bekam Ärger. Leider nicht mit der Polizei, die er nach wie vor an der Nase herumführte.«

»Sondern?«

»Sondern mit seinesgleichen. Wie das wohl immer so ist, in dieser *Branche*. Mojtovian wurde der Konkurrenz ein bisschen zu groß. Es gab einen Mordversuch an ihm, es gab Schießereien, seine Bande zersplitterte, und ihm blieb nur noch der harte Kern davon. Und letztlich nichts anders übrig, als das Feld zu räumen und zu verduften.

Mojtovian flüchtete. Setzte sich ab. Machte sich unsichtbar. Nenn es, wie du willst.«

John lächelte sie an. »Und niemand weiß, wo er steckt?«

»Wie ich schon sagte: als würde man einen Geist verfolgen. Jetzt erst recht. Der Schweinhund ist auf Tauchstation gegangen, mit nur ganz wenigen Helfern, und bislang nicht mehr aufgetaucht.«

»Wann war das? Wann flüchtete er aus Frankfurt?«

»Vor über eineinhalb Jahren.«

»Das alles hast du doch nicht herausgefunden, indem du ein paar Tasten gedrückt hast. Oder?«

Tante Ju lachte. »Nicht alles, aber immerhin so einiges. Dann habe ich Thomas angerufen. Er kannte den Namen ebenfalls nicht. Ich berichtete ihm von dem, was ich über Mojtovian gelesen hatte, und er versprach, für mich bei den Kollegen in Frankfurt anzurufen. Was er auch gemacht hat.«

»Bist du im Internet auf ein Foto von Mojtovian gestoßen?«

Sie schüttelte den Kopf. »Aber immerhin habe ich ein bisschen was in Erfahrung gebracht, stimmt's? Zufrieden?«

»Du bist wirklich ein Schatz. Weißt du das?«

»Und ob ich das weiß, Johnny. Wenn man bedenkt, wie scharf die Polizei von Frankfurt auf diesen Mojtovian ist, dann ist das umso bemerkenswerter.«

»Was?«, fragte er, einmal mehr verwirrt von ihren Gedankensprüngen.

»Na ja, dass man eben nur dieses bisschen über ihn in Erfahrung bringen kann. Er ist ein Geist geblieben.«

»Schlaues Kerlchen.«

»So schlau wie skrupellos.« Wie sich zeigte, hatte Tante Ju den Anfang ihres Gespräches inzwischen verdrängt – sie griff erneut nach der Schachtel und diesmal steckte sie sich eine Zigarette an. »Ich hoffe, das alles hilft dir irgendwie weiter, Johnny.«

»Das tut es!«, erwiderte er rasch. »Und wenn ich wieder mehr Ruhe habe, erzähle ich dir, was inzwischen so alles passiert ist.«

»Darauf bestehe ich.« Tante Ju blies eine gewaltige Qualmwolke in Richtung Decke. »Gerne bei mir zu Hause, ganz gemütlich bei einem schönen Glas Wein. Vielleicht bringst du ja eine gewisse Blondine mit.«

Er lächelte säuerlich und stand auf. »Da hätte zumindest ich nichts dagegen. Mal sehen, was besagte Blondine von dem Vorschlag hält.«

»Du musst los?«

»Ja, Tante Ju. Ich weiß zwar noch nicht so genau, wohin. Trotzdem muss ich los.«

»Ha! Das Gefühl kenne ich.« Sie winkte ab. »Pass auf dich auf, Junge.«

John hatte gerade die Straße betreten, als ihm etwas einfiel, an das er zuvor gar nicht gedacht hatte. Vergessen, übersehen – einmal mehr. Fahrig zog er das Handy hervor und rief im Krügle an. Günther nahm ab, John fragte nach dem Koch und Sekunden darauf war Pavel am Apparat.

»Smolarek ist sicher noch bei euch?«

»Klar, ich hab gerade ein Steak für ihn gebrutzelt.«

»Ich hab noch eine wichtige Frage an ihn.«

»Und ich eine Küche, in der es drunter und drüber geht.«

»Pavel, ich bitte dich! Nur ganz kurz.«

John stellte die Frage und Pavel machte sich auf zu seinem Namensvetter.

Stimmengewirr und Musikfetzen drangen an Johns Ohr, zerrten an seinen Nerven. Die halbe Minute, die der Koch ihn warten ließ, kam ihm vor wie ein halbes Jahr.

»John?«

»Was sagt er?«

»Er weiß nichts von einer Tätowierung seiner Tochter.«

»Also kein Schmetterling?«, schnaufte John enttäuscht.

»Weder ein Schmetterling noch sonst etwas. Jedenfalls seit Herr Smolarek Helena zuletzt gesehen hat.«

»Hm«, murmelte John. »Ein Treffer wäre echt mal zu schön gewesen.«

»Kumpel, ich muss weitermachen …«

»Klar, Pavel, besten Dank.«

Er wollte das Handy gerade wegstecken, als es klingelte. Laura!, schoss es ihm durch den Kopf. Endlich! Allerdings lag er damit falsch. Die angezeigte Nummer kannte er nicht.

»John Dietz«, meldete er sich.

»Guten Tag. Spreche ich mit dem Privatdetektiv?«

Eine männliche Stimme, die John fremd war. »Ja. Und mit wem spreche ich?« Er ließ sich durch den üblichen Menschenstrom auf der Kaiser-Joseph-Straße treiben.

»Kriminalpolizei Freiburg. Kommissar Schnickler.«

John blieb abrupt stehen, und eine ältere Frau prallte von hinten gegen ihn. Sie meckerte irgendetwas, doch er hörte nicht hin. Kriminalpolizei, hallte es in seinem Kopf wider. Eisenring und Metzler? War es schon so weit gedrungen, dass es John mit seinen eigenwilligen Detektiv-Bemühungen in der Nähe des Flückigersees etwas übertrieben hatte? Oder Laura? War etwas mit Laura?

»Herr Dietz, sind Sie noch dran?«

»Na sicher.« Während er langsam weiterging, bemühte er sich um einen besonders entspannten Tonfall. »Was kann ich für Sie tun?«

»Ermitteln Sie gerade in einem bestimmten Fall?«

Ja, dachte John, tue ich. Und eigentlich auch wieder nicht. »Sie wissen ja, dass ich Ihnen darüber keine Auskunft geben kann.«

»Das ist mir klar.« Der Kommissar klang, als hätte er keine andere Antwort erwartet. »Aber Sie kennen Laura Winter. Richtig?«

Unbeabsichtigt rempelte John jemanden an, und wieder überhörte er die Beschwerden. Schnickler, Schnickler, überlegte er fieberhaft. Das war der Juniorchef, wie Laura ihn scherzhaft genannt hatte. Und dem sie offenbar nicht so ganz über den Weg traute. Genau so hatte sie sich ausgedrückt.

»Herr Dietz?«

»Ja, ja, bin noch dran.« John blieb unter einer der Arkaden der Kaiser-Joseph-Straße stehen. »Der Empfang ist nur schlecht«, log er.

»Ist Ihnen inzwischen eingefallen, ob Sie Laura Winter kennen?«

»Ist irgendetwas mit ihr?«

»Sie kennen Sie also?«

»Wieso möchten Sie das wissen?«

»Na gut, ganz wie Sie meinen«, erwiderte Kommissar Schnickler kurz angebunden. »Herr Dietz, ich muss auf jeden Fall mit Ihnen sprechen. Sie können es sich aussuchen. Entweder Sie kommen bei mir im Büro vorbei oder wir treffen uns in der Stadt. Vorhin war ich zufällig in der Nähe Ihrer Detektei. Ich habe geklingelt, aber es hat niemand aufgemacht.«

Mannomann, der hat's ja eilig, dachte John. Hatte Eisenring ihn tatsächlich angezeigt? Quatsch, der wusste ja nicht einmal, wie er hieß. Und Laura hatte gegenüber der Polizei seinen Namen nicht erwähnt. Das hatte sie doch gesagt, oder? Mensch, Johnny, du bist viel zu vergesslich für einen Privatdetektiv.

»Herr Dietz?«

»Tut mir leid, die Verbindung ist wirklich schlecht. Ich kann Sie kaum verstehen. Aber klar – wir können uns treffen.«

»Passt es Ihnen in exakt einer Stunde?«

Zweifellos ein zielstrebiger junger Mann, der gute Herr Schnickler. »Das passt bestens. Treffen wir uns doch einfach am Bertoldsbrunnen.«

»Okay, abgemacht. Wir werden uns schon erkennen.«

»Sagen Sie, Herr Kommissar?« John konnte die Frage einfach nicht herunterschlucken. »Mit Frau Winter ist doch nichts, oder? Ihr ist nichts zugestoßen, oder?«

»Zugestoßen? Wie kommen Sie darauf?« War da plötzlich ein schärferer Ton in der Stimme?

»Ach, einfach nur so.«

»Also dann, Herr Dietz. In exakt einer Stunde.«

John schob das Handy in die Tasche und atmete erst einmal durch. Was würde er diesem Schnickler sagen? *Wie viel* würde er ihm sagen? Eine Stunde. Wie konnte er die nutzen? John ging los und tastete gleich wieder nach dem Handy. Erneut versuchte er – ohne sich allzu große Hoffnungen zu machen –, Laura zu erreichen.

Vergeblich.

Mist!, fluchte er in sich hinein.

Das, was er zuvor zu Tante Ju gesagt hatte, entsprach tatsächlich der Wahrheit: Er wusste nicht so genau, wohin er musste, welcher Schritt der nächste sein sollte. Das wurde ihm auch in dem Moment klar, als er sich hinter das Steuer von Tante Jus Fiesta setze und den Motor startete. Zu viele Gedanken huschten durch seinen Kopf. Zu viele Fragen. Er ließ sich vom Verkehr schlucken, der um die Fußgängerzone kreiste, schaltete das Radio an und wieder aus, hustete den unsäglichen Vanilleduft aus seinen Lungen, und wiederum überfiel ihn dieses unterschwellig nagende Gefühl, etwas übersehen zu haben. Sicher, so manches war ans Licht gekommen, jedenfalls so gut wie. Doch das reichte nicht. Felicitas Winter bewahrte weiterhin ihre dunklen Geheimnisse. Zum hundertsten Mal ging John die Unterhaltungen durch, die er geführt hatte, zum hundertsten Mal sah er die Gesichter vor sich, die ihn angeblickt hatten. Rainer Metzler und Piet Eisenring. Chantal in der Belfortstraße. Pavel Smolarek und die traurige Geschichte über dessen Tochter Helena. Der Messerschwinger mit dem Spitznamen Wala. John versuchte, sich den anderen Unbekannten vorzustellen, der Laura im Hotelzimmer überrascht hatte: Alex. Schmales Gesicht, kurzes schwarzes Haar. Ganz sicher, das musste der sein, der ihm selbst aufgefallen war – vor dem Hotel und in Zähringen, in unmittelbarer Nähe von Johns Wohnung. Diese Augen – stechend. Diese Augen. Etwas an ihnen kam John bekannt vor. Oder nicht?

Übersehen, übersehen, übersehen. Aber was?

Unbewusst war John in die Habsburgerstraße eingebogen, und je weiter er ihr folgte, desto konzentrierter wurde er. Er schaute nach vorn zu dem Studentenwohnheim. Felicitas Winters letzte bekannte Adresse. Und er sah die Tankstelle, hinter der sich der Supermarkt befand, auf dessen Parkplatz Piet Eisenring einmal ein Auto hatte abstellen müssen.

Wiederum geradezu unbewusst steuerte John den Fiesta auf das Parkplatzgelände und fuhr in die erstbeste Lücke. Er hatte das Gefühl, aussteigen und ein paar Schritte gehen zu müssen. Die klare Luft einzuatmen, tat ihm gut, und sein Blick suchte automatisch den großen hässlichen Block auf der gegenüberliegenden Straßenseite. Unentwegt spulte er die vergangenen Tage in seinem Kopf wie einen Film ab. Das Gespräch in der Uni mit diesem Professor Trebitsch, die Fragen in dem Wohnheim dort drüben. Der Hausmeister, die hübsche blonde Studentin, dieser überhebliche südamerikanische Typ in Joggingklamotten, der John als ›Onkelchen‹ bezeichnet hatte. Und plötzlich war seine Kehle trocken. Er atmete ein, er atmete aus. War das endlich der Punkt, an dem er ansetzen konnte? Der Punkt, an dem er die Hintermänner dieser ganzen verrückten Geschichte dazu bringen konnte, ihre Deckung aufzugeben?

Gut, es war möglich, dass er sich täuschte. Sicher, keine Frage. Aber auf einmal brannte er förmlich darauf, in dieses Wohnheim zu stürmen und sich Gewissheit zu verschaffen. Er war dabei, die Straße zu überqueren, als er sich wieder bremste. Was wäre, wenn es erneut zu einer Situation wie der mit Piet Eisenring käme? Und diesmal stünde ihm jemand gegenüber, der sich durch die Mündung einer Pistole mit Sicherheit nicht so rasch aus der Fassung bringen ließ. Nein, er musste besser vorbereitet sein. Wie konnte er jemanden zwingen …? Seine Gedanken überschlugen sich. Etliche Ideen stürmten zugleich auf ihn ein, und natürlich war es die verrückteste, bei der er hängen blieb.

John rannte zum Auto. So schnell es Verkehr und der eigene Verstand zuließen, fuhr er die Habsburgerstraße zurück in Richtung Stadtmitte. Er umkurvte die Fußgängerzone, um dann in der Nähe des Schwabentors vor einem Erotikshop haltzumachen. Das für seinen Geschmack recht kuriose Warenangebot beinhaltete zum Glück das, was er suchte – wenn auch mit einer ungewünschten Abweichung. Doch er hatte das drängende Gefühl, ohnehin zu viel Zeit verloren zu haben. Er bezahlte den Artikel und steckte ihn in die Jackentasche. Du bist verrückt, Johnny, schüttelte er den Kopf über sich selbst. Und du bist wirklich der am wenigsten ernst zu nehmende Detektiv der Republik.

Er raste dieselbe Strecke zurück, um den Fiesta erneut auf dem Supermarktparkplatz abzustellen. Mit einem flauen Gefühl im Magen stand er Sekunden darauf vor dem Studentenwohnheim und betätigte immer wieder sämtliche Klingelknöpfe. Genervte, neugierige, verschlafene Stimmen meldeten sich. Zum Glück ertönte auch das Summen und John glitt ins Innere. Wie bei seinem ersten Besuch nahm er die Treppe.

Im vierten Stock blieb er stehen. Stille. Schlechte Luft. Verschlossene Türen. Auf eine davon ging er zu. Vorsichtig legte er das Ohr an das Holz. Nichts zu hören. Unentschlossen näherte er sich der einzigen Tür, die lediglich angelehnt war. Er schlüpfte durch sie hindurch und befand sich in der Küche, von der es eine auf jeder Etage gab. Du warst ein bisschen voreilig, kritisierte er sich. Nicht bloß ein bisschen.

Weiterhin unentschlossen, ließ er sich auf einem der Stühle nieder. Und jetzt? Es konnte sein, dass er bis zum Jüngsten Tag warten musste. Es konnte sein, dass er nie auftauchte. Es konnte sein, dass er völlig falsch lag. Bloß nicht darüber nachdenken, Johnny. Und Laura ließ nach wie vor nichts von sich hören.

Die Zeit schlich dahin. Hin und wieder Schritte im Treppenhaus. Stille, Ruhe, Lautlosigkeit, die unerträglich an den Nerven zerrte. Einmal stand eine Studentin vor ihm, die ihn verdattert anstarrte, aber keinen Ton äußerte. Sie schmierte sich ein Brot, summte ein Lied, das sie per Kopfhörer genoss, las in Computerausdrucken – alles gleichzeitig. Bald darauf tauchte ein Asiat auf, lächelte John höflich an und holte sich eine mit Namensaufkleber versehene Flasche Apfelsaft. Und die Zeit schlich weiterhin unendlich langsam voran. »Vergiss es!«, sagte sich John, und seine Stimme verlor sich in der alles beherrschenden Ruhe. »Eine Schnapsidee! Was auch sonst?« Er stand auf, und in diesem Moment erspähte er durch den Türspalt die schlanke sportliche Gestalt, die in Jogginghosen und Sweatshirt lässig den Gang entlangschlenderte, die langen wallenden Haare mit einem Frotteestirnband gebändigt. Wie hatte die blonde Studentin diesen Kerl genannt?

John rührte sich nicht.

Der Mann ging an der Küche vorbei. Die Sohlen seiner Sportschuhe quietschten leise auf dem Boden.

In der Küche zählte John lautlos bis fünf und zog die Pistole aus der Innentasche. Vorsichtig schob er sich nach draußen. Der Mann mit dem Stirnband hatte gerade den Schlüssel im Schoss seiner Zimmertür gedreht. Und schon war John hinter ihm. Er versetzte dem Mann einen Stoß, der ihn durch die aufschwingende Tür ins Innere katapultierte. John trat ins Zimmer. Mit der Linken schloss er die Tür, die Rechte hielt die Waffe, deren Mündung auf den Mann wies, der sich aufrappelte. In den schwarzen stechenden Augen zuckte es. Falls er überrascht war, ließ er es sich nicht anmerken.

»Hallo, Santiago«, sagte John, der im Gegensatz dazu seine Anspannung kaum zu verbergen vermochte.

Die schwarzen Augen betrachteten ihn.

John trat einen Schritt auf ihn zu und riss ihm Perücke mitsamt Stirnband vom Kopf. »Oder soll ich Alex sagen?«

Der Mann lächelte. Arrogant. Kalt. Nicht im Mindesten eingeschüchtert.

John ließ die Perücke fallen, holte das aus der Jackentasche, was er im Erotikshop erstanden hatte und warf es Alex vor die Füße. »Leg dir die Dinger an. Mit Ketten kennst du dich ja aus.«

Wenigstens die Handschellen mit dem pinkfarbenen flauschigen Plüschbesatz zwangen Alex zu einem verdutzen Aufsehen. »Soll das ein Witz sein?«, fragte er. Mit seinem Akzent, der weniger nach seiner Rolle als Südamerikaner Santiago, sondern eher nach dem Osteuropäer klang, der er in Wirklichkeit war.

»Ein Witz?« John sah ihm ins Gesicht. »Nichts ist ein Witz. Und das liegt an dir und deinen Freunden.«

»Leck mich doch.«

»Die Handschellen«, knurrte John.

»Und dann?« Ein fieses Grinsen. »Willst du mich auspeitschen?«

»Leg die blöden Dinger an.« Alles war in einer gefährlichen Schwebe, Sekunden, die entscheiden konnten – John spürte das.

»Hast du schon mal auf jemanden geschossen, kleiner Detektiv?« Provozierend standen die Worte in der abgestandenen Luft. »Könntest du es, wenn's drauf ankommt?«

»Willst du es rausfinden? Die Handschellen.« John fühlte eine tiefe Erleichterung, als Alex sich bückte und tat, was von ihm verlangt wurde. Die Ringe klickten um die Handgelenke.

»Wirklich süß«, murmelte Alex herausfordernd, weiterhin mit diesem Grinsen.

»Ich weiß, du schielst zu dem kleinen Hebel, mit dem man solche hübschen Spielzeuge normalerweise aus Sicherheitsgründen öffnen kann.« John taxierte ihn. »Da muss ich dich enttäuschen. Mit einer Zange habe ich das Hebelchen so verbogen, dass es unbrauchbar ist. Das heißt, dass sich die Handschellen jetzt ausschließlich mit dem Schlüssel öffnen lassen – genau wie die, die sonst die Polizei benutzt.« John war mehr als erleichtert, in Tante Jus Handschuhfach auf diesen kleinen Werkzeugsatz gestoßen zu sein. »Habe ich gut gemacht, was?«

Keine Antwort – aber Alex nahm selbst diese Erläuterung aufreizend gelassen hin.

Die Einrichtung des Zimmers bestand aus einem Kleiderschrank, einer Liege, mehreren Hanteln und einem Flachbildfernsehgerät. John öffnete den Schrank – darin hingen dunkle Anzüge, in den Fächern lag Sportkleidung. »Tagsüber hältst du dich fit und abends führst du die Mädchen aus. Stimmt's?«

Der Mann hielt die Lippen geschlossen, hob gelangweilt die verketteten Hände und zeigte John den ausgestreckten Mittelfinger.

»Das ist deine Aufgabe, oder? Den charmanten Latino-Herzensbrecher spielen, leichtgläubige Studentinnen unter Drogen setzen und dazu bringen, ein anderes Leben anzufangen?« John wollte sich unter Kontrolle halten, doch er merkte, wie Wut und Abscheu die Oberhand gewannen. »Und manchmal überfällst du unschuldige Frauen in ihrem Hotelzimmer – um ihnen einen kleinen Schrecken einzujagen. Oder? Wenn sie rumschnüffeln und euch damit auf die Nerven gehen.«

»Ach leck mich.« Ein lässiges Zucken im Mundwinkel.

»Die Frauen, die für euch arbeiten müssen. Die habt ihr aus Frankfurt mitgebracht, das stimmt doch, oder? Frauen wie Helena Smolarek.«

»Helena wer?« Ein abfälliges Heben der Augenbrauen.

»Nach Deutschland gelockt und …« Angewidert schüttelte John den Kopf. »Was seid ihr nur für miese Hunde.«

»Was willst du eigentlich, du Arsch?«

»Und warum die Studentinnen? Hattet ihr nicht mehr genug Nachschub an verschleppten ausländischen Mädchen?«

»Lies es von meinen Lippen: Leck mich, du Ar…«

Das war der Moment, als es in John aussetzte – er wollte es nicht, wehrte sich allerdings auch nicht dagegen. Die freie Linke ballte er zur Faust, und mit aller Kraft schlug er zu. Alex wurde zu Boden geschleudert. Blut lief ihm aus der Nase übers Gesicht.

»So, mein Freund. Und jetzt beantwortest du meine Fragen.« John fühlte seine Wut auf Männer wie ihn in sich pulsieren. Alex wirkte verblüfft. Damit hatte er nicht gerechnet. Und dennoch musste John sich wieder in den

Griff bekommen. »Also: Ihr hattet nicht genug Frauen, richtig? Ihr habt nur ein paar aus Frankfurt mitgebracht, als ihr von dort abgehauen seid. Und mit denen habt ihr weiterhin euer Geld gemacht. Kleines Geld in der Belfortstraße – und wer weiß, wo noch? Größeres Geld mit solchen Abendunterhaltungen wie in Zähringen, in der Nähe der Tullastraße. Da war es ganz hilfreich, Frauen zu benutzen, die Deutsch können.« John starrte noch immer voller Wut auf ihn herab. »Jetzt mach endlich dein Maul auf.«

Wachsam behielt Alex ihn im Auge, als er aufstand. »Hier in Freiburg ist man ja weit weg von der Welt. Da muss man zusehen, wie man an Frischfleisch kommt.« Er wischte sich Blut von Nase und Oberlippe.

»Wo ist dein Boss?«

»Keine Ahnung, von wem du sprichst.« Alex fand zurück zu seiner selbstsicheren Art.

»Natürlich von Mojtovian. Wo hält er sich versteckt?«

Da war wieder dieses Grinsen. »Das würde ich dir nie verraten. Und wenn du mir alle Knochen brichst.«

»Vielleicht mache ich genau das.« John verlagerte sein Gewicht. »Und wo steckt Wala? Die Villa in Herdern habt ihr ja aufgegeben.«

Alex starrte ihn an, nach wie vor wachsam. Er würde John nicht mehr unterschätzen, wusste offenbar nicht so genau, woran er mit ihm war. »Ab jetzt halt ich besser meine Klappe.«

»Erzähl mir lieber von Felicitas Winter. Von Lady Butterfly. Du hast sie hier kennengelernt. Hier, in diesem Haus. Ihr habt mitbekommen, dass es junge Frauen gibt, die man recht leicht rumkriegen kann. Frauen, die darauf brennen, ein anderes, ein aufregenderes Leben zu entdecken. Oder was sie dafür halten. Du hast dich hier eingenistet und bequatschst sie.«

»Wie gesagt, wir brauchen Frischfleisch. Irgendwie müssen wir ja wieder an Kohle kommen. Und so sehr bequatschen muss man die gar nicht. Selbst schlaue Mädchen wie unsere Lady Butterfly. Wichtig ist nicht etwa, dass sie dumm sind, sondern gelangweilt. Hörsäle und kindische Studentenpartys können mit der Zeit ganz schön öde sein. Dann hält man Ausschau nach etwas anderem.«

»Und findet ausgerechnet dich.«

»Geld, Drogen und Männer, die keine Jungs mehr sind. Das gefällt den Frauen. Es sind immer die Schurken, die die Herzen brechen. Frauen stehen auf Schurken. Wusstest du das nicht?«

John sah ihn geradewegs an. Ganz ruhig kamen die Worte über seine Lippen: »Warum musste sie sterben? Warum musste Felicitas Winter sterben?« In der Stille lag ein Knistern. John fühlte ein Brennen in den Fingerspitzen. Seine Kopfhaut juckte, sein Nacken war unnatürlich angespannt.

Alex saugte Luft zwischen den geschlossenen Lippen ein. Ein schwer einzuschätzender Ausdruck zeigte sich auf seinem Gesicht. »Sie war auf Drogen und ist vor ein Auto gelaufen.« Er beschloss den Satz mit einem überlegenen Lächeln.

»Das ist bloß die offizielle Version«, erwiderte John. »Mich interessiert die inoffizielle.«

»Eine Frau musste sterben. Na und?«

»Ausgerechnet die Frau, die die schönste von allen war? Lady Butterfly war doch der Star eurer Sammlung …«

Johns Elvis-Klingelton erklang und verlieh der Situation etwas Groteskes. Laura!, dachte er. Ausgerechnet jetzt! Die Melodie erstarb. »Warum musste«, setzte er erneut an, »Lady Butterfly sterben?«

»Du wirst es nie erfahren. Genauso wenig wie ihre Schwester.«

»Ihre Schwester?« Johns Stimme war ein Spur höher gehüpft, und das ärgerte ihn.

»Klar.« Dieses widerliche überlegene Lächeln. »Die hat die ganze Zeit herumgeschnüffelt. Zuerst dachten wir, kein Problem, die wird schon wieder verduften. Wir haben sie gewarnt, haben ihr einen kleinen Schrecken eingejagt. Hat nichts genutzt. Na ja, das hat sie jetzt davon.«

»Was?« Johns Kinn ruckte hoch. »Was hat sie davon?«

»Wir haben sie uns geschnappt.«

»Sie hat mich eben angerufen.«

»Wer immer das war: sie nicht. Sie hat anderes zu tun, glaub's mir.«

»Sie ist bei der Polizei.«

Alex legte den Kopf schief und grinste. »Sie *war* bei der Polizei. Jetzt ist sie längst bei meinen Freunden.«

»Bei deinen Freunden? Bei Mojtovian?« Darauf falle ich ganz bestimmt nicht rein, dachte John. »Spar dir die Märchen, erzähl mir lieber die Wahrheit. Wo finde ich Mojtovian?«

»Du?« Alex lachte. »Sei froh, wenn du ihm nie begegnest, Mann. Moja verspeist so was wie dich zum Nachtisch.«

»Vorher würde ich deinem Moja gern ein paar Fragen stellen. Also, wo steckt er, der feine Herr?«

»Weißt du was?«, unterbrach Alex ihn gelassen. »Ich sage nichts mehr, kleiner Detektiv. Gar nichts.« Er machte einen geschmeidigen Schritt rückwärts zum einzigen Fenster und setzte sich einfach auf den billigen Teppichboden,

den Rücken an den Heizkörper gelehnt, die Knie spitz nach oben zeigend. Betont entspannt bohrte er sich mit einem Finger im Ohr. »Und? Was willst du jetzt machen, kleiner Detektiv?«

John blickte auf ihn herab. Es war ein Punkt gesetzt worden. Dass er es diesmal nicht mit einem Piet Eisenring zu tun haben würde, war ohnehin klar. Und dafür, dass dieser Alex so ein abgebrühter Kerl war, hatte er sogar recht bereitwillig den Mund aufgemacht. John hatte das Gefühl, dass von jetzt an kaum mehr etwas aus ihm herauszubringen sein würde. Nein, Alex war kein Piet Eisenring.

»Okay«, sagte John, mehr zu sich selbst als zu dem Mann, und trat einen Schritt näher an ihn heran. »Wie du meinst.« Er zog den kleinen Schlüssel aus der Tasche und schob ihn über den Teppich in Alex' Richtung. Und wurde mit einem selbstgefälligen Grinsen bedacht.

»Schließ die Dinger auf.« Alex schnappte sich den Schlüssel und wollte aufstehen. »Nicht!«, stoppte ihn John und verlieh seinen Worten mit der Pistole Nachdruck. »Sitzen bleiben. Dein Platz ist nämlich ganz gut.«

Alex entsperrte die Ringe mit dem Plüschbesatz und ließ sie auf den Boden fallen.

»Und jetzt«, befahl John, »den Schlüssel zurück zu mir! Na los!« Der Schlüssel rutschte auf Johns Schuhspitze zu. Von Neuem wollte Alex sich erheben. »Stopp!«, hielt John ihn auch diesmal auf. »Die Handschellen brauchst du noch.«

»Wieso?«

»Weil du damit so hübsch aussiehst.«

Der Himmel bestand aus einem dumpfen Grau, und irgendwie sah es in John Dietz genauso aus. Als er die Habsburgerstraße überquerte, fühlte er sich erschöpft. Weniger körperlich, eher geistig. Die Begegnung mit diesem Gangster namens Alex und die letzten Tage insgesamt hatten ihn Kraft gekostet. Und Nerven. Willst du immer noch unbedingt Privatdetektiv sein?, fragte er sich mit düsterem Galgenhumor.

Noch bevor er beim Fiesta angelangt war, hatte er nach seinem Handy gegriffen. Der zuvor eingegangene Anruf war nicht von Laura gekommen, wie er enttäuscht feststellte, sondern von Schnickler. Natürlich von Schnickler: Sie waren verabredet gewesen. Am Bertoldsbrunnen, in exakt einer Stunde. Das waren die Worte des Kommissars gewesen.

An ihn hatte John überhaupt nicht mehr gedacht.

Den einen Fuß lässig auf die Stoßstange des Fiestas gestellt, das Handy in der rechten Hand, warf John einen Blick zurück zu dem Studentenwohnheim. Nachdem es ihm erneut nicht gelungen war, Laura zu erreichen, rief er bei der Kriminalpolizei an. Er bat um ein Gespräch mit Hauschild, doch man teilte ihm mit, dass der Hauptkommissar keine Zeit habe. Ob er nur nicht zu sprechen war oder sich gar nicht im Gebäude befand, das bekam John nicht heraus. Anschließend wählte er eine andere Nummer an.

Rasch meldete sich die knatternde Stimme: »Badische Zeitung, Butzenberg.«

»Tante Ju, ich bin's.«

»Du klingst gestresst, Junge. Alles in Ordnung?«

»Ach, ich versuche gerade, mich freizuschwimmen, und gehe immer wieder unter.«

»Dann musst du noch ein bisschen stärker strampeln, Johnny. Wie kann ich dir helfen?«

»Sag mal, hat dein Neffe irgendwann einmal etwas über einen Kommissar Schnickler gesagt?«

»Über wen?«

»Schnickler.« John konnte tatsächlich hören, wie sie sich wild in ihrem Dschungel aus grauem Haar kratzte.

»Ich glaube, der Name ist mal gefallen.« Tante Jus Stuhl knarrte im Hintergrund. »Thomas erwähnte etwas von einem neuen Kommissar. Und dass der froh sein kann, mit jemandem wie Hauschild zusammenzuarbeiten.«

»Hm, ich frage nur, weil Laura nicht gerade begeistert von Schnickler war.«

»Laura? Ach so, die Blondine.

»Mein Eindruck war, dass sie ihm nicht getraut hat.«

»Aber Thomas kannst du doch trauen.«

»Wie meinst du das, Tante Ju.«

»Na ja, Johnny, wenn du bei unseren Freunden und Helfern was loswerden willst oder eine Frage hast, ruf einfach Thomas an. Oder …« Sie lachte auf. »Oder soll ich das für ich dich machen?«

»Du kennst mich wirklich gut.«

»Was soll ich ihm ausrichten?«

»Sag Thomas bitte, dass er im Studentenwohnheim in der Habsburger gebraucht wird, im vierten Stock, vierte Tür links. Da findet er einen Verbrecher namens Alex, an einen Heizkörper gekettet. Das ist ein Mann, der zu dem netten Herrn Mojtovian gehört, von dem wir kürzlich sprachen. Und sag ihm, er soll sich beeilen.«

»Hoppla! Jetzt überraschst du mich aber. Angekettet! Ein Verbrecher! Klingt irgendwie Furcht einflößend, Johnny.«

»Lass die Späße. Wie gesagt, er soll sich beeilen.«

»Das war mein Ernst, Junge. Ich rufe gleich bei Thomas an.«

»Sehr gut, vielen Dank. Und noch eine Kleinigkeit.«

»Ja?«

»Du erinnerst dich doch an die stumme Maja. Du hast mir erzählt, sie hätte ständig ein einziges Wort wiederholt: Maja.«

»Und?«

»Könnte sie Moja gesagt haben?«

»Moja? Hm. Gut möglich. Nur ganz sicher bin …«

»Aber möglich wär's?«, hakte er nach.

»Ja, klar.«

»Gut, das reicht mir. Danke noch mal. Für alles.«

Doch sie hatte bereits aufgelegt.

John sah sich um. Viel Betrieb an der Tankstelle, auch auf dem Parkplatz des Supermarktes. Er entdeckte weder den Mann, der angeblich Wala genannt wurde, noch sonst eine auffällige Gangstervisage. Man hatte sich zwar die Mühe gemacht, sein Büro zu verwüsten. Aber seit einiger Zeit schien ihn niemand mehr zu beobachten. Oder bekam er es nicht mit? Und was war mit seiner Wohnung? War man dort ebenso mühelos eingedrungen wie in sein Büro?

John atmete tief durch, schüttelte die Müdigkeit ab, die ihn erfasst hatte, und stieg in den Wagen. Der Motor brummte auf, als wolle er sich gegen das Tempo wehren, das John einschlug, nachdem er auf die Habsburgerstraße eingebogen war. Der Gedanke an die eigene Wohnung ließ ihm keine Ruhe mehr. Was würde er vorfinden? Abermals ein Bild der Zerstörung. Nach einer Fahrt, die im ziemlichen Gegensatz zum ansonsten rücksichtsvoll ablaufenden Freiburger Verkehr stand, parkte er am Rand des kleinen Friedhofes. Mit eiligen Schritten ging John auf den Wohnblock zu, in dem er seit so vielen Jahren lebte. Die kribbelnde Anspannung, die er zuletzt bei der Konfrontation mit Alex gespürt hatte, kehrte zurück. Im Treppenhaus begegnete er niemandem. Vor der Wohnungstür hielt er inne. Er tastete nach der Pistole, ließ sie allerdings stecken. Das Schloss sah unbehelligt aus.

»Also rein mit dir«, flüsterte John sich zu.

Mit angehaltenem Atem betrat er die Wohnung. Der Flur, das Wohnzimmer, die Küche, das Schlafzimmer, der andere, etwas kleinere Raum – nichts Auffälliges zu entdecken, keine Scherben, alles in bester Ordnung, oder bei ihm eher Unordnung. Erleichtert schnaufte er durch, um sich dann in der Küche rücklings auf einen der Stühle zu setzen. Das war vor Kurzem Lauras Platz gewesen. Laura. Wo mochte sie sein? Seine Erleichterung war angesichts der Ungewissheit schon wieder dabei, sich in Unbehagen zu verwandeln. Sein Magen knurrte, er verspürte jedoch nicht den geringsten Appetit. Vom Stuhl aus griff er zu der Kommodenschublade, in der er immer Knabberkram für Momente aufbewahrte, wenn er keine Lust hatte zu kochen. Und solche Momente gab es zahlreich.

Nur um seinen Magen etwas abzulenken, stopfte er sich ein paar Gummibärchen aus einer Riesentüte in den Mund, die er beinahe vergessen hatte. Gedankenschwer kaute er vor sich hin. Es war, als wäre er wieder mit Vollgas in eine Sackgasse gerast. Er schaltete das Radio ein und die Stimme des Moderators verwandelte sich rasch in die eines gewissen Alex. Die Sätze drehten sich in Johns Kopf, er spulte sie vor, spulte sie zurück, lauschte ihrem

Klang. Längst tat es ihm leid, dass er nicht mehr Fragen gestellt, sondern sich von der Situation hatte beeindrucken lassen. Er hätte viel mehr bohren, er hätte genauer nachdenken sollen. Er hätte … was auch immer. Und die Stimme blieb in seinem Kopf, immer dieselben Worte. Er dachte an das Foto von Felicitas, an jenen Moment, als Pavel Smolarek ihr Gesicht für das seiner Tochter Helena gehalten hatte. Tante Ju hatte dieselbe Aufnahme in den Händen gehalten – und war überzeugt, darauf die stumme Maja wiederzuerkennen. Was war mit Smolareks Tochter geschehen? Musste sie in einem ähnlichen kleinen Bordell anschaffen wie jene Frau, die sich John als Chantal vorgestellt hatte? Felicitas und Helena, zwei junge Frauen, die sich ähnlich sahen und die ein ähnlich trauriges Schicksal verband. Nur, dass Helena noch lebte. Falls das überhaupt der Fall war. Von Neuem drängte sich Alex' Stimme in den Vordergrund. Er hatte einiges von ihm erfahren, sicher, und dennoch …

Plötzlich rieselte ein Schauer an Johns Rückgrat hinab.

Eine Frau musste sterben.

Das hatte Alex gesagt. Auch das war nichts Neues, und trotzdem stand dieser Satz mit einem Mal völlig allein. Als hätte Alex sonst gar nichts von sich gegeben.

John verschluckte sich an einem der Gummibärchen und wurde von einem Hustenanfall geschüttelt.

Eine Frau musste sterben.

Nicht *die* Frau. Eine Frau. Er hielt das nächste Gummibärchen mit den Fingerspitzen fest und betrachtete es, als hätte er nie zuvor eines gesehen. Oder als könne es ihm alle Fragen beantworten. Manchmal war es nur eine Kleinigkeit. Nur ein Wort. Oder ein Gummibärchen. Oder beides. John stand auf und stürmte aus der Wohnung. Zeitverschwendung, sagte er sich, was du tust, ist Zeitverschwendung! Ein Hirngespinst, nichts weiter! Völlig verrückt, völlig aussichtslos! Wieder einmal! John Dietz und sein blöder Riecher, na klar. Und dennoch konnte er nicht anders.

Kurz nachdem er losgefahren war und auf der Zähringer Straße jede Möglichkeit nutzte, die sich zum Überholen bot, ertönte die Elvis-Melodie. Schnickler!, dachte er, als er das Handy aus der Jacke fischte. Und einmal mehr irrte er sich.

»Laura!«, rief er und wäre fast auf einen Volvo vor ihm aufgefahren. »Endlich! Wo steckst du denn?«

»Sorry, dass ich nicht früher anrufen konnte.«

John dachte an Alex' Behauptung und war gleich beruhigter, ihre Stimme zu hören. »Sag schon, wo bist du, was war los?«

»Ich hab nicht viel Zeit, John. Lange habe ich mich mit Hauschild unterhalten, und jetzt warte ich auf ihn. Er holt gerade seinen Wagen. John, ich glaube endgültig, dass hinter Felicitas' Tod viel mehr steckt als ein gewöhnlicher Unfall. Hauschild ist offenbar an einer großen Sache dran.«

»Hast du wieder diesen Schnickler gesehen?« Inzwischen fuhr John langsamer. »Er hat mich angerufen, um sich mit mir zu treffen.«

»Nein, habe ich nicht. Hauschild hat allerdings einige Andeutungen gemacht. Ich weiß nicht, aber ich glaube, er mag Schnickler nicht.«

»Laura, bei mir hat sich auch einiges getan. Ich war in Felicitas' altem Studentenwohnheim und …«

Ein Rauschen unterbrach ihn. Ein weiteres Mal hörte

er kurz ihre Stimme, die von neuerlichem Rauschen überdeckt wurde, dann nichts als Stille.

»Mist!« John versuchte, sie zu erreichen, doch es kam keine Verbindung mehr zustande. Auch Laura rief nicht noch mal an. Mit den nächsten Flüchen auf den Lippen bog er in die Tullastraße ein und rumpelte mit dem Fiesta in die erste sich bietende Parklücke. Er stieg aus, und schon von Weitem betrachtete er konzentriert das Haus, in dem er sich bereits einmal aufgehalten hatte – und in dem ihm ein ziemlicher Schreck in die Glieder gefahren war. Sein Mund war noch erfüllt von dem künstlichen Fruchtgeschmack der Gummibärchen, der ihm auf einmal ganz widerlich vorkam.

Bevor er das Grundstück erreicht hatte, entlud sich aus dem Grau über der Stadt ein platschender Regenguss. John fröstelte. Er ging schneller, die Tropfen prasselten laut auf das Leder seiner Jacke. Wieder übte das Gebäude, in dem Piet Eisenring und Rainer Metzler einst einen Abend mit Champagner und Sex genossen hatten, eine unheimliche Wirkung auf John aus. Die Fenster starrten leer auf ihn herab, und die tief hängenden Wolken tauchten alles in eine vorabendliche Dunkelheit.

»Zeitverschwendung«, murmelte er leise, als er sich daran machte, zur Rückseite des Hauses zu gehen. Der Regen hielt an. Johns Schuhe sanken in den rasch aufgeweichten Grund. Auf dem gleichen Weg wie vor Kurzem drang er ins Innere vor – durch eines der zerstörten Fenster im Erdgeschoss. Im Inneren hüllte ihn dieselbe schlechte Luft wie beim ersten Mal ein. Dieselbe Stille innerhalb dieser kalten Mauern, dasselbe Nichts aus Staub. Behutsam setzte er einen Schritt nach dem anderen.

Diesmal wusste er, wonach er suchte. Auch wenn er erneut lautlos ›Zeitverschwendung‹ vor sich hinmurmelte. Er verließ gar nicht erst die Wohnung, in der er war, sondern ging auf den Raum zu, der sich gegenüber der Küche befand. Niemand da. Die Stille noch einnehmender. Es war dunkel, aber nicht so sehr wie bei seinem ersten Besuch. Der Schein des Feuerzeugs würde diesmal also nicht unbedingt nötig sein. Der Schlafsack und die löchrigen Decken, die er in Erinnerung hatte, auch die Kerzenstummel. Mit einem angespannten Lächeln ließ John seinen Blick über die Wasser- und Grauburgunderflaschen wandern. Zu den leeren Weinflaschen waren zwei weitere leere und eine ungeöffnete hinzugekommen. Abgepacktes Vollkornbrot, Käse. Und Gummibärchentüten. Mehrere leere und eine, die noch voll war. Sein Lächeln wurde breiter. Ja, Gummibärchen.

Konnte es tatsächlich sein, dass …? Er dachte den verrückten Gedanken nicht zu Ende. Nicht zu früh freuen!, warnte er sich selbst. Er lauschte in die Lautlosigkeit dieses Hauses. Draußen trommelte der Regen, wenn auch nicht mehr ganz so stark. Und jetzt? Einfach abwarten?

Ja, einfach abwarten. Im Schneidersitz auf den beiden Decken. Von den vor langer Zeit verlegten Fliesen stieg Kälte auf. Die Geräusche des Regens wurden leiser, verloren sich endgültig. Es wurde noch dunkler. Irgendwann stand John auf. Er rieb sich die Hinterbacken und Oberschenkel. Um sich die Beine zu vertreten, drehte er eine kleine Runde durch die Wohnung. Er stand vor der Kloschüssel und hatte sich gerade erleichtert, als die geradezu unwirkliche Stille zerbrach.

Ein Knirschen, der Laut eines Aufsprungs.

Jemand hatte sich durch dasselbe Fenster Zutritt verschafft wie John. Leise Schritte auf dem staubigen Boden.

John hielt den Atem an und achtete darauf, seinen Reißverschluss so leise wie nur möglich zuzuziehen. Er presste sich gegen die Wand des Bads, spähte am Türrahmen vorbei in die Wohnung. Aus dem Dunkel des Gangs löste sich eine schlanke Gestalt, deren Kopf von einer Kapuze verhüllt wurde. Sie trug eine Plastiktüte und ging in das Zimmer mit den Decken und Vorräten.

Während John ihr langsam dorthin folgte, beobachtete er durch die offen stehende Tür, wie die Gestalt die Tüte ablegte und sich auf die Decken hockte.

Er trat in den Rahmen und verharrte dort.

Stille.

Die Gestalt federte nach oben – schnell, sehr schnell, blieb dann jedoch abrupt stehen. Eine Flucht war unmöglich. John füllte den Türrahmen aus und hob seine Rechte. Ich krieg dich, sagte diese unaufdringliche Geste, an mir kommst du nicht vorbei.

Erneut Stille. Für mehrere Sekunden, rasende und zugleich schleichende Sekunden.

Sie standen einander gegenüber, regungslos.

John räusperte sich, als hätte er seine Stimme irgendwie verloren. Dann langte er nach vorn. Mit den Fingerspitzen streifte er die Kapuze nach hinten, und schwarzes Haar floss sogleich über die schmalen Schultern.

»Du kannst dir nicht vorstellen«, sagte John leise, »wie sehr ich mich freue, dich kennenzulernen.«

# 10
# KOPF ODER ZAHL

Die Flammen der drei Kerzenstummel verströmten ein zerbrechliches Licht, das sich beinahe zaghaft auf das Gesicht der jungen Frau legte. Beschattet und beleuchtet zugleich, wirkte sie noch weitaus bezaubernder, und das Schwarz ihrer Augen erhielt einen besonderen Glanz. Ja, sie war so schön wie auf der Fotografie. Dennoch schimmerte etwas in ihrem Blick auf, das in den Tagen, als die Aufnahme gemacht worden war, noch nicht zu ihrem Leben gehört hatte. In der Zwischenzeit musste sie vieles gesehen haben, was die frühere Unbeschwertheit verwischt hatte.

Selbst die letzten Wochen – mit Sicherheit Wochen voller Angst – hatten ihre Attraktivität kaum beeinträchtigt. Auch wenn ein Friseurbesuch und frische Kleidung notwendig waren und jede ihrer Gesten die Zerrissenheit ihrer Situation widerspiegelte: John Dietz sah sofort, warum ausgerechnet diese junge Frau zu Lady Butterfly geworden war. Und daran konnte selbst die Tatsche nichts ändern, dass sie ihre Kurven in weiten Jeans und unter der etwas zu großen Kapuzenjacke versteckte. Oder es zumindest versuchte.

Der Gedanke an Flucht war ihr offenbar nicht mehr gekommen. Sie hatte keine Anstalten gemacht, fortzulaufen, obwohl sie offenkundig nicht wusste, woran sie mit dem Kerl in Jeans und Lederjacke war, den sie bereits einmal in diesem Haus gesehen hatte. Sie saß auf einer der Decken, er auf der anderen. John hüpften so viele Fragen auf den Lippen herum, dass er keine einzige davon aussprechen konnte. Er war bisher keiner Frau gegenüber gesessen, die von den Toten auferstanden war. Sozusagen.

»Ich muss mit Ihnen reden«, hatte er gesagt – und seitdem praktisch keinen Ton mehr.

»Wer sind Sie?«, hatte Felicitas Winter gefragt. Und als er seinen Namen nannte und ihr erklärte, dass er Privatdetektiv sei und im Auftrag ihrer Schwester Nachforschungen angestellt habe, wirkte sie beruhigter. »Laura?« Ihr Blick glitt an ihm vorbei, irgendwo ins Nichts, vielleicht in die Zeit, als sie und Laura einfach nur Schwestern gewesen waren und keine erwachsenen Frauen, die sich aus den Augen verloren.

Mit seinem Feuerzeug entzündete er die Kerzenreste, und ohne dass sie sich darauf verständigt hätten, setzten sie sich hin. Fast wie alte Freunde.

»Sie wissen«, begann John endlich, »dass Ihre Familie Sie für tot hält?«

»Wir sagen Du, hm«, bestimmte sie. Sogar ihre Stimme war sexy, erfüllt von dieser Rauchigkeit, die Männer sofort aufmerksam werden lässt.

»Okay.«

»Hast du eine Zigarette?«

»Nur Kaugummi.«

»Na toll.« Sie zog eine Schnute. »Musste mich in letzter Zeit nämlich auf das Nötigste beschränken.«

»Also auf Gummibärchen.« Er lächelte.

»Ja, ohne die würde ich sterben.«

»Ich weiß.« In der Tat, es war merkwürdig, mit jemandem zu sprechen, den man nicht kannte – und von dem man trotzdem so manches wusste.

»John sagtest du, oder? Dietz?«

Er nickte. »Du wirst für tot gehalten«, meinte er erneut.

Wie auf dem Foto musste man genauer hinsehen, um die Ähnlichkeit zwischen ihr und Laura festzustellen – doch unzweifelhaft gab es sie. »Ist mir schon klar. Ich war allerdings froh, überhaupt mit dem Leben davongekommen zu sein, da hab ich nicht lange an andere denken können.«

»Wie lange bist du auf Tauchstation?«

»Wochenlang«, erwiderte sie. »Wochenlang.«

»Dafür siehst du – offen gesagt – ziemlich fit aus.«

»Ich wollte nicht wie eine Maus in ihrem Loch sitzen, aber im Endeffekt war es natürlich nichts anderes. Ich ging in Schwimmbäder, um – so komisch das auch klingt – wenigstens körperlich in Form zu kommen. Das war außerdem wichtig, um regelmäßig duschen zu können. Das war's dann auch schon. Billigsupermärkte und Schwimmbäder. Die einzigen Kontakte zur Außenwelt. Auch wenn man es nicht wirklich Kontakt nennen kann. Ich habe ständig diesen Chlorgeruch in der Nase. Ein Höhepunkt des Tages war ein Schluck Grauburgunder aus einem Weinladen. Aber mein Geld neigt sich dem Ende zu. So konnte es nicht mehr weitergehen, das wusste ich. Doch ich steckte einfach den Kopf in den Sand.«

»Warum bist du nicht zur Polizei gegangen?«

Nun war sie es, die lächelte. »Die, die mich nicht mögen, kriegen einen überall. Außerdem wäre ich bei der Polizei nicht sicherer gewesen. Das war wirklich kein Scherz: Ich war froh, überhaupt noch zu atmen.«

»Weshalb mögen *die* dich nicht? Weshalb hättest du sterben sollen?« Er merkte, dass er sich unbewusst weiter nach vorn gebeugt hatte.

»Es gefiel ihnen nicht, dass ich …« Sie lächelte traurig. »Wie heißt das heute? Dass ich mich neu orientieren wollte. Anders ausgedrückt: Ich hatte die Schnauze gestrichen voll. Zu spät zwar, aber immerhin.« Erneut der Anflug dieses Lächelns. »Ich wollte den Abflug machen. Wohin auch immer. Einfach bloß weg von denen. Ich weiß: ziemlich naiv. Denn erst da wurde mir klar, dass man nicht so einfach aussteigen kann.« Ihre Stimme erklang eine Spur rauchiger in der kühlen Luft, die durch die zerstörten Fenster hereinwehrte. »Zuerst war es aufregend gewesen. Schon klar – auch das klingt naiv. Aber so war's nun mal. Am Anfang dachte ich noch, das Studium wäre ganz okay. In Wirklichkeit allerdings …« Ihre Worte verstummten, dann setzte sie neu an: »Na ja, ich lief diesem Typen über den Weg, und der war wenigstens nicht so langweilig wie die anderen Studenten mit ihrem Kaffee ohne Koffein und ihrem Tee ohne Teein. Und ihren Öko-Klamotten und ihrem immer gleichen Geschwätz. Die wirkten alle älter als meine Eltern.«

»Der Typ nannte sich Santiago, stimmt's?«

»Du hast ja tatsächlich Nachforschungen angestellt, oder wie du es nanntest.« Sie nickte. »Durch Santiago lernte ich erst Sergej und dann Michail kennen. Michail, der große Boss.

»Wala und Moja«, bemerkte John.

»Sergej Walakov und Michail Mojtovian.« Sie verzog den Mund. »Ich erfuhr, dass Santiago in Wirklichkeit Alexander heißt. Alexander Romtschev. Was mich aber nicht misstrauisch machte. Im Gegenteil, das ließ alles nur umso aufregender erscheinen. Ich war wie ein Kind, das zum ersten Mal Süßigkeiten naschte und immer mehr wollte.«

»Ich habe von den Süßigkeiten gehört.«

»So?«

»Drogen. Kokain, nehme ich an.«

»Ach, scheiß auf die Drogen. Es war nicht nur das, es war alles. Spontane Fahrten nach Paris, einfach so. Ein Wochenende im besten Hotel, nur Moja und ich. Partys, Spaß, Champagner. Alles – bloß kein Alltag. Das Gegenteil von Alltag.«

»Leider gibt's die Süßigkeiten nicht umsonst.«

Der Blick, der aus ihren eindrucksvollen Augen zu ihm herüberschoss, wurde hart, und in diesem Moment war keinerlei Ähnlichkeit zwischen ihr und Laura sichtbar. »Nichts ist umsonst.« Und mit leiserer Stimme fügte sie an: »Nicht einmal das machte mir etwas aus. Ich war keines der billigen Flittchen, sondern der Edelstein der Sammlung. So hat Moja es einmal gesagt. Wahrscheinlich war ich zugedröhnt, denn ich dumme Kuh habe mir sogar was darauf eingebildet. Anstatt ihn und vor allem mich selbst zu verachten.«

»Dass du eine dumme Kuh bist, kann ich mir nicht vorstellen.«

»Es hat auch nichts mit Dummheit oder Intelligenz zu tun, sondern eher mit Langeweile. Damit, dass man von sich selbst und jedem einzelnen Tag irgendwie angeödet ist.«

Hatte Alex nicht etwas Ähnliches gesagt? »Langeweile soll wirklich der einzige Grund sein …?«

»Ich weiß«, unterbrach sie ihn, »dass sich das lächerlich anhört. Es ist gar nicht so schwer, seinen Kopf auszuschalten und sich dem Spaß hinzugeben. Einem Leben, wie es die normalen Leute nicht führen.«

»Nur, dass der Spaß irgendwann aufhört.«

»Irgendwann wacht man morgens auf, und der Schädel brummt stärker als sonst. So stark, dass man ihn am liebsten gegen die Wand schlagen will. Und wenn man das gemacht hat, fängt man sogar wieder an zu denken. Es ist wie beim Fahrradfahren. Man fährt jahrelang nicht, aber wenn man ein paarmal in die Pedale tritt, geht's wie von allein. Das Denken kann man eine Weile betäuben, man verlernt es jedoch nicht.«

»Und weil du nicht mehr bei Moja mitspielen wolltest«, warf John skeptisch ein, »solltest du …?«

»… sterben«, schnitt sie ihm erneut so resolut das Wort ab, wie das ansonsten die Spezialität ihrer Schwester war. Sie hob kurz die Schultern, maß ihn mit einem schwer zu ergründenden Lächeln. »Das Ganze war kein Spiel, das wurde mir endlich klar. Das Ganze war kein Süßigkeitengeschäft, aus dem man einfach nach draußen auf die Straße spaziert, wenn man genug gefuttert hat. Vor allem dann nicht, wenn man Mojas kleine Prinzessin war. Ich wusste zu viel über ihn und die anderen, mehr als die übrigen Frauen, denn ich war ihm nahe gekommen. So nahe, dass es unmöglich wurde, wieder Abstand zu ihm zu kriegen.«

»Moja bekam spitz, dass du keine Lust mehr darauf hattest, Lady Butterfly zu sein.«

»Moja bekommt alles spitz. Und so wurde mir der Boden zu heiß unter den Füßen.«

»Hm.« Zweifelnd rieb er sich das Kinn.

»Du glaubst mir nicht? Moja hat schon wegen Geringerem Menschen verschwinden lassen.«

»Das glaube ich dir. Nur die Geschichte mit dem Unfall und der Fahrerflucht, das erscheint mir etwas …« Er suchte nach dem richtigen Wort.

»Aufwendig? Umständlich?«, half sie ihm aus, weiterhin lächelnd, als hätte sie eine gewisse Anerkennung dafür übrig, dass er zweifelte.

»Irgendwie so was. Ja.«

»Sicher. Wäre Moja einfach nur der Überzeugung gewesen, dass ich von nun an ein Sicherheitsrisiko bedeutete, hätte es anders ausgesehen. Ich wäre wahrscheinlich irgendwann irgendwie irgendwo von einem Spaziergänger mit Hund aufgefunden worden. Verscharrt in der Erde. Ohne Kopf, mit abgetrennten Händen, um eine Identifizierung zu erschweren. Oder gar nie gefunden, weil man mich in Säure aufgelöst hätte. Wie ich hörte, ist das Mojas Spezialität, eine von vielen abscheulichen. Aber die Umstände waren anders.«

»Und wie?«, fragte John, seltsam gefesselt von der Art, wie nüchtern und sachlich sie die Sätze aneinanderreihte, als teile sie ihm Kuchenrezepte mit.

»Moja ist ein cleverer Hund, um es mal so simpel zu sagen. Er konnte zwei Fliegen mit einer Klappe schlagen. Ein Sicherheitsrisiko verschwinden lassen.«

»Nämlich dich«, warf er ein.

»Und damit ein zweites Sicherheitsrisiko gehörig unter Druck setzen.«

»Das verstehe ich nicht.«

»Kannst du auch nicht«, erwiderte sie mit einer kindlichen Betonung, fast so, als würde sie am liebsten noch ein Ätsch anfügen.

»Dann erklär's mir bitte.«

Aus ihrem Lächeln wurde ein raues Lachen, dem sie allerdings rasch mit ernstem Ausdruck ein Ende setzte. »Wir unterhalten uns hier nicht über Lausbubenstreiche. Ehrlich gesagt, hat es mir gutgetan, mal darüber reden zu können. Selbst mit jemandem, den ich gar nicht kenne.« Sie zwinkerte ihm zu, beinahe frech. Felicitas hatte etwas, das sie von Laura unterschied, etwas Leichtfertiges, etwas Abgründiges. Sie war eine Frau, die schwerer einzuschätzen war als Laura.

»Und noch etwas mehr erzählen willst du nicht?«, versuchte John sie zu animieren, fortzufahren.

»Ich bin mir nicht sicher.« Sie neigte den Kopf zur Seite und musterte ihn wie zuvor. »Vielleicht habe ich ja schon zu viel gebeichtet. Ich muss vorsichtiger sein. Schließlich halte ich mich nicht zum Spaß versteckt.«

»Übrigens, die Wahl deines Schlupfwinkels überrascht mich. Moja und seine Freunde kennen dieses Haus schließlich bestens.«

»Das weißt du auch? Wirklich nicht schlecht.« Sie pfiff leise durch die Lippen. »Gerade deshalb habe ich mich hier verkrochen. Wenn Moja einen Zufluchtsort aufgibt, dann gibt er ihn wirklich auf. Das heißt, dann kehrt er nie wieder dahin zurück. Ob er das Haus als Wohnung oder als Verhandlungsstätte oder als Gefängnis für Frauen benutzt hat, spielt keine Rolle. Nie zu lange an einem Platz und nie mehr dorthin gehen. Da gibt es kaum mal eine Ausnahme. Also bin ich hier ganz gut aufgehoben. Soweit ich das überhaupt sein kann.«

»Kommen wir mal zurück zu dem Unfall, bei dem du sterben solltest.« Er machte eine Pause. »Du weißt, dass es diesen Unfall gab. Und dass jemand zu Tode kam.«

Felicitas Winter erwiderte nichts.

»Eine Frau starb«, fügte John hinzu.

»Ja«, sagte sie schließlich. »Und ich ahnte sogar, dass so etwas passieren würde. Der Unfall war lange vorbereitet. Ich bekam es mit. Das heißt, ich bekam mit, dass irgendetwas Grässliches geschehen und ich dabei die Hauptrolle spielen sollte. Mir war längst klar geworden, dass Moja mir nicht mehr traute. Und dann ist sowieso alles vorbei. Als ich eine Chance zur Flucht sah, rannte ich los. Wir befanden uns in einem Haus in Herdern. Bei mir hatte ich das, was ich auf dem Leib trug, und eine Handvoll zerknitterter Geldscheine. Bei Moja liegt ständig irgendwo Bargeld herum. Ich rannte und rannte und rannte.«

»Du hast Glück gehabt.«

»Mehr Glück als Verstand.«

»Mehr Glück als Helena Smolarek.«

Sie nickte, und zum ersten Mal zeigte sich eine verzweifelte Trauer in ihren Zügen. »Ja, Helena. Ich kannte nicht einmal ihren Nachnamen. Wala hatte sie aus Frankfurt oder Offenbach angeschleppt. Dort musste sie für ihn anschaffen. Und hier musste sie das weiterhin. Zuerst machten er und Moja Späße darüber, dass sie und ich uns zum Verwechseln ähnlich sahen. Das widerliche Schwein wollte einen flotten Dreier mit zwei Lady Butterflys. Aber Moja ließ das zum Glück nicht zu. Von seinen Komplizen durfte mich keiner anrühren. Und von seinen Kunden bloß ganz wenige – nur die mit richtig viel Geld. Oder solche, die ihm sonst von besonders großem Nutzen waren.«

»Eine Frau musste sterben«, wiederholte John leise die exakten Worte von Alex.

»Helena litt noch mehr als die übrigen Mädchen. Einmal flüchtete sie, ein wahnwitziger Versuch. Es fing an mit einem Nervenzusammenbruch, sie schrie und weinte. Wala pumpte sie mit Beruhigungsmitteln voll. Das betäubte sie, allerdings nicht völlig. Die Pillen machten ihr anscheinend auf verrückte Weise Mut. Es war in einem Haus in der Belfortstraße. Eigentlich sollte sie an diesem Tag dort anschaffen. Ihr gelang es, abzuhauen, und zuerst bemerkte Wala es nicht. Die Arme. Sie wurde sogar von der Polizei aufgegriffen, konnte sich dort jedoch nicht verständlich machen, bekam wohl gar nicht so richtig mit, was um sie herum geschah. Wieder taumelte sie durch die Straßen – und lief Wala praktisch in die Arme. Ich erfuhr später von der Geschichte.« Felicitas starrte vor sich hin. »Als der Unfall inszeniert wurde, schnappte man sich Helena, pumpte sie erneut voll mit Drogen und fuhr einfach über sie drüber. Und zwar so, dass man nicht mehr viel von ihr erkennen konnte. Bei ihr fand die Polizei dann meine Papiere.«

»Warum dieser Unfall?«

»An meiner Stelle musste Helena sterben. Wala steuerte den Wagen. Und Moja hielt alles auf Film fest. Mit seinem Handy. Den sogenannten Unfall und die anschließende, scheinbare Fahrerflucht.«

»Warum?«

»Auf dem Film war nicht der Fahrer zu erkennen. Dafür gerade noch das Kennzeichen des Wagens.«

John sah sie erwartungsvoll an. »Was war das für ein Auto?«

»Ein Audi.«

»Das meine ich nicht.«

»Ich weiß, dass du das nicht meinst.«

»Wem gehört der Wagen?« John atmete tief ein. »Jemand sollte unter Druck gesetzt werden. So nanntest du es vorhin. Mit dem Film. Der Besitzer des Autos sollte dastehen, als hätte er jemanden zu Tode gefahren und danach die Flucht angetreten.«

»Ja.« Eigenartig, wie sich dieses schlichte Wörtchen in dieser Situation anhörte. »Ich erfuhr von dem Plan. Wie gesagt, ich wusste, das Moja mir gegenüber misstrauisch geworden war. Ich bekam mit, dass ein getürkter Unfall geplant wurde. Dass es ein Todesopfer geben sollte. Und eine Fahrerflucht. Ich ahnte sofort, dass mir dabei die Rolle des Opfers zugedacht war. Ich sollte sterben und ein anderer als mein Mörder dastehen. Als ich nicht verfügbar war, schnappte man sich Helena und machte sich unsere Ähnlichkeit zunutze. Das mit Helena, also das konnte ich einfach nicht vorhersehen. Ich wusste nur, dass ich in Lebensgefahr schwebte, dass mein Ende längst beschlossene Sache war, und ich machte, dass ich davonkam. Tage später las ich an genau der Stelle, an der du jetzt sitzt, in der Badischen von einem Unfall in der Kartäuserstraße, bei dem eine junge Studentin überfahren worden war. Es ging um Fahrerflucht. Erst da wurde mir klar, dass Moja und die anderen den Plan trotz meiner Flucht durchgeführt hatten. Allerdings mit einem anderen Opfer.«

»Mojtovian wollte dich also loswerden und gleichzeitig einem anderen den Mord in die Schuhe schieben. Dafür musste er zuerst mal an das Auto des wahren Besitzers herankommen.«

»Das war kein Problem. Wie man den in der Zwischenzeit beschäftigen konnte, war das Einfachste. Eine hübsche junge Frau reicht dafür. Außerdem sorgte man so dafür, dass der angebliche Mörder kein Alibi für die Tatzeit hatte. Denn später in der Nacht fuhr er nichts ahnend mit seinem Audi nach Hause, der zuvor wahrscheinlich noch in aller Gemütsruhe vom Blut des Opfers gereinigt worden war. Die Frau, mit der er während des inszenierten Unfalls zusammen gewesen war, würde er nie wiedersehen – sie würde nie für ihn aussagen, falls es wirklich zu einer Untersuchung käme.«

»Wer ist dieser Mann?«

»Als ich den Zeitungsartikel las, war mir sofort klar«, sprach Felicitas weiter, ohne auf seine Frage einzugehen, »dass es Helena war, die sie in den Tod geschickt hatten. Aber ich sollte als die Tote gelten. Das war Moja wichtig.«

»Wieso?«

»Der Besitzer des Wagens sollte denken, dass ich wegen ihm gestorben wäre. Wegen ihm und mit seinem Wagen.«

»Und warum sollte er das?«

»Weil er bis über beide Ohren in mich verliebt ist«, antwortete Felicitas, ganz lapidar, als wäre es unnötig gewesen, überhaupt zu fragen. »Moja wollte ihm zeigen, wie grausam, wie erbarmungslos er sein konnte: Er erpresste den Mann nicht einfach nur. Er erpresste ihn, und dabei spielte die Frau die Hauptrolle, nach der der andere Mann völlig verrückt war, ja, als deren Mörder er jetzt dastand. So bin ich, wollte Moja ihm zeigen. Die arme Helena als Person war unwichtig. Ihr Pech war, dass sie Moja auf die Nerven ging und mir zudem ähnlich sah. Aber sie interessiert niemanden.«

Nur Pavel Smolarek und seine Familie, dachte John bitter. Wie würde der traurige Bär reagieren, irgendwann in den nächsten Tagen, wenn er alles erfuhr – wenn er erfuhr, dass seine Tochter als Bauernopfer herhalten und für jemand anderen sterben musste. Dass sie wie ein Gegenstand benutzt worden war, um Druck auf wiederum jemand anderen auszuüben.

»Wer ist der Mann, dem der Audi gehört?«, fragte John nach einem langen Moment drückender Stille.

Die Kerzen warfen ein flackerndes Licht auf Felicitas Winters Gesicht, aus dem ihn wunderschöne dunkle Augen betrachteten. »Ich habe längst mehr erzählt, als ich eigentlich wollte. Wer weiß, ob das so gut für mich ist? Eigentlich habe ich gelernt, dass es besser ist, misstrauisch zu sein. Es war geschickt von dir, das Gespräch auf Helena zu lenken.«

»Danke für die Blumen«, bemerkte er trocken. »Und jetzt sag mir, wer der Mann ist.«

»Sag du mir lieber, wo meine Schwester ist.«

»Du kannst mir trauen.«

»Trauen?« Ein kurzes bitteres Lachen drang aus ihrer Kehle. »Wem kann man das wirklich? Wo ist Laura? Ich würde so gern mir ihr sprechen.«

»Ich warte schon die ganze Zeit auf ihren Anruf.« John sah in Felicitas' Augen. »Wieso hast du vorhin behauptet, bei der Polizei wärst du nicht sicher gewesen?«

Wind rüttelte an den Splittern der Fensterscheiben, die noch in den Rahmen steckten. Ein kühler Luftzug zischte durch das leere Gebäude.

Felicitas sagte nichts.

»Warum hast du vorhin behauptet …«, setzte er wiederum an, doch die Melodie seines Handys erschreckte ihn so sehr, dass er zusammenfuhr – er schämte sich fast ein bisschen. Erneut rechnete er mit Schnickler, und erneut leuchtete Lauras Nummer im Display auf.

»Laura!«, entfuhr es ihm mit einer Erleichterung, die Felicitas ganz sicher nicht entging. »Ich wollte dir vorhin noch so viel sagen. Gut, dass du dich endlich …«

»John!«, unterbrach ihn ihre Stimme. Eine Stimme, die er in seinem Innersten spüren konnte. Eine Stimme voller Angst. »John, ich war so verdammt dumm.«

»Wo bist du?« Im Unterbewusstsein registrierte er, dass sich Felicitas versteifte – ebenso wie er.

»Hauschild«, sagte Laura, und ein Rauschen überdeckte ihre Worte, ließ sie einfach verschwinden.

»Du hast dich mit ihm getroffen?«

Das Rauschen, dann erneut Laura, die seine Zwischenfrage wohl gar nicht gehört hatte. »Wir fuhren los und auf einmal sehe ich …« Knistern, lauter, leiser, und abermals Laura: »… steht ein Mann vor mir …«

Das Rauschen war schon wieder da, Laura war schon wieder weg, und John presste das Handy so fest an sein Ohr, dass er das Gefühl hatte, er würde es jeden Moment zerquetschen wie eine Tomate. »Ein Mann?«, hörte er sich rufen. »Was für ein Mann? Laura?«

Und inmitten eines weiteren Aufwallen der Störlaute erhob sich Lauras Stimme: »Sie haben mich, John, bitte hilf mir. Der Mann heißt …«

»Wer, Laura? Wer? Um Himmels willen!«, schrie er, ohne zu merken, wie laut er wurde.

»Mojtovian.«

Wieder Rauschen, schließlich Stille.

Nichts als Stille, die gewaltiger war als jeder Lärm, den John je gehört hatte.

Sie liefen schnell, sehr schnell. John voraus, Felicitas dicht hinter ihm. Ihre Sohlen quietschten auf dem nassen Asphalt.

»Wohin gehen wir?«, rief sie.

»Zu meinem Wagen.« Hinter ihnen erhob sich das leere Gebäude, groß und irgendwie unwirklich. Keiner von ihnen warf einen Blick zurück.

»Und dann, Dietz? Wohin dann?«

»Keine Ahnung«, grummelte er. Wirklich keine Ahnung, machte er sich insgeheim bewusst. Du gerätst in Panik! Du bist dabei, die Nerven zu verlieren!

»Sag mir endlich, was los ist«, forderte Felicitas.

»Sag *du* mir endlich, was los ist. Warum wärst du bei der Polizei nicht sicher?« Seine Stimme war schrill geworden – er kannte sie kaum.

Der langsam heraufziehende Abend tränkte das Regengrau des Himmels mit einer matten Schwärze. Vor dem Fiesta blieb John jäh stehen. Er wirbelte zu der jungen Frau herum. Ein ganz bestimmter Gedanke hatte ihn erfasst wie ein Blitzstrahl.

»Das Hustenbonbon ist dein Auto?«, fragte Felicitas wenig begeistert.

»Du hättest mir gleich die Wahrheit sagen können«, sagte John gepresst.

»Was meinst du?«

Wortfetzen aus dem scheinbar Ewigkeiten zurückliegenden Gespräch mit Rainer Metzler drangen in Johns Bewusstsein. Die Beschreibung eines Mannes.

»Wie sieht Hauschild aus?«, wollte John wissen. Er hatte oft genug über den Hauptkommissar in der Zeitung gelesen, an eine Fotografie von ihm konnte er sich jedoch beim besten Willen nicht erinnern. »Ist er etwa

1,85 Meter groß? Stark gebaut, mit Bauchansatz? Sehr hohe Stirn? Blondes Haar mit ein bisschen Grau? Mitte, Ende 40?«

Felicitas musterte ihn. »Er ist über 50, sieht allerdings jünger aus. Tja. Der Rest stimmt.«

»Er ist der Mann, dem der Audi gehört.«

»Ja.« Sie befeuchtete ihre Lippen mit der Zungenspitze.

»Und ich bin ein Riesenidiot.«

»Da erspare ich mir ein Urteil.«

»Warum erpresst Mojtovian ihn?«

»Jetzt bist du erst mal dran«, protestierte sie. »Was ist mit Laura?«

»Laura hatte heute eine Verabredung. Mit Hauptkommissar Bernd Hauschild.«

Sie sackte in sich zusammen und starrte ihn an. »Mit Hauschild?«

»Es war nicht das erste Gespräch, das sie mit ihm führte. Zu Beginn hat er sie wohl einfach mit Sprüchen abgespeist. Gesagt, er werde sich darum kümmern, mehr über die Hintergründe deines vermeintlichen Todes herauszufinden.«

»Laura hat nicht locker gelassen, nicht wahr.« Es war gar keine Frage. Felicitas wirkte traurig und stolz zugleich.

»Nein, sie ist sogar in Gefahr geraten. Hatte einen unliebsamen Besucher in ihrem Hotelzimmer. Auch das erzählte sie Hauschild. Und der hat sie mit weiteren Phrasen beruhigt. Er hat wohl nur darauf gewartet, dass sie genug von dem Detektivspielen hatte und endlich wieder verschwand.«

»Womit er bei ihr natürlich schiefgewickelt war.«

»Richtig. Und jetzt zurück zu meiner Frage.«

»Zu welcher von den 1.000?«

»Warum wird Hauschild von Mojtovian erpresst?«

Felicitas seufzte auf. »Im Grunde geht es Hauschild ähnlich wie mir.«

»Du sprichst in Rätseln.«

»Er hat auch zu viel im Süßigkeitengeschäft genascht und dann festgestellt, dass es keinen Ausgang gibt.«

»Mensch, Mädchen, mach den Mund auf, und zwar richtig.«

Ihre Augen funkelten ihn an. »Ich denke, jetzt geht es erst einmal um Laura.«

»Leider weiß ich nicht so recht, wo ich ansetzen soll.« Wie immer, dachte er gequält.

»Du sagtest, sie wollte Hauschild sehen.«

»Ja, und es kam auch zu diesem Treffen.«

»Aber dir ist nicht klar, ob Hauschild oder Mojtovian Laura in der Gewalt hat, und …«

»Nein«, fiel John ihr ins Wort. »Es muss Mojtovian sein, der sie geschnappt hat. Sie nannte seinen Namen. Außerdem hat Alex so eine Andeutung gemacht, die ich Idiot …« Er verstummte.

»Also Mojtovian höchstpersönlich.«

»Ich denke ja.«

»Warum stehen wir dann hier herum und quatschen uns voll? Los! Einsteigen!« Der Befehlston ihrer Stimme erinnerte auf einmal sehr stark an Laura in ihren frostigsten Momenten, aber John konnte nicht darüber schmunzeln.

»Eigentlich müsste ich die Polizei verständigen, und zwar sofort«, meinte er unschlüssig, während er den Motor startete.

Felicitas betrachtete angewidert den Vanillebaum am Rückspiegel. »Die Polizei? Könnte gefährlich werden. Wenn ich nur wüsste, wer bei denen auf Hauschilds Seite steht. Und wer auf der richtigen.« Sie schüttelte den Kopf. »Nein, das gefällt mir nicht. Du hast ja mich. Und ich kenne Mojtovian und Hauschild besser als irgendwelche Polizisten. Fahr jetzt endlich los!«

John manövrierte den Fiesta geschickt durch den Verkehr und erhöhte das Tempo.

»Ras nicht so! Ein Unfall nützt uns jetzt wirklich nix.« Sie klang erstaunlich beherrscht; das Beben in ihr konnte sie allerdings nicht überspielen.

»Und wohin soll's gehen?«

»Dort vorne erst mal nach links.«

»Nach links? Wieso? Das ist stadtauswärts.«

»Ja, eben deshalb.«

»Der ehrenwerte Hauschild hat sich also in Mojtovians Süßigkeitengeschäft herumgetrieben«, versuchte John den Faden aufzunehmen. »Und jetzt red endlich mal.«

»Ja, ja. Der ehrenwerte Herr Hauschild. Er war versessen darauf, wieder und wieder dieses Geschäft zu besuchen.«

»Weißt du um seinen Ruf?«

»Ich weiß alles über ihn.« Sie nickte vor sich hin, wiederum mit diesem angewiderten Ausdruck, was aber nicht am Vanillegeruch lag. »Tadellos dieser Ruf. Beeindruckend diese Karriere. Ja, ja. Bernd Hauschild, der sauberste Saubermann, den man sich nur vorstellen kann.«

»Wie kam er mit Mojtovian zusammen?«

»Mojtovian kam eher mit ihm zusammen. Das nehme ich zumindest an. Moja weiß, wie's geht. Er weiß, dass

Leute seines Schlages umso ruhiger arbeiten können, je mehr Bullen sie schmieren. Und wenn es nicht viele sind, sollten es zumindest wichtige sein. Moja hatte natürlich den wichtigsten Fisch an der Angel.«

»Mit welchem Köder?«

»Das weißt du doch längst.«

»Sex and drugs and champagne. Mehr nicht?«

»Das ist eine ganze Menge. Das ist alles, was man braucht, um Männer verrückt zu machen. Selbst Männer wie Hauschild. Schöne junge Frauen, Koks, und beides in ansprechendem Ambiente serviert. Da haben schon ganz andere als Hauschild nicht widerstehen können. Moja hat sogar Kontakte zu Politikern und solchen Typen aufgebaut. Die waren ganz heiß auf seine Partys.« Bitter lachte Felicitas auf. »Gerade habe ich in der Zeitung gelesen, dass hochgestellte Frankfurter Kriminalbeamte auf der Schmierliste der Hells Angels standen. Was meinst du, mit was die verköstigt wurden?«

»Mit Süßigkeiten.«

»Nämlich mit den süßesten überhaupt: Sex und Drogen. Es ist immer das Gleiche, glaub's mir. Und Hauschild war besonders verrückt danach.«

»Vor allem nach Lady Butterfly.«

Ein paar Sekunden verstrichen.

»Ja«, meinte Felicitas dann, erneut mit bitterem Tonfall. »Vor allem nach Lady Butterfly. Sie brauchte ihn nur anzusehen und der gute Hauschild wurde ganz zapplig. Denn er hat ja nicht die verängstigten Frauen aus Osteuropa kennengelernt, sondern verblendete Dinger wie Lady Butterfly, die eigentlich aus der gleichen Unvorsichtigkeit in Mojas Welt hineingeschlittert sind wie er selbst.«

»Demnach kooperieren Mojtovian und Hauschild also auf gewisse Weise.«

»Kooperier*ten*«, verbesserte sie. »Denn irgendwann wurde es Hauschild zu viel. Ich glaube, er bekam erst nach einer Weile eine Vorstellung davon, mit wem er es tatsächlich zu tun hatte. So verführerisch diese Welt auch war, sie barg Gefahren. Gefahren für die eigene Karriere, für die eigene Zukunft. Er hat es mir nie in klaren Worten mitgeteilt, manchmal können allein Andeutungen ausreichen. Ich spürte, dass Hauschild sich nicht mehr sehr wohl in seiner Haut fühlte.«

»Und das hast du Mojtovian gesteckt?«

»Ach, das war gar nicht nötig. Moja weiß immer, was die Leute denken, er weiß immer, wann sie ins Wanken geraten. Und ein kleiner Verdacht reicht bei ihm aus. Er wartet nicht ab, bis du einen Fehler machst, sondern handelt vorher. Und Hauschild wollte er sozusagen in eine Art Safe einschließen. Was ihm mit einer Handyfilmsequenz gelang, in der jemand überfahren wird. So ist Moja. Den einen Wackelkandidaten in seinem Spiel – nämlich Lady Butterfly – lässt er verschwinden, und den anderen – nämlich Hauschild – lässt er als Mörder dastehen. Die Frau töten, die Hauschild wichtiger geworden war als jeder andere Mensch. Das ist typisch Moja. Als ich kurz vor dem geplanten Mord verschwand, musste er improvisieren. So kam es, dass Helena starb. Und selbst für Moja ist es nicht so einfach, jemanden wie Hauschild zu beseitigen. Also hat er ihn …«

»… in einen Safe eingeschlossen«, vollendete John den Satz. »Wie du es so schön gesagt hast. Da hatte er ihn auf Nummer sicher, hatte ihn völlig in der Hand. Einen der wichtigsten Kriminalbeamten der ganzen Gegend.« Er beschleunigte noch ein wenig. »Kennst du einen Polizisten namens Schnickler?«

»Nur dem Namen nach. Hauschild sprach von ihm. Ein Kollege, der nach Freiburg versetzt worden ist. Ich glaube, Hauschild hat sich durch ihn gestört gefühlt. Die anderen Kollegen gehorchen ihm aufs Wort, egal, was er befiehlt, wie Hunde. Auf diesen Schnickler traf das wohl nicht zu.«

Das passt ja bestens!, dachte John. Auch da hast du also danebengelegen, Johnny. Während der Fahrt hatte er das Handy hervorgezogen, die eingegangenen Anrufe nach Schnicklers Nummer abgesucht, und jetzt wählte er ihn an. Ich hätte das längst tun sollen, viel früher, dachte er. Ein Fehler! Ein Fehler, für den jemand anders bezahlen musste. Seine rechte Hand krampfte sich ums Lenkrad.

»Ja?«, ertönte die Stimme des Kommissars, und John konnte dessen Anspannung gar nicht überhören.

»Hier ist John Dietz. Sorry wegen unserer Verabredung.«

»Ich hatte schon so ein Gefühl, dass ich umsonst am Bertoldsbrunnen warten würde.«

»Jetzt allerdings darf niemand mehr warten. Und zwar keine einzige Sekunde.«

»Ich könnte Sie erwürgen, Dietz, wirklich! Sie wissen eine ganze Menge, oder? Thomas Butzenberg hat mich vorhin angerufen. Er und seine Kollegen haben einen Mann namens Alexander Romtschev verhaftet. Und Sie waren es, der ihn – sozusagen – festgesetzt hat.«

»Das alles ist jetzt nicht wichtig. Es geht um …«

»… Romtschevs Boss. Einen gewissen Michail Mojtovian. Oder etwa nicht?«

»Ja, auch. Außerdem um Ihren Boss: um Bernd Hauschild.«

Schnickler schien einen Moment überlegen zu müssen, wie er antworten sollte. Mit vorsichtigerer Stimme meinte er dann: »Ehrlich gesagt, das kommt nicht allzu überraschend für mich. Bernd Hauschild habe ich seit einiger Zeit auf dem Kieker.«

»Vor allem jedoch geht es um Laura Winter.«

»Die blonde Frau? Ich kenne sie.«

»Neben mir sitzt ihre Schwester.« So knapp es möglich war, schilderte John dem Kommissar die Zusammenhänge. Schnickler wusste bisher nichts von Lady Butterfly, auch nichts von den Bordellen, die Mojtovian im Verborgenen betrieb. Und die direkte Verbindung von Mojtovian zu Hauschild war für Schnickler ebenfalls etwas Neues. »Ich hatte eine Ahnung, dass Hauschild Mist baut. Aber nicht, wie tief er sich da hat reinziehen lassen. Ich werde sofort dafür sorgen, dass …«

»Es gibt Wichtigeres«, schnitt John ihm ungeduldig das Wort ab.

»Laura Winter? Ist sie in Gefahr?«

»In Lebensgefahr«, erwiderte John rasch, und als er das Wort aussprach, kam es ihm so groß vor, so gewaltig, übermächtig. Du hast dir zu viel vorgenommen, Detektiv, sagte er sich, du schaffst es nicht – und Laura muss dafür büßen.

»Was ist mit ihr?«, fragte Schnickler.

»Mojtovian«, erwiderte John nur.

»Er hat sie?«

»Er hat sie.« Nie hatte er sich hilfloser gefühlt.

»Wir haben nicht die geringsten Hinweise darauf, wo Mojtovian sich versteckt hält. Weder wir noch die Kollegen in Frankfurt. Das ist ja das Dilemma. Seit er untergetaucht ist, gibt es nicht die winzigste Spur von ihm. Wir haben nichts.«

»Nein, wir haben nichts.«

»Ihr habt mich!«, meldete sich Felicitas zu Wort.

»Ich frage dich jetzt zum zweiten und letzten Mal«, sagte John. »Wohin lotst du mich?«

»Nach Gundelfingen.«

»Gundelfingen? Dann wären wir ja bald da! Höchstens noch ein paar Minuten!«

Die kleine Gemeinde schloss sich fast unmittelbar an die letzten Straßen von Freiburg-Zähringen an, eine ruhige, unauffällige Ortschaft.

»Mensch, Mädchen, weiter: Was wollen wir da?«

»Cool bleiben«, meinte Felicitas bloß. »Der gute Herr Hauschild hat dort ein kleines Liebesnest, in dem ich ihn immer besuchen musste. Da konnte er ganz entspannt sein, versteckt, weit fort von seiner Frau.«

John bremste scharf und brachte den Wagen am Fahrbahnrand zum Stehen. »Was soll der Scheiß? Ich sagte dir doch, dass Hauschild nicht das Ziel ist. Mojtovian! Um den geht es.«

»Tu mir zwei Gefallen. Erstens: Krieg dich wieder ein, Dietz. Wir dürfen nicht den Kopf verlieren.«

»Du hast gesagt, du kennst Mojtovian besser als die Polizei. Dann spiel mal deine Trümpfe aus.« Während der Fahrt hatte John unablässig versucht, Kontakt mit

Laura aufzunehmen. Umsonst, wie befürchtet und erwartet.

»Das habe ich schon. Vor fünf Minuten habe ich dir und Schnickler zwei mögliche Verstecke genannt und die Wege dorthin beschrieben. Die Villa in Emmendingen und das Landhaus im Elsass.«

»Ja. Und Schnickler hat gleich seine Leute losgeschickt. Ich weiß das! Nur habe ich den Eindruck, dass das nicht alles ist.«

»Diese beiden Schlupfwinkel kenne ich, sowohl den in Emmendingen als auch den im Elsass – dorthin hat sich Mojtovian immer mal wieder zurückgezogen. Aber bei ihm weiß man nie. Vielleicht gibt es noch das eine oder andere Loch mehr, in dem er sich versteckt. Und das nicht einmal ich kenne.«

»Gundelfingen ist ein Fehlschuss. Reine Zeitverschwendung, da wette ich drauf«, warf John ihr abermals vor.

»Es war nur so ein Gefühl«, erwiderte Felicitas, auf einmal überraschend kleinlaut.

»Ach du Schande. Nur ein Gefühl.« Johns Hände drückten weiterhin das Lenkrad, als wolle er es zerbrechen. »Übrigens, was ist der zweite Gefallen, den ich dir tun soll?«

»Na, dass du endlich weiterfährst. Schnell, aber bitte nicht wie ein Selbstmordkandidat.«

»Und wohin?«, knurrte er.

»Mein Gefühl hat mir Gundelfingen gesagt.«

»Emmendingen oder Elsass«, sagte John dumpf. »Wie lange brauchen die Polizisten, um bei dem Landhaus zu sein? Was denkst du?«

»Wahrscheinlich eine gute halbe Stunde. Es ist ja nicht weit hinter der Grenze. Wir brauchen länger.«

»Emmendingen liegt näher.«

»Das schon. Der andere Trupp der Polizei wird bestimmt in den nächsten Minuten dort eintreffen.«

»Und wir schaukeln hier in Richtung Gundelfingen«, maulte John erneut.

»Emmendingen oder Elsass«, sagte nun auch Felicitas.

»Ja. Kopf oder Zahl.«

»Richtig.« Plötzlich hielt sie ihm eine Münze vor die Nase, ein Ein-Euro-Stück. »Zahl ist?«, fragte sie.

Der Abendhimmel lag schwer und dunkel über ihnen. Nur hier und da das Licht vereinzelter Sterne, denen es gelang, die Wolkendecke zu durchstoßen.

»Zahl ist Elsass.«

Das Geldstück glitzerte im kurzen Flug in der dunkeln Fahrerkabine. Geschickt fing Felicitas es auf. Sie betrachtete die Münze, dann John.

»Also?«, wollte er wissen.

»Zahl.« Sie steckte den Euro weg. »Elsass.«

John fuhr an, schnell und holpernd, und beschleunigte rasch auf 70.

»Was sagt dein Gefühl zu Elsass?« Er sah sie kurz an.

»Nichts Gutes.« Noch immer gab sie sich alle Mühe, beherrscht und gefasst zu wirken. Was im Übrigen John half, sich besser in den Griff zu bekommen. Die flirrende Unsicherheit hatte er irgendwie zu verdrängen vermocht. Aus einem Impuls heraus wendete er den Wagen mit einem waghalsigen Manöver.

»Hey!«, schrie Felicitas erschrocken auf. »Willst du uns in den Himmel bringen?«

»Nein, nach Emmendingen.«

»Die Münze war für Elsass.«

»Scheiß drauf«, murmelte John und beschleunigte noch mehr.

»Autobahn oder Landstraße?«, fragte Felicitas. »Die Landstraße ist um einiges kürzer.«

»Diesmal ist keine Münze nötig. Wir nehmen die Autobahn. Dort sind wir eindeutig schneller.«

Als wollte er seine Worte bekräftigen, drückte John stärker aufs Gas. Mit großer Geschwindigkeit bog er ab auf den Autobahnzubringer.

»Ich habe es gemerkt«, sagte Felicitas auf einmal, ganz ohne Zusammenhang.

Ohne zu ihr herüberzusehen, fragte er: »Gemerkt? Was?«

»Dass da etwas ist.«

»Du sprichst in Rätseln. Wieder einmal.«

»Na, zwischen dir und Laura. Ich hab's deinem Gesicht angesehen, als sie dich vorhin angerufen hat.«

Er sagte nichts, fixierte nur die Fahrbahn, während er weiterhin versuchte, alles aus dem Fiesta herauszuholen, was der alte Motor herzugeben vermochte.

»Ziemlich überraschend. Ehrlich gesagt«, fing sie erneut an.

»Überraschend?«

»Na, dass Laura etwas an einem Typen wie dir findet.«

»Recht herzlichen Dank«, brummte er.

Sie lachte leise, ein flüchtiger Moment, der die Anspannung in ihnen beiden zumindest ein wenig verdrängen konnte. »Das war nicht einmal ironisch gemeint. Ehrlich.«

»Na klar.«

»Ihre Freunde waren immer solche Langweiler. Übrigens auch ihr Mann. Da bist du wirklich mal was anderes.«

Damit war der Moment auch schon vorüber, Angst und Anspannung breiteten sich bereits wieder in dem kleinen Auto aus.

Sie fuhren gerade in Emmendingen ein, als Johns Handy ertönte. »Ja?«, rief er.

»Dietz?«

Felicitas' Kopf war blitzschnell an Johns Schulter, damit sie besser mithören konnte, und er nahm im Unterbewusstsein den Duft ihres Haares wahr, ihrer Haut, der noch eine Spur Chloraroma aus einem der Freiburger Schwimmbäder anhaftete.

»Was gibt's Neues, Herr Kommissar?«, wollte John mit gepresster Stimme wissen.

»Ein Treffer«, meinte Schnickler

John und Felicitas wechselten einen erleichterten Blick. »Wir sind gleich da«, sagte John ins Handy.

»Wo?« Schnicklers Stimme klang verwundert.

»In Emmendingen. Wir sind gleich bei Mojtovians Villa.«

»Von dort komme ich gerade. Ich bin unterwegs ins Elsass.«

Erst jetzt hörte John das gedämpfte Motorengeräusch aus dem Handy – Schnickler befand sich ebenfalls in einem Fahrzeug.

»Emmendingen hat uns nichts gebracht«, erklärte der Kommissar. »Ich war mit einem Einsatztrupp vor gut zehn Minuten dort. Die Villa sah verlassen aus. Wir haben uns Zutritt verschafft und niemanden vorgefunden.«

»Und was ist der Treffer?« John brachte den Fiesta mit röchelndem Motor am Fahrbahnrand zum Halten.

»Einen weiteren Einsatztrupp habe ich ins Elsass beordert.«

Ich weiß, dachte John genervt. »Und?«

»Die Kollegen hatten mehr Erfolg, wie mir soeben per Handy mitgeteilt wurde. Deswegen bin ich auf dem Weg dorthin.«

John und Felicitas wechselten erneut einen Blick.

»Ja, ein Treffer«, wiederholte der Kommissar mit weiterhin nüchterner, konzentrierter Stimme. »Nur leider kein Volltreffer.«

»Was soll das heißen?«

»Die Kollegen haben Sergej Walakov verhaftet. Und außerdem mehrere junge Frauen in Gewahrsam genommen. Frauen, die offensichtlich gegen ihren Willen in dem Haus festgehalten wurden. Walakov leistete keinen Widerstand. Er hat eine Verletzung an der Hand, richtiger gesagt, an seinem Finger, der stark blutet. Die Wunde ist anscheinend entzündet und hat ihn behindert.«

Ja, dachte John, ein Biss meines Freundes Elvis ist nicht zu unterschätzen. Aber in Wirklichkeit beschäftigte ihn natürlich etwas anderes. »Was ist mit Laura Winter?«

»Keine Spur von ihr«, kam die ernüchternde Antwort. »Auch nicht von Mojtovian oder Hauschild.«

Der Motor ächzte, John hörte den eigenen Atem. Felicitas löste sich von seiner Schulter.

»Dietz?«, fuhr Schnickler fort. »Ich muss das Gespräch beenden. Aber ich möchte unbedingt noch heute Nacht mit Ihnen und Felicitas Winter reden. Zuerst allerdings werde ich mir Walakov vornehmen.« Und er fügte mit bemüht aufmunterndem Tonfall hinzu: »Ich bin guter

Dinge, dass wir die entscheidenden Informationen von ihm erhalten werden.«

»Dann ist es zu spät«, flüsterte Felicitas vor sich hin. »Selbst jetzt kann es längst zu spät sein.«

»Okay«, sprach John mutlos ins Handy. »Melden Sie sich bitte, sobald Sie mehr wissen.«

»Bis nachher, Dietz.«

John fuhr los. Es herrschte nicht viel Verkehr in Emmendingen, und so hatte er keinerlei Probleme, rasch zu wenden und in der Gegenrichtung weiterzufahren. Von Neuem drückte er das Gaspedal heftig durch. Es fehlt nur noch, dachte er nebenbei, dass wir in eine Verkehrskontrolle geraten.

»Warum rast du schon wieder so?« Felicitas' Stimme hörte sich ebenso mutlos an wie gerade eben noch seine eigene.

»Das fragst du?« Er jagte den Fiesta aus Emmendingen hinaus in Richtung Autobahn. »Ich denke, du hast ein Gefühl.«

»Diesmal sprichst du in Rätseln.«

»Mein Riecher hat mich in dieser Nacht total verlassen.«

»Dein Riecher?«, fragte Felicitas verwirrt und skeptisch zugleich.

»Also bleibt uns beiden nichts anderes übrig, als doch noch auf dein Gefühl zu vertrauen.«

Die Stille, die Dunkelheit, die gepflegten Wohnhäuser, in denen nur hier und da ein Fenster erleuchtet war. Wind pfiff kaum hörbar durch die leeren Straßen und brachte einen neuerlichen Schwung Kälte mit.

Sie hatten den Fiesta in einigem Abstand geparkt und näherten sich mit Vorsicht dem Haus, das sich am Ende einer Gundelfinger Einbahnstraße hinter einer kleinen Rasenfläche mit kahlen Johannisbeersträuchern zu verstecken versuchte. Nacheinander überwanden sie einen einfachen Lattenzaun. Das Haus war dunkel.

»Sieht so aus, als wäre auch dieser Weg umsonst gewesen«, flüsterte John Dietz, der dennoch seine Glock aus der Jackentasche zog.

»Abwarten.«

Felicitas glitt an ihm vorbei. Sie deutete auf etwas. John spähte in die Nacht und entdeckte den Audi, der an der gegenüberliegenden Hausseite abgestellt worden war. Sie begannen, das Gebäude zu umrunden. Dunkelheit und Stille, Stille und Dunkelheit. »Hier ist niemand«, flüsterte John.

»Abwarten«, wiederholte sie.

Sie erreichten die Motorhaube des Audis, als ein ganz leises Quietschen sie erstarren ließ. Eine Tür wurde geöffnet. Aus dem Haus schoben sich zwei Gestalten. Felicitas tauchte hinter dem Auto ab, während John sich weiterhin nicht rührte.

»Du kannst alles von mir verlangen«, zischte eine Männerstimme. »Aber keinen Mord.«

Ein verächtliches Lachen war die Antwort.

»Keinen Mord«, wiederholte der Erste. »Ich hätte mich nie so tief …«

»Halt die Klappe«, stoppte ihn der Zweite. Nebeneinander gingen sie auf den Audi zu, an dessen Heck sie dann stehen blieben.

»Verdammter Mist«, murmelte der Erste. Trotz der Dunkelheit erkannte John dessen breite Statur, den nach vorn quellenden Bauch und die hohe Stirn, die das schwache Licht einer weit entfernten Straßenlaterne widerspiegelte. Den Beschreibungen nach konnte das nur Bernd Hauschild sein.

»Fahr jetzt los«, meinte der Zweite. Der Mann trug einen hellgrauen Anzug, der sich um seine schlanke Gestalt schmiegte wie eine zweite Haut. Selbst in diesem Zwielicht schimmerte einmal die silbergraue Haarsträhne auf, die Metzler und Eisenring erwähnt hatten. »Ich warte noch ein wenig«, sagte er, »dann haue ich auch ab von hier. Wir sehen uns morgen im Elsass.« Mojtovian. Das war er, das *musste* er sein.

»Verdammter Mist«, maulte Hauschild erneut.

Das war der Augenblick, in dem John Dietz vortrat. Er hatte die Pistole erhoben und ihre Mündung wies auf die beiden Männer. »Wo ist Laura Winter?«, fragte er, und er hätte viel darum gegeben, mit härterer Stimme sprechen zu können.

Mojtovian und Hauschild bewegten sich langsam, ließen sofort eine größere Lücke zwischen sich entstehen, sodass Johns Mündung immer nur einen von ihnen erfassen konnte.

»Nicht bewegen!«, forderte er.

Doch die beiden folgten der Anweisung nicht, schoben sich weiter auseinander.

»Wer sind Sie?«, wollte Hauschild wissen.

»Wo ist Laura Winter?«

»Ist Ihnen eigentlich klar, mit wem Sie es hier zu tun

haben?« Hauschild kam auf ihn zu. »Ich bin Hauptkommissar Hauschild.« Er trat näher an John heran. In dem Moment, als John ihn auffordern wollte, stehen zu bleiben, hechtete Mojtovian auf ihn zu und riss ihn zu Boden. Die Glock flog durch die Luft. Mojtovian schlug zu und erwischte John am Kinn. Beide kamen sie auf die Beine, Mojtovians Faust traf John schon wieder, und er prallte hart gegen den Audi, der verhinderte, dass er erneut im nassen Gras landete. Aus dem Augenwinkel sah er, wie Mojtovian und Hauschild in die Innentaschen ihrer Anzugjacken griffen.

»Halt!« Die Frauenstimme war klar und fest, schien noch einige Sekunden in der Lautlosigkeit der Nacht zu stehen. Hinter dem Wagen trat Felicitas vor, in ihrer Hand lag Johns Glock. Mojtovian und Hauschild hielten mitten in der Bewegung inne. »Hallo, Moja«, sagte sie. »Hallo, Bernd.«

Die Verblüffung stand den beiden Männern ins Gesicht geschrieben, als John an sie herantrat, um sie zu entwaffnen.

»Nicht, John«, hielt Felicitas ihn auf. »Die sind zu gefährlich. Bleib auf Abstand.« Instinktiv tat er, was sie verlangte. »Ihr habt die Frage gehört«, meinte sie. »Wo ist Laura?«

»Wir können reden, Baby«, fing Mojtovian an. »Kein Problem, aber ohne Waffen und dann …«

»Wo ist Laura?«, unterbrach ihn Felicitas kalt. »Wenn ihr sie uns ausliefert, lassen wir euch verschwinden, ohne die Polizei zu verständigen.«

Eine Sekunde verstrich. Noch eine. Noch eine.

»Bist du sicher, dass du auf einen Menschen schießen könntest?«, fragte Hauschild. Er ging einen Schritt auf sie zu, so, wie er es zuvor bei John gemacht hatte. »Bist du wirklich sicher, dass du das könntest?«

Sie senkte die Waffe und jagte eine Kugel in die weiche Erde vor seinen Füßen. »Ich vielleicht nicht, Bernd. Aber Lady Butterfly könnte euch abknallen, ohne mit der Wimper zu zucken.«

»Hör zu«, setzte Hauschild von Neuem an, ohne dass er sein Erschrecken ganz zu verbergen vermochte. »Moja hat recht. Lass uns reden. Reden wie normale Menschen.«

»Euch läuft die Zeit weg. Die braven Nachbarn haben bestimmt den Schuss gehört und alarmieren die Polizei. In ein paar Minuten wird der erste Streifenwagen hier sein. Also: Wir kriegen Laura. Und ihr könnt abhauen.«

»Oder lebt sie etwa nicht mehr?«, fragte John Dietz mit einer Stimme, die ebenso kalt klang wie zuvor Felicitas'.

»Wir kriegen Laura. Und ihr könnt abhauen«, wiederholte Felicitas. »Und sollte sie nicht mehr am Leben sein, dann seid auch ihr tot. Wir kriegen Laura. Und ihr könnt abhauen. Das ist der Deal.«

»Der Deal ist okay«, ließ Mojtovian sich vernehmen. Er nickte Hauschild zu: »Na los.«

Hauschild schob langsam den Jackenaufschlag beiseite und langte mit aller Vorsicht, ohne Felicitas aus den Augen zu lassen, in die Hosentasche. In seiner Hand lag der Autoschlüssel. Er warf ihn John zu, der ihn auffing.

»Im Kofferraum«, sagte Hauschild.

»Ihr wolltet sie tatsächlich umbringen«, meinte Felicitas leise. »Moja, zu dir passt das ja. Du bist immer über Leichen gegangen. Aber du, Bernd …« Sie ließ den Satz verklingen.

John öffnete den Kofferraum. Das Erste, was er sah,

waren die blonden Haare, die wirr in ein bleiches Gesicht hingen. Zwei angsterfüllte, völlig erschöpfte Augen blinzelten ihn an, schienen eine wahre Ewigkeit zu benötigen, um ihn zu erkennen. John zog sein Taschenmesser aus der Hosentasche und durchschnitt das Kabel, mit dem ihre Handgelenke gefesselt waren. Behutsam half er Laura Winter aus dem Kofferraum. Ihre Beine sackten weg, doch er hielt sie fest, hielt sie ganz fest, und ihre Arme legten sich auf seine Schultern.

»John«, wisperte sie, »bist du's wirklich?«

Er strich über ihr Haar, über ihren Rücken. »So leicht wirst du mich eben nicht los.«

»Ich dachte, ich würde dich nie mehr sehen.«

»Pech gehabt, jetzt bin ich schon wieder da.«

Sie lachte auf, und in ihr Lachen mischte sich ein leises Wimmern. Dass sie nicht allein waren, hatte sie noch gar nicht realisiert.

Wie aus der Ferne hörte John Mojtovians Stimme: »Okay. Ihr habt die Frau. Hauschild und ich gehen jetzt. Das ist der Deal.«

»Welcher Deal?«, fragte Felicitas lässig. »Hey, Dietz. Willst du nicht endlich diesen Schnickler anrufen?«

»Bin schon dabei«, erwiderte John, der nach seinem Handy tastete und dabei fasziniert zusah, mit welch grenzenloser Verwunderung Laura ihre jüngere Schwester anstarrte.

»Du weißt ja, was du vor Kurzem gesagt hast«, flüsterte er Laura sanft ins Ohr. »Das Beste kommt zum Schluss.«

# EPILOG

*Roland Rogner hatte kein Problem, den unscheinbaren Wohnblock in Zähringen zu finden. Als er auf der Klingelleiste auf den beim Telefonat genannten Namen stieß und den Knopf drückte, spürte er gleich wieder diese neugierige Spannung in sich aufwallen. Seit zwölf Jahren war er nun als Redakteur bei der Badischen Zeitung tätig, aber eine Geschichte wie diese war ihm niemals untergekommen. Eine Geschichte, wie man sie in Freiburg sonst höchstens aus dem Fernsehen und den großen landesweiten Magazinen kannte. Eine junge, überaus attraktive Frau aus bester Familie, die auf die schiefe Bahn gerät und den Reizen einer Scheinwelt verfällt. Ein höchst respektierter Kriminalhauptkommissar, der seine Karriere für die gleiche Scheinwelt aufs Spiel setzt und am Ende mit einer langjährigen Haftstrafe bezahlen muss. Und die Kreise zogen sich immer weiter, sogar ein Landtagspolitiker und weitere Persönlichkeiten der Öffentlichkeit schienen Nebenrollen zu spielen. Offenbar besaß diese Welt des Scheins eine ganz besondere Anziehungskraft. Kein Wunder, dass Rogner dem Gespräch mit der jungen Frau und ihrer älteren Schwester so gespannt entgegenfieberte.*

*Ein paar Minuten später versank er in einem alten durchgehockten Sessel im Wohnzimmer einer typischen Junggesellenbehausung. Ihm gegenüber auf dem Sofa saßen die Schwestern, zwei Frauen von in der Tat einnehmender Ausstrahlung. Eine schwarzhaarig, die andere blond, auf den ersten Blick kaum als Schwestern auszumachen. Doch sah man genauer hin, entdeckte man die Ähnlichkeiten. Frauen, die man sich sehr gut in einer sol-*

*chen Geschichte vorstellen konnte. Bloß der junge Mann in Jeans und Sportschuhen, möglicherweise der Mieter der Wohnung, auf den wusste sich Rogner keinen Reim zu machen.*

*»Von uns aus kann es losgehen«, sagte die Blonde, während die Schwarzhaarige ihn mit ihren dunklen Augen ansah und ihn irgendwie irritierte – wirklich eine verführerische Frau. »Fragen Sie alles, Herr Rogner, was Sie wissen möchten.«*

*»Sehr gern, Frau Winter.« Der Redakteur nickte und schaltete das kleine Aufnahmegerät ein.*

*Der junge Mann mit dem attraktiven dunklen Teint stellte eine Tasse Kaffee vor ihm ab, auf der das Gesicht von Elvis Presley zu sehen war.*

*»Entschuldigen Sie«, meinte Rogner zu ihm. »Ich hatte vorhin nicht genau mitbekommen, wer Sie sind.«*

*»Ich bin bloß für den Kaffee zuständig.«*

*»Das ist John Dietz«, erläuterte die ältere der Schwestern. »Er ist Privatdetektiv.«*

*»Ach? Hier, in Freiburg?«*

*Der junge Mann nickte nur.*

*»Übrigens ein sehr guter Privatdetektiv«, setzte Laura Winter hinzu, und Rogner entging nicht der liebevolle Blick, den sie dem Mann schenkte.*

*John Dietz zeigte ein schmales Lächeln. »Na ja, eigentlich übe ich noch.«*

ENDE

*Silke Porath, Andreas Braun, Zoran Zivkovic*
*Klosterbräu*
*978-3-8392-1315-5*

»Der zweite Fall des ungewöhnlichen Ordensbruders führt den Leser vom Schwäbischen bis nach Berlin. Ein Buch, das gute Laune garantiert.«

»Und jetzt ein kühles Spöttinger Bräu!« – Die Leute lieben das Spaichinger Bier, den Inhaber der Brauerei aber offensichtlich nicht: Er wird erwürgt. Mitten in der Klosterkirche. Pater Pius' detektivischer Verstand arbeitet auf Hochtouren und als Kommissarin Verena Hälble einen Undercover-Mann braucht, schickt sie kurzerhand den Ordensmann nach Berlin. Und der gerät mitten hinein in einen Strudel aus Bier, Bonzentum und bitteren Wahrheiten …

GMEINER

*Wir machen's spannend*

# Unsere Lesermagazine

**2 x jährlich das Neueste aus der Gmeiner-Bibliothek**

*24 x 35 cm, 32 S., farbig; inkl. Büchermagazin »nicht nur« für Frauen*

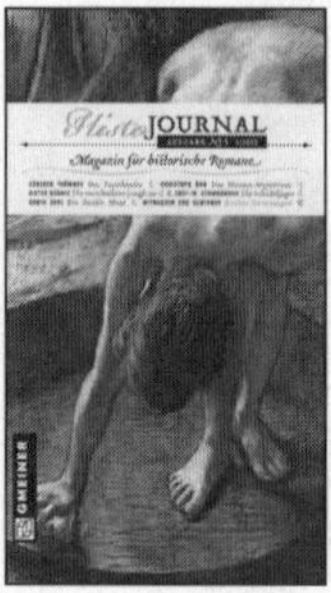


*10 x 18 cm, 16 S., farbig*

Alle Lesermagazine erhalten Sie in Ihrer Buchhandlung oder unter www.gmeiner-verlag.de.

# GmeinerNewsletter

**Neues aus der Welt der Gmeiner-Romane**

Haben Sie schon unsere GmeinerNewsletter abonniert?

Monatlich erhalten Sie per E-Mail aktuelle Informationen aus der Welt der Krimis, der historischen Romane und der Frauenromane: Buchtipps, Berichte über Autoren und ihre Arbeit, Veranstaltungshinweise, neue Literaturseiten im Internet und interessante Neuigkeiten.

Die Anmeldung zu den GmeinerNewslettern ist ganz einfach. Direkt auf der Homepage des Gmeiner-Verlags (www.gmeiner-verlag.de) finden Sie das entsprechende Anmeldeformular.

# Ihre Meinung ist gefragt!

**Mitmachen und gewinnen**

Wir möchten Ihnen mit unseren Romanen immer beste Unterhaltung bieten. Sie können uns dabei unterstützen, indem Sie uns Ihre Meinung zu den Gmeiner-Romanen sagen! Senden Sie eine E-Mail an gewinnspiel@gmeiner-verlag.de und teilen Sie uns mit, welches Buch Sie gelesen haben und wie es Ihnen gefallen hat. Alle Einsendungen nehmen automatisch am großen Jahresgewinnspiel mit attraktiven Buchpreisen teil.

GMEINER

*Wir machen's spannend*